ロス・クラシコス
Los Clásicos
9

ドニャ・バルバラ

Doña Bárbara

ロムロ・ガジェゴス
Rómulo Gallegos

寺尾隆吉＝訳

現代企画室

ドニャ・バルバラ

ロムロ・ガジェゴス

寺尾隆吉＝訳

ロス・クラシコス 9
企画・監修＝寺尾隆吉
協力＝セルバンテス文化センター（東京）

本書は、スペイン文化省書籍図書館総局の助成金を得て出版されるものです。

Doña Bárbara
Rómulo Gallegos

Traducido por TERAO Ryukichi

Instituto Cervantes
GOBIERNO DE ESPAÑA
MINISTERIO DE EDUCACIÓN, CULTURA Y DEPORTE
SECRETARÍA DE ESTADO DE CULTURA

目次

第三部

第一部

第一章　道連れは誰だ？

右側に切り立つ崖に沿って小舟がアラウカ川を遡る。

二人の漕ぎ手が辛そうにのろのろと竿を動かしながら小舟を進めている。太腿までまくり上げた汚いズボンしか身に着けていない褐色の体は汗まみれだが、灼熱の太陽をものともせず、撓むほど力を込めて固くした屈強の胸筋を軸受代わりにして端を支えながら、一人が長い棒を川底の泥に突き立てて船を前へ押しやると、足の下で船がゆっくり重々しく前進し、男は足踏みでもするような動きで舳先から艫へと移る。一人が息を切らせて黙り込む一方で、もう一人は再び舳先へ向かい、重労働の息抜きとばかり、途切れ途切れに噂話を再開したかと思えば、今度は大きく安堵の溜め息をついた後で、わざとらしく漕ぎ手稼業の一日を小唄に乗せて口ずさみ始め、何レグアも何レグアも、竿に力を込めて川を遡るのは辛い仕事、時には河岸に茂る草木を掻き分けて進むこともある、などと歌っている。

前方に陣取った船頭は、アプーレ地域の平原を細かい支流まで知り尽くした老水先案内人であり、短剣の柄に右手を置いたまま、水路を遮る流木が作り出す危険な流れや、水面下に潜むワニの位置を示す波紋に目を光らせている。

二人乗客がいる。幌の下に座る若者は、スポーツ選手とまで言わずとも立派な体格で、表情豊かな顔にまで力が溢れており、不遜と見えるほど威勢がいい。風采と身なりを見れば、外見に気を配る都会の男であることがわかる。周りの風物に目を止めると、控え目な自尊心を湛えた顔が熱気を帯びて明るみ、景色を眺める目が生き生きと輝くが、内側で相反する感情がぶつかり合うのか、すぐに眉間に皺が寄り、気落ちして口が引き締まる。

もう一方の男は、いつどうやってアメリカ大陸に流れ着いたのかも定かならぬタタールの血でも引いているのか、アジア系の怪しい顔つきをしている。残忍で陰気な劣等人種の顔であり、平原《ジャノ》の住民とは明らかに系譜が違う。幌の外で毛布をかぶって横になり、眠ったふりをしているが、船頭も竿を握る二人も彼の動きを見張っている。

ジャノのどぎつい真昼の太陽が岸辺に生い茂る木々の真上から降り注ぎ、アラウカ川の黄色い水面に反射する。植物の群生がところどころ途切れてできた窓から右側を見やると、何本かの筋――カシノキやシュロの木立に囲まれた小さな草原――がアプーレ渓谷を横切り、左に目をやると、広大なアラウカ渓谷の上に台地が伸びて――地平線まで続く草原――、その上を移動する家畜が緑一色に黒い染みを点々と落としている。深い静寂のなか、小舟の甲板に刻まれる竿振り人夫の足音が苛立たしいほど単調に響き渡る。時折船頭が巻貝に口をつけて鈍い唸りを上げ、その音が周りの静かな孤独の奥へ消えていくと、川べりの茂みでハゲタカが不穏な騒ぎを起こし、湾曲部の向こうでは、殺風景な岸辺で日光浴をしながらうとうとしていたワニたち――人気のない広い沈黙の川を我が物顔に闊歩するボスたち――が慌てて水に飛び込む音が聞こえる。

真昼の灼熱が激しさを増し、小舟の滑る熱い水面から泥の臭いが立ち昇って感覚を狂わせる。もはや竿振り人夫は小唄を口ずさむこともなく黙り込む。荒涼とした景色が重く心にのしかかる。

「もう少しで巨木へ着きます」幌の下に座る乗客に向かって大木を指差しながら船頭が重い口を開く。

「あの木陰ならくつろいで食事ができますし、ゆっくり昼寝もできるでしょう」

怪しい乗客が斜めに瞼を開けて呟く。

「ここからブラマドールの渡しまであとわずかだから、そこまで行ったほうがゆっくり昼寝するにはいいだろう」

「私の雇い主はこちらの旦那様ですが、ブラマドールに立ち寄るつもりはないそうですので」船頭はもう一人の乗客を代弁するように苛々と答える。

寝そべっていた男は、横目で船頭を見た後、平原地帯に散らばる泥地のように柔らかく粘りつく声を皮膚に絡ませながら言う。

「それじゃ、何も聞かなかったことにしてくれ、船頭さん」

サントス・ルサルドは素早く頭を向ける。別の男が船に乗っていたことをすっかり忘れていたが、今やっとその特徴的な声に聞き覚えがあることに気づいた。

初めてその声を聞いたのは、サン・フェルナンドに着いて、雑貨屋の通路を横切っていたときのことだった。牧夫数人が仕事の話をしており、ちょうどその時喋っていた男がいきなり話をやめてこう言ったのだ。

「あの男だ」

二度目は、道中泊まった宿でのことだった。夜、あまりの息苦しい暑さに中庭へ出てみると、廊下のハンモックに揺られて二人の男が言葉を交わしており、一人がこんなふうに話を締めくくっていた。

「俺は槍の先を近づけただけさ。後は故人のしたことだ。冷たい鉄が気持ちよかったのか、自分で腹に突き刺したんだ」

そして最後は昨晩。アラウカ川の対岸へ渡る予定になっていた浅瀬付近の小屋へ差し掛かったところで、馬が日射病にやられ、やむなくそこで一泊することになったが、そこへ折よくサン・フェルナンドまで革を運んだ帰りの船が着いた。翌日から旅を続けられるよう、船頭と話をつけて夜明けと同時に出発することに決め、そろそろ眠くなってきた頃に男の声が聞こえてきた。

「先に行っててくれ、俺は何とか船に乗り込んでみるから」

記憶に閃光が走って三人の像がはっきり頭に浮かび、サントス・ルサルドは、後にこのアラウカ旅行の目的を狂わせることにも繋がるこんな結論を引き出した。《この男はサン・フェルナンドから私の後をつけてきたのだ。熱病などデタラメだ。なぜ今朝のうちに気づかなかったのだろう?》

事実、翌日の夜明け、すでに船が岸を離れようとしていたところでこの男が現れ、毛布をかぶって震えながら船頭に訴えた。

「兄さん、俺も乗せてもらえないかね? ブラマドールの渡しまで行かなきゃならんのだけど、この熱じゃ馬にも乗ってられねえんだ。金は払うからさ」

「申し訳ないが」この地を知り尽くした切れ者らしく、相手をじろりと一瞥した後、船頭は答えた。「乗せるわけにはいかない。こちらの旦那様の貸切だからね」

だが、サントス・ルサルドは、金をとることもなく、また船頭の意味ありげな目配せを意に介することもなく、この男の同行を認めた。

そして今横目で男の様子を窺いながら考えている。《いったい何を企んでいるのだろう？　もし罠を仕掛けるために送り込まれたのだとすれば、すでに何度もそのチャンスはあったはずなのに。エル・ミエドの一味でも不思議はない。今にわかるだろう》

そして咄嗟の思いつきを口に出し、大声で船頭に訊ねた。

「ねえ、船頭さん、アプーレでいろいろ取り沙汰されているあのドニャ・バルバラとやらをご存知ですか？」

二人の竿振り人夫が不安そうに視線を交わし、しばらく間を置いた後で曖昧に言葉を発した船頭は、抜け目ないジャノの男がぶしつけな質問に対してよく使う逃げ口上で答えた。

「お若い方、私はこの近くの者ではありませんので」

ルサルドは鷹揚に微笑んだが、怪しい道連れに探りを入れるため、彼から目を離すことなく同じ話題を続けた。

「反対する者は容赦なく始末するごろつき一味を抱えた恐ろしい女だというじゃありませんか」

舵を取っていた右手が急に動いて船が浮き上がり、同時に、竿振り人夫の一人が、漂着した丸太のように右岸の砂地に折り重なった物体を指差しながら、ルサルドに向かって叫んだ。

「見れや！　ワニを撃ちたかったんでしょう。あっこにぎょうさんいますぜ」

再びルサルドの顔に見透かしたような笑みが浮かび、携行していたライフルを顔に近づけた。だが、弾は命中せず、大きな爬虫類があぶくの渦を作りながら慌てて水へ飛び込んだ。

ルサルドの詮索にも動じることなくそれまでずっと塞ぎ込んでいた怪しい乗客は、無傷で逃げおおせたワニを見ると、毛むくじゃらの顔にかすかな笑みを浮かべて呟いた。

「何匹かいたが、みんな尻尾振って逃げちまったね」

ただ一人この言葉の真意を理解した船頭は、男の内側に詰まった悪意を推し測ろうとでもするように爪先から頭まで男を一瞥した。空とぼけてやりすごした男は、体を起こしてゆっくり長々と背伸びをしてから言った。

「さて、巨木に着いたようで。汗ですっかり熱も吹っ飛んだ。残念、けっこう気持ちよかったのに」

その一方でルサルドは陰気に塞ぎ込み、船頭が昼の小休止に選んだ場所へ向かって船が進んでいく様子を見つめていた。

一行は岸へ上がった。竿振り人夫が砂地に杭を打ち込み、船を結わえた。怪しい男は茂みを掻き分けて奥へ入り、彼が遠ざかるのを確認してからルサルドは船頭に訊いた。

「あの男をご存知ですか？」

「初めて会ったばかりで、直接は知りませんが、このあたりの人たちに聞いた話から察するかぎり、通称呪術師《エル・ブルヘアドール》という男だと思います」

そこで竿振り人夫の一人が口を挟んだ。

「おっしゃるとおり、そいつですよ」

「それで、そのエル・ブルヘアドールとやらはどういう人物なんです？」ルサルドが再び訊ねた。

「考えうる限り最悪の隣人を想像して、それをもっと思い切り膨らませてみてください」船頭が答えた。「この界隈の出身じゃありません。我々の言う余所者《グアテ》です。噂によると、サン・カミロ山地の追いはぎだったらしく、アラウカ渓谷のあちこちで牧場から牧場へと渡り歩いた挙げ句、数年前にドニャ・バルバラのところへ辿り着いて、今はそこに仕えています。同じ穴のムジナというやつでしょう。私が言ったような名前で呼ばれるのは、本当に馬に呪術をかけるからで、他にも、呪文で馬や牛の動きを止めて寄生虫をとったりもできるという話です。しかし、私の見るところ、奴の仕事は別にあります。旦那の言うことが図星でしょう。おかげでさっきは船をひっくり返すところでしたよ。現に奴はドニャ・バルバラお気に入りの用心棒ですからね……」

「やはり間違っていなかったか」

「大間違いは、あんな奴を船に乗せてやったことですよ。旦那はまだお若いし、このあたりには不案内のようだから、一つ忠告させてもらうと、よく知らない男を旅の道連れにするような真似はおよしなさい。旦那は立派なお方のようだから、ついでにもう一つだけ忠告させてもらうと、ドニャ・バルバラにはくれぐれも用心なさい。アルタミラへいらっしゃるんでしょう、あそこはドニャ・バルバラの庭も同然です。さっきは黙っていましたが、あれは数々の男を骨抜きにした女で、媚になびかないとなれば、惚れ薬を飲ませたり、ベルトで縛りつけたり、しかも呪術に長けていて、とにかくやりたい放題です。そして、相手が敵と見るや、誰であろうが、エル・ブルヘアドールを使って容赦なく始末します。さっきおっしゃったとおりです。旦那がこんなところに何をしに来たのかは存じませんが、何度でも繰り返しご注進いたします、くれぐれも用心なさい。あの女は墓場です」

サントス・ルサルドは考え込み、言葉が過ぎたように思った船頭は、相手を落ち着かせるような調子で言った。

「とはいえ、すべてを真に受けることもありませんよ。あくまで噂話ですし、ジャノ人は根っからの嘘つきで、信用できませんからね。私が言うのもなんですが、本当の話をするときでも、大げさに誇張して、ホラ話のようにしてしまいます。しかも、当面はご安心ください、男が四人もいて、ライフルもあり、ビエヒートもついているのですから」

岸辺の砂地でこんな話が続く間エル・ブルヘアドールは、小山の後ろに隠れて聞き耳を立て、弁当袋に入れて持ち歩いていた食事を独特の緩慢な動作で平らげていた。

竿振り人夫の二人組は巨木の麓にルサルドのマットを敷き、食料の入った鞄をその上に置いた後、船から自分たちの食事を取り出した。船頭もそこに加わり、パラグアタンの木陰で粗末な昼食をとりながら、船頭生活で経験した逸話をあれこれとサントスに聞かせた。

やがて、昼間の暑さに屈して船頭は黙り込み、ずいぶん長い間船に波が打ちつける軽い音しか聞こえなくなった。

疲れていた竿振り人夫たちは仰向けに地面に寝そべっていびきをかき始め、ルサルドは巨木の幹に背中を預けた。そして、周りを囲む原始的孤独に圧倒されて頭を真っ白にしたまま、睡魔に身を任せた。目を覚ますと、すでに起きていた船頭が言った。

「ずいぶんお疲れだったようで」

確かにすでに陽は傾き、アラウカ川の表面を涼しいそよ風が流れていた。広い川面に何百となく散らばってさざ波を立てているのは、ゆったりした流れの温かい愛撫に包まれてじっと夢うつつのまま水と空気の境目で呼吸するワニやアリゲーターの口だった。やがて巨大なワニの背が川の真ん中あたりに現れ、完全に体を浮かせて、鱗に覆われた瞼をゆっくりと開いた。

サントス・ルサルドはライフルを取り上げ、さきほど外した汚名返上とばかり、立ち上がって発砲しようとしたが、船頭に止められた。

「おやめなさい」

「なぜです、船頭さん?」

「つまり…… 当たれば他のワニに復讐されますし、外せばあいつ自ら襲ってきます。あいつはブラマドールのカタメという奴で、弾は当たりません」

ルサルドが食い下がるのを見て船頭は繰り返した。

「およしなさい、悪いことは言わない」

この言葉とともに、彼の目が俄かに警戒の色を浮かべて大木の後ろあたりへ向けられた。サントスがそちらを見ると、エル・ブルヘアドールが木の幹に寄りかかって寝たふりをしていた。

ライフルを元の場所へ戻し、巨木の反対側へ回って男の前に立つと、寝たふりなど無視してサントスは問い詰めた。

「どうやら人の話を盗み聞きするのが好きなようだな」

エル・ブルヘアドールはワニのようにゆっくり目を開け、まったく動じることなく答えた。

「黙ったままいろいろ考えるのが好きなだけですが」

「わざわざ寝たふりをして、いったい何を考えている？」

睨みつけてくる相手から目を逸らすことなくエル・ブルヘアドールは言った。

「おっしゃるとおりです。世界は広いですし、わざわざぶつかり合わずともお互い平和に暮らしていくことができます。このたびは少々近づきすぎたようで、どうかご容赦ください」

そしてもっと向こうで横になり、うなじの下に手を組んで仰向けになった。

危険のなかで眠ることに慣れた者らしく、声を聞いてすぐに熟睡から完全に目を覚ました竿振り人夫たちは、船頭とともにこの短いやり取りを見つめ、直後に船頭が言った。

「うひょう！　あの洒落者、ジャノの危険にも怯まんようだ」

すぐにルサルドは言った。

「先を急ぎましょうか、船頭さん、もう十分休みましたから」

「すぐ支度します」

そしてエル・ブルヘアドールには命令口調で言った。

「起きろ！　行くぞ！」

「いえいえ、旦那」男は身動きもせず言った。「お心遣いありがとうございます。ここからは歩いて行けますんでね、この地方で言うシュロたどりってやつです。もう家までいくばくもありませんから。旦那のようなお方が、この死にぞこないから金を取りはしないでしょうし、おいくらですかとか、そんな野暮な質問はやめておきます。しかし、何かあればお力になりますぜ。あっしの名はメルキアデス・ガマラ、以後お見知りおきを。この先のご無事をお祈りします、旦那」

サントスが船に向かって歩き始めたところで、小声で竿振り人夫たちと言葉を交わしていた船頭が彼を引き止め、決然とした態度で言った。

「お待ちください。ここでこの男を背後に残していくわけにはいきません。先に行かせるか、船で連れて行くか、どちらかです」

耳ざといエル・ブルヘアドールにはすべて聞こえていた。

「安心なさい、船頭さん、先に行くから。いろいろあっしのことを話してくれたようで、感謝してますよ。全部聞いてましたから」

こう言って身を起こし、毛布を畳んで肩から弁当袋を提げると、落ち着き払った姿で川岸の木立の向こうに広がる草原を歩き去っていった。

船頭とルサルドは船に乗り込んだ。竿振り人夫は綱を解いて船を沖へ押しながら飛び乗り、再び竿を手に取った。すでに舵を握っていた船頭は、出し抜けにこんな質問をした。

「銃の腕前はいかほどですか？　こんなことお訊きしてすみませんが」

「見てのとおり、さっぱりダメです。あなたもさっきはお止めになったじゃありませんか。普段はもう少しマシですが」

「そうでしょう！」船頭は大声で言った。「私にはわかりますが、腕は確かなはずです。顔にライフルを近づける構え方を見れば明らかです。それなのに弾はワニの群れからかなり逸れましたね」

「猿も木から落ちると言うでしょう、船頭さん」

「ええ、しかしこの場合はちょっと違います。腕は確かなはずなのに外れたのは、誰か他に外れるよう願っていた奴がいるからです。もう一発撃ってもやはり外れていたでしょう」

「エル・ブルヘアドールのことですか？　奴にそんな力があるとでも？」

「旦那はまだお若いし、経験も浅いのでしょう。呪術は本当に存在するのです。あの男について以前聞いたことがあるのは……　そうだ、せっかくだから今後のためにお聞かせしましょう」

そして噛み煙草を吐き出し、話を始めようとしたところで、竿振り人夫の一人が遮った。

「大事なことを忘れてます！」

「そのとおりだ。これもあのエル・ブルヘアドールの仕業だ。引き返すんだ」

「どうしたんです?」ルサルドは訊いた。

「ビエヒートを陸に置いてきたんです」

船は出発点まで引き返した。そこで船頭は再び舳先を沖へ向け、声を上げて訊いた。

「道連れは誰だ?」

「神様!」竿振り人夫が答えた。

「そして聖母様!」船頭が付け加え、そしてルサルドに向かって言った。「これが陸に忘れてきたビエヒートです。ジャノの川旅では、岸を離れるとき神様に同行をお願いするんです。遭難の危険もあり、船にビエヒートがいないと、我々は安心できません。さざ波一つ立てず水中に潜むワニもいれば、電気ウナギやシビレエイもいますし、神のご加護を求める暇も与えず人を骨だけにするピラニアの大群もいますからね」

広大なジャノ! 荒々しい大地! 荒涼と広がる果てしない草原、沈黙の谷底、人気のない川。そんな人を寄せつけない地で、ワニの尻尾に船をひっくり返されたりすれば、いくら助けを求めても無駄だ! 不吉なエル・ブルヘアドールの超自然的能力を信じる素朴な心で、無邪気に神にすがるぐらいしか救いの希望はないのだ。

こうしてサントス・ルサルドは、アプーレの船乗りに伝わるおまじないを一つ覚えた。目的があってこの旅に出たものの、今やまったく別の目的へ向かい始めていた彼も、実はこのおまじないを必要としていたのかもしれなかった。

第二章　クナビチェ人の子孫

アラウカ河岸の最も荒涼として峻険な一角に位置するアルタミラ牧場は、元来二百レグアに及ぶ肥沃な草原であり、人口の少ないこの地域で最大の牛の群れを擁するばかりか、最大級の野鳥の繁殖地まで抱えていた。

はるか昔、この牧場を創設したドン・エバリスト・ルサルドは、牛の群れを引き連れてクナビチェ渓谷の広大な草原を動き回るジャノのさすらい人――今もその伝統は残っている――であり、後にそこから、人の集まる集落にもう少し近いアラウカ渓谷へ移ってきた。彼の子孫は、大地に根を下ろした生粋のジャノ人としてしっかり牧場に定着し、開発と拡大を続けて、この地区で最も豊かな放牧地を作り上げた。だが、家族の数が増えるにつれ、都会へ流出する者あり、牧場にシュロ葺きの小屋を建てて住む者あり、初期ルサルド家の穏やかな家父長的生活は終わって分裂の時期に入り、その不和が世に知られた悲劇をもたらした。

元祖アルタミラの最後の所有者となったのはドン・ホセ・デ・ロス・サントスであり、細分化による崩壊の危機から牧場を救うため、辛抱強い努力を重ねて共同所有者から権利を買い取った。ところが、彼が亡くなると、息子のホセと娘のパンチータ——すでにセバスティアン・バルケーロと結婚していた——は共有を望まず、牧場は分割された。ホセが相続した方はそのままアルタミラと呼ばれ、もう一方は、セバスティアンの姓にちなんでバルケレーニャと改名された。

不和の発端は相続書類の曖昧な一文であり、そこには、両者の境界線を「ラ・チュスミータのシュロ林とする」と記されていたため、兄妹双方とも、これは書記が明記し忘れただけで林そのものも自分の側に帰属するのだと言い張って譲らず、何世代にもわたり弁護士だけを富ませる不毛な法廷闘争が始まった。やがて妥協案が持ち上がったが、最後の瞬間に激情に駆られて「全か無か」の原則に落ち着いていなければ、不寛容な両者はこの不毛な一角を手にするためだけにそのまま破産していたかもしれない。

もちろん、両者が「全」を手にするわけにはいかないから、「無」、つまり双方とも所有権を放棄することになり、それぞれがこのシュロ林に囲いをつけて誰も立ち入りできないようにした。

だが、それでも事態は収まらなかった。シュロ林の真ん中に、川が干上がってできた湿地があり、雨季には泥沼となるこの地に動物が踏み込めば生きては出てこられない。ある日ここにバルケレーニャの牛の死骸が現れた。ホセ・ルサルドは取り決め違反だとしてセバスティアン・バルケーロに抗議し、罵り合いの口論が沸き起こった結果、バルケーロはステッキで相手の顔を打ちつけ、ホセは馬に跨った義弟の額に発砲して射殺した。

ルサルド家とバルケーロ家の間で報復合戦が始まり、大半が両家の親族、姻族だったこの地の住民のほぼ全員を巻き込んだ。

そして、両家の心の奥底まで遺恨が根を下ろした。

ちょうど米西戦争の時期であり、自らの血筋に忠実な――少なくとも自分ではそう言っていた――ホセ・ルサルドがかつての宗主国スペインに肩入れする一方で、時代の流れを敏感に読み取っていた長男のフェリックスは熱烈なアメリカ支持者だった。牧場にはカラカスの新聞がほぼ毎月届いていたが、長男が最初のニュースを読み上げた――ドン・ホセは目が悪くなっていた――瞬間から両者の間に激論が交わされ、とうとう老人は怒りに任せてこんなことまで言った。

「シカゴのソーセージ職人ごときに我々が負けると思うなど、狂気の沙汰だ」

怒りに顔面蒼白でどもりがちになったフェリックスが反論した。

「スペインが勝とうが負けようが知ったことではありませんが、自分勝手な私への侮辱はおやめください」

ドン・ホセは軽蔑の眼差しで息子を頭から爪先まで一瞥し、高らかに笑った。怒りに我を忘れた息子は、腰につけていた銃を抜いた。父は真顔に戻ったものの、声が震えることも、席を立つこともなく、残忍な表情を顔に浮かべてゆっくりと言った。

「撃つがいい！　外すなよ。外したらお前など一突きで壁に串刺しにしてやるわい」

ちょうど屋敷の夕食が終わったばかりで、居間の明かりの下に集まった家族の目前でこの場面が繰り広げられていた。ドニャ・アスンシオンが慌てて両者の間に割って入り、当時まだ十四歳だったサントスは恐ろしい光景を前に凍りついた。

外せば本当に脅しの言葉を実行しかねない父の恐ろしい落ち着きぶりに怯んだのか、あるいは、自分の暴力的振る舞いを反省したのか、ともかくフェリックスは銃を収め、部屋から出ていった。

直後に彼は生家を離れる決意を固め、泣いて懇願するドニャ・アスンシオンの言うことにも耳を貸さず、馬に鞍をつけて出ていった。その間、何事もなかったかのように平静を保っていたドン・ホセは、眼鏡をかけてじっと新聞を読み続け、やがてカビテの惨劇のニュースに行き着いた。

だが、フェリックスは単に父のもとを去ったのみならず、バルケーロ家と組んでルサルド家に楯突き、残虐な扇動家だった伯母のパンチータとともに戦いに乗り出した。当時は群雄割拠の乱世であり、アラウカ地方をめぐるルサルド家とバルケーロ家の争いには、警察当局も見て見ぬふりをするしかなかった。

すでに双方の男たちの大半が決闘で命を落としていた頃のある日、町で闘鶏があり、その場に父が来ていることを知ったフェリックスは、酒の勢いもあり、従弟のロレンソ・バルケーロに唆されたこともあって、囲みの真ん中へ躍り出て大声で言った。

「ここにプエルトリコ産の軍鶏がいます。アメリカ産よりは少々劣りますがね！　スペインの臆病者でこれと張り合ってみようという方はいらっしゃいますか。酒を飲ませても勝つでしょうし、なんなら金も先払いしますよ」

すでに戦争はアメリカの圧倒的勝利で終わっており、父を挑発するためだけにこんなことを言ったのだ。ドン・ホセも囲みの真ん中へ飛び出し、不遜な息子を懲らしめるべく、ステッキを振りかざした。フェリックスは銃を抜き、父も負けずに銃を抜いたが、そこで手元が狂った。この後、憔悴しきった暗い顔で家に帰ったときには、俄かに老いた姿で妻にこう伝えたという。

「フェリックスを殺してしまった。今に運ばれてくる」

すぐに馬に鞍をつけたドン・ホセは、まっすぐ牧場へ向かった。

屋敷へ戻ると、誰も近寄るなと予め厳重に言い渡しておいたうえで、悲劇発端の舞台となった居間に閉じ籠り、あの不吉な夜、息子の心臓を串刺しにすればどのあたりに槍が刺さっていたか見極めた後、腰から抜いた槍を柄まで土壁に打ち込んだ。あの日、あの場所で恐ろしい脅しの言葉を発した瞬間から、フェリックスの死は始まっていたのであり、永久に目の光が消えるまで、壁に埋めた息子殺しの刃を贖罪の印にしようと決めたのだ。

そして事実そのまま部屋に引きこもったドン・ホセは、水も食事も頑なに拒否し、椅子から動くことも、瞬きすることさえもほとんどなくなった。最初は小窓を一つだけ開けていたが、やがて夜でも目が見えるようになって、真っ暗闇ですべての意志を恐ろしい贖罪に集中し、自らに課した死だけを何日も待ち続けた末、ある日、壁に刺さった槍を一心に見つめた姿で固まった死体となって発見された。

その時になってようやく到着した警察当局は、こうした場合にお決まりの茶番ですべてを処理し、何の処罰も下さなかった。死体の両目を閉じるのは大変だった。

数日後、ドニャ・アスンシオンはジャノを去ることに決め、不毛な争いのたった一人の生き残りとなったサントスを連れてカラカスへ移った。忌まわしい土地から数百レグアも離れたまったく別の場所で息子を教育し、悲劇から救い出そうとしたのだ。

最初の数年は退屈だった。ジャノの粗野だが情緒豊かな環境でたくましい人間に育ちつつあったサントスが、いきなり都市の眠気を催すほど軟弱な世界へ連れて来られ、怯えきった母とともに寂しい家に閉じ籠って暮さねばならないとなれば、体全体が麻痺状態に陥るのは当然だった。鋭い知性と熱い心を備えた元気な少年は——荒馬も乗りこなせば、危険な草原の作業も落ち着きはらって巧みにこなした彼は、父の誇りであり、また、粗野な山賊ばかりでなく、叙事詩に謳われたケンタウロスに比肩する猛者も輩出してきたジャノ人の誉れでもあり、その反面、別の視点から人生を見る母は、彼の言動に思慮深い上品な精神を証し立てる感情や思想を見出すたびに、彼への期待を新たにしていた——のろまで怠惰になり、人との付き合いまで拒むようになった。

「まるで別人になったようね。逃亡奴隷《シマロン》になったみたいじゃないの」相変わらずジャノの言葉を話す母は言った。

「成長の一段階よ」女の友人たちは彼女に言った。「男の子にはそんな時期もあるわ」

「ずいぶん怖い思いをして、それがまだ残っているせいもあるのでしょうね」母は付け加えた。

もちろんその両方だったが、転居も大きな要因だった。目の前に開けた地平線、遠慮なく顔に吹きつける熱風、群れの先頭を行く者が口ずさむ小唄、広い沈黙の大地に囲まれた原始的孤独、そんなものを一度に失ったのだから。ジャノに咲く花が植木鉢では萎れてしまうのと同じことだろう。

時にドニャ・アスンシオンは、息子が裏庭の草むらに埋もれるようにして仰向けに横たわったまま白昼夢を見ている姿を目にすることがあった。ジャノでは、去勢されて獰猛さを失った末に群れのボスの座を奪われた牡牛が、憩いを求めて茂みにこもり、無力な怒りに時折重い呻き声を上げながら、何日も飲まず食わずのまま寝そべって過ごすことを「シゲ込む」と言うが、まさにそれと同じ状態だった。

だが、やがてサントス・ルサルドの野生魂も都会生活に屈した。ノスタルジーの呪縛が解けて我に返ると、すでに十八歳になるというのに、アラウカを離れて以来ほとんど何も学んでいない自分に気がついた。失った時間を取り返すため、彼は必死で勉強に励んだ。

一方、ドニャ・アスンシオンは、それまでの恐ろしいいきさつにもかかわらず、アルタミラ牧場を売ろうとはしなかった。ジャノの人間らしく頑固で頭が硬く、郷土愛も強かったせいで、もはやアラウカに戻ろうとは夢にも思っていなかったにもかかわらず、生まれ故郷との絆を失う決心がつかなかったのだ。それに、誠実で義理堅い執事のおかげで、毎年牧場からは十分な収入が上がっていた。

「私が死んだらサントスが売ればいい」彼女はよく言っていた。

ところが、臨終の際にドニャ・アスンシオンは言った。

「できることならアルタミラは売らないで」

そしてサントスは、母の遺志を汲んで牧場を手放さず、そこから上がる収益を質素な生活の出費にあてた。いずれにせよ、牧場などなくとも十分生活していくことはできただろう。牧場であれジャノ全体であれ、郷土にはもはや何の愛着もなく、郷土愛が失われていくにつれて、自分が地方出身者であることすらほとんど意識しなくなっていた。都会生活と知的刺激に慣れてしまうと、牧場での自由だが粗野な生活を懐かしむ思いも消えた。だが同時に、都会生活では満たされることのない憧れが心のどこかにうごめいていた。結局のところカラカスとて、野心家の襲撃に無防備なままいくつも心の扉を開けた大きな町にすぎず——サントス一族の殺し合いで滅んだあの町より少し大きいだけ——、人間の脳のように複雑で完璧な、理想の都市には程遠かった。入ってくる刺激が思想として結実することもなければ、町人の反応が効率よくあちこち伝播するわけでもなく、そんな理想は古きヨーロッパ文明においてしか実現不可能なのだと痛感するにつけ、大学を終えたらすぐにでも国を出たいと願わずにはいられなかった。

そのためには、このままアルタミラから上がる収益をあてにし続けてもよかったが、弁護士という職業は牧場経営には役立たないし、いっそ牧場を売って都会の不動産に投資するという手もあった。アルタミラでは、母に仕えた誠実な執事はすでに他界し、サントスは、定期的に送られてくる会計報告にほとんど目も通さぬまま、帳簿上はいつも明快なその数字を満足して受け入れていたが、その裏で管理人たちは牧場を使っておいしい商売をせしめていた。おまけに、牛泥棒が入り込んでも見て見ぬふり、近隣の民がまだ乳離れもしていないルサルド牧場の仔牛に自分の焼印を勝手につけても知らんぷり、そんな有様だった。

そしてとうとうあの有名なドニャ・バルバラとの訴訟問題が始まり、地方裁判所の命じる勝手な境界線の書き換えによって何レグアに及ぶアルタミラの草原をせしめていたこの女傑の横暴を前に、このまま手をこまねいているわけにはいかなくなった。

大学の勉強を終えたサントスは、サン・フェルナンドへ赴いて訴訟関係の書類を調べ、何か策を講じる余地が残されているか確かめようとした。女傑に有利な判決の詳細を検討していくうちにわかったのは、買収、賄賂、大っぴらな暴力、その他すべてがアラウカの女暴君には朝飯前だということだった。また、自分の所有地がこのような災難に遭っているのは、田舎者が開拓した土地の例に違わず、「クナビチェ人」こと初代ドン・エバリストの創設したアルタミラも、所有権が法的に穴だらけだったからだという事実も明らかになった。

サントスは牧場を売ろうとしたが、ドニャ・バルバラの隣に地所を持ちたいと思う者はおらず、そのうえ、相次ぐ内戦にジャノ全体が荒廃しており、なかなか買い手は見つからなかった。ようやく現れた候補は彼にこんなことを言った。

「ここで交渉終了というわけにはいきませんよ、先生。ご自分で足を運んで、その目でアルタミラの現状をご確認ください。すっかり荒れ果てているのですから。草原にぽつりぽつりと木が生えるだけで、牛はすべて痩せこけています。よろしければ、先にいらして、向こうでまたお会いするということでいかがですか。これから私は牛の取引にカラカスへ行かねばなりませんが、一か月後にはアルタミラへ参りますから、そこで牧場について改めてお話しするとしましょう」

「それでは向こうでお会いしましょう」サントスは言って、翌日アルタミラへ向けて出発した。

道中、荒涼とした平原の風景を前に、彼は様々なことを考えた。牧場へ行って、自分の権利のみならず、他人の権利を守るために闘う、ドニャ・バルバラはこの地域にのさばる多くのボスの一人にすぎず、そんな輩に権利を蹂躙された者は多い、そして自然との闘い、ジャノの民を脅かす疫病、一年中土地に襲いかかる洪水と旱魃、文明を寄せつけぬ荒涼地帯、そんなものすべてと闘わねばならない。

といっても、まだそんな意志が固まっていたわけではなく、ぼんやりあれこれ考えて楽しんでいる程度であり、楽観的になるかと思えば、直後には悲観的考察にとりつかれた。

実行には男一人の意志を超えた何かが必要なのだ。アラウカでドニャ・バルバラの横暴を止めるだけで何の効果があるだろう？　すぐに別の地に別の暴君が現れるだけだ。こうした悪を生み出す環境それ自体を変えねばならない。それには人口が必要だ。だが、人を呼びたければ環境を改善する必要がある。環境の改善にはまず人を呼ばねばならない。どうどうめぐりだ！

だが、そんなところにエル・ブルヘアドールとの接触という単純な出来事があり、船頭の言葉によって、恐るべきドニャ・バルバラに立ち向かうことの危険を知らされたサントスは、論理的思考を捨てて衝動に身を任せ、今や闘いに乗り出そうと勇んでいる。

確かにそれは、ルサルド一族を破滅に追いやった一途な攻撃性の発露ではあったが、一つの理想を追っている点でそれまでとは違っていた。混乱の時代の申し子とでも言うべきドニャ・バルバラに立ち向かうことは、単にアルタミラを救うばかりでなく、ジャノの繁栄を妨げる退行的な力を打ちのめすことに繋がるだろう。

そしてサントスは、活力に溢れたクナビチェ人の血を引く者らしく、熱い思いを内に秘め、同時に、先祖たちに欠けた文明化の理想を胸に、この闘いに乗り出す覚悟を決めた。

第三章　男を貪る女

クナビチェの向こう、シナルコの向こう、メタのもっと向こう！　果てしなくずっと向こう。普段は何でも「すぐそこ、その木の後ろ」などと言うアラウカの人々が、こんな話し方をする。悲劇の暴君はそんなはるか彼方の出身だった。白人の荒くれ冒険家と暗い官能を秘めたインディオ娘の間に生まれたはずだが、その出自は大きな謎となって人跡未踏の地に消えていた。

闇に包まれた記憶の奥底には、まだ物心ついたばかりの頃、ボートに乗ってオリノコ流域に広がるセルバの河を渡る自分の姿があった。六人の男が乗っており、隊長は「タイタ」と呼ばれていたが、舵取りの老エウスタキオ以外、誰もが粗野な張り手と酒とチモー臭いキスという荒々しい愛情表現で彼女の相手をした。

乗組員が従事するのは合法的商売の殻を被った密売であり、一味はシウダー・ボリバルとリオ・ネグロの間を行き来していた。酒樽や安物の宝石、傷んだ生地や化粧品を積んで出ていくボートは、臭いの強いサラピアの実や黒いバラタ一樹脂を満載して戻ってくる。道中に散らばる集落で原住民を騙して安物を買わせ、貴重な物資を調達する。だが、時にはライフルを背負ってボートから下りることもあり、河岸の森や草原に分け入った後、血に染まったサラピアやバラターを抱えて戻ってくる。

ある日の午後、シウダー・ボリバルを出発しようとしていたところで、乞食のような服を纏って腹を空かせた様子の若者が船に近寄ってきた。バルバラは男に見覚えがあった。いつも波止場の縁に突っ立って、密輸人たちに食事を準備する彼女を焦点の定まらない目で観察していた男だ。アスドルバルとだけ名乗ったこの男は、隊長にこんな提案をした。

「マナオスまで行きたいのですが、旅費がありません。リオ・ネグロまで連れて行ってくださるのなら、仕事は何でもします。料理でも会計でも、お役に立てることは何でも」

思わせぶりで、頭の切れる浮浪者らしく、逆らい難い魅力を醸し出すこの男は、隊長に好印象を与え、バルバラを少し休ませるためもあって、料理人として同行を許された。すでに十五歳になり、美しいメスティソ娘に育っていた彼女をタイタはすでに甘やかし始めていた。

何日か過ぎた。野営する砂浜に火をおこし、夜その周りで休むことがあると、アスドルバルは放浪生活のおかしな逸話を披露して場を盛り上げた。バルバラも笑い転げたが、彼が話をやめ、爽やかで響きのいい笑い声に満足げな様子を見せると、彼女は素に返って視線を下ろし、その純真な胸が甘い息苦しさに震えるのを感じた。

ある日、アスドルバルは彼女の耳元に囁いた。

「そんな目で見ないで。すでにタイタが勘繰っているようだから」

実際、隊長はこの男に同行を許したことを後悔し始めており、彼の仕事ぶりを白い目で見るようになっていたが、とりわけ気に入らなかったのは、頼まれもしないのにバルバラに読み書きを教えていることだった。アスドルバルは熱心に個人授業に取り組み、彼女の手を取って文字を書かせるため、二人の体はいつになく近づくのだった。

ある日の午後、授業の後でアスドルバルは辛い過去の話を始めた。継父が横暴で母の家を出ねばならず、あてもなくあちこちさまよって辛酸を舐めたこと、いつも空腹で身を寄せる場所もなかったこと、ユルアリ鉱山で厳しい労働に耐え、後に病院のベッドで懸命に死と闘ったこと。そして最後に今後の計画を話し、運試しにマナオスへ行きたい、もう放浪生活には疲れたし、心を入れ替えて仕事に励みたい、そう語った。

まだ何か言いたいようだったが、ここで彼は口をつぐみ、河岸に広がる劇的な森の間を流れゆく川を見下ろした。

男の計画に自分が入り込む余地はないことを見てとったバルバラは、美しい目に涙を浮かべた。そのまま二人とも長い間黙っていた。あの午後のことは忘れまい！　深い沈黙のなか、遠くからアトゥーレスの早瀬の重い唸りが聞こえてきた。

突如アスドルバルは彼女の目を見つめながら訊いた。

「隊長がお前をどうしようとしているか知ってるか？」

恐ろしい予感に体を震わせながら彼女は叫んだ。

「私のタイタ！」

「奴はその名に値しない。トルコ人にお前を売り飛ばすつもりなんだ」

トルコ人とは、ハンセン病持ちの残忍なシリア人のことであり、バラターの取引で一財産を成したこの男は、病に身を蝕まれてオリノコ・セルバの真ん中で隠棲生活を送っていたが、それでいて、いつもうら若いインディオ女性に囲まれていた。誘拐したり両親から買ったりして連れてきた女を相手に性欲を満たすだけでは飽き足らず、あらゆる健全な者たちに病気をうつすことで、不治の病に苦しむ憎念をぶちまけているのだという。

ある時ボートの乗組員の会話を偶然耳にしたアスドルバルは、前回の旅でゴム・セルバのモロクが二十オンサでバルバラを買おうと隊長に持ちかけていたことを知り、さらには、まだ取引に応じていないのは、もうすぐバルバラが年頃の女になることもあって、もっと高い値段で売りつけようとしているからだということまで聞きつけた。

どうせそんな運命が待ち構えているのだろうと彼女もうすうす感づいてはいたが、それまでは、窮屈なボート生活をともにする男たちの戸惑いがちな視線にも助けられ、恐ろしい未来を想像しても、恐怖と喜びが入り混じるような感覚に囚われるだけだった。

だが、アスドルバルに恋した今、眠っていた心が目覚め、耳にしたばかりの言葉に恐怖で心を揺すぶられた。

「助けてください！　一緒に連れて行ってください」と言おうとしたところで、隊長が近づいてくるのが見えた。

手にライフルを持っており、アスドルバルに向かって彼は言った。

「さて、そろそろ無駄話はやめて、仕事に取り掛かってもらおうか。蛙《エル・サポ》が約束のサラピアを取りに行くので、一緒に行ってやってくれないか」そしてライフルを渡した。「インディオに襲われたら、これを使ってくれ」

アスドルバルは一瞬考えた。バルバラとの話を聞いていたのだろうか？ この指令は……？ ともかく、言われたとおりにするしかない。

彼が立ち上がると、バルバラは目に哀願を込めて引き止めようとしたが、彼は素早くウィンクだけして決然と立ち上がり、エル・サポの後を追って野営を出た。この男がナンバーツーであり、隊長の右腕として様々な悪事を助けていることはアスドルバルにもわかっていた。だが、ここで怖気づいて命令に逆らったりすれば、すべてが台無しになってしまう。ライフルを持っていることもあり、野営なら五対一だが、これなら一対一だ。バルバラは目で彼を追い続け、彼の姿が消えた後も、じっと森の入り口を眺めていた。

その間、乗組員たちは互いに狡賢い視線を交わし、少し後で、近隣に住むインディオの襲撃に備えるという名目で隊長が彼らに上流域の探険を命じると——すでに老エウスタキオにも同様の指示を出していた——、これが娘と二人きりになるための口実だと見てとった彼らは、ぶつぶつ何か言葉を交わしたうえで答えた。

「もう少し後にしましょう、隊長。少し休ませてください」

これこそ、美しく色気づいていた娘を触媒にして以前から準備されてきた反乱の始まりだった。男三人が腹を括って結託していることに感づいた隊長は、その場で反乱の鎮圧に乗り出すことは避け、自分に盲目的に忠実なはずのエル・サポの帰還を待ってから対策を講じることにした。

タイタの邪な意図に気づいていたバルバラは、救世主の到来でも迎えるように反乱者たちを見つめ、彼らのほうへ駆け寄った。だが、彼らの視線を見た途端に恐怖で心臓が凍りつき、立ち止まって、アスドルバルと別れた地点まで機械的に戻っていった。

突如オワリフクロウが鳴いた。うら寂しく静まりかえったセルバの黄昏にこの不吉な鳴き声が聞こえると、旅人の心臓は凍りつく。

「オワリダ、オワリダ……」

これは鳥の不吉な鳴き声だろうか、それとも、アスドルバルの死喘鳴だろうか？　長い緊張の突発的発露だろうか、それとも、その時別の体が受けた致命的一撃、エル・サポがアスドルバルの首を落とす一振りが不思議な形で遠くから伝わってきた残響なのだろうか？

彼女の記憶に残ったのは、突然の衝撃にうつ伏せに倒れ、喉を引き裂くほどの叫び声を上げたことだけだった。

あとはすべて彼女の知らぬ間に起こった。反乱が勃発して隊長は殺され、すぐに戻ってきたエル・サポもアスドルバルのかたき討ちに殺された後、男たちは乙女をなぶりものにした。

バルバラの叫びを聞きつけ、息せき切って老エウスタキオが助けにやってきたときには、すでに男たちは欲望を満たした後で、一人がこんなことを言っていた。
「こうなれば、前に言われたとおり二十オンサでもかまわないから、トルコ人に売り飛ばしていいんじゃないか」

焚火の光に闇が紫色に照らされるなかで、野生の雄叫びが響き渡る。コウノトリの捕獲。人を寄せつけぬ泥沼の周りでインディオたちが藁に火を点し、騒ぎに驚いた鳥が飛び立つと、深い闇のなかで火照りを浴びた翼はバラ色に染まるが、そこで狩人たちは突如黙り込んで手早く火を消す。すると、目の眩んだ鳥は無防備にすぐそばに落下する。

バルバラの人生にも似たようなことが起こった。アスドルバルへの恋は束の間の飛翔であり、初めて心に灯った純粋な感情の輝きを追ってかすかに羽ばたいた途端、快楽を貪る男たちの暴力によってその光は永遠に消し去られてしまった。

あの夜、男たちの手から彼女を救ったのは老エウスタキオだった。バニバ族のインディオだった彼が水先案内人としてボートに乗っていたのは、同じ部族出身のインディオ女が生んだ娘のそばについてやるためだった。隊長の乱暴な扱いに屈して息を引き取る直前、女は、娘をお願いと言って彼に泣きついたのだ。時が経ち、集落へ逃げ込んで静かな暮らしを続けても、寂しげな竹笛の音色を聞きながら、時にインディオ魂の内側で静かな諦念がうごめくことがあっても、バルバラの心のうちでは陰鬱な嵐が収まらなかった。額には頑なな皺が走り、目には邪な火が光っていた。

胸には怨念ばかりが残り、破壊的力を備えた鉤爪に囚われてもがき苦しむ男の姿を見ることだけが彼女にとっての慰めだった。オリノコ・セルバの悪霊カマハイ・ミナレの呪い、妖術師の瞳に宿る悪魔的な力、男たちの淫乱を掻き立て、愛撫に抵抗する者の意志を挫く媚薬の調合にインディオ女たちが使う草や根、その恐ろしい効力、そんなものがバルバラの情熱を煽り、もはや彼女は男に魔法をかける秘術を習得するためだけに生きているようなものだった。

そして彼女は、野蛮なインディオ世界の生み出すあらゆる呪術師から怪しげな秘技を学んだ。邪悪な視線を標的に投げかけるだけで恐ろしい奇病を引き起こす睨み師、病人の患部に奇跡の息を吹きかけるだけで完治させる吹き師、あらゆる悪に対する呪文に通じ、たとえ遠くからでも、患者のいる場所さえわかれば呪文を唱えて病を治す祈祷師、誰もがバルバラに秘法を伝授し、やがて彼女の心は荒唐無稽な迷信に支配された。

その一方で、彼女の美貌はすでに集落の平和をかき乱しつつあった。若者につけ回され、嫉妬深い女に睨まれ、ついに思慮深い長老たちが老エウスタキオを説き伏せねばならなくなった。

「あの女を連れてどこかへ出ていけ。二度と戻って来るな」

そして再び、二人の竿振りインディオとともに小舟に乗って大河を往来する放浪生活が始まった。

オリノコ川は黄褐色の波を立てて流れ、グアイニーア川は黒っぽい波を引きずっている。セルバの真ん中で二つの水は合流するが、かなり長い区間、両者は混ざり合うことなく独自の色を保つ。同じように、バルバラの内側でも、煮えたぎる官能と男への嫌悪感が随分長い間平行線を辿った。

そして恐ろしい情熱の結合が起こった後、その最初の犠牲者となったのがロレンソ・バルケーロだった。

ドン・セバスティアンの末っ子としてカラカスで教育を受けていた彼は、法学部卒業を目前に控えており、家柄のいい美女に愛され、すでに弁護士の素養の片鱗も見せるなど、まさに前途洋々としていたが、そんな時にジャノでルサルド家とバルケーロ家の争いが沸き起こり、それと期を同じくして、不思議な道徳的退化の兆候を見せ始めた。突如として人間嫌いになり、大学の授業も快適な都市生活も投げ出したかと思えば、近郊にある農園の小屋でハンモックに身を投げ、何日も何日も独り陰気に塞ぎ込んだまま、病に見舞われて巣に籠った猛獣のようになった。挙げ句の果てに、恋人、勉強、輝かしい上流階級の生活、その他カラカスでの日々を彩っていたすべてを完全に放棄してジャノへ旅立ち、そこで繰り広げられていた激動のドラマに身を捧げることにした。

そしてある日の午後、ブラマドールの渡しで牛の群れを導いていたところに、食料を積んでアラウカ川を遡ってきた老エウスタキオの船が到着し、初めてバルバラと出会った。

ジャノで発生した嵐は瞬く間に成長して猛烈に吹き荒れるが、この時バルバラの内側で、憎念――ずっと心の底に残っていたし、彼女もそれを隠しはしなかった――に押さえつけられていた情欲がそれとは比較にならないほど激しく爆発した。

「初めてあなたに会ったとき、アスドルバルに似ていると思ったわ」身に起こった悲劇を打ち明けた後で彼女は言った。「でも、今はあなたが男の代表ね。ある時はタイタ、またある時はエル・サポ」

そしてロレンソは、自分の魅力を誇示するように答えた。

「ああ。お前が憎む男の一人ひとりさ。お前には悪いが、今にその一人ひとりを愛させてやるさ」

バルバラは吠えるように言った。

「いえ、全員ひねりつぶしてやるわ」

そして、実のところ多少はバルバラにとっても目新しい体験だったこの野性的な愛が、すでに狂っていたロレンソ・バルケーロの心を完全に狂わせた。

子供を身ごもっても、男を貪る女の怨念はいっこうに和らぐことがなかった。それどころか、悪化の一途を辿り、彼女にとっては、お腹の子供が男の勝利、新たな暴力を意味した。そんな感情に支配されたままお腹で子供は育ち、やがて女の子が生まれたが、母がその顔を見るのも嫌がったせいで、乳母に頼るほかはなかった。

飽くなき女に精気を吸われ、彼女の作る怪しげな催淫剤を食べ物飲み物に仕込まれてすでに体をずたずたにされていたロレンソには、娘にかまう余力などあるはずもなかった。かつて未来を嘱望された勇ましい若者は、程なくさもしい悪徳に蝕まれた抜け殻と化し、彼の内側には、気力を失って獣同然となった精神しか残ってはいなかった。

そして日々体の能力すべてが麻痺し――一日中どうしようもない眠気に沈んでいた――、媚薬の毒に活力の源を断たれて恐ろしい苦境にはまりこんでいく一方で、彼の財産は貪欲な連中に蝕まれていった。

その先陣を切ったのは、この地域でかつて村長として私腹を肥やしたアポリナール大佐なる人物であり、蓄えた金で土地を買うことを目論んでいた。似非弁護士の詭弁に長けたこの男は、ロレンソ・バルケーロの堕落した生活を見透かして、その愛人も絶好の獲物だと見てとるや、素早く計画を練って女を口説きにかかった。そしてご機嫌取りの間にこんな計略をちらつかせた。

「男に《俺の女》扱いされたくないというのなら、ドン・ロレンソと結婚などしなくとも、ラ・バルケレーニャの土地を手に入れる簡単な、しかも確実な方法があります。偽装売買です。彼にサインさせるだけです。そんなことは朝飯前でしょう。私にお任せくだされば、親類たちにも有無を言わさぬ完璧な書類を作成してご覧に入れます」

そして簡単に話はついた。

「わかった、お願いするわ。サインのほうは任せて」

そしてロレンソの抵抗にあうこともなく、すべてが計画どおり運んだ。だが、書類提出の直前にバルバラは、ラ・バルケレーニャの購入額にあたる金額をアポリナールから借りたこと、そして購入した土地がその抵当に入っていることを示す条項があることに気づいた。

アポリナールは説明した。

「その条項は、ドン・ロレンソの親族に対する予防線として必要です。もしこれが偽装売買だとばれれば、取引は無効にされてしまいます。そんなことにならぬよう、公証人の目の前で私があなたにこの金額をお渡しします。心配は無用です。二人で一芝居打つだけです。登記が済めば、お金を返していただいて、こちらから条項を無効にする書類を差し上げます」

そして、彼女の自由意思で条項を無効にできることを示す私的取り決めの書類を見せた。

今さら後戻りするわけにもいかず、また、彼女は彼女で、アポリナールが牧場開発に使おうとしていたその資金をせしめるための策略をすでに練っていたのだった。書類を返しながらバルバラは言った。

「わかった。あなたに任せるわ」

うまく口説き落とせたと思ったアポリナールは、自らの巧妙な戦略を振り返って悦に入った。「あなたに任せる」、この言葉は彼女が自分になびいてきた証であり、やがては彼女の牧場まで手に入れることができるだろう、一銭の負担もなく。

数日後、バルバラはロレンソに言った。

「これからは大佐と暮らすわ。あなたはこの家から出ていってちょうだい」

ロレンソはこんな惨めなことを言った。

「君と結婚してもいいよ」

これにバルバラは高笑いで答え、ロレンソは娘とともに、今度こそ本当に、そして死ぬまで、ラ・チュスミータのシュロ林に建つあばら家に引っ込まねばならなくなった。ここともて彼の所有地ではなかったが、彼の母と叔父ホセ・ルサルドが交わした取り決めによって、両者とも所有権を放棄していたため、アルタミラの真空地帯となっていたのだ。

バルバラは、ラ・バルケレーニャに代えてこの地を恐怖《エル・ミエド》と名付け、牧場内の住居が並ぶ草原の一角がこの名で呼ばれるようになった。これが、後に悪名を馳せるラティフンディオの出発点だった。ただでさえ嵐のような性分に貪欲さが加わり、アラウカ渓谷すべてを我が物にしようと目論んだバルバラは、類まれな法的才知を備えたアポリナールの助言を得て次々と近隣の牧場主を相手に訴訟を起こし、まともに法廷で勝てないとなれば、判事を買収してすべてを片づけた。そして、もはやこの新しい愛人から学ぶこともなく、彼の資産すべてが牧場の開発につぎ込まれたと見るや、凶暴な独立心を取り戻し、いったいどんな手を使ったのか、かつては女を自分のものにしたと思い込んだこの男を蒸発させた。

主人の目を離れ、簡単に金に釣られる管理人の手中にあったアルタミラは、欲の皮の突っ張ったバルバラの格好の餌食だった。何度も訴訟が起こり、そのたびにエル・ミエドとの境界線はアルタミラの内側へ入っていった。買収された判事は判決のたびにわざと曖昧で不正確な言葉を並べ、見て見ぬふりをするルサルド家の執事にも助けられて、境界線を示す柱を動かすことなどバルバラには造作もなかった。

こうした悪事が知れるたびにサントス・ルサルドは執事を換え、そんなことをしているうちにアルタミラはバルビノ・パイバの手に落ちた。かつて馬の取引をしていたこの男は、ある時馬の購入にエル・ミエドへ現れ、ちょうどアルタミラの執事に誰か適任はいないかと探していたバルバラに、大胆にも口説き文句を向けたことで――その時には両者とも相手の狡賢さをまったく知らなかったが――彼女の目をひいた。

そして、サントス・ルサルドを相手にした直近の訴訟で、軟弱なばかりか情にももろい弁護士につけ込み、アルタミラの草原十五レグアをせしめただけでは飽き足らず、バルバラはもっと思い切った手に打って出た。この弁護士に、空白になっているアルタミラの執事にバルビノ・パイバを推薦するよう命じたのだ。以来この男は、せっせと駆り集めと追い込みに繰り出しては焼印のない家畜にエル・ミエドの焼印を押し、一か所に落ち着くことのない境界線を少しずつ前進させていった。

境界線上の土地が次々とエル・ミエドに組み込まれ、余所の牛でバルバラの家畜が膨れ上がっていく一方、彼女の懐に入る金は二度と流通しなかった。彼女の好きなモロコタ金貨を詰めた甕がすでにいくつも埋蔵されているという噂が広まり、ある時には、彼女にとって金は数えるものではなく穀物同様に量るものだと知った某大牧場主が、こんな提案をしたといって話題をさらった。

「ドニャ、一貫ほどモロコタ金貨を貸してもらえないかね？」

すると彼女は、縁まで金貨を詰めた容器を持って戻ってきたという。

「山盛りにするかい、それとも、すりきりでいいかい？」

「すりきりで結構、ドニャ、山盛りでは高くつきそうだから」

すると彼女は、専用の棒で何度も縁をならし、溢れていた金貨を取り除いて言った。

「いいかい、返済の時には、ならすのは一回だけだからね」

あくまで噂の話で、バルバラの財産については誇張もあっただろうが、間違いなく彼女は金持ちで強欲だった。

彼女の黒魔術に関する噂は、まんざらジャノ人の誇張ばかりではなかった。彼女は自分に超自然的能力が備わっていると本気で信じ込んでおり、一度「相棒《ソシオ》」のおかげで命を救われたことがあるとよく話していた。ある晩、金で雇われた刺客が彼女の部屋に忍び込んだのだが、タイミングよく相棒が蝋燭を点けてくれたおかげで、間一髪目を覚ましたという。以来、何度も相棒が現れて、どうすれば難局を切り抜けられるか進言し、時には、彼女に関心のある未来の出来事、遠い場所での出来事を教えてくれることもある。バルバラによれば、彼こそアチャグアスのイエス・キリスト様だというが、いつも彼女の口をついて出てくるのは相棒《ソシオ》という呼び方であり、そのせいで彼女は悪魔と契りを交わした女だと噂された。

それが神であれ悪魔であれバルバラにとっては同じことで、彼女の内側では、魔術と信仰、呪文と祈祷、すべてがごちゃまぜになって一つの大きな迷信の塊を形成しており、その胸には、インディオ呪術師のお守りとスカプラリオが平和に共存していた。相棒と密談を交わす部屋の棚には、宗教画、祝福を受けたシュロの十字架、ワニの牙、スズキの飲み込んだ石、火打石などが並び、インディオ部落から持ってきた呪物の数々が誓いのランプに照らされて浮かび上がっていた。

愛に関しては、男を貪る女の憎しみと情欲の野蛮な混合はもはや微塵も残っていなかった。官能は強欲の情熱に取って代わられ、男勝りの生活を続けるうちに——自ら人夫の指揮を執り、熟練の牛追いに劣らぬ技を駆使して投げ縄で牡牛を薙ぎ倒し、いつも腰から小槍と拳銃をぶら下げ、必要となれば躊躇なく発砲した——女性らしさは跡形もなく消え去った。絶対服従の執事を雇ったり、バルビノ・パイバのような便利な手先を敵方に潜りこませたり、必要があればやむなく愛情を見せることもあったが、それは女性的な従順ではなく、男性的な戦略にすぎなかった。容赦ない怨念に代わって、バルバラの心は男への徹底した軽蔑に支配されていたのだ。

だが、こんな生活を送り、すでに四十を超えていても、彼女は相変わらず男心をくすぐり続けていた。女性らしい繊細さに欠けても、男勝りの圧倒的容貌が彼女の美しさに独特の雰囲気を添え、野性味、美しさ、威圧感、そのすべてが揃っていた。

すなわち、世に名を知られたドニャ・バルバラとは、淫乱と迷信、強欲と残忍の化身であったが、その暗い心の奥底にあったのは、純粋な痛ましい思い出、すなわち、アスドルバルへの思い、彼女を幸せにできたかもしれない愛の挫折だった。そしてこの傷が、人身御供を強制する原始的信仰のような恐ろしい性格を纏って表出していたのだ。誰か潰しがいのある男が目の前に現れると、彼女の記憶には必ずアスドルバルが甦るのだった。

第四章　何千あっても一つでしかない道

アルガロボの渡しまで来れば、あとはアラウカ川の流れを押しとどめる高い土手に守られた緩やかな流れに乗っているだけで、アルタミラ牧場まで到着する。

船の到着を告げるインディオの声を聞いて、右手の崖の縁から娘数人が顔を出し、三人の少年と二人の男が砂浜へ下りてきた。

その一人、オリーブ色の丸顔をした現地風の美青年がアントニオ・サンドバルだとサントス・ルサルドにはすぐわかった。少年時代の愛称は仔牛のアントニート、よく牧場で野生の蜂蜜やパラウラタ鳥の巣を探して一緒に探険したものだ。

アントニオは恭しく帽子をとって挨拶したが、ルサルドは十三年前に別れたときとまったく同じように相手を抱擁した。アントニオは呟いた。

「サントス！」

「変わってないな、アントニオ」両手を相手の肩にかけたままルサルドは言った。

だが、アントニオはすぐに恭しい態度に戻った。

「あなたはもう別人です。船に乗っていらっしゃることを予め知らされていなければ、誰だかわからなかったところです」

「だから驚かなかったわけか。でも、誰に聞いたんだ？」

「どうやら、エル・ブルヘアドールと一緒にいた人夫がエル・ミエドに知らせを伝えたようです」

「そうか！　確かに二人いたな。一人は昨夜のうちに陸路で戻ってきたのだろう」

「私はファン・プリミートから聞きました」アントニオは言った。「エル・ミエドの間抜け男ですが、目ざとい奴で、いろいろニュースを伝えてくるんです。それにしても、エル・ブルヘアドールの奴が何としてもあなたと同じ船に乗り込もうとしていたというので、一日中心配でしたよ。インディオの声が聞こえたときも、仲間のカルメリートとその話をしていたんです」

仲間を指差し、すぐに紹介した。

「カルメリート・ロペスです。頼りになる男です。新顔ですが、ルサルド家に忠実に仕えています」

「よろしくお願いします」男は軽く帽子のツバに触れながら素っ気なく言った。角張った顔の男で、眉間に皺を寄せ、一目見たかぎりでは無愛想だった。見知らぬ者が現れると、ジャノの言葉で言う「穴ごもり」をするタイプなのだろう。

それでも、アントニオの言葉もあり、ルサルドは彼に好印象を持った。相手はそうでもない様子だったが。

実際にカルメリートは、サントス・ルサルドがいざ所有地を脅かす敵との闘いに乗り出す段になると、牧場で信頼に足るわずか三、四人ほどの部下の一人だった。少し前にアルタミラにやってきて、執事バルビノ・パイバとの反目にもかかわらず、いまだここにとどまっているのは、アントニオを助けるためだった。サンドバル家に代々受け継がれてきた忠誠心を存分に発揮して、腹黒い執事に耐えるばかりか、いつかサントス自ら牧場の指揮を執ってくれるに違いないと希望を捨てることもなく、残り少ない誠実な仲間を引き止め続けていたアントニオを見捨てるには忍びなかったのだ。二人は主人の到着を喜び、これでバルビノ・パイバは悪事を暴かれて職を解かれることだろう、ドニャ・バルバラの横暴も終わって、万事順調に進むことだろうと思った。

だが、サントス・ルサルドが船から飛び降りた瞬間からカルメリートは、その姿が自分の抱いていた男らしさのイメージとかけ離れていることを思い知った。颯爽たる格好は嫌味で、顔の肌は滑らか、繊細すぎて、わずか数日間の旅行で日焼けして真っ赤になっており、男といえば髭を伸ばすのが当然なのに口髭まで剃っているし、優しい物腰はわざとらしく、滅多に着ないらしい乗馬服も、上着は締まりすぎ、ズボンは上半分がだぶだぶなのに膝から下が狭すぎる。ゲートルなしにカフスをひけらかすのもいただけないし、こんな粗野な場所でネクタイは余計だろう。

「ふん！」彼は歯の間で呟いた。「こいつが待望の男だというのか？　こんな気取った洒落者に何ができるんだ」

その時、アントニオの父親が現れ、肌は皺くちゃだが髪はまだ黒いこの老人がびっこをひきながら笑顔で砂浜へ向かって坂を下りてきた。

「メレシオおじさん！」サントスは叫んで駆け寄った。「白髪の一本もありませんね！」

「あっしゃ、インディオですからね、ニーニョ・サントス」しばらく声もなく、かすかなしかめ面で笑っていると、歯の抜けた歯茎と噛み煙草で黒くなった唾液が唇の間からのぞいた。「あっしを覚えておいででしたか、ニーニョ・サントス。ちいせえ頃からこう呼んでましたんで、ドトルちゅう呼び方に慣れるまで、もうちっと我慢してくだせえ。どうも齢のせいで頭が固くなっちまって」

「好きなように呼んでください、おじさん」

「いつも敬意は忘れてませんぜ、なあ、ニーニョ。そいじゃ、ご自宅へ戻る前に、ちっとばかりウチで休んでいってくだせえ」

坂の右手では、陽を浴びて白く光る柵に囲まれたところに家畜が集められており、左手には、ジャノによく見られる家が並んでいた。土壁とシュロ葺き屋根の家二軒にメレシオの一家が暮らしており、その間に挟まれた分厚く低い藁葺き屋根の下に長テーブルが置かれ、椅子がその周りを囲んでいた。もう少し向こうにもう一つ広く高い小屋があり、その柱に、アントニオとカルメリートの馬、そして、サントス用に牧場から連れてこられた馬が繋がれていた。離れたところにも別の小屋があり、シュロの横木から、なめされたばかりで臭いのきつい鹿とカピバラの革がぶら下がっていた。

その向こうに木立があり、ホボの木やディビディベの木のほか、渡しの名前の由来になった高いアルガロボの木が聳えている。そのさらに向こうは一面に草が生い茂る完全なジャノであり、はるかかなたに丸く見える草原の縁あたりに、蜃気楼となって宙に浮いたような木々があり、荒涼たる大地に点々と見えるこうした木立をジャノでは「マタ」と呼ぶ。

「アルタミラ!」サントスは叫んだ。「久しぶりだ!」

少し前に土手から顔をのぞかせていた娘たちが扉から中へ引っ込んだ。メレシオは言った。

「孫たちです、こっちで言う野生児《シマロナ》ですわい。午後はずっとあんたの到着を待っとったのに、着いたら着いたで隠れよって」

「君の娘たちかい、アントニオ?」サントスが訊いた。

「いえ、セニョール。私はまだ独り者です、幸いにも」

「別の息子たちの娘ですわい」メレシオが口を挟んだ。「もう死んじまって」

一同は屋根の下に入って陽光を避けた。土の床はきれいに掃かれており、夜ホロポを踊るときのように椅子が一列に並んでいた。これとは別に、概して家具は粗末なジャノにあっては贅沢品とされる肘掛け椅子があり、来客用に置かれていた。

「ほれ、出てこんかい」メレシオが叫んだ。「恥ずかしがらんと、ドトルに挨拶せえ」

扉の後ろに隠れてはいても、顔を見せたい気持ちはある八人の孫娘が、笑ったり小突き合ったりしながら照れ隠しをしていた。

「あんたが最初よ」

「グア、あんたよ」

ようやく娘たちは、細い道でも抜けるように縦一列に並んで姿を現し、逃げ足の速い手を差し出しながら、皆同じ言葉、同じ歌うような声でルサルドに挨拶した。

「ごきげんよう。ごきげんよう。ごきげんよう」

同時に祖父が紹介していった。

「こちらがヘルバシア、マヌエリートの娘。こちらはフランシスカ、アンドレス・ラモンの娘。ヘノベバ、アルタグラシア……サンドバル家の雌牛たちと呼ばれとります。男は、船から荷物を運び出したあの三人だけです。息子たちが遺してくれたのはこれだけ、歯の生え揃ったガンクビが十一個ですわい」

挨拶と紹介を終えて恥ずかしい思いも和らいだ娘たちは、出てきた順番に横並びに椅子に腰掛け、手の置場、目のやり場に困ってでもいるようだった。最年長のヘノベバでさえ十七にはなっていないだろう。何人かは、黒く輝く目と小麦色の肌をした美少女であり、全員体もがっしりして健康そうだった。

「立派な家族に恵まれましたね、メレシオおじさん」ルサルドは言った。「体格もいいし、健康そうだ。ここにはマラリアの害は及んでいないようですね」

老人は噛み煙草を口のなかで動かしていたが、やがて口を開いた。

「あのですね、ニーニョ・サントス、確かにあんたが道中見てきた地域に較べりゃ、このあたりは少しましかもしれねえが、やはりマラリアはこええもんです。このあっしだって、十一人も子供がいたのに、大人になったのは七人だけ、ご記憶でしょう。しかも、今じゃアントニオだけですわい。おんなじような目に遭った人は他にもぎょうさんおります。あっしらのように、熱に熱で応えるような奴なら、神のご加護でなんとか助かりやすが、そうでなければマラリアにゃかないません」

そして噛み煙草の唾を吐き、牛に囲まれて育った男らしい比喩的な言葉に冗談交じりの運命論を込めて、こんなことを言った。

「あっしをご覧なせえ、残るは息子一人です。息子たちにその嫁、大きな群れだったのに、今じゃ蛆虫に食われとりますわい」

また静かな笑みが漏れた。

「ですが、メレシオおじさん、こんな美しい孫たちに囲まれているのですから、老人たちは皆羨ましがることでしょう」陰気な話題を振り払うようにサントスが言った。

「みんな気が利くし」他の娘たちが当惑してひそひそ話をするなか、ヘノベバが呟いた。

「ふむ!」メレシオが声を出した。「だが、いいことばかりじゃありやせんよ。もっと醜い娘たちなら、その辺をほっつき歩いてても心配はねえが、これじゃおちおち夜も眠れやしねえ。あっしなんぞ、夜はフクロウのようにじっと聞き耳を立てて、キツネが来ねえか見張っとります。時々ハンモックから下りて見回りに行っちゃあ、全員揃っとるか確認するんですぜ」

そしてまた静かなしかめ面が現れて顔は皺だらけになったが、その一方で娘たちは赤面し、必死に笑いをこらえながらぶつぶつ言っていた。

「あらまあ、タイタ! また始まったわ」

メレシオのおどけた調子を真似て、サントスはしばらく娘たちに冗談を飛ばした。喜びと当惑に娘たちははしゃぎ、老人が満面の静かな笑みを浮かべて聞き入る横で、アントニオは忠実な眼差しで様子を見守っていた。

やがて少年の一人がカップを持って現れ、ジャノで人をもてなす際には欠かせないコーヒーが振る舞われた。

「亡くなったお父上が使っておられたのと同じカップです」メレシオが言った。「あれ以来、誰も使っておりやせんでした」

そしてすぐさま付け加えた。

「あっしは、死ぬ前にニーニョ・サントスのお顔を拝むことができやした」

「おじさん、そんなこと」

「いやいや、ニーニョ、あっしはルサルド家の使用人として生まれ、死ぬまでルサルド家に仕えるんですから。このあたりじゃ、我らサンドバル家は、生まれたときからケツにアルタミラの焼印を押されるとまで言われてるんですぜ、ヘッヘ」

「確かに、皆いつも忠実でした。おっしゃるとおりです」

「よく言ってくださいやした、そこで聞いとる子供たちも同じ道を進みます。ええ、セニョール、今も昔もあっしらはまっすぐです。必要があればしゃべり、訊かれもしねえことは答えず、いつも言われたことをこなす。いろいろ事情があるだと？　とんでもねえ、セニョール、サンドバル家はいつもルサルド家のしもべ、クビにでもならねえかぎり……」

「まあまあ、父さん」アントニオが笑いながら遮った。「まだ何も訊かれてないじゃないか」

サントスには、メレシオの言う「訊かれもしねえことは答えず」の意味がわかった。歴代の管理人たちが働いてきた悪事について叱責を受けないよう予防線を張り、ルサルドの顔など見たこともないバルビノ・パイバのような新参者の尻に敷かれてきた者の無念さをちらつかせていたのだ。

「わかっているよ、おじさん。今のようになってしまった本当の責任者はこの私です、あなたたちのような人に管理を任せていればよかったのですからね。しかし、私は何もせず、牧場のことを思い出そうともしなかった」

「勉強が大変だったでしょうからね」アントニオが言った。

「それに、故郷から心が離れていた」

「それはいけねえ、ニーニョ・サントス」メレシオが言った。

「このアルタミラに残って」ルサルドは続けた。「あなたたちもずいぶん辛い思いをしたことでしょう」

「四面楚歌というやつです」アントニオは言った。

そして老人は、またもや牛飼いの比喩的話し方に戻った。

「あちこち踏みつけられやしたぜ。アントニオはドン・バルビノの悪態に耐え、クビにされんよう、あんたの敵のように振る舞わねばならんこともありました。ご覧のとおり、あの男は出迎えにも来んでしょう」

「結構なことです」サントスは言った。「こちらから出向いて行く前に、さっさと牧場から出ていってくれればいいのですが。収支報告や精算など求めても、これまでと同じ、でたらめな報告しかできないでしょうし、もとはと言えば私の責任なのですから、今さら奴の悪事を暴いても何の意味もありません」

これを聞いて、屋根を支える柱に縛りつけた馬の腹帯を締め直していたカルメリートは呟いた。

《ほら見たことか。もう奴は厄介な執事から逃げようとしているじゃないか。こんな洒落者に期待はできない。俺のほうが、今夜のうちに精算してもらって、夜明け前にさっさとずらかるとしよう》

そして、サントスにずっと一途な忠誠心を注いできたアントニオでさえ、悪事で貯めた金を持ち逃げする執事を咎めないという話を聞いて、似たようなことを思ったらしく、眉間に皺を寄せて不機嫌に塞ぎ込んだ。

サントスは、ジャノ人お気に入りの香り高く濃いコーヒーを一口一口味わい、昔を懐かしんでいた。広大な沈黙の草原で陽が暮れていく美しい景色、粗野だが安心感のある屋根の下にできる影と涼の憩い、きれいな服を纏い、祝祭日のように頭を草原の花で飾って午後中ずっと彼の到着を待っていた娘たち、ニーニョ・サントスが覚えていてくれたので大喜びする老人、気高いほど控え目に傷ついた忠誠心を内に秘めたアントニオ、そんな様子を見ていると、ジャノのすべてが悪と危険ではなく、この見捨てられた土地では、善良な人々が愛し、苦しみ、待ち続けていることがはっきりと感じられた。

そして、そろそろ日暮れが近いこともあり、この感動とともに故郷と和解できたところで、サントスはメレシオの家を辞去して草原へ足を向け、何千あっても一つでしかない道、ジャノへ踏み込んでいった。

第五章　壁に打ち込まれた槍

獣の通る道、家畜の蹄で開かれた道の脇からフクロウやミミズクが飛び立って、まだ残る昼間の光に目を眩まされ、馬の歩みとともに、イシチドリが耳障りな鳴き声を上げた。

つがいの鹿があちこち逃げまどった末に視界から消えた。華やかな暖色の黄昏を背景に、遠くで牛の群れを追い立てる騎手のシルエットが浮かび上がった。群れからはぐれた牛があちこちで高飛車に挑発的な態度を取り、人を見ると荒々しく逃げ出すこともあるが、大人しい牛たちはゆっくりと様々な道を辿って牧場の囲い場へ向かっていた。この地域では、夕暮れが近くなると乾燥牛糞を燃やす習慣があり、その白い煙には、人や家畜の安眠を妨害する蚊の大群を追い払う効果がある。

遠方に野生馬のたまり場があり、そこから土埃が立ち昇っている。鷺の群れが隊列を乱すことなく静かに南へ飛んでゆく。

だが、雄大なジャノにあって、サントス・ルサルドの目前に広がっていたのは陰鬱な景色だった。すでに説明を受けていたとおり、もはやアルタミラに残っているのは野生化した家畜ばかりであり、ホセ・ルサルドの時代には膨大な数の牛や馬がいたというのに、今や広大な草原を動き回っているのは、百頭ほどの牛と野獣だけだった。

「ダメだ！」サントスは叫んだ。「もはや手の施しようがないというのに、いったい何ができるだろう」

「いいですか」アントニオは言った。「まずドニャ・バルバラ、そしてごろつき執事たち、両者が競い合ってここの家畜を好き放題に盗んでいくんです。おまけに、隙あらばクナビチェから山賊が洪水のようにアルタミラに押し寄せてきます。ただでさえ反乱軍と政府軍が馬の調達にやってきて、ドニャ・バルバラにうまく丸め込まれて皆こっちへ流れてくるんですから」

「困ったことだ」サントスは言った。「当然の結果だな」

「しかし、まだ望みはあります、ドクトル」アントニオは言った。「野生化してくれたのが不幸中の幸いで、そうでなければもっと無残だったことでしょう。乳牛を放って以来、アルタミラではすべての家畜を放し飼いにしていますが、おかげでかなりの数が野生化しています。奴らは扱いが面倒で、執事たちはおとなしい牛にしか手を出さないのです。近いうちに、夜、マタ・ルサルデラの草叢へご案内します。そこで、まだどれほど財産が残っているか、ご自分の目で確かめられるでしょう。もうあと何日か到着が遅れていれば、それすら奪われていたところです。ドン・バルビノはすでに、野生化した家畜の追い込みまで計画していて、ドニャ・バルバラと山分けするつもりだったのですよ。ああいう仲の二人ですし」

「なんだと？　今やパイバはドニャ・バルバラの愛人なのか？」

「ご存知なかったのですか、ドクトル？　ああ、何ということ！　だからあんな奴がここにのさばっているのですよ。少なくとも、ドニャ・バルバラの話では、アルタミラにバルビノを送り込んだのは彼女なのですから」

そこでサントスは初めて、信頼していた顧問弁護士が、単におめおめと敗訴したばかりか、裏切って執事の職にパイバを薦めてきたことに思い至った。

占い師のように目ざといアントニオは、カルメリートの顔に軽い笑みが浮かんだのを見逃さず、遠慮のない言葉でルサルド家の惨状を暴いたことを後悔しかけたが、その時サントスの顔にも獰猛な表情が現れ始めているのに気づいた。カルメリートは主人を嘲り、彼自身も少し前まで疑念を抱いていたものの、実はサントスにも男らしい勇敢さが残っているのだ。

《やはりジャノの男だ》この発見に喜んでアントニオは思った。《ルサルド家の血はまだ絶えていない》

忠実なしもべらしく、彼は沈黙に敬意を込めた。カルメリートもじっと塞ぎ込み、しばらくの間、馬の足音だけが聞こえていた。かなり前方で、牛の群れを追い立てる騎手の姿が夕暮れの光を背景にシルエットとなって浮かび上がり、広大な沈黙の大地を進んでいた。

故郷の懐かしい景色を見ていると、また少しサントスの心は落ち着いてきた。眉間を緩めて広い草原に視線を泳がせているうちに、かつて慣れ親しんだ場所が遠方に見え始め、口をついてその名が出てきた。

「マタ・オスクーラ、ウベラル、コロサリート、ラ・チュスミータのシュロ林」

かつて家族崩壊のきっかけとなったこの不吉な地名を口にした途端、体の奥底から邪な感情が荒々しく湧き起こってくるのが感じられ、せっかく落ち着いてきた心がまた掻き乱された。バルケーロ家に対するルサルド家の怨念と自分も無縁ではないのだろうか？

意識を張り詰めて自問自答していると、同じくサンドバル家の言う「一族の恨み」に忠実なアントニオの呟きが聞こえてきた。

「あの忌まわしいシュロ林！　そうです、セニョール、息子を焚きつけて父に刃向わせた男があそこで生きたまま罪の償いをしていますよ」

あのおぞましい悲劇の日、闘鶏場でフェリックス・ルサルドを唆したロレンソ・バルケーロにふれるその声は震え、本当に恨みがこもっているようだった。

だが、少し間を置いて答えたサントスは、もはや自分の内側に同情しか残っていないことを感じて安心した。

「哀れなロレンソはまだ生きているのか？」

「あんな虫の息のような生活を《生きている》と呼べるのならそうですね。今や《ラ・バルケレーニャの亡霊》と呼ばれています。廃人も同然です。ドニャ・バルバラのせいだと言う者もいますが、私に言わせれば天罰です。亡きドン・ホセが土壁に槍を打ち込んだその瞬間から、あの男は転落の一途を辿ったのですから」

この最後の表現がどういう意味なのかサントスにはよくわからなかったが、父の話を持ち出されるのが不快で、話題を換えるため、前方を進む牛の群れについて訊いてみた。

ようやく太陽は完全に隠れたが、その後も長い間地平線上に緩慢なジャノの黄昏が残り、円盤状の平原のくっきりした線に切り取られた暗い赤みが漂っていた。反対側に目をやると、沈黙の大地の澄み切った遠景の奥に、満月が姿を現していた。幻のような光が次第に輝きを増し、茂みを銀色に染めながら、はるかかなたでヴェールのように軽く宙に浮いていた。牧場の母屋へ着いたときには、すでに辺りは真っ暗だった。

土壁と瓦屋根の大きな家だが、壁は歪み、屋根にも傷みが目立った。周りを囲む回廊はトタン屋根で覆われ、横木を施して家畜の侵入を防いでいた。背後の中庭に当たる部分には木が数本植えられていたが、ジャノでは雷の危険があり、家の近くに高木を残しておくわけにはいかないので、いずれも低木だった。奥には台所と倉庫用の部屋があり、自分たちの食料として、農園で生産されていたユカやバナナ、マメなどが保管されていた。右手には、屋根の下に椅子を並べた中庭と、人夫用の宿泊施設が見え、その間に天日干しされていた塩漬け肉にハエがたかっていた。左手には、とうもろこしや瓢箪、鶏用のメレクレの実などを詰め込んだ納屋があり、縄をなうための柱、大小様々な花壇や囲い場、そして豚の飼育場、そんな設備が、はるか昔クナビチェ人ことドン・エバリストがアルタミラを創設した当初そのままの姿をとどめていた。当時から変わったものといえば、サントスの父の時代に付けられた屋根の瓦やトタンだけだろう。設備は貧弱だが、ここが原始的産業の拠点であり、荒涼としたこの地で簡素な生活を送るための住処だった。

主人がどんな男なのか確かめようと台所のドアから顔を出した女二人、迎えに出てきた人夫三人、ここの住人はそれだけだった。

アントニオが、一人ひとりの名前と仕事と身分を述べていった。血色の悪い肌をして、口髭代わりに数本の毛を伸ばした男は次のように紹介された。

「こちらがベナンシオ、調教担当です。チーズ職人だった老ベナンシオの息子です。ご記憶でしょう？」

「忘れるもんか！」サントスは答えた。「大昔からこの家に仕えていたじゃないか」

「それでは自己紹介は不要のようで」男は答えた。

だがサントスは、カルメリートの顔に浮かんでいたのと同じ不安が彼の顔をよぎったことを見逃さなかった。

「こちらがヤギ番のマリア・ニエベスです」続けてアントニオは、肥満体で金髪の二人目を紹介した。「ひねくれ者で、名前まで女性のようです。いずれわかるでしょう。私は人の悪口は言いませんので」

「それはどうも、アントニオ」男はこう言った後、ルサルドに言葉を向けた。「たいしたお役には立てませんが、精一杯頑張ります」

三人目は人のよさそうなサンボで、ひょろ長く野暮ったい男だったが、動きが機敏で、アントニオに言葉を挟む余地すら与えなかった。

「失礼いたします、ドクトル。すでにアントニオの目に邪な光が浮かんでおりますので、妙なことを吹き込まれてはかないませんし、先に自己紹介させていただきます。名はファン・パラシオスと申しますが、パハロテと呼ばれておりますので、どうぞそうお呼びください。大昔からこの家に仕えているわけではありませんが、このとおりの男ですので、何なりとお申し付けください。サンボのパハロテのこの手に偽りはありません、失礼して」

そう言いながら伸ばしてきた手をサントスはしっかりと握り、いかにもジャノ人らしい粗野な実直さに感服した。

「いいこと言うじゃないか、パハロテ」心から感謝を込めてアントニオが呟いた。

「グア、サンボ！　気持ちをそのまま伝えただけさ」

人夫たちとしばらく言葉を交わした後、サントスは屋敷に足を向け、その場に残ったアントニオは、主人の前では憚られた質問を口にした。

「ずいぶん人が少ないじゃないか。他の奴らはどうしたんだ？」

「みんなずらかっちまいましたよ」ベナンシオが答えた。「お二人がアルガロボの渡しへ向かった途端、馬に鞍をつけてエル・ミエドへ去っていきました」

「ドン・バルビノは？　今日は来ていないのか？」

「来てません。すべて奴の仕業でしょう。人夫たちにあれこれ吹き込んでいるようでしたから」

「どうせバルビノとグルだった連中だから、いなくなってもどうということはあるまい」少し考えた後でアントニオは言った。

その間サントス・ルサルドは、窮屈な旅に体はすっかり疲れていても、人生の決定的瞬間とすら言える一日を振り返ると気持ちが高ぶり、予め家の一室に準備されていたハンモックに横たわって、自分の感情を吟味し始めた。

二つの相反する流れ、意欲と衝動、決意と不安がせめぎ合っていた。

一方に、ジャノの景色を眺めながら考えたことの結論があった。すなわち、大自然と人間、そしてジャノにはびこる悪に立ち向かい、これを乗り越える有効な手立てを導き出す、そんな愛国的事業に身を捧げようという思い。これは単なる利己的決断ではなく、牧場を再建して再び富を手にすることなど彼にとっては二の次だった。

だが、その反面、ジャノという野蛮な環境、父がよく言っていた「マチョの地」との接触で理性の箍が外れ、闇雲な衝動任せにそんな決断をしたのもまた事実だった。現に、ドニャ・バルバラの策略に逆らえばどんな目に遭うか、その危険を船頭に諭されたからこそ、決して牧場を売るまいと心に誓ったのだ。

さらに言えば、この野蛮な環境に身を置いているからこそ、ラ・チュスミータのシュロ林を垣間見た瞬間に、家族の怨念がめらめらと沸き起こってきたのではないか。だとすれば、たとえ一時的であれ、こうした暴力的衝動に囚われるという事実は、むしろ自分への戒めとすべきではないのか？　ジャノでの生活、避けがたく粗野な振る舞いを強要してくるその力、広大な草原を馬で横切っているだけで体に湧き上がってくる過剰な男性的感情、そんなものに触れているうちに、これまで何年もかけて自分の内側に潜む喧嘩っ早い野性的気質を抑えつけてようやく得たせっかくの成果が台無しになってしまうのではないか。

結局、牧場を売却するという当初の結論に立ち返るのが最も無難かもしれなかった。船での思いつきは単に一時的な興奮の結果でしかないのだし、これからの人生設計を考えれば売却が一番理に適っている。そもそも、大それた事業に立ち向かう素養が自分にあるだろうか？　何代にもわたって原型を損なうことなく受け継がれてきた牧場の何たるか、その経営方法、その不備の正し方について、いったい何を知っているというのだ？　文明化計画の概要はわかっているつもりだが、その細部にまで通じていると言えるだろうか？　これまでは頭だけで机上の空論を進めていればよかったが、ひとたびそんな抽象的空間を離れれば、牧場経営に必然的に付きまとう具体的で卑俗な些事に対して、自分の知性は有効に機能するだろうか？　これまでアルタミラに関してヘマばかりしてきたというのに、それでもまだ自分に能力があると言えるだろうか？

これがただでさえ穏やかすぎるサントス・ルサルドの欠点だった。自分の内側から湧き上がる活力を直視できず、不安を覚えるだけでなく、節度を重視しすぎてしまう。

アントニオが現れて食事の準備ができたことを告げ、サントスの思考はここで打ち切られた。

「食欲がわかないな」彼は答えた。

「お疲れだからでしょう」アントニオが言った。「今晩のところはこの状態で我慢してください。掃除をする時間しかありませんでした。明日には壁を塗り直して、もっときれいにさせます。とはいえ、すでにかなり傷んでいますし、徹底的な修繕をなさりたいとおっしゃるのなら話は別ですが」

「当面はこのままにしておこう。牧場を売ることになるかもしれない。すでにアルタミラの売却について相談したことのあるドン・エンカルナシオン・マトゥーテが、一か月後にここを訪れるから、いい値段で買ってくれるというなら、すぐに取引をまとめるつもりだ」

「ああ！　アルタミラをお売りになるのですか？」

「それが一番いいのかもしれない」

アントニオは少し考えた後に言った。

「そうお決めでしたら、そのようにしましょう」そして鍵の束を手渡した。「家の鍵です。この錆びたのが居間の鍵です。あれ以来開けたことがないので、まだ使えるかどうかはわかりません。すべて亡きお父上が残していったままになっています」

《父が残していったまま。つまり、壁に槍を打ち込んだまま、ということか》

そして、このアントニオの言葉を聞いた瞬間頭にさっと閃いたことが、その後のサントス・ルサルドの人生を決定づけた。

ハンモックから起き上がり、火の点いた蝋燭立てを手に取って言った。

「居間を開けてくれ」

アントニオは頷き、錆びついた錠前としばらく格闘した後、十三年前から閉ざされたままのドアを開けた。

籠った空気の悪臭が鼻を突き、思わずサントスは後ずさった。暗闇から不気味な黒い物体、コウモリが飛び出し、羽ばたきで蝋燭の火を消した。

サントスは蝋燭を点け直し、アントニオを後ろに従えて部屋へ入った。

実際に、すべてはドン・ホセ・ルサルドが残していったままの状態にあった。最期まで座っていた揺り椅子があり、壁には槍が刺さっていた。

深い感動に囚われて黙ったまま、事の重大さを十分に意識しながらサントスは壁に近寄り、父が不吉な槍を打ち込んだときに込めたであろう力に勝るとも劣らぬ力で槍を引き抜いた。

鉄の刃を覆う錆が血のように見えた。槍を遠くへ放り投げながらアントニオに向かって言った。

「今私が槍を引き抜いたように、さっきお前の口から出た怨念を捨てるんだ。ルサルド家への忠誠心から無理して引き継いでいるだけで、元からお前の心にある感情ではないのだからな。この世に残されたルサルドとして、今後お前がそんな義憤を起こすことは許さない。もうこの地に憎しみはいらない」

この言葉に驚いて黙って出て行こうとするアントニオに向かって、サントスは付け加えた。

「明日から家の全面改修に取り掛かるから、必要なものを準備しておいてくれ。アルタミラは売らない」

これで心が落ち着いたサントスは、漲る自信を感じながらまたハンモックに横になった。

そしてその間、眩い少年時代の日々が戻ってきたように、外から聞こえてくるジャノの物音が子守唄代わりになった。人夫たちが中庭で奏でるクアトロ、煙の温もりにつられてやってくるロバの鳴き声、囲い場に集められた牛の唸り声、周囲の水たまりから上がる蛙の歌、執拗な虫たちの交響曲、そしてそんな音のさらに向こうから、月の下で眠るジャノの果てしない孤独を湛えた沈黙までが耳に届いてきた。

第六章　アスドルバルの思い出

同じ日の夜、エル・ミエドで。

日暮れ頃にエル・ブルヘアドールが到着した。ドニャ・バルバラは食卓に着いたところだと言われたが、支払いや報告があり、すぐに休みたかったこともあって、食事が終わるまで待つ気にならず、毛布を腕に下げたまま直接母屋へ向かうことにした。

だが、入った瞬間に焦りすぎたことを後悔した。ドニャ・バルバラの隣で、いけすかないバルビノ・パイバが食事していたからだ。引き返そうとしたが、その瞬間ドニャ・バルバラに声を掛けられた。

「いいわよ、メルキアデス」

「後でまた来ます。どうぞゆっくりお食事を」

するとバルビノは、脂ぎったスープで濡れた太い口髭を撫でつけながら嘲りの調子で言った。

「どうぞ、メルキアデス。怖がらなくても、ここには猛獣などいませんよ」

エル・ブルヘアドールは冷淡な視線を投げ、辛辣な調子で言った。

「本当ですか、ドン・バルビノ？」

バルビノはこの皮肉に気づかず、エル・ブルヘアドールはドニャ・バルバラに向けて言葉を続けた。

「家畜は無事サン・フェルナンドに着きましたので、そのご報告です。それからこちら」

そして毛布を椅子に置いて腰から袋を取り上げ、金貨数枚を取り出してテーブルに積み上げながら言った。

「お確かめください」

バルビノは横目で金貨を見て、手に入る金貨すべてを埋めて隠すドニャ・バルバラの習慣にあてつけるように叫んだ。

「モロコタ金貨か？　これはまた珍しい！」

そして口いっぱいに頬張った肉を噛み続けたが、貪欲な目を金貨から逸らすことはなかった。

ドニャ・バルバラの眉間が引き締まり、いったん寄った眉がハイタカの羽ばたきのような素早い動きでまた離れた。彼女は他人のいる前で愛人からこうした冗談や愛の言葉、蔑みの表現などが出るのを嫌がったが、それは体面の問題――彼女にとってまったくどうでもいいことの一つ――ではなく、そもそもバルビノの態度が不快だったからだった。

バルビノ・パイバにもそれはわかっていたが、不器用で自惚れの強い彼は、事あるごとに様々な言葉で自分が優位に立っていることを示そうとして、ドニャ・バルバラの反感を募らせていた。とりわけ今のような冗談は、欲深い彼女には許し難く、即座にこんな言葉で切り返した。

「確かめなくても大丈夫でしょう」数えることもなく彼女は金をしまった。「あなたはいつも金勘定に正確で、ごまかしなどする人ではありませんから」

バルビノは髭を撫でたが、別に汚れていたわけではなく、不意をつかれて無意識にそうしただけだった。彼に対してドニャ・バルバラがここまでの信頼を示したことは一度もなく、それどころか、渡された金をいつも細かく勘定し、計算が合わないことがあると――実際にしばしば計算が合わなかった――、黙ったまま睨みつけてくる。やむなく彼はうっかりした勘違いを装い、ポケットに入れていた分を取り出すことになる。「ごまかしなどする人」とは明らかに彼のことであり、アルタミラの執事として彼女にいろいろ便宜を図ってきたにもかかわらず、まったく信頼を勝ち得ていないことにバルビノは思い至った。愛人という地位にはいても、単なる気紛れというあやふやな域をまだ出てはいなかったのだ。

「それで、メルキアデス」ドニャ・バルバラは続けた。「もうひとつ、なぜ先に人夫を返したの?」

「奴からお聞きでないのですか?」いつもながらバルビノの前で口を利く気にはならず、説明を避けるような調子でエル・ブルヘアドールは質問を返した。

「ええ、簡単にだけ。でも、あなたの口から細かいことまで説明してちょうだい」

その前の言葉もそうだったが、この言葉を発するときの彼女も、じっと視線を皿に釘づけにしたまま、相手の目を見ようとしなかった。そしてメルキアデスも、同じく彼女の目を避けながら話し出した。二人ともインディオの呪術師に黒魔術を学んでいたせいで、相手の目を見ることの危険がよくわかっていたのだ。

「実はサン・フェルナンドで、ドクトル・サントス・ルサルドが到着し、すでに奥様が勝利したはずの訴訟をまた一からやり直そうとしている、という話を聞いたのです。気になって、いろいろ調べてどんな男かは突き止めましたが、すぐに見失ってしまいました。ところが、昨日の午後、涼しい夜に出発すれば明け方頃にはここへ着くと思って馬に鞍をつけていると、馬が日射病にやられたという旅人が舞い込んできたのです。聞けば、カピバラの皮を積み込んだ船の船頭と話をつけて、アルガロボの渡しまで行くというので、《しめしめ》と思ったわけです。鞍を外して、奴が食事をするという小屋に潜りこんで毛布をかぶり、こっそり話を聞くことにしました」

「それじゃ、いろいろ聞いたわけね」

「とはいえ、仮病まで使って我慢したわりには、たいしたことは聞けませんでした。たいそう立派な話しぶりで、ひとたび話し始めると、聞く者の心を和ませるほどでしたが、そこで私は考えました。《これは悦に入って話すタイプで、長く黙ってはいられまい、辛抱強くじっと聞き耳を立てていよう》それで、昨夜人夫に言ったのです。俺は何とか船に乗り込むから、この馬はお前が連れて行け、とね」

そして、昼寝の時間に巨木のそばで起こった事件の一部始終を語り、サントス・ルサルドが肝の据わった大胆な男であることを強調した。

ドニャ・バルバラの腹心メルキアデスは、実際に思っていることの反対をいつも口にする邪で抜け目ない男だった。一見穏やかな物腰、棘のない言葉、他の男たちの度胸を褒める癖、そのいずれもが、残忍という言葉では表現しきれないほど冷徹な悪辣さの裏返しだった。

「そんなにビビることはないでしょう、サンボ」アルタミラ領主の男らしさについてひとしきり話を聞いたところでバルビノは言った。「あんたは洒落者に怯むようなタマじゃない」

「いいですか、ドン・バルビノ、私は別にビビっているわけではありません。奴がたいした男で、必要とあらば向かってくる、という話をしているだけです」

「それなら早速明日にでも思い知らせてやろうじゃないか」敵を褒めることなど決してないパイバが言った。

エル・ブルヘアドールは微笑み、重々しく言った。

「覚えておきなさい、ドン・バルビノ、用心するにしくはなしです」

「心配はいらない、メルキアデス。すでに布石は打ってある」

彼はすでに計画を練っていた。人夫たちを焚きつけて今夜中にアルタミラを引き上げさせ、明日また出向いたときには、最初に会った人夫に言いがかりをつけて、ルサルドの存在など無視してこいつをクビにする。

だがバルビノは、ひとたび何か思いつくとこれを口に出して言わずにおれぬ男であり、しかも、メルキアデスの前で自分の度胸を誇示したいという思いもあって、曖昧に自分の計画について触れるだけでは満足できず、食事を飲み込みながら説明を始めた。

「明日の朝一番にドクトル・ルサルドは執事バルビノ・パイバがどんな男か思い知ることになるさ」

そこでいったん話を切って、ドニャ・バルバラの様子を窺った。

彼女はコップに水を注ぎ、唇へ持っていったが、その時驚きの表情で頭を後ろへやり、目の高さにコップを止めて中身をじっと見つめた。すぐに訝りの顔から驚きの顔に変わった。

「どうしましたか?」バルビノは訊いた。

「何でもない。ドクトル・ルサルドの姿が見えたわ」コップの水をじっと見つめながら彼女は答えた。

バルビノは不安に囚われ、メルキアデスは、テーブルに一歩近づいて右手をついた後、身を屈めて魔法の水を見つめた。ドニャ・バルバラは幻を見ながら続けた。

「感じのいい金髪男ね！ ずいぶん日焼けしている！ ジャノの太陽に慣れていないのでしょう。見たかい！」

エル・ブルヘアドールはテーブルを離れながらこんなことを考えていた。《俺は騙されるものか。バルビノはいざ知らず。人夫からすべて聞いたにちがいない》

事実、これは魔女の名声を広めて他人に恐怖を植えつけるためにドニャ・バルバラがよく使う無数のペテンの一つだった。バルビノも勘繰りはしたものの、それでも衝撃を受けた。

「父に息子、そして聖なる霊よ！」歯の間からこんな言葉を発した後、彼は即座に付け加えた。「万が一に備えて！」

その間、ドニャ・バルバラは水を飲むこともなくテーブルにコップを戻し、不意の記憶に囚われて顔を曇らせた。

《ボートに乗っていた……深い沈黙のなか、遠くからアトゥーレスの早瀬の重い唸りが聞こえてくる……突如オワリフクロウの鳴き声が……》

数分の沈黙が流れた。

「もう食べないのですか」バルビノが訊いた。

答えはなかった。

「他に御用がなければ」少し後でメルキアデスは言った。

そして毛布を拾って肩に掛け、少し間を置いてから言った。

「それでは、私はこれで失礼いたします。ごきげんよう」

女が考え込んでいる間、バルビノはしばらく食事を続けていたが、やがて突如皿を戻し、髭を撫でつけた後で席を立った。

ランプが点滅を始め、やがて消えた。ドニャ・バルバラはテーブルにじっとしたまま、あの過去の恐ろしい一瞬に、邪で陰鬱な思いをじっと巡らせ続けていた。

《……深い沈黙のなか、遠くからアトゥーレスの早瀬の重い唸りが聞こえてくる……突如オワリフクロウの鳴き声が……》

第七章 「守り神」

満月の夜は怪談にはもってこいだった。屋根の下、あるいは、囲い場の扉と扉の間などに人が集まることでもあれば、自ら体験した恐怖談を話し始める牛追いには事欠かない。

曖昧な月明かりは視覚を狂わせ、平原を小悪魔だらけにする。満月の夜には、小さな物が大きく見えることもあれば、距離感がおかしくなることもあり、ありえないものが見えることもある。木の麓に白い影が立っているのが見えたり、草原の切れ目でじっと動かぬ不思議な騎手が見えたと思っても、じっと見ているうちにその姿が消えたりすることもある。《鞍袋に悪寒を入れて呪文を唱えながら移動する夜》、こんな表現をパハロテは使う。

アルタミラでいつも身の毛もよだつような怪談を披露するのはパハロテだった。牛追いとしてあちこち移動してきた経験と逞しい想像力を備えた彼は、次から次へと奇想天外な冒険談を繰り出した。

「生ける屍？ ウリバンテからオリノコまで、アプーレからメタまで、あらゆる屍の特徴を詳しく知ってるさ」彼はよく言っていた。「他のお化けだって、俺は一通り体験したよ」

かつて道を踏み外したあたりからもう一度出直そうとする霊魂、川辺、岸辺、水辺から何レグアも向こうまで聞こえる嘆きを発する泣き女の亡霊、人気もなく静まりかえった茂みや月光を浴びた空き地でミツバチの群れのような音を立てて一斉にお祈りを唱える霊、浄罪欲しさのあまり道行く者に口笛を吹いて主の祈りを請うはぐれ魂、夜更かしの女たらしどもを懲らしめるため、ついて来るよう指示した後に振り向いて、おぞましい輝きの歯をつきつけてくる喪服の美女サヨナ、旅人の前に現れて豚の群れを追い立てるマンディンガ、その他ありとあらゆるお化けをパハロテは見ていた。

その日の夜も彼は、それまで爪弾いていたクアトロをいきなり投げ出したかと思えば、おもむろにアルタミラの《守り神》を見た話を始めた。

起源は定かでないが、その界隈に広く知られた古くからの迷信に、牧場を作る際には、最初の囲い場の柵の間に動物を一匹生き埋めにすると、敷地内に囚われの身となったその霊が牧場と牧場主一族を守ってくれる、という言い伝えがある。《守り神》の由来はそこにあり、これが姿を現すのは吉兆とされる。アルタミラの守り神は黄みがかった牡牛であり、伝承によれば、ドン・エバリスト・ルサルドがこれを囲い場の入り口に埋めさせたというが、房のように筋だらけになった老牛の蹄がぼろぼろのわらじに似ているというので、《わらじ神》と呼ばれるようになった。

パハロテの怪談を真に受けていたわけではなかったが、話が始まると同時にマリア・ニエベスの振っていたマラカスの音は止まり、ハンモックに寝そべっていたアントニオとベナンシオが身を起こした。カルメリートだけがまったく無関心だった。

だが、アントニオの顔には単なる好奇心以上の何かが見えていた。ルサルド家の不幸が始まって以来、何年もの間《わらじ神》はこの界隈に姿を現しておらず、現在では、牧場の住人でその登場について覚えているのは、ルサルド家最後の繁栄を享受したドン・ホセ・デ・ロス・サントス自らの口から少年時代に何度も守り神について聞かされた父、老メレシオだけだった。もしパハロテの話が本当なら、少なくとも伝説によれば、サントスの到着とともにアルタミラに繁栄の時代が戻ることになる。

「ちゃんと話してみろよ、パハロテ、それだけじゃ本当かどうかわからない。いったい何があったんだ？」

「午後のことだがね、仔牛を集めてたら、エル・ティグレの砂丘に近い、カラマの窪地あたりに、黄色っぽい牡牛が見えて、蜃気楼で水浴びでもするように砂埃を舞い上げてたんだ。砂金が舞ってるようで、思わず俺は叫び声を上げちまったんだが、そこで草原に飲み込まれるようにいなくなっちまったから、きっとあれは《わらじ神》にちげえねえ」

ベナンシオとマリア・ニエベスが顔を見合わせ、互いの目を覗き込みながらこの話を信じたものか探り合っていたが、アントニオは考え込むように言った。

「ありうる話だな。夕暮れ時に蜃気楼で水浴びでもするように砂埃を舞い上げる牛か。親爺からも守り神についていつも同じような話を聞かされた。パハロテのことだから作り話でもしかねないが……とはいえ、面白いじゃないか！……それに、真実には二通りある。本当に本当の真実と、信じるか、信じたふりをしているほうが好都合な真実だ。《わらじ神》は、我々にサントスへの信頼を深めさせる使者として再来したんじゃないか。バルビノが人夫を引き上げさせた以上、ドニャ・バルバラが何か仕掛けてくるにきまっているから、今こそ、最も頼りになるカルメリートとともに、皆で結束すべき時だろう」

そして、パハロテの話を聞きながら思いついたことを早速実行に移そうと思っていた矢先、マリア・ニエベスがハンモックから体を起こして口を開いた。

「なあ、パハロテ、それはお前さんが見たのかい、それとも人に聞いた話かい？」

「いずれハゲタカに食われるこの目でちゃんと見たよ」パハロテは大声で勢いよく言った。「俺の体には死んでも蛆虫は入り込まんだろうし、どうやら俺は神の思し召しに従ってゆっくり墓穴で腐っていく柄でもないらしい。最近じゃ、あの女傑に負けまいとして自分も呪術師を気取るドン・バルビノに言われたよ、俺はきっとどこぞで野垂れ死にするってな、あいつがちょろまかした仔牛の数を俺はちゃんと線につけて記録しているから、その腹いせさ」

「またアブにやられやがったか！」ベナンシオがこう叫んだのは、いつもパハロテは注意力散漫で、話があちこち脱線してしまうからであり、アブにつつかれた牛の群れがばらばらになる様子に準えての言い回しだった。「ドン・バルビノの話じゃねえだろ」

「いいから、いいから」マリア・ニエベスが口を挟んだ。「横棒を外そうとあがいているのさ」

ジャノ人らしいこの比喩表現は、証言を求められて返答に窮したパハロテの状態にあてつけていた。実は、守り神に関するパハロテの話は、数日前マリア・ニエベスがした話の下手な焼き直しにすぎなかったのだ。

「それじゃ、パハロテの言うことを疑っているのか？」アントニオが訊いた。

「いいかい、俺には驚きでもなんでもない、俺だって数日前に黄色っぽい牡牛を見たんだ。だが、蜃気楼の水も蹄で舞い上がった砂埃も見ちゃいない。年寄りの話では、守り神はいつもそうやって姿を現すというし、千里眼のこの男もそれを見たという」

理解してもらえるだろうと思ってマリア・ニエベスは婉曲的な物言いをしたが、一瞬間を置いて相手の顔を見たかぎりでは、パハロテにはまったく通じていないようだった。

「続けろよ」彼は言った。「最後まで聞かせてもらおうじゃねえか。どんなふうに守り神を見たんだ？　だが、そのうちみんな守り神を見たと言い出すんじゃねえか、遠征と同じだ、先頭あればしんがりあり、ってな」

「先頭だかしんがりだか知らんが、俺が見た牛は砂丘の背に立っていた」

そしてマリア・ニエベスはしばらく黙ったまま相手を見つめ、こう付け加えた。

「お前にも話したとおりだ。お前はその話に尾ひれをつけて、蜃気楼だの砂埃だのを盛り込みやがったがな。俺は見たままを話すだけだ」

そして続けた。

「黄色っぽい大きな牛で、姿も立派だった。しばらく鼻息をこちらに向けていたが、やがてエル・ミエドのほうを向いて、あっちの牧場まで聞こえるほど甲高い声を出した。そして砂丘に飲まれたように消えちまった」

パハロテは微笑んだ。確かにすべては作り話であり、主人の到着とともにアルタミラの繁栄が戻ってくる期待感を煽るため、マリア・ニエベスから聞いた話を脚色してみたのだった。彼の目にルサルドは頼もしく映ったが、他の仲間たちに好印象を与えていないことは明らかだったので、一芝居打ったのだ。

「砂丘と、俺が見た窪地はすぐ近くだから、砂丘の背に現れた《わらじ神》がまた蜃気楼とともに現れても別に不思議じゃねえだろう。すべてなわばりの一部じゃねえか」

アントニオはいっそう関心を引かれた。

「なぜ今まで黙っていたんだ、マリア・ニエベス?」

「噂に聞く守り神の登場の仕方とずいぶん違うから、ただの牡牛だと思ったんだよ」

「だが、まずアルタミラへ鼻息を向けて、続けてエル・ミエドのほうへ鳴いたというのなら、物知りのお前にその意味がわからないはずはあるまい」アントニオは言った。

「そりゃ、俺だって思ったよ、だけど……」

パハロテが割り込んできた。

「白髪が生えるほど考えねえと言いたいことも言えない奴はいるもんさね」

「どうした、マリア・ニエベス!」ベナンシオが叫んだ。「サンボにやられっぱなしじゃねえか」

「こいつは俺がいねえといつまでもウジウジしてんだ」パハロテが言った。

二人はいざとなれば命を投げ打ってでも助け合う親友だったが、言葉を交わせばいつも皮肉と悪口の応酬になり、それが周りの者たちを楽しませた。いつもどおりベナンシオが二人を焚きつけようとしていたが、この夜だけは、話が逸れることのないようアントニオが目を光らせ、再び質問をして話を元に戻した。

「それはいつのことなんだ、マリア・ニエベス？」

「いつ？……ええと……先週の月曜日だな」

「ほらみろ！」アントニオが叫んだ。「ドクトルがサン・フェルナンドに到着した日じゃないか」

「ほれみたかい！」パハロテも叫んだ。

そしてベナンシオはハンモックから飛び降りた。

「実は俺にも話がある」

「どうだい？　今にみんな守り神を見たと言い出すぞ」

「そんな話じゃない。俺はずっと言ってきたじゃねえか、ここ最近妙なことがよく起こる、と」

「確かにそうだ」マリア・ニエベスが同意した。

「話せよ、何を見たんだ？」

「いや、別に何も見ちゃいねえが、何か臭うんだよ。例えば、この前の牛追いのことはみんな覚えているだろう」

「牛の談合のことかい？」

「それだよ！　みんな変だと思ったはずだ。あんなところに牛が集まって、一晩中鳴きながら押し合いへし合いしてるなんて！　今でも思うが、あれには絶対何かある。まだあるぞ、この前のことだが、何も歩いちゃいねえのに、足音が聞こえて草が踏みつけられていくところを見たんだ。それから、あの大きな牛の群れだ！　草原が真っ黒になるほどたくさんいたのに、馬が現れた途端、マラカスの実みたいに散り散りになっちまった」

「そんなこともあったな」マリア・ニエベスが応じた。「後には風しか残らなかった」

だが、あれこれ話したくてうずうずしていたパハロテが、いつも離れた距離で会話するせいで潰れたジャノ人らしい声を張り上げ、再び割り込んできた。

「覚えているか、カルメリート、この前の朝、エル・ミエドの牛追いたちと連れ立って、ラ・クラータの草原に現れた群れを一緒に捕まえに行ったじゃないか。耳のでけえ奴が一頭いて、馬からどれだけ縄を飛ばしてもびくともしねえんだ。しっかり結んだはずの結び目が解け、勇ましい馬にもひるまず、ありとあらゆる手を使って追っ手を逃れやがる。向こうの連中には、アラウカでも一、二を争う縄の名手ドン・トーレスもいて、咄嗟にみんなで誰がどいつを狙うか決めたんだが、あの爺さんに当たったのは、何と黄色っぽい巨大な牡牛さ。茂みの際で牛に追いついて、縄を掛けようとしたまさにその時だよ、牛がいきなり止まって爺さんを睨みつけたんだ。いいかい、アントニオ、ドン・トーレスといえば屈強のジャノ人、アプーレきっての荒くれ野牛《エル・カリベ》を仕留めた男じゃねえか。ところがあの日の朝、あの赤ら顔の爺さんが真っ青になって、縄を投げるのをやめたんだ。そして仲間を集めて言った、《牛を仕留めようと逸るあまり気づかなかったが、こいつこそアルタミラのわらじ神だ、このあたりでは二度と牛追いはすまい》とね」

このすべてをカルメリートはじっと黙って訊いていたが、アントニオが試しに質問を向けた。

「どうなんだい、カルメリート？　パハロテの話は本当なのか？」

だが、彼は曖昧な言葉で答えるだけだった。

「俺は遠くにいたから、よくわからなかった」

「まだ穴ごもりをしているらしいな」アントニオは呟いた。

ほぼ同時にパハロテは言った。

「神に誓って、これは嘘でも何でもねえ、本当の話だ。《わらじ神》のことは、俺の話が信じられねえというなら、信じなければいいさ、だが、我が友、嘘など言わぬマリア・ニエベスが見たと言ってるんだ。守り神が戻ってきたということは、あの魔女の力はすたれ、このアルタミラに幸せな時代がやってくるということだ。どうだい、カルメリート、次はあんたの番だ、さいころはどうした？」

カルメリートはハンモックで寝返りを打ち、ぶっきらぼうに答えた。

「いつまでドニャ・バルバラの黒魔術なんて話をしてんだい、お前たちは？　あいつは単に肝が据わってるだけ、この地で一目置かれたけりゃ、みんなやってることじゃねえか」

《ほお！　ようやく病人が邪気を吐き出し始めたな》アントニオは思った。

するとパハロテがもったいつけて言った。

「肝が据わってる、というのはあんたの言うとおりだろう、カルメリート。だがね、爪や牙は見せびらかしゃいいってもんでもねえんで、時には隠すのも手なんだ。ともかく、ドニャ・バルバラが黒魔術を使うのはまちげえねえ。嘘だと思うなら、話してやろう、俺が聞いた話をそっくりそのまま聞かせてやろう」

犬歯から唾を吐いて続けた。

「七日ぐらい前の夜明け頃だが、エル・ミエドの奴らが、お前さんも知ってのとおり、よく牛が集まるコロサルの草原へ牛追いに出かけたようとしていたところ、まだ寝巻のまま窓からその様子を見ていたドニャ・バルバラが、《時間の無駄よ、今日は一頭も捕まらないわ》と言ったんだとよ。とはいえ、すでに馬の準備もできているし、ともかく出発した。ところが、予言どおり、一頭も捕まえられなかったらしい。いつもは牛がごまんといるあの草原に、一頭もいなかったんだと」

そして間を置いた後に話を続けた。

「だがそんなのはまだ序の口だ。話はこっからだ。数日後、さきおとついぐらいかな、やっと鶏の鳴き声が聞こえる時間に人夫たちを起こして、《早く準備して、今すぐ出発なさい、ラガルティヘラの草原に牛の群れがいるわ。全部で七十五頭、今ならまだ間に合う》すると、本当にそのとおり、どうだい、カルメリート、あの女が家からどうやって正確な数まで突き止めたというんだい？　二レグアも離れているというのに」

カルメリートは答えようともせず、彼に気遣うマリア・ニエベスが口を挟んだ。

「あの女がインディオ部落で人間離れした能力を身に着けたことは、これまでの事例で明らかだろう。俺が聞いた話じゃ、ある時友人だか誰かに、愛人が盗みを働いているから気をつけなさいよ、とか言われて、こう答えたそうだ。《私の目の黒いうちは、誰一人ここから牛一頭持ち出せはしないわ。たとえ牛をすべて手懐けて追い立てることができたとしても、牧場の境界から先へは一歩も踏み出せないのよ。すぐに牛の群れはバラバラになって、元の場所へ戻ってしまう。私には助手がいるからね》」

「それは本当だろう」ベナンシオが言った。「マンディンガのことだ。あの女は《相棒》と呼んでいるらしいがな。誰も立ち入りを許されない部屋でそいつと毎晩話し込んでいるそうじゃないか」

そして、ここでパハロテが別の話を持ち出さなければ、このまま黒魔術の話が続いていたことだろう。

「だが、それも今に終わるだろうさ。マリア・ニエベスが聞いた牛の声とともに、あいつの支配は終わりだ。とりあえず、ドクトルが来て、ごろつきのバルビノが追っ払われただけでも万々歳じゃねえか。ああ、あいつは本当に抜け目なく人の物をせしめていきやがるからな！　なにせ、アヒレリートの精まで盗みやがったんだから」

そこに、いつもどおりマリア・ニエベスがうまく《合いの手》を入れた。

「だがな、聖霊の瓢箪に手を突っ込んだ奴は他にもいるぜ」

ジャノ全域に似たような迷信があるが、アヒレリートの精とは、アラウカ渓谷の住民に最も広く知られた大衆信仰であり、彼らは、この精に願をかけずに旅に出ることもなければ、蝋燭やお布施を捧げることなくアヒレリートの茂みの脇を通り過ぎることもなかった。茂みに生える木の一本の根元には、シュロで屋根をつけた部分があり、その下では、誓いの蝋燭が燃えているほか、瓢箪が一つ置かれていて、道行く人がお布施を入れていく。一番近い村の神父が定期的にこれを回収し、月ごとにこの聖霊に捧げるミサの費用をこれで賄っている。誰も見張りはいないが、願いが聞き入れられて苦境を脱した感謝のしるしに、オンサ金貨やモロコタ金貨を入れていく者までいるという。伝説自体は何の変哲もなく、この木の根元で行き倒れになった旅人がいて、その後、危険な道に踏み込んだ別の旅人が、「アヒレリートの精よ、どうかここからお助けを」と思わず呟いた、それだけの話だった。首尾よく難局を抜けた彼は、アヒレリートに差し掛かったところで馬を下り、屋根を張って最初の蝋燭を点した。

あとは、時の流れとともに信仰が人々の心に根づいていった。

マリア・ニエベスのわざとらしいあてつけを聞いてパハロテは切り返した。

「そらとぼけやがって、それは俺のことじゃねえか。だが、この話はお前と俺しか知らないから、他の人がホラ話を真に受けたりしねえよう、ちゃんと話しておくとしよう。その頃ちょうど俺はすっからかんで、同じことだが、金が必要だったんだよ、それで、アヒレリートの前を通りかかって、ちょっと小銭だけ拝借しようと思いついたわけさ。木に近寄って、馬から下りて、三人の神様の名前を唱えながら死者に挨拶したんだ。《聖霊様、景気はいかがでしょう?》返事はなかったが、瓢箪のほうが俺を見て、《ここに小銭数枚と銀貨が四枚ほどあるぞ》なんて言うもんだから、俺は頭をかきながら、少々恥ずかしい計画を打ち明けたわけさ。《聖霊様、ひとつその銀貨で賭けをしてみませんか、この先の最初の町でさいころ賭博をすりゃ、大金をせしめられる気がしてならんのです、お金さえ貸していただけりゃ、後は私がなんとかします、儲けは山分けということでいかがでしょう》そしたら、聖霊様は黙ったまま答えて、《よかろう、パハロテ! 持っていくがいい、くどくど考えることはない、どうせ神父の手で使われてしまう金だ、惜しくはない》と言ってくれたんだ。ありがてえこった、早速銀貨を頂いて、アチャグアスへ着くやいなや、賭博場へ行ってごっそり賭けてみた」

「で、本当に勝ったのか?」アントニオが訊いた。

「からっきしダメ、賭博場の悪魔は聖霊なんぞ歯牙にもかけねえらしく、次から次へと全部巻き上げられちまったよ。すっかりおけらのまま帰ることになって、途中アヒレリートに寄って死者に事情を話した。《聖霊様、ご存知のとおり、全部すっちまいました、次こそは勝ちます、これはほんの気持ちです》そして、二銭くらいの蝋燭一本だけ灯してきたけど、考えてみりゃ、あの銀貨四枚が神父の手に渡っていたとしたって、光の量は変わらなかっただろうからな」

パハロテの与太話に誰もが笑いこけた。その後、聖霊の起こした最近の奇跡について話が交わされ、やがて皆ハンモックへ潜りこんだ。

辺りに沈黙が支配する。すでに夜は更け、月が草原の遠景に深みを添えている。トトゥモの木の枝で鶏がハイタカの夢を見て、その怯えた叫び声が鶏舎全体にひと騒ぎ巻き起こす。中庭で横になって寝ていた犬が頭を起こして聞き耳を立てる。だが、イチジクの木の周りを飛ぶフクロウやコウモリの羽ばたきしか聞こえず、また体を丸める。囲い場から牛の鳴き声が届く。トラの気配でも感じたのか、遠くで牛が雄叫びを上げる。

すでに眠りかけていたパハロテが叫ぶ。

「牛のやつめ! 馬と縄さえあればこの俺様が!」

笑い声が上がり、問いが聞こえる。

「わらじ神じゃないのか?」

「だといいがな」アントニオが答えた。
あとはみんな黙り込んだ。

第八章　調教

平原は美でも恐怖でもあり、美しい生活と恐ろしい死がそこに共存している。死はあらゆるところから目を光らせているが、だからといって、それを恐れる者はいない。ジャノは脅威だが、その脅威は心を冷やしたりはしない。それどころか、太陽に焼かれた広大な大地を吹き抜ける風のように、そして煮えたぎる沼地のように熱い。

ジャノは狂気を帯び、広大な自由の地に生きる人間の狂気とも通じている。独立戦争の時代には、その狂気が逆らいがたい力で表出してムクリータスの茂みを焼き、ケセラス・デル・メディオの英雄的戦闘となった。仕事といえば馬の調教と牛追いだが、どちらも仕事というよりは無鉄砲に近い。休憩時間ともなれば、悪漢話あり、ペテン師の歌あり、そして物憂げに官能をくすぐる小唄あり。怠惰に耽っていれば、目の前に開けた広大な土地に、前へ進む気にもならず、開けた地平線を見ながら呆然としているしかない。友情は、まず不信感から始まり、やがて完全に心を開く。憎しみは激しい攻撃となり、愛は「まず自分の馬」いつもジャノとはこんな世界だ！

広く果てしない大地では、努力すれば報われ、希望を持てば地平線が広がり、意志のあるところに道ができる。

「全員起床！　暁の牛とともに朝の光がやってきたぞ」

いつも上機嫌で目を覚ますパハロテの声が響く。幼稚な比喩表現しかできない牛追い詩人の手にかかれば、こんもり葉を茂らせた灌木の向こうに見える丸い雲の塊は、曙光に照らされた暁の牛になる。

すでに台所では、天井からぶら下がったラードの蝋燭が煤だらけの壁の間でコーヒーの壺を照らし出し、早起きの人夫たちが一人、また一人と扉口へ近寄ってくる。カシルダがコーヒーを注ぎ、人夫たちはゆっくりこの香り高い飲み物を啜りながら一日の仕事を協議する。誰もが期待感に胸を膨らませているようだったが、カルメリートだけは無関心に馬に鞍をつけ、さっさと出て行こうとしている。アントニオが言う。

「まずやらなければならないのは栗毛馬の準備だな。ドクトル用の馬としてはあれが最高だろう」

「あいつは立派だ」調教師のベナンシオも賛成する。

そしてパハロテも言う。

「馬に詳しいドン・バルビノもあいつだけは盗り損ねたな。すでに目をつけていたようだが」

そんなことを聞きながらカルメリートは内心思っていた。

《もったいない、あの馬にもっとふさわしい男が他にいくらでもいるだろうに》

馬のいる囲い場に一同が向かっていたところで、カルメリートはアントニオを呼び止めて言った。

「残念だが、俺はアルタミラにとどまるつもりはない。わけは訊かないでくれ」

「わかりきったことを今さら訊いたりはしないさ、カルメリート」アントニオは答えた。「お前が一番の頼りだったが、引き止めるつもりはない。だが、ひとつだけ言うことを聞いてくれ。もう少しだけ、数日でいいから待ってくれ、その間にお前がいなくなっても支障を来たさないようすべて手配するから」

その数日の間に自分が主人への見方を翻すことを期待しているのだとわかったが、とにかくカルメリートは承諾した。

「わかった、お前の頼みとあらば、すべて手配できるまで待ってやろう。この土地には手配など通用しないことがいくらでもあるがな」

ジャノの夜明けは速い。草原の上を朝の爽やかなそよ風が流れ始め、マストラント草と家畜の臭いを運んでくる。トトゥモやメレクレの枝から雌鶏が降りてくると、絶倫の黒雄鶏がマントのような黄金の翼を丸めて一羽一羽に愛の湿りを与える。草の上でシャコが鳴く。囲い場の杭に止まったパラウラタ鳥が銀の囀りを上げる。貪欲なインコの群れが騒々しく飛び去り、その上方では、キリキリ鳥やバラ色のコロコラ鳥がけたたましい声を上げ、そのさらに上方では、落ち着き払って沈黙したシラサギが飛んでいる。そして、早朝の優しい光に翼を晒した鳥たちの野蛮な騒ぎ声の下では、気性の荒い牛たちがすでに広大な大地に散り始め、野生化した牝馬の群れが嘶きのラッパで朝日に挨拶する一方、平原の何者にも縛られない荒々しい生活がゆっくりと力強いリズムで鼓動を始めている。母屋の廊下からこの光景を見つめるサントス・ルサルドは、忘れていた感情が自分の内側で原初的生活のリズムに乗りつつあることを悟る。囲い場の近くで騒ぎが持ち上がり、彼の思索は打ち切られた。

「その馬はアルタミラの平原で捕獲されたのですからドクトル・ルサルドのものです。エル・ミエドの牝馬の子だなどと言いがかりをつけてもダメです。これ以上ごまかしは許しません」

アントニオ・サンドバルの声であり、どうやら、すでに調教師と話をつけていたはずの栗毛馬に勝手に縄を掛けたというので、着いたばかりの男に言い掛かりをつけられたらしかった。

サントスは、これは執事のバルビノ・パイババが現れたにちがいないと察し、騒ぎにけりをつけるために囲い場へ向かった。

「何事だ?」彼は訊いた。

だが、あまりの怒りに息を詰まらせていたアントニオも、口を開こうともせぬもう一人の男も質問に答えず、サントスは新参者を威圧的な調子で問い詰めた。

「何事だと訊いているだろう」

「この男が私に無礼を働きました」

「それで貴様は何者だ?」知らぬふりを装ってルサルドは訊ねた。

「バルビノ・パイババと申します」

「ほお!」芝居を続けながらサントスは叫んだ。「すると貴様が執事ではないか! いいところに来たな。本来なら昨夜ここで私を迎えるべきところを、その言い訳もないまま揉め事を起こしているわけか」

最初からサントスに格の違いを見せてやろうと意気込んでいたバルビノは、思ってもみない主人の態度に、思わず髭へ手をやった。

「昨夜ご到着とは知りませんでした。今初めてここにいらっしゃることを知りました。ええ、そんな話し方をなさるからにはご主人様なのでしょう」

「そのとおりだ」

ルサルドの思いもよらぬ威勢にバルビノは一瞬当惑したが、すぐ立ち直り、一矢報いようとして言った。

「わかりました。言い訳は以上です。今度はあなたから言い訳をお聞きしたいものです。その話し方……率直に言って、私はそのような物言いには慣れておりませんが……」

サントスはまったく取り乱すこともなく皮肉な微笑みを浮かべて答えた。

「それがどうかしたのか?」

《たいしたタマだ！》パハロテは思った。

バルビノは完全に出鼻を挫かれ、空威張りを続けることも、執事にとどまり続ける希望も失った。

「私はクビで、即刻出て行けということですか?」

「まだだ。牧場の経営についていろいろ報告してもらわねばならん。もう少し後でな」

そしてサントスは背を向け、同時にバルビノはしぶしぶと言った。

「どうぞご随意に」

アントニオが目でカルメリートを探る一方、パハロテはマリア・ニエベスとベナンシオ――二人とも囲い場におり、栗毛馬を捕える縄の端を準備するふりをしながら騒ぎの決着を待っていた――に向けて皮肉の利いた言葉を放った。

「どうした、お前ら！　まだ馬が捕まんねえのか？　怒りに震えて怯えきってる様子じゃねえか。まだまだこれからだってのに。本気で縄を掛けて引っ張り倒してやったら、いったいどうなんのかね？」

「どうもこうもあるか！　これまではまんまと逃げおおせてきたかもしれんが、今度の縄は手強いぞ」

パハロテの言葉が栗毛馬だけでなくバルビノにも向けられていることを瞬時に悟った二人は、大声で笑いながら応じた。

輪郭は繊細でむっくりと頭を持ち上げ、輝かしい毛並と血の気の多い目を備えた野生の駿馬は、すでに一度、体に掛けられた縄を引きちぎったことがあったが、今回もまた、人夫たちの動きを見て本能的に自分が狙われていることを悟り、囲い場をあちこち駆け回る馬の群れに紛れて何とか身を守ろうとした。

ようやくパハロテが、引きずられていた縄の端を掴み、地に両足を踏ん張って体を反らせながら、仁王立ちで馬の勢いを止めて地面に薙ぎ倒した。

「抑えつけろ」彼はマリア・ニエベスに向かって叫んだ。「立ち上がらせるな」

だが、すぐに栗毛馬は四つ足で体を支え、怒りに震えていた。パハロテはしばらく間をとって馬を落ち着かせ、油断させておいたところで少しずつ近寄って遮眼革をつけようとした。

体を震わせ、怒りに血走った目で馬はじっと待っていたが、アントニオはその意図を見透かしてパハロテに叫んだ。

「気をつけろ！　蹴飛ばされるぞ」

パハロテはゆっくりと腕を伸ばしたが、遮眼革をつけることはできなかった。耳に触れた途端に馬が前脚を上げて相手の顔めがけて襲いかかってきたのだ。パハロテは俊敏に一飛びして身をかわしながら叫び声を上げた。

「ああ、厄介な奴だな！」

だが、この一瞬の間に馬はまたもや群れへ逃げ込み、頭を上げて耳を立てたまま様子を見守っていた他の馬たちに紛れ込んだ。

「動きを止めろ」アントニオは命じた。「結び縄を使うんだ」

すぐに栗毛馬は可動する結び目に締めつけられた。マリア・ニエベスとベナンシオが慌てて短い縄を投げ、すでに息の詰まっていた馬はその場に崩れ落ちて、ぜいぜい言いながら大人しくなった。

遮眼革とハミをつけたうえ、前脚、後ろ脚を縛って馬を四つ足で立たせたところで、ベナンシオが調教用の簡素な鞍を付けにかかった。馬は一瞬怒りに身を悶えたものの、抵抗しても無駄だと悟ったらしく、これまで感じたことのない屈辱的重みを背負って、汗まみれで怒りに筋肉を強張らせたまま、じっと動かなくなった。

このすべてを囲い場の入り口に立って見ていたサントス・ルサルドは、少年時代には自分も裸馬に乗って平原の風を切っていたことを思い出し、気持ちの高ぶりを感じていたが、まさにベナンシオが栗毛馬に足を掛けようとしていたその瞬間、アントニオが馴れ馴れしい口調で話しかけてきた。

「サントス、覚えてるか？　お前も昔は親爺の選んだ馬を乗り回していたよな」

それ以上何も言わずとも、この質問だけでサントスは彼の意図を汲み取った。調教！　これこそまさにジャノ男の証明であり、勇気と技術を示して周囲の尊敬を勝ち取る絶好のチャンスだった。囲い場の反対側で柵に肘を乗せて見ていたカルメリートを機械的に目で追ったサントスは、即座に意を決して言った。

「どいてくれ、ベナンシオ、私がやる」

主人の度胸に確信を抱いてアントニオはにんまりした。ベナンシオとマリア・ニエベスは驚きと不信の目を見合わせ、パハロテは野暮な率直さを見せて言った。

「そんな必要はありません、ドクトル、旦那様はじっとしていてくだされぱいいんです。ベナンシオに任せておきなせえ」

しかし、そんな言葉には耳も貸さずサントスは鞍に飛び乗り、背中に人を感じた暴れ馬はほとんど地面に這いつくばった。

カルメリートは驚きの表情を見せ、鞍に脚をぴったりつけた騎手の一挙手一投足にじっと視線を注いだ。その下で、遮眼革に怯え、パハロテとマリア・ニエベスにハミを握られていた栗毛馬は、びっしょり汗をかいた体を怒りに震わせ、熱い唇を引き締めていた。

そしてバルビノ・パイバは、また機会があればルサルドに不遜な口の利き方をすることの愚かしさを思い知らせてやろうとその場に残っていたが、ここで軽蔑の笑みを顔に浮かべて独りごちた。

《あの洒落者…… 今に頭から地面に突っ込むぞ》

その間、アントニオは懸命に指示を出していたが、そのくらいのことはサントスも忘れてはいないはずだった。

「最初は好きなだけ走らせて、その後少しずつ端綱で抑えつけていくんです。どうしても必要な時以外叩いてはいけません。急発進に備えてください。この栗毛馬は、なかなか飛び跳ねないわりに足は速く、悪魔に魂を奪われたようにいきなり駆け出します。ベナンシオと私が補助に入ります」

だが、ルサルドにとっては自分の感情だけが頼りで、野生馬と同じく、激しい衝動に神経を奮い立たせたまま、遮眼革を外そうと体を前傾させて叫んだ。

「ジャノへ出るぞ！」

「神のご加護を！」アントニオが叫んだ。

パハロテとマリア・ニエベスは素早く両側へ飛び退いて馬を放した。怒りの跳躍で地面が轟き、人馬一体となって土埃を巻き上げた後、やがて栗毛馬はかなり向こうで果てしない草原の空気を吸い込んでいたが、その時になってもまだ辺りには土埃が漂っていた。

後ろから、馬の背に身を屈めたアントニオとベナンシオが追いかけたが、その差は開く一方だった。

カルメリートは感動して呟いた。

「俺が間違っていたな」

同時にパハロテが叫び声を上げた。

「言っただろ、カルメリート、ネクタイはただの隠れ蓑さ、能ある鷹は爪隠すと言うだろう。どうだい、あの乗りっぷりは！　振り落とそうと思ったら、ひっくり返るしかねえぞ」

続けて、あけすけな挑発を込めてバルビノにこんな言葉を向けた。

「ヘボ騎手たちは格の違いを思い知るがいいさ。口ほどにもない奴がいくらでもいるからな」

パパハロテがその気になれば手がつけられないことをよくわかっていたバルビノは、黙ってその場をやり過ごした。

《まだわからんぞ》彼は思った。《確かにあの洒落者、威勢はいいが、まだ栗毛馬の姿は見えないし、このまま戻って来ないかもしれない。草原はこうやって表面だけ見ていると平らに見えるが、溝や崖には事欠かないからな》

だが彼は、小屋の周りを意味もなくうろついた後、自分の馬に乗り、悪事の一部始終を突きつけられる前にアルタミラを離れることにした。

努力すれば報いの得られる広大な土地！　草原を囲む蜃気楼の輪が眩暈に囚われて回り始める。耳元で風が唸り、茂みが開いてはすぐ閉じ、イグサが爪を伸ばして身を切るが、体は衝撃も痛みも感じない。時には馬の体が宙に浮くが、おかげで致命傷を与えかねない溝や小山を飛び越えている。ギャロップが小太鼓のように平原に鳴り響く。何日でも走っていられるほど広大な大地！　目の前にはいくらでもジャノが開けている。

次第に馬は荒々しさを失っていく。足取りもどんどん大人しくなっている。半歩進んでは息を上げ、汗まみれ、泡まみれの頭を振って、すでに手懐けられてはいるが、まだ高飛車な態度を崩してはいない。二人の助手に挟まれて、小屋へ向かって進んでおり、すでに自由ではなくなっていたが、少なくとも男を一人乗せているというので、誇らしげに嘶いている。

そしてパハロテがジャノ人らしい賛辞でこれを迎える。

「疲れを知らぬ栗毛馬よ！」

第九章　草原のスフィンクス

バルビノ・パイバは、やっとこれから本当のうまみが出るというところで牧場を離れ、実に美味しい商売を取り損ねることになった。彼がアルタミラの執事をしていたことで実益を得たのはドニャ・バルバラであり、彼女が何千という牛にエル・ミエドの焼印を押す一方で、バルビノが自分の取り分としてくすねたのはわずか三百頭ほどであり、これは彼の実務能力からすれば取るに足らない数だった。

今や残された希望はエル・ミエドで《シツジる》こと——ジャノでは執事が職権を利用して儲けることをこう言う——だけであり、ドニャ・バルバラの愛人という立場は不安定だったものの、彼がすべて手筈を整えていたおかげでアルタミラから大量の牛をせしめていたことを考えれば、そのくらいの見返りを受けるのは当然だった。

だが、同時に彼は陰鬱な物思いに囚われていた。おめおめと牧場から引き上げてきた以上、昨夜は貶めてやろうとしていたサントスの度胸を認めてしまったのであり、エル・ブルヘアドールにこんな言葉であしらわれるかもしれなかった。

《言ったでしょう、ドン・バルビノ、用心するにしくはなし、と》

エル・ミエドの家並に差し掛かったところで彼は、同じ方向へ進む三人の男と合流した。

「モンドラゴン兄弟、こんなところで何をしているんだ？」彼は問いを向けた。

「グアー！　知らないんですか、ドン・バルビノ？　夫人にマカニジャルの小屋を明け渡すよう言われたんです。もうあそこにいる必要はないというんです」

モンドラゴン三兄弟はバリナス出身のジャノ人であり、その凶暴さと悪事から、ジャガー、トラ、ライオンと呼ばれていた。警察沙汰を起こしてバリナスにいられなくなった彼らはアプーレへ移り、しばらくあちこちでいかがわしい商売に手を染めた後、アラウカ地域のお尋ね者の避難所となっていたドニャ・バルバラの所領へ逃れ、彼女のもとで働き始めた。

マカニジャルの小屋は、直近の訴訟でドニャ・バルバラが勝訴して定められたアルタミラとの境界線上に立っていた。だが、すでにこの家も、そして境界を示す杭も、アルタミラ側に動かされており、定期的に境界線を進める役割を任されていたのがこのモンドラゴン三兄弟だった。判決文によれば、境界線は意図的に曖昧な表現で「葦の家」を基点とするとされており、組み立ても分解も簡単なこの小屋に三人が住むことになった。変化に乏しい広大な草原地帯にあって、一見何の痕跡も残さず家を移動するなど、数時間もあれば余裕でできることだった。

この策略によってドニャ・バルバラは、わずか六か月で半レグア近くの土地をアルタミラからせしめており、同時に、すでに別の訴訟まで準備中だった。

ジャガーの知らせもバルビノには寝耳に水だったが、トラが言い添えたことはさらに意外だった。

「単に小屋を空けろというだけでなく、今朝メルキアデスがやってきて、今夜中に小屋を解体して、境界線の杭ともども元の位置まで戻せというんですぜ。一晩でやるには大変すぎる作業ですよ。これまで必死で前へ進んできたのに、今さらまた引き返せなんて、ひでえ話じゃありませんか。だから、誰か他の人に頼んでくれと奥様にお願いに来たわけです」

バルビノが眉を顰めて考え込む一方、ライオンが締めくくった。

「わけがわからんですよ。いきなり臆病風にとりつかれたんですかね」

「小屋の解体も杭の移動も必要はない」バルビノは言った。「彼女との話も後にしろ。ここは俺に任せてくれ」

そして小屋へ着くと、三兄弟に言った。

「話が終わるまでここで待っていろ」

モンドラゴン三兄弟はあたりにいた他の人夫たちと世間話を始め、バルビノは母屋へ向かった。真っ先に不快に思ったのは、一日と経たないうちに女主人の外見がまったく変わっていたことだった。首までぴっちり締まって完全に両腕を覆い隠す長袖の簡素な白のガウン——彼女にとっての最も女性的な衣装——の代わりに、それまでバルビノの見たことのない服、それも、リボンやレース飾りが付いているばかりか、胸元が広く開いた袖なしの服を纏っていた。おまけに、髪もそれなりにお洒落に整えており、若返って美しく見えた。

だが、その変貌ぶりがバルビノには気に入らず、眉間に皺を寄せて、軽い唸り声に不信感を込めた。

続いて不快だったのは、辛辣な微笑みとともに、昨夜ルサルドに対して仕掛けてやろうと息巻いていた計略について訊いてきたことだった。

「ぎゃふんと言わせてやったわけ?」

人を小馬鹿にしたようなこの言葉に当惑と不快を隠しきれず、バルビノは荒っぽい調子で答えた。

「途中で気が変わって、向こうから報告を求められるまで待つことにしたんだ。向こうから何か言ってくれれば、その時こそぎゃふんと言わせてやるさ」

女は微笑みを浮かべたまま相手を眺め続け、バルビノは二、三度髭に手をやった後で言った。

「向こうにいたのは、それが君にとって都合がいいからさ」

彼女の顔から微笑みが消えたが、そのまま不気味な沈黙が続いた。

バルビノは不審の表情を露わにして内心思った。

《これはよくない兆しだ》

事実、ドニャ・バルバラの威圧感、恐怖を吹き込み、他者を思いのままにする支配力は、じっと黙ったままいつまでも待っていられるところに主として起因するらしかった。彼女から秘密を探り出そうとしても無駄だった。どんな策略を練っているのか一言たりとも漏らすことはなかったし、特定の人物についてどう思っているのか、誰にも知る術はなかった。一見彼女に気に入られているようでも、実際そうなのかは決してわからなかった。気に入られたと思っていそいそ近寄っていくと、何をされるかわからない。ロレンソ・バルケーロのように彼女を愛した者は、嵐のような人生を覚悟せねばならない。

バルビノの抱く感情はバルケーロの情熱には程遠かったが、それでもドニャ・バルバラの後ろ盾は必要であり、まだ甘い汁も吸えるはずだった。超自然的能力を備えているおかげで誰からも牛一頭、馬一頭盗まれはしないという伝説は、おそらく彼女と組んで怪しい商売をしていたごろつき愛人執事の捏造したデマであり、実際には、闇雲にそんな能力を過信するあまり、気を緩めて一杯食わされることもあったのだ。

バルビノは、モンドラゴン三兄弟の話題を持ち出して、謎めいたドニャ・バルバラの腹を探ってみることにした。

「マカニジャルからモンドラゴン三兄弟が来ているよ」

「何しにきたのかしら?」彼女は訊ねた。

「話があるようですね」敬語に戻すほうが無難だと思われた。「せっかくこれまで積み上げてきた努力が無駄になるというので、納得がいかないようです」

ドニャ・バルバラは荒々しく頭を回し、厳しい表情になった。

「納得がいかない? だから何だというの? 呼んできなさい」

「いえ、つまり、命令されたことをやりたくないというわけではなく、三人だけで一晩のうちに小屋も杭も動かすのは難しい、ということです」

「必要なだけ人を連れて行ってかまわない。明日の夜明けまでに作業を終えさせなさい」

「そう伝えます」肩をすくめながらバルビノは言った。

「始めからそう言えばいいのよ。私の命令に口答えするんじゃないわ」

バルビノは中庭へ出てモンドラゴン三兄弟を呼び、こう伝えた。

「お前たちの誤解のようだな。隣人が恐いわけじゃなくて、これは相手を油断させて思い上がらせるための罠だ。さっさと出掛けて、言われたとおり作業を進めるんだ。必要なだけここから人を連れていってかまわないから、明日の夜明けまでに小屋も杭も裁判で定められた境界線の位置へ戻しておけ」

「そんなら話は別です」ジャガーが言った。「至急杭ごとすべて移動にかかります」

そして三兄弟は人を連れてマカニジャルへ戻り、早速仕事に取り掛かった。

バルビノはドニャ・バルバラのもとへ戻り、何度か言葉を向けたものの、返事はなく、ルサルドのことをどう思っているのかはっきりさせようとして、こんなことまで言った。

「しかし、メルキアデスもうろくしてきたようですね。せっかく同じ船に乗り込んで、何もすることがなかったのなら、アラウカの川べりの茂みに恰好の場所がいくらでもあるのだし、ドクトル・ルサルドをさっさと始末すればよかったのに！　あれだけワニのいる川なら、死体など跡形もなく消えてしまいますよ。厄介な話になってきましたね、たとえ形式だけの問題とはいえ、これで警察当局もいろいろ調べざるをえなくなるでしょうからね」

表情一つ変えることなく、間延びした陰鬱な声でドニャ・バルバラはこの不吉な発言に答えた。

「サントス・ルサルドに危害を加える者は許さない。あの男は私のものよ」

第十章　ラ・バルケレーニャの亡霊

広大な草原のなかで周りより低くなった一角が、深く透明なシュロの木立に覆われている。古い言い伝えではかつてこの地の唯一の住人だったという小さな青い鷺がしばしばここに姿を見せ、「鷺の園」という通称の由縁を伝えている。今では呪いの地であり、不気味な沈黙のもと、雷に打たれた多くのシュロが散らばる真ん中には、踏み込む者すべてを泥に飲み込みそうな沼がある。

伝説によれば、ラ・チュスミータという地名の起源になったのは、エバリスト・ルサルドが牛の群れを連れてアラウカ渓谷へやって来た頃、この地に定住していたヤルロ族の酋長の娘であり、このインディオ女は、しばらく死にきれぬ亡霊となってこの辺りをさまよったという。エル・クナビチェロと呼ばれた勇猛なエバリストは、それまで代々インディオたちが所有してきた土地を取り上げ、抵抗する者は容赦なく皆殺しにした。廃墟となった集落を前に、酋長はシュロの木に呪いをかけ、雷の力によって侵略者とその子孫がこの地に廃墟と不幸以外の何物も見出せぬよう念じるとともに、やがてヤルロ族の誰かが地中に埋もれた呪いの雷石を掘り出した暁には、この地に再びヤルロ族が君臨する、と予言した。

伝説によれば、この地で嵐が起これば必ずシュロ林に雷が落ち、ルサルド家の牛の群れがまるごと犠牲になることが幾度となくあったのも、そして、この地がルサルド家の崩壊に直結する不和のきっかけとなったのも、この呪いが原因だった。酋長の予言をめぐっては、サントスの父の代まで、嵐に襲われた後にはいつも、正体不明のインディオが雷石を探して地面を掘り起こす場面を目撃したという噂話が流れた。

ここ数年は、ヤルロ族の出現が取り沙汰されることもなく、どうやら牧場ではすでに伝説は忘れられたようだった。それでも、この地に近寄りたがる者はおらず、わざわざ遠回りをしてでもこの地を避けるのが習わしになっていた。

サントスは、黒く粘着質ではあるが馬で進むには危険のない地帯を辿って沼地の縁を進みながら、蹄から伝わる振動を感じていた。危険な底なし沼の周りでは、泥が柔らかい草に覆われていたが、一見みずみずしく目を和ませるその緑色の下には不気味な色が広がり、伝説のチュスミータの代わりに、水草の島に一羽だけ佇む鷺が不吉な静けさを際立たせていた。

サントスはじっとこの来訪の目的について考えていたが、その時視界の端で何かが動き、注意を引かれた。よく見ると、髪はぼさぼさでぼろ同然の汚い服を纏った娘であり、薪の束を頭に乗せてシュロの後ろに隠れようとしていた。

「お嬢ちゃん」サントスは馬を止めて声を掛けた。「ロレンソ・バルケーロの家はどこだね？」

「知んねえのかい？」野生動物のような唸り声を上げた後で田舎娘は答えた。

「知らないよ。だから訊いているんじゃないか」

「グア！　そんじゃ、あっこに見える屋根、ありゃなんでえ？」

「始めからそう言えばいいものを」サントスは言って、再び進み始めた。

掘っ立て小屋とあばら家をくっつけたようなみすぼらしい家が見え、前者は上塗りのない泥と藁の壁に囲まれて板一枚の扉が見えるだけ、後者はもはや残骸同然の黒いシュロ葺き屋根を数本の柱で支えただけ、そんな代物だった。あとは、二本の柱の間に薄汚れたハンモックが吊られている。これが「ラ・バルケレーニャの亡霊」と呼ばれていたロレンソ・バルケーロの住処だった。

サントスは少年時代に一度だけ彼と会っていたが、その姿についてはもはや漠然とした記憶しか残ってはいなかった。だが、たとえはっきり覚えていたとしても、人の気配を感じてハンモックから身を起こした男はまったく別人だったことだろう。

体はがりがりに痩せて、まさに骨と皮だけになり、歳はせいぜい四十過ぎのはずなのに、髪は真っ白で、老人にしか見えなかった。肉のなくなった細長い手がずっと震え、緑がかった瞳の奥には狂気の光が輝いていた。うなじに頸木でもつけられているようにうなだれ、顔にも体にもまったく覇気がなく、陰気な酔いで引きつった口が歪んでいた。そして、いかにも辛そうな様子で不明瞭な声を発した。

「どなた様でいらっしゃいますか……？」

来客はすでに馬から下り、綱を柱に縛ったうえで、近寄りながら言った。

「サントス・ルサルドです。お近づきのしるしに参上しました」

だが、廃人同然の体にもいまだ収まらぬ憎しみの火が燃えているらしかった。

「バルケーロ家にルサルド家の者が現れるとは！」

サントスは、相手が震えながらおろおろと武器でも探す素振りを見せるのにもかまわず、近寄って手を差し出した。

「落ち着いて話をしましょう、ロレンソ。家族同士のあの不吉な怨念に今さらこだわり続けるなど馬鹿げた話でしょう。少なくとも私には恨みなどありません。あなたのほうは……」

「もはや俺が廃人だからか？　そう言いたいのだろう？」脳が言うことを聞かず、どもりがちにロレンソはなんとかこれだけ言った。

「違いますよ、ロレンソ、そんなことはまったく思っていません」こう答えながらルサルドは、ここへ来るまでは単に家族同士の争いにピリオドを打つこと以外何も考えていなかったのに、今や本当に同情心が湧いてくるのを感じた。

だがロレンソは食い下がった。

「そうだ！　そうだ！　そう言うつもりだったんだ！」

ここまではかすれた声でなんとか気丈な態度を見せていたが、突如ロレンソはうなだれ、少し激高しただけでエネルギーの残りをすべて使い果たしたかのように、痛ましいほど弱々しい声で、前にも増してたどたどしく話し始めた。

「お前の言うとおりだ、サントス・ルサルド。俺はもはや廃人だ。生きたまま亡霊になったようなものだ。何とでも言うがいいさ」

「言ったとおりです。お近づきのしるしにここまで来たんです。何かお役に立てるようでしたら言ってください。アルタミラを建て直すために戻ってきたんです、だから……」

だが、ここでロレンソは口を挟み、相手の両肩に骸骨のような両手を置きながら大声で言った。

「お前もか、サントス・ルサルド？　お前も呼びかけを聞いたのか？　みんなに聞こえるはずだ」

「何のことです？　呼びかけ？」

だがロレンスは、手を放すこともなく、狂気の目でじっと相手を見据え、他方、すでに酒臭い息に耐えられなくなっていたサントスは続けた。

「とにかく、椅子ぐらい勧めてくださいよ」

「そうだったな。待ってくれ。今椅子を持ってくる」

「自分でやりますよ。そのままで大丈夫です」歩き方が覚束ないことを見てとってサントスは言った。

「いや、お前は外にいてくれ。中は見られたくない。こんな獣の巣も同然の住処はもはや家じゃないからな」

そして、いっそう体を屈めて敷居をくぐりながら部屋へ入った。

客に勧める椅子を掴む前に、ロレンソは部屋の奥に置かれたテーブルに近づき、逆さ向きのコップを口に乗せた瓶へ手を伸ばそうとした。

「酒はやめてください、ロレンソ」戸口へ近づいてサントスが言った。

「一杯だけだ。一杯だけ飲ませてくれ。こんな時には必要なんだ。安酒だからお前には勧めないが、飲みたければ……」

「いえ、私はあまり飲みませんので」

「そのうち必要になるさ」

廃人の落ち窪んだ顔に恐ろしい微笑みが現れると同時に、その手は水差しの口をコップに打ちつけていた。

あまりに大量の酒を注ぐのでサントスは止めようと思ったが、内側にこもった空気があまりに臭く、戸口から先へ進む気にはなれなかった。しかも、すでにロレンソはコップを傾け、中身をがぶがぶ飲み干していた。

そして、まだどう手を動かせばいいのかわからない赤ん坊のような素振りを見せた後、前腕部をこすりつけて髭を拭い、肘掛け椅子を一つと、垢まみれの粗末な革を張った椅子を抱えて出てきた。

「バルケーロ家にルサルド家の一員が現れたわけか！　まだ二人も生き残ってるからな。最後の二人だ！」

「お願いですから……」

「いいや、お前の言ったことだ。俺にはわかってる……ルサルドは殺しに来たわけではないし、バルケーロとしても、一番上等なこの椅子を提供するとしよう。座ってくれ。俺はこっちの肘掛け椅子に座る。そうそう」

低すぎる椅子にロレンソが座ると、脚を伸ばして膝に両腕をつかざるをえず、その先で両手を震わせた姿はあまりに不気味で、ただでさえみすぼらしい体がいっそう惨めに見えた。身に着けていたのは、両側が膝まで開く、ジャノで「七面鳥の爪」と呼ばれる半ズボンだが、これも薄汚れ、上に着ていた襟なしシャツは穴だらけで胸毛が飛び出ていた。

唾棄すべき廃墟に成り果てたその姿を前に、サントスは一瞬だけ運命論的恐怖に囚われた。こんな男でも、かつては皆の誇りと期待と愛情を一身に背負っていたのだ。

相手の目を見ることなく話ができるよう、煙草を取り出して火を点けながらサントスは切り出した。

「会うのはこれで二度目ですよ、ロレンソ」

「二度目だと?」頭を働かせるのが辛そうな表情で廃人は同じ言葉を繰り返して問いかけた。「初対面ではないのか?」

「違います、かなり前に会いました。私は八歳ぐらいだったと思います」

ロレンソはいきなり身を乗り出して答えた。

「俺がお前の家まで行ったのか? それじゃ、まだ……」

「ええ」サントスが遮った。「まだ両家の間に争いは持ち上がっていませんでした」

「それじゃ、まだ親爺が生きていた頃か?」

「そうです、家でも、バルケーロ家でも、誰もがあなたのことを褒めて、ずば抜けた知性は一家の誇りだと言っていました」

「知性?」自分とまったく縁のない言葉でも聞いたようにロレンソは問い返した。「知性だと?」何度も同じ言葉を繰り返し叫びながら、苦しそうな仕草で彼は頭を抱え、ようやくすがるような目でサントスを見据えた。「なんでそんな話を今さら持ち出すんだ……？」

「突如記憶に甦ってきたんです」荒んだ心に何か健全な考えを呼び覚まそうという意図を悟られぬよう、慎重にサントスは言った。「私はまだ子供でしたが、家族があなたのことを繰り返し褒め、母など、《ロレンソを見習いなさい》と口癖のように言っていましたから、八歳の幼心にも、すごい人がいるものだと思ったものです。直接会ったわけでもないのに、《カラカスでドクトルを目指して勉強する従兄》のことをいつも考え、噂話にあなたの言葉や仕草、癖などが出てくると、きっとすぐに真似してみました。私の少年時代で、《従兄のロレンソにご挨拶なさい》と母に言われたあの日ほど大きな感動を味わったことはありません。今でもはっきり覚えていますよ。初対面の少年に対するお決まりの質問が二、三あなたの口から発せられ、そこで父が、おそらくジャノ人らしい誇りをこめて私のことを《馬術に長けた少年》と紹介してくれました。するとあなたは、天の音楽とすら思われるほど雄弁に語り始め、それが私には、わからないなりに美しく――どうです！――、わからなくともきっと素晴らしい言葉にちがいないと思われたのです。とはいえ、二つの言葉に特に感銘を受けたことを覚えていますよ。一つは、《我々ジャノ人すべてが内に秘めるケンタウロスを殺さねばならない》、もちろん私にはケンタウロスが何なのか想像もつかず、なぜジャノ人の内側にそんなものがいるのかもわかりませんでした。それでも、この言葉が気に入って、記憶に刻みつけられました。今だから言いますが、私が初めて試したスピーチも――ジャノ人はいつも大げさで、大言壮語が好きですからね――同じ見解を出発点にしていました。《ケンタウロスを殺す》、まったく意味もわからぬままこの言葉を独りで自分に向かって唱え、当然ながらそこから先へは進めませんでしたがね。あなたが優れた弁士であることはすでに私の耳にも届いていました」

ここで煙草の灰を落とすふりをして間を置いたが、実のところそれは、この言葉を聞いてロレンソがどんな反応をするか確かめるためだった。

苦しそうな表情で手を額からうなじへ動かしているところを見れば、内心穏やかではないらしく、やはりあれこれ思うところはあるらしい。サントスは満足して続けた。

「そして数年後、カラカスで、あなたが独立記念日か何かの際に読み上げたというスピーチのパンフレットを手に入れると、そこに同じ言葉を見つけてびっくりしました。覚えていますか？　テーマは、野蛮の象徴ケンタウロスを打ちのめすべし、です。我が祖国の歴史上極めて有益な指針となるこの理念によって、あなたは伝統的な叙事詩崇拝者の間に物議を醸したそうですね。独立以来の祖国の歴史をどう見るかについて、当時のあなたが重要な見解を打ち出していたことがわかって、私は嬉しく思いました。もう私も内容がしっかり理解できる歳になっていましたし、あなたの見解に私も心から賛同できました。何度も繰り返し論じたことがあるので、今でも私のどこかにその名残があることでしょう」

だがロレンソは、突如沸き起こった記憶の嵐を前に、震える手で頭を掻くばかりだった。

才気溢れる若者として、彼の前途は洋々、未来を嘱望され、期待を一身に背負っていた。カラカス……大学……快適な環境、成功の喜び、彼に称賛を寄せる友人たち、彼を愛する女、望みうるすべてが揃っていた。学業の修了とドクトルの称号を目前に控えた彼は、しかるべき成功を約束された者の柔和なオーラに包まれ、自らの秀でた知性を誇りに思っていたにもかかわらず、そこで突如呼び出しを受けた！　それはまさに逆らい難い野蛮の力であり、母の直筆で「帰って来なさい。ホセ・ルサルドが昨日あなたのお父さんを殺しました。帰って復讐しなさい」と書かれた手紙の姿をとって現れた。

「なぜ私があなたを敵と見なす気にならないかわかるでしょう」深淵から這い出そうとする魂に救いの手でも差し伸べるようにしてサントス・ルサルドは言った。「私にとってあなたは子供の頃からの憧れで、後々まで、間接的にではありましたが、あれこれあなたのお世話になることがありました。カラカスで過ごした時代には、大学でも社交界でも、あなたが残していった評判と好印象にずいぶん助けられましたからね。精神的活動の面でも、私が崇高な理想を抱くようになったのは、あなたの真似をしようとしたからで、その意味では借りがあると思っています」

だが、今の境遇にあっては、こんな善意の言葉も恐ろしい諧謔の調子を帯び、ロレンソを苛立たせるばかりだった。惨めな生活の重みと内面の嵐に打ちのめされて座っていた椅子から荒々しく立ち上がると、彼は部屋のドアへ向かって駆け出した。

すぐに、震える手に支えられたコップに水差しの口が当たってカチャカチャ鳴る音が聞こえ、サントスは思わず呟いた。

《無駄か。不幸な男だ、もはや酔っぱらって前後不覚にならなければ生きてゆけないのだ》

そのまま立ち去ろうとしていたところに、アルコールの鞭で甦ったようなロレンソが現れ、しっかりした足取りで、顔に知性を取り戻しながら言った。

「待て！　まだ帰るんじゃない。話を聞いてくれ。お前の話はわかったから、今度は俺が話す番だ。座って最後まで聞くんだ」

「日を改めることにしましょう、ロレンソ。またすぐ戻ってきますから」

「ダメだ！　今日でなければダメだ。とにかく聞いてくれ、頼む」

そしてすぐ物に憑かれたように言った。

「いや、これは頼みじゃない、命令だ！　お前が蒔いた種だ、自分で始末しろ」

「わかりました。いいでしょう！」サントスも寛容に応じた。「もう座っているでしょう。始めてください」

「ああ、始めるぞ、話してやる！　やっと話せるんだ、素晴らしいことだ、サントス・ルサルド！」

「話し相手もいないのですか？　娘さんがいるのでしょう？」

「娘の話は今はやめてくれ。お前は黙っていろ。ただ聞いていればいいんだ。そうだ。そう……！　この亡霊、この人間のクズ、生きる屍がお前の理想だっただ。お前の言うとおりだ、だが、今の俺はこのとおりだ。怖くないのか、サントス？」

「怖い？　なぜです？」

「うるさい！　質問には答えなくていいから聞いていろ。今お前の話したロレンソ・バルケーロは偽物で、本物は今ここにいる。お前だってやがては嘘となって消えるだろう。この土地は容赦ない。お前だって、すでに男を貪る女の呼びかけを聞いただろう。今にその腕に落ちるさ。腕が開かれたときには、お前すでにお前は廃人になっている……見ろ、どこもかしこも亡霊だらけだ、あっちに一人、向こうに一人。この平原には無数の亡霊がさまよっているんだ。ルサルド家の誰かが――残念ながら俺だってルサルド家の一人だ――自分こそ理想の人間になれると思い込んだところで、俺に何の責任がある？　だがな、俺たちは一人じゃないんだ、サントス。それが唯一の慰めだ。お前もそうだろうが、俺だって、二十歳そこそこで未来有望な男は何人も見てきた。それが、三十を超えれば尻すぼみになり、やがて熱帯の亡霊になる。だがな、よく聞けよ、俺は自分のことを見誤ったりはしなかった。他の奴らにいくら誉めそやされても、それが嘘だとわかっていた。はっきりそれがわかったのは、俺の学生生活で最も大きな成功の一つを掴んだ瞬間さ。準備もしないまま試験を受けたんだ。まったく知らないテーマについて話せと言われて、とにかく話し始めたら、あとは勝手に言葉が出てきた。それで、合格どころか、教員たちから拍手喝采まで浴びたんだ。愚か者どもめ！　あれ以来、みんなが俺の才能だと思い込んでいた知性は、単に言葉だけだとわかった。話をやめた途端に幻想は崩れ、何もわからなくなるんだ。俺の知性や誠実さなんて、嘘っぱちだったんだ。わかるか？　誠実さ自体が嘘だったなんて、男にとって最悪の事態だ。遺伝性の癌による腫瘍が一見健康な肉体の内側に潜んでいるのと同じで、俺の心の奥底にはいつも嘘が眠っていた。そして俺は、大学も都市生活も、おだてるのがうまい友人も恋人も、俺の虚像を作り上げたものすべてを憎むようになったんだ」

話を聞きながらサントスは強く興味を引かれ、楽観的な感動を覚えた。こんなことを考え、これほど明快に表現できるのであれば、まだそれほど捨てたものではない。

だが、それも長くは続かなかった。頭が冴えていたのはアルコールのおかげであり、悪習に染まった体は、束の間だけこの刺激に反応するものの、すぐに意識は途切れてしまう。果たして、少し間を取ったところで幻想は消えた。

「ケンタウロスを殺すだと！　へへへ！　笑わせるな、サントス・ルサルド！　ケンタウロスが単なる修辞だとでも思うのか？　ちゃんと存在するんだ。俺は嘶きを聞いたことがある。毎晩ここを通るんだ。ここだけじゃない、カラカスでだって聞いたことがあるぞ。もっと遠くだって。どこにいたって、俺たちルサルド家の血を引く者はケンタウロスの嘶きを聞く。お前だってその声を聞いたからここにいるんだ。ケンタウロスを殺せなんて、誰が言ったんだ？　俺か？　唾でも吐いてくれ、サントス・ルサルド。ケンタウロスなんて、エンテレケイアだ。すでに百年もこの地を駆けているし、あと百年は駆け続けるだろう。俺は自分のことを文明人、家族最初の文明人だと思っていたが、《帰って復讐しなさい》と言われただけで脆くも崩れ落ち、俺の内側から野蛮人が顔を出した。お前も同じだ。呼びかけの声を聞いただろう。今に奴の手中に落ち、その愛情で気が狂うのさ。そしてお前が、《さあ、結婚しよう》などと言い出した途端に足蹴にされ、哀れな姿を笑い飛ばされるのさ……」

ロレンソは頭を掻きむしった。話の途中ですでに垣間見えていた妄想がとうとう彼を屈服させた。指に髪の房をつけたまま彼の両腕はがっくりと落ち、うなだれた頭からこんな言葉がこぼれ落ちた。

「男を貪る女！」

しばらくサントスは、心を締めつけられて黙りこくったまま、じっと廃人同様の男の芝居がかった仕草を見つめていたが、やがて相手を励まそうとして質問を向けた。

「それで、娘さんは？」

だが、ロレンソは平原の地平線に視線を釘付けにしたまま呟き続けていた。

「平原！　男を貪る忌まわしい平原め！」

そしてサントスは考えた。

《実のところ、この不幸な男は、かのドニャ・バルバラの誘惑に屈したのではなく、荒涼たるこの地の破壊力に屈したんだ》

突如、一瞬だけ知性が輝いて廃人の顔が明るくなった。その一瞬、陰鬱な酔いの硬直が顔から消えた。

「マリセラ」彼は呼んだ。「従兄に挨拶しなさい」

だが、小屋のなかから返答がないので、ロレンソは付け加えた。

「髪を引っ張られてもあそこから出てこないんだ。野豚みたいに愛想のない奴だ……　野豚」

再び頭を落とすと、弛んだ口元からゆっくりと涎が垂れた。

「それでは、ロレンソ」立ち上がりながらサントスは言った。「時々顔を出すことにします」

ロレンソはいきなり立ち上がり、ふらふらと小屋へ入っていった。

「ほっておけばいいですよ」娘を探しに行ったのだと思ってサントスは言った。「また別の機会に紹介してください」そして馬の綱を解き始めた。

鐙に足を掛けていたサントスは、ロレンソが酒の入った水差しを掴み、うまく口まで持っていくことができずにほとんどこぼしている姿を見た。彼は中へ駆け込んで酒を取り上げた。

だが、すでに十分な量を飲んでいたロレンソは、感電したようにその場に崩れ落ちた。そしてルサルドの腕にすがり、錯乱した目で見つめながら叫んだ。

「サントス・ルサルド！　俺を見ろ！　この大地は容赦ないぞ！」

第十一章　眠れる美女

目にした光景の陰鬱な印象から抜けきれぬままアルタミラへの帰路についたサントスは、来る途中で目的地への道を訊ねた同じ田舎娘にまたもや出くわした。ロレンソ・バルケーロのあまりにみすぼらしい住処を見た後だったこともあり、髪はぼさぼさ、裸足でぼろ同然の服を着たこの野生児が、実は彼の娘ではないかと思われてきた。

娘は地面に薪の束を置いてその脇にうつ伏せに寝そべり、肘を砂地に埋めて両手を頬へやったまま夢見心地に浸っていた。

サントスは立ち止まって娘を見つめた。垢だらけの薄い布が体にへばりついていたが、そこからうかがえる背中の曲線と、腰や太腿の線は美しかった。ただ、いつも裸足で歩いているせいだろうが、硬くひび割れた皮膚に覆われた大きく分厚い両足がその魅力を損なっており、憐みの目はどうしてもその無残な醜さに止まってしまう。

ルサルドの馬が息を荒げたせいで娘は我に返り、数メートル先に男がいることに気づくと、体を丸めて剥き出しの両脚を隠そうとした。そして抗議のような唸り声を上げ、砂地に突っ伏して笑い出した。

「お前がマリセラか？」サントスが訊いた。

娘は自分に向けて質問を復唱し、困惑のせいか、野蛮人の非礼をいっそう際立たせながら答えた。

「わかってんならなんで訊くのよ」

「はっきりわからなかったからだ。お前がロレンソ・バルケーロの娘マリセラだとは思ったが、確認したかったんだ」

父が言ったとおり、娘は野生動物同然の荒々しい口調になり、聞いたことのない言葉に食ってかかってきた。

「カクニン？　フン！　アンタ、何様のつもりだい。とっとと失せな」

《野生児のうえに無知のようだな》サントスは考え、娘に向かって言った。「カクニンという言葉がどういう意味かわかっているのか？」

「ウンフー！　うるせえわね、アンタ！」また笑い出しながら娘は言った。

《無邪気なのか、意地が悪いのか、どちらだろう？》サントスは思いながら、実は娘にとっては、話しかけられたことが不快どころか嬉しいのだと見てとった。そして顔から笑みを消して、ぼさぼさの髪とぼろ切れの塊を同情の目で見つめ始めた。

「いつまでそこにおるつもり？」マリセラは唸った。「とっとと失せれば？」

「同じことを私も訊きたいよ。いったいいつまでそこにいるつもりだ？　もう家に帰る時間だろう。こんな寂しいところに一人でいて恐くないのか？」

「グア！　アタシが恐えかって？　虫けらに食われるとでも言うんかい？　アタシがどこにいようが大きなお世話よ。父ちゃんじゃあんめいし、ガミガミうるせえわ」

「何という口の利き方だ！　人とまともに話もできないのか？」

「んじゃ、アンタ、教えてくれよ！」相変わらず地面に突っ伏したまま、娘はまた笑って体を震わせた。

「ああ、いいだろう」こう言いながらサントスは、同情が親近感に変わっていくのを感じていた。「だが、先払い分の授業料として、さっきから隠している顔を見せてもらうことにしようか」

「アンタね！」体を丸めたまま娘は言った。「とっとと失せな、もうじき日が暮れっぞ」

「お前が顔を見せるまでここを動くつもりはない。わざわざここまでお前の顔を見るためだけにやってきたんだ。お前が不細工だという噂を聞いたから、本当かどうかこの目で見て確かめたい。そんな醜い親戚がいるとはとても信じられないからな。言い忘れていたが、私たちは再従兄妹なんだぞ」

「シッシ！」娘は叫んだ。「アタシにゃ、父ちゃん以外の親戚なんかいるもんか。母ちゃんなんか知らねえも同然だし」

　母親の話が出たところで、せっかく陽気になりかけていたサントスの心が曇り、本気で相手を不快にしたと思って心配になったマリセラは、顔を覆っていた腕の下からこっそり様子を窺いながら言った。

「ほれみい、アンタ、アタシの親戚じゃねえだろう。黙っちまったじゃねえか」

「親戚だとも」再び同情の調子に戻ってサントスは言った。「私はサントス・ルサルド、お前の父親の従弟だ。確認したかったら父さんに訊いてみるがいい。またカクニンと言ったが、悪くとらないでくれ」

「ああ。本当にいとこなら……アタシは信じないけどね……ウンフー！　後で女は疑り深いとか言われちゃかなわねえし。待ちな、これでとっとと失せんだぞ」

そして、サントスが顔を見せろと繰り返すまでもなく、娘は一瞬だけ顔を上げてすぐにまた俯いた。だが、目は閉じたままで、照れ隠しの笑いが漏れないよう必死で口を引き締めていた。

歳は十五ぐらい、悪い食事と水、だらしなく粗野な振る舞いのせいで若さが感じられなかったが、ぼさぼさの髪と垢まみれの皮膚の向こうに、端正な顔立ちを窺うことができた。

その顔を一目見ただけで、サントスは娘の美しさを感じ取った。

「お前、きれいじゃないか！」彼は叫び、これまでと違う同情を込めて娘を見つめた。その一方、この声を聞いて初めて自分の内側に感動の光が点るのを感じたマリセラは、無愛想な態度を改めて、しおらしく、大人しくなり、甘く訴えるような声で言った。

「行ってちょうだい」

「まだだ」サントスは答えた。「目をちゃんと開けるんだ。ちゃんと見せてくれ。ああ、そうか！　なぜ私の前で目を開けようとしないかわかったぞ。きっと目つきが悪くて醜いからだろう」

「何だって？　お待ち！」

娘が勢いよく体を起こし、目を開けると、顔を見事に引き立てる美しい目をしており、瞬きもせず一心にサントスを見つめてくるので、思わず彼はまた叫び声を上げた。

「なんと美しい娘だ！」

「行ってちょうだい」垢まみれの顔を赤らめながらマリセラは繰り返したが、相手から目を離さなかった。

「待て。先払いしてくれた分で最初の授業をしてやろう」

サントスは馬から下りて娘に近寄り、その目にすがるような不安が浮かんでいるのにもかまわず、腕を掴んで無理やり立たせながら言った。

「こっちへ来い。水の使い方を教えてやろう。お前は確かに美しいが、身なりに気をつければもっと美しくなる」

縁もゆかりもない世界から来た男に微塵も悪意のない調子で話しかけられて本能的恐怖は消え、抵抗することなく沼の縁まで導かれていくと、恥ずかしいような嬉しいような気持ちで腕の下に顔を隠しはしたが、眼下に澄んだ水が広がっているのが彼女にはわかった。

水辺まで来ると、サントスは娘を屈ませ、両手で水を掬って、子供の相手でもするように、まず腕、次に顔を洗ってやりながら話しかけた。

「水に親しみなさい、そうすればお前はもっときれいになる。お前の父親はまったくほったらかしのようだな。せっかくきれいに生まれてきた娘に、何の世話もしないとは罰当たりな話だ。この地にちゃんと水はあるのだから、少なくともいつも清潔にしていなくてはだめだ。後でもっとまともな服を届けさせるから、そんなぼろは捨てて着替えるんだ。それから櫛で髪を梳いて、ちゃんと靴も履くんだぞ。そう！　そうだ！　いったいいつから顔を洗っていなかったんだ？」

マリセラは目を閉じて唇を引き締めた状態で爽やかな水に顔を任せ、男の手に初めて触れられた体の震えを感じた。そしてサントスは、タオルがないのでハンカチで顔を拭いてやり、その顎に手をやって顔を上げさせた。マリセラは目を開けて相手を見つめ、見つめているうちに涙が込み上げてきた。

「いいだろう」サントスは言った。「もう家へ帰りなさい。ついていってやろう、こんな時間にこんなところを独りで歩くのはよくないからな」

「いいえ、結構、ひとりで帰るから」彼女は答えた。「先に帰ってちょうだい」

まったく別人の声になっていた。

他人の手に顔を洗われ、優しい言葉をかけられて、眠っていた心が起き出していた。突如事態は変わり、もはやこれまでの自分ではなくなっていたのだ。

きれいになった自分の肌が感じられ、《なんと美しい娘だ！》の声を聞いたことで、自分がどんな姿をしているのか気になって仕方がなくなっていた。どんな目、どんな口、どんな顔つきをしているのだろう？　顔に手をやって頰を探り、肌を撫でながら輪郭を辿って、マリセラとはどんな女なのか確かめようとしてみる。

だが、その手はこんな答えを返すだけだった。

「肌が荒れすぎて何も感じない。枯れ枝や棘ですっかり手の平が固くなっているし」

なぜ痛みを感じるように自分の美しさを感じられないのだろう？

男は二つ優しいものを残していってくれた。

爽やかな水に洗われた頬には、これまで味わったことのない感触が残っている。美しさが感じられる！　こんな新鮮な柔らかさに、他の理由はありえない。ごつごつした固い樹皮に覆われた木も、柔らかな新芽が綻びるときには似たような感触を味わうにちがいない。焼けるように乾ききった三月の後、ある日緑色に染まって朝を迎える草原も、似たような新鮮さに心を揺らすにちがいない。そしてもう一つ、今まで聞いたこともない感動的な言葉。何度も繰り返し心の奥で響き続け、同時に初めて、これまで自分の心が黒く、深く、静かな空白だったことに気づく。それでいて、家の脇にある井戸と同じく、打てば響き、深い穴の向こうに水の鏡を隠している。《なんと美しい娘だ！》……井戸の脇から言葉を発したときと同じように、その声が深く響き渡る。

そして彼女の外側でもすでに世界は様変わりしていた。それまで彼女の世界といえば、薪を集めるための鬱蒼とした雑木林と、何時間も何の感情も思考もなく心の奥底までじっとしたまま砂地に寝そべって過ごすシュロ林しかなかったのに、今や耳に心地よい鳥の囀りが聞こえ、光を反射する沼、そこに映る逆向きのシュロ林、空の奥まで映し出す澄み切った水面、すべてが美しい。薪の束に絡みついた蔓草から野生の花の溌剌とした匂いが届き、空気が鼻に心地いい。美は彼女の内側だけでなく、あちこちにある。パラウラタ鳥の鳴き声、池と柔らかい草に覆われた水辺、深く輝くシュロ林、広大な草原、金色の沈黙に包まれて甘く過ぎゆく午後、どこもかしこも美しい。それなのに彼女は、まるで目の保養のために作られたような景色が存在することさえ知らなかった！

生まれて初めてマリセラは、莫蓙の上に横たわったまま、どうしても眠ることができない。新しい体で横になったように寝心地が悪く、刺々しい干し草を編んだだけの粗末な寝床に馴染めない。寝るときですら脱ぐことのなかった垢だらけのぼろが、まるで今身に着けたばかりのように肌にまとわりつく。新しい感性が芽生えてきたかのように、慣れていたはずの感触が気持ち悪く、とても耐えられない。

そのうえ、それまで草原に吹く風のように単純な生活を送ってきたのに、突如彼女の内側に女心が芽生え、混乱に輪をかける。様々な感情が交錯するなかで、喜びに苦しみが混じり、希望は不安で揺れ、ある考えを追い払おうとして頭を振りたくなる瞬間もあれば、慌ててじっとまた同じ考えが戻ってくるのを待つこともある。掴みきれないことが他にいくつもある。

朝を告げるカラオ鳥の鳴き声が聞こえる。

「起きなさい、マリセラ！ 井戸の水は爽やかだ。一晩かけて上を通り過ぎた星が冷やしてくれたから。まだ井戸の底には星がいくつか残っている。ほら、桶で掬って体に浴びてごらん。星と同じくらいきれいになるぞ」

太陽が顔を出すと同時に月は沈み、曙光の沈黙に包まれた神聖な森のようにシュロ林が揺れている。井戸の桶がひっきりなしに何度も上下し、初めて光を浴びて目の眩んだ水が若い裸体の表面を滑っていく。

第十二章　いつか真実となろう

翌日、エル・ミエド側からどれほど境界線が押し進められたか、その現状を主人に見てもらうため、マカニジャルまでサントスとともにやってきたアントニオは、モンドラゴン三兄弟の小屋が元の位置へ戻っているのを見て驚愕した。

「昨夜のうちに移動させたんでしょう」彼は叫んだ。「見てください、境界の線はここまで来ていたんです。それが穴しか残っていません」

「ああ」ルサルドは言った。「元の位置に戻ったというなら、とりあえず心配はなくなったわけだ。また一晩のうちに移動されることのないよう、こちらからも柵をつけるとしよう」

だが、アントニオは意義を唱えた。

「今の境界線を受け入れるのですか？　ドニャ・バルバラのいかさま裁判を飲むんですか？」

「すでに判決が確定して、公的お墨付きがあるからな。ちゃんと対応していれば、すべてと言わぬまでも、かなりの判決を覆すことができただろうが、私にはそれができなかった……それに、まだ土地はかなり残っている。家畜はちらほらとしか見当たらないが」

「家畜もたくさん残っています」アントニオは答えた。「ただ、大半が野生化しているのです。前にも言ったとおり、アルタミラには野生化した牛がたくさんいます。ルサルド家の側に残ったわずかな者たちだけでは牛の面倒を見きれないので、主人の判断を仰ぐわけにもいかず、野に放つしか救う方法がなかったのです。ようやく主人が戻ってきた今、必要なのは牛を掻き集める労働力です」

「そのとおり、アルタミラはすっかり過疎化が進んでしまったな。かつてはあちこちに家があったというのに」

「数少ない住人は、ドン・バルビノが執事になった途端に追い払われ、境界線の見張り役を務めるルサルド側の人間がいなくなったせいで、近隣からいつでも人が入れる状態になりました。仔牛などは盗りたい放題ですよ」

「敵はドニャ・バルバラだけではないわけか」

「彼女は気の向くままにさんざんアルタミラからいろいろせしめていきましたが、他にもやりたい放題の連中がいくらでもいます。たとえば、アルタミラの水飲み場をすべて干上がらせて、最も好都合な位置に変えた奴がいます。そうしておけば、牛たちは昼頃勝手にそこまでやってきますから、あらかじめ待ち構えていた四、五人の人夫が縄でルサルド家の牛を捕えるわけです。あちらをご覧ください。あの牛の群れが見えますか？　あれもブラマドールの水飲み場へ向かっていますが、かつてはこちらの所有だったあの地も、今ではエル・ミエドにとられていますから、水辺に到達した牛はもはやこちらのものではありません。ドニャ・バルバラのしもべたちが牛の群れを脅してあっちへ向かわせているのですが、我々にはそれを防ぐ術がありませんでした。ラ・バルケレーニャのランベデーロ塩場に住みついたムッシュなど、ひどいものです！　今朝お話ししたミスター・デンジャーですよ。あいつはジャノのあらゆる悪知恵を身に着けていて、コロサリートの窪地を横切る牛はみんなあいつの魔の手にかかります。私の考えでは、最初に手をつけるべきは、水飲み場の堰を修復して、家畜が余所へ行かないようにすることです。そして、お父様の代まであったような柵を作ってコロサリートの窪地への道を遮断し、ラ・バルケレーニャのランベデーロ塩場へ牛が流れないようにすることも必要です。お望みであれば、今日のうちにでも穴を掘って杭の準備をさせますよ」

「慌てることはない。まずはアルタミラの権利書で境界線の位置を確認し、そのうえでジャノ法を調べてみねばなるまい」

「ジャノ法？」アントニオが愚弄の調子で答えた。「ここでそれが何と呼ばれているかご存知ですか？　ドニャ・バルバラ法ですよ。彼女が金で自分のいいように作らせたという噂なのですから」

「この状況を見ればそれも不思議ではないな」サントスは言った。「だが、法である以上はそれに従うしかない。後で何とか変えられるようにしてみよう」

同じ日の午後、アルタミラの権利書とジャノ法を予め確認したうえで、サントスはドニャ・バルバラとミスター・デンジャーに書面を送り、牧場を囲ったうえで、アルタミラ領内の草原に入り込んだエル・ミエドとランベデーロの牛を法律に則って追い出す措置を取ると通告した。同時に、両者の領内に散らばるアルタミラの牛の捕獲作業に協力を要請した。

書面を直接届けたアントニオは、道中こんなことを考えていた。《これはドニャ・バルバラにとっては大損だ。合法的措置とはいえ、囲いという案に俺は賛成じゃないが、ドニャ・バルバラはもっと怒ることだろう。来るべき時がやってきたということか》

翌日の夕暮れ、サントスはアントニオとともにマタ・ルサルデラへ向けて出発し、人が通った形跡のある場所を辿りながら草原を二時間ほど進んだ後、獣もよせつけぬほど鬱蒼とニガホウキ草やマストラント草が生い茂る地帯に差し掛かった。

灌木が暗い茂みを作る向こうに丸い月が昇っており、広大な草原地帯に憂鬱な光を降り注いでいた。

アントニオは馬を先行させ、ルサルドに黙って注意深く後についてくるよう指示した後、砂丘の斜面を上り始めた。

「耳を澄ませてください」彼は言った。「想像を超える音が聞こえてきますから」

そして両手をメガホンにして、砂丘の高みから甲高い叫び声を上げ、夜の沈黙を破った。

すぐに騒がしい音が広がってどんどん大きくなり、高みから見渡すことのできる広範囲のあちこちで野生の牛の群れがざわざわとひしめき合って移動しているのが感じられた。

「聞いてください！」アントニオは言った。「ここには人など見たこともない牛が何千頭もいるんです。七年以上も前から、このあたりの草原には馬も入っていません。それに、もっとクナビチェのほうに入った辺りと較べれば、ここの牛など物の数ではありませんよ。アルタミラもまだ捨てたものではありません。野生化した牛が救いになったわけですが、問題はこれをどうするかです。私としては、早速でも捕獲にかかりたいところです。当面必要なのは、縄の使い手ですね。野生牛の相手は誰にでもできるものではありませんから。幸い、私にはつてがあって、何人か連れてくることができます。それに、チーズ工房も再建したほうがいいと思います。かつてはけっこういい商売になりました。単に収益が上がるばかりでなく、家畜を飼い馴らすのにもいいんですよ。ここの牛は皆気性が荒く、馬がやられてしまうことがあるほどです」

もっともだと思ったサントスは早速チーズ工房の再建に取り掛かった。もちろん収益も大事ではあったが、彼を衝き動かしていたのは別の思いだった。野蛮を手懐けるのに役立つものは何でも、彼にとって重要な意味を持っていたのだ。

そして翌日、またアントニオと別の話をしているときに、サントスは平原の文明化に向けたさらに大胆な一歩を思いついた。

「今日は縄一本で五十頭ほどカチラポってきました」アントニオは言った。

《カチラポ》とは、領内で焼印のない牛を縄で捕獲することであり、これこそアプーレのジャノ人が最も情熱を注ぐ活動だった。果てしない草原地帯に散らばる牧場には柵がないため、牛の群れは自由にどこへでも動き回り、たとえ領内に牛がいても、牧場主がこれを捕まえないかぎり自分の所有物とはならない。隣人たちと協力して大規模な捕獲作戦を実施することもあれば、普段から縄を持ち歩いている者たちが独自の判断で捕獲することもあり、いずれの場合にも、牧場主がこれに焼印を押して所有権を示す。この原始的なしきたりが、ジャノという環境に最も適した作法とされており、所有地の広さとそれに応じた牛の頭数に制限はあれ、法律でも認められていたが、やはり家畜泥棒のような側面は免れなかった。これが単なる作業にとどまらず、ジャノ人の愛好するスポーツ、力較べとなってしまうのもそのためだった。

こんなことを考えていた末に、サントス・ルサルドは言った。

「これでは家畜を育てようという気持ちが削がれて、牧畜が育たない。ジャノ法によって、領地を柵で囲うことを義務づければすべては解決する」

アントニオは反対した。

「理屈はそのとおりかもしれませんが、それはジャノ人の人となりを否定するようなものです。ジャノ人は柵には耐えられません。神に与えられたとおりの、開けっぴろげの草原が大好きですし、縄で牛を捕えるのが生きがいなのですから。それを取り上げたら寂しくて死んでしまいますよ。ジャノ人は、今日は何頭カチラポったという自慢話をするのが楽しくて生きているようなものです。自分たちの牛は絶対安全、盗られるのはいつも他人の牛、などと考えているような者たちですから、隣で似たような話をしていてもまるで気にしません」

それでもルサルドは柵の習慣をジャノに根づかせるべきだと考えていた。それが平原の文明化の第一歩なのだ。柵こそが、弱肉強食の原則に対抗する手段、原理原則によって人間を抑えつけるために必要な措置なのだ。

ジャノ法に囲いを義務づける条項を盛り込む、文明化を志す者ならこの目標を避けては通れまい。蜃気楼の上下する平原で暴れ馬の背に跨って行う目まぐるしい調教のように、サントスの頭では他にも様々な思いが疾走していた。道なき道に迷い込んだまま不確かな希望がいつも道に迷ってばかりいたこの大地で、自然の曲線に人為的直線を植えつける有刺鉄線を張り巡らせれば、未来に向かう一本の道が引かれることだろう。

サントスは、こんな目論見のすべてを興奮して大声で独りごちていた。事実、文明化とともに豊かになった未来のジャノ、その美しい将来図が彼の頭には広がっていた。

太陽と強風の午後だった。蜃気楼が作り出す幻の水、その揺らぐ輪に囲まれて草が揺れていた。遠い砂丘の向こう、地平線のあたりに、煙の渦のような竜巻が現れ、突風が砂塵を巻き上げた。

夢想に耽って一瞬だけ周りの現実を忘れたサントスは、空想に飲まれて突如叫んだ。

「鉄道！　鉄道がやってくる」

実現不可能な希望を抱いた後に幻から覚めたように、彼は悲しげに微笑んだが、強風の陽気な悪戯をしばらく見つめているうちに、楽観的な呟きが口から漏れてきた。

「いつか叶うだろう。進歩がジャノの奥深くまで入り込み、野蛮は屈するだろう。我々がその光景を目にすることはないかもしれないが、それを見る者の心で我らの血が踊ることだろう」

第十三章　ミスター・デンジャーの権利

赤い皮膚に覆われた大きな筋肉の塊、青すぎる両目に亜麻色の髪、そんな風貌の男だった。数年前にライフルを背負ってこのあたりに現れ、トラやワニを狩った。彼の心と同じく野蛮なジャノが気に入り、金髪でも青い目でもない劣等人種ばかりが住むこの地を征服してやろうと思い立った。ライフルを携えてはいたが、人々は彼を見て新たな理念に基づく牧場建設に乗り出すのだと思い込み、期待感とともに歓迎ムードが広がった。だが、彼は自分のものでもない土地に許可なく四本の柱を立て、その上にシュロ葺きの屋根を乗せただけで、その簡素な小屋にハンモックを吊って銃を置くと、寝そべったままパイプに火を点けて腕を伸ばし、筋肉質の体を休ませながらこんなことを叫んだ。

「オール・ライト！　これで私は家にいる」

自らギジェルモ・デンジャーと名乗ったこの男は、自称アラスカ生まれのアメリカ人、ゴールドラッシュにつられてやってきたアイルランド人の父とデンマーク人の母の間に生まれたというが、これが本当の姓なのか疑う者は多かった。自己紹介でもすることがあると、子供のように幼稚なユーモアを発揮して、即座に「ミスター・キケンです」などと冗談を付け加えるので、この怪しげな冗談を言うためだけに姓をでっち上げたように思われたのだ。

他方、彼の履歴には謎が多かった。この地域に住みついた最初の頃は、「国籍不詳の男」と題されたニューヨークの新聞の切り抜きを見せて歩き、匿名の一市民に対して行われた不正を告発するその内容を吹聴しながら、その一市民が自分なのだと触れ回っていたらしい。彼の説明はいつも曖昧で、いったいどんな不正が行われたのかも、なぜ彼の名が伏せられているのかもはっきりわからなかったが、大量のドルが流れ込んでくると期待した人々は、彼に様々な便宜を図った。

ところが当のミスター・デンジャーは、商売といえばワニを狩ってその革を毎年大量に輸出するぐらいで、あとは、ライフルを携えて気の向くままにトラやライオン、その他の猛獣を撃つだけだった。ある時、子供を産んだばかりの雌オセロットを仕留めてその子供を飼い始めたことがあり、そのうちの一匹がペットとして彼になついたので、腕白坊主がそのまま大人になったような気性をここでも発揮してじゃれ合った。オセロットの爪に引っ掻かれることが幾度となくあったが、彼は嬉しそうに傷痕を見せるばかりで、デンジャーの評判はいっそう高まった。

しばらくするとミスター・デンジャーの小屋は、かなり快適な家具や設備と広い家畜の囲い場を備えた立派な屋敷に様変わりした。これを見れば、この《国籍不詳の男》がこの地に住みつく覚悟を決めたことは明らかだったが、その手助けをしたのはドニャ・バルバラだった。

まだアポリナール大佐がのさばっていた時代であり、エル・ミエドと名付けられた牧場の拡大が始まったばかりの頃だった。《守り神》の伝説について話を聞いたミスター・デンジャーは、迷信深い豪傑女が定期的に繰り返すというその野蛮な儀式を一目見たいと願い、同時に、自分が小屋を建てた一角は彼女の所有地であり、一度挨拶に行かねばならないと思っていたこともあって、彼女を訪ねていくことにした。

外国人と知り合い、その願いを聞き入れ、彼に惚れ込み、そして計画を練る、このすべてをドニャ・バルバラは瞬く間に行った。アポリナールを使ってミスター・デンジャーを招待し、男たちの大好きな酒を振る舞ってすぐに打ち解けると、酒に弱くすぐ朦朧とするアポリナールを尻目に、彼女は食事の間に何度もアメリカ人と目配せを交わしてすべての算段を整えた。

その間、人夫たちは急いで穴を掘り、もはや《守り神》の儀式にしか使えないほど老いて弱った馬を引っ張り出した。

「しきたりどおり、真夜中に生き埋めにします」ドニャ・バルバラは言った。「人夫にその様子を見せるわけにはいきませんので、我々三人だけで出発します。いいですね」

「素晴らしい！」ミスター・デンジャーは叫んだ。「上に星、その下で我々が生きた馬に土をかける。素晴らしい！　奇抜だ！」

アポリナールはといえば、しきたりについては何も知らず、すでに前後不覚で反論できる状態にもなく、牧場の中心から離れた目的地に向けて出発するときには、ミスター・デンジャーが馬に担ぎ上げてやらねばならないほどだった。

すでに穴は掘られており、犠牲として捧げられる痩せ馬が建設中の囲い場の柱に縛られていた。穴の脇にはスコップが三つ置かれていた。星空が荒涼とした土地を濃い闇に包んでいた。

ミスター・デンジャーが馬の綱を解き、同情の言葉をかけながら穴の縁まで導く一方、時折彼の上げる高笑いにつられてアポリナールは馬鹿笑いを繰り返していた。そしてミスター・デンジャーは力を込めて一気に馬を突き落とした。

「さあ、ドニャ・バルバラ、馬の精が逃げぬよう、ご存知の呪文を悪魔に捧げてください、大佐、急いでください、ちゃんと穴を埋めないとすべて台無しになります」

すでにスコップを手にしていたアポリナールは、身を屈めて重力の法則に逆らいながら、穴の脇に積み上げられていた土と格闘を始め、自分のしている残虐行為がおかしくてたまらないらしく、猥らな言葉を呟いては笑い転げることを繰り返していた。ようやくスコップいっぱいに土を盛ったものの、その重さにふらついて、まともにバランスを取ることもできなかった。

「なんてザマだい、大佐さん！」こう叫びながらもミスター・デンジャーは穴埋めの作業に没頭し、驚異的な速さでスコップを振り続けていたが、ふと目を上げると、アポリナールがスコップを放り出し、腎臓のあたりを両手でさすりながらしばらく体を捩じらせて呻き声を上げた後、背中に槍を刺された状態で穴へ転げ落ちていくのがわかった。

「オオ！」作業の手を止めてミスター・デンジャーは言った。「これは計画にはなかったことです。哀れな大佐！」

「同情の必要はありませんよ、ドン・ギジェルモ。あいつは私の命を狙っていたんです。先回りしてやっただけのことです」こう言いながらドニャ・バルバラは、大佐が手放したスコップを手に取って付け加えた。「手伝ってください。あなただって、これしきのことで動じるようなお方じゃないでしょう。もっと危ない橋をいくらでも渡ってきたでしょうに」

「おやおや！　口さがないお方だ。確かにミスター・デンジャーは動じません。しかし、ミスター・デンジャーは計画にないことをしたりもしません。私は《守り神》を埋めに来ただけです」

これだけ言うと彼はスコップを放り出し、馬に乗って小屋まで戻ると、またオセロットとじゃれ始めた。だが、それでも彼が秘密を守ったのは、第一に《国籍不詳の男》の謎を脅かしかねない揉め事に巻き込まれたくなかったからであり、同時に、現地人を見下した外国人らしく、彼にとっては、埋められるのがアポリナールだろうが馬だろうがたいした違いはなかったからだ。それどころか、大佐がブラマドールの渡しを泳いで渡ろうとして命を落としたという噂が流れると、その根拠といえば、数日後に同じ場所で捕獲されたワニの腹から出てきた指輪がドニャ・バルバラによって大佐のものだと確認されたことくらいしかなかったにもかかわらず、ミスター・デンジャーはこの説に積極的に肩入れした。

その見返りにドニャ・バルバラは小屋を家に変え、ラ・バルケレーニャの領地を一部囲って彼に進呈した。これによってミスター・デンジャーはワニの狩人から牧場主、いや、牛の狩人になり、自分のものでもない牛、とりわけアルタミラの牛に焼印を押して囲い込んでいった。その後、しばらくの間はミスター・デンジャーがドニャ・バルバラに取り合うこともなく、また彼女のほうでもアメリカ人のことなど忘れたようにしていたが、ある日エル・ミエドに現れた彼は、こんなことを述べ立てた。

「噂によれば、ドン・ロレンソ・バルケーロに残されたラ・チュスミータのシュロ林周辺の土地を奪い取るおつもりだそうですが、私はそうした横暴に反対で、彼の権益を守るつもりです。今やドン・ロレンソにはあの土地しか残っていません。これからは私が管理しますので、以後人を回してあの土地の牛を奪うのはおやめください」

だが、ロレンソ・バルケーロの権益は、詐欺師の手から別の詐欺師の手に移っただけで、土地から上がるはずの収益はすべて、ミスター・デンジャーがサン・フェルナンドやカラカスへ旅行するたびに調達してくるブランデー――彼のお気に入りの酒――の瓶か、エル・ミエドの蒸留所から送られてくる安蒸留酒の水差し――ドニャ・バルバラに代金を払ったことはなかった――に変わった。

その一方で、アメリカ人は好き放題牛を捕獲して私腹を肥やしていた。彼の占有地は、かつてのラ・バルケレーニャの一部であり、乾季には干上がる川を挟んだ草原地帯だったが、ランベデーロと呼ばれることの一角には塩気を帯びた岩場があるため、近隣の牛が集まってくる。とりわけ、川が干上がった後に現れる塩場では、常時相当数にのぼる群れが地表を舐めており、牛の捕獲は容易だった。実際のところ、この土地はジャノ法で定められた牧場の広さを満たしておらず、平原をさまよう焼印のない牛の群れを所有する権利はないはずだったが、ルサルド家の管理人たちはいつも簡単に買収され、エル・ミエドの女主人は見て見ぬふりを貫いたので、それをいいことに、ミスター・デンジャーは法律を無視してどんどん家畜の数を増やしていった。

こうしてせしめた牛は、雨季の到来とともに売りさばかれた。ランベデーロの川が増水している間はそこに寄りつく牛もいないので、水が引くまではサン・フェルナンドやカラカスにとどまっていたミスター・デンジャーは、他に趣味があるわけでもなく、また、誰にとやかく言われるわけでもなく、湯水のごとく酒に金を注ぎ込んだ。

そして、今年もそろそろ町へ移ろうかと思っていた頃になってルサルドの通知を受け取り、アルタミラの牛がランベデーロへ抜ける通り道になっていたコロサリートにかつてのような柵が築かれることを知らされた。

「オウ！ なんてこと！」手紙を読んで彼は叫んだ。「あの男は何を考えている？ いいか、アントニオ、ドクトル・ルサルドに伝えろ、ミスター・デンジャーは手紙を読んでこう言った、と。ミスター・デンジャーはコロサリートを開けておくよう求める、柵など建てさせない権利がある」

そんな権利はないと考えていたサントス・ルサルドは、翌日談判に出向いて行った。

犬の鳴き声とともに、堂々たる姿のアメリカ人が通路に現れ、恭しく迎えに出てきた。

「どうぞ、ドクトル。どうぞ。お待ちしていました。コロサリートを塞ぐことは許されないと言って、失礼しました。中へどうぞ」

そしてルサルドが通された部屋の壁には、狩猟愛好家の家らしく、仕留めた獲物の遺品が所狭しと飾られていた。鹿の角、トラやピューマやクマの毛皮、そして巨大なワニの革。

「どうぞ座ってください、ドクトル。オセロットは檻に入れていますからご安心ください」そしてウィスキーの乗ったテーブルへ近寄った。「朝の一杯にしましょう、ドクトル」

「結構です」サントスは拒んだ。

「オウ！　それはいけない。家まで来てくれたのに、この土地の人々の言うカケツケイッパイもなしでは、面目丸つぶれです」

しつこい申し出が不快だったが、サントスは一杯だけもらうことにして、すぐ本題に入った。

「ラ・バルケレーニャとの境界線についてですが、ミスター・デンジャー、どうやら勘違いをなさっておられるようですね」

「オウ！　とんでもない、ドクトル」アメリカ人は答えた。「私がそうだと言ったら間違いはありません。地図がありますので、お見せしましょう。お待ちください」

彼は隣の部屋へ入り、ズボンのポケットに紙をしまいながらすぐに出てくると、丸めていた別の紙を広げた。

「どうです、ドクトル。コロサリートとアルコルノカル・デ・アバホは私の所有地です。確認してください」

彼が自ら描いた地図のようであり、それによれば、確かに二つの土地はラ・バルケレーニャに含まれていた。ルサルドは丁寧に地図を手に取り、反論した。

「失礼ながら、これでは証拠にはなりません。残念ながら今日は持っていませんが、ラ・バルケレーニャとアルタミラの権利書と照らし合わせてみる必要がありますね」

にやにや笑いながらアメリカ人は答えた。

「オウ！　悪いお方ですね、ドクトル、私が勝手に地図を描いたとでも言うのですか？　私は絶対に確実なことしか言いません」

「それほどむきになることはないでしょう。これでは証拠にならないと申し上げただけです。他の土地について異論を挟んでいるわけではありません。何かお持ちのようですから、そちらもどうぞ拝見させてください」

そして、パイプの煙を見つめる相手の表情があまりに不遜だったので、強い調子で付け加えた。

「申し上げておきますが、この措置を取る前に自分の所有地については予め十分に調べさせていただきました。コロサリートもアルコルノカル・デ・アバホもアルタミラに属することは間違いありませんし、したがって、動物の通り道に柵を建てる権利は私にあります。それに、だいぶ前になりますが、私の父の時代には柵が建てられており、今もその跡が残っています」

「父の時代！」ミスター・デンジャーは叫んだ。「そんな昔の話が今も通用するとなぜ考えるのです？」

「今は無効だとでもおっしゃるのですか？」相手の口調は無視してサントスは訊いた。

「オウ！　このまま話していても意味がありません」ポケットにしまった紙を取り出しながら彼は続けた。「ここに書いてあることを読んでください。そうすればあなたに柵を建てる権利がないことはわかっていただけると思います」

そしてサントスに手渡された書類には、ロレンソ・バルケーロと、ホセ・ルサルドの死後、一時期アルタミラの管理を任されていた男の署名が入っており、その内容は、ラ・バルケレーニャの所有者ロレンソが、コロサリートとアルコルノカル・デ・アバホの一帯を購入し、以後、柵の建設を含め、アルタミラ側からラ・バルケレーニャへの動物の通行を妨げる行為は一切慎む、という取り決めだった。

この操作の目的は、他でもない、ルサルドの述べた柵を撤回させて、アルタミラから隣の所有地の塩場へ牛が自由に流れてくるよう、通行の障壁を取り払うことにあった。だが、サントスには、この売買についても、それに付随する義務についても知らされておらず、それどころか、こうして隣人たちの私腹を肥やすためだけに行われた裏取引や空売りがどうやら他にもたくさんあり、その書類すら彼の管理下にないという有様らしかった。

ミスター・デンジャーの示した書類は役所のお墨付きを受けた真正のものであり、はからずもアルタミラに関する事実誤認を受け入れざるをえなくなったルサルドは、手順を誤った自分を恥じた。だが、ロレンソ・バルケーロがアメリカ人にランベデーロの草原を売却したことを示すもう一枚の書類は、判読できない字で書かれた売り手のサイン——文字の大きさがまちまちで、奇妙に曲がりくねり、字の書けない人が無理やり書かされたような印象だった——を見れば、痴呆状態のロレンソにつけ込んで勝手に作成されたものであることは一目瞭然だった。ドニャ・バルバラが無理やりロレンソに署名させて行った偽装売買と同じく、これが完全な詐欺であると主張したところで、中傷の誹りを受けることはないだろう。《当初の目的を忘れていたな》サントスは思った。《踏みにじられた権利を回復してやろうと自分に言い聞かせていたのに、あの惨めな男の権利を守ってやることは考えてもみなかった。こうした空売りに瑕疵を見つけて、それを無効にすることはできるはずだ》

その間ミスター・デンジャーは二つのグラスにウィスキーを注ぎ、ありもしない権利を主張してきた隣人に対する勝利の祝杯を準備していた。高慢な喜びに浸った彼は、自分に逆らった下等人種に屈辱を味わわせてやろうと思った。

「もう一杯どうです、ドクトル?」

サントスは椅子から立ち上がり、プライドを踏みにじられる思いで相手を睨みつけた。だが、アメリカ人はそんな態度を意にも介さず、落ち着いて自分のグラスを満たしていた。

ルサルドは書類を返して言った。

「コロサリートとアルコルノカル・デ・アバホの売買については何も存じませんでした。とんだ失礼をいたしました。どうかご容赦ください」

「オウ! 心配は無用です、ドクトル・ルサルド。あなたが何も知らないのだと思っていました。さあ、ウィスキーをもう一杯飲んで、仲直りしましょう。私たちは友達です、友情のしるしに、さあ」

すでに落ち着きを取り戻しつつあったルサルドは答えた。

「遠慮しておきます」

友情も拒否されたと見てとったミスター・デンジャーは、去っていくルサルドを見届けながら、こんな言葉を独りごちた。

「オウ! 小生意気な奴め。何もできないくせに」

アルタミラへの帰り道、ロレンソ・バルケーロの家の近くに差し掛かったサントスは、ちょうどいい機会でもあり、ラ・バルケレーニャを失ったいきさつについて詳細を聞いておこうと思い立った。

垢だらけのハンモックに潜りこんだまま、ロレンソはまだ二日酔いで眠っており、家には他に誰もいなかった。息の詰まったようないびきが喉から漏れる一方で、半分開いた口から粘ついた涎が垂れており、アルコールを消化しきれぬまま深い眠りに落ちたその顔はあまりにも惨めで、死にかけているようにさえ見えた。一瞬ぞっとしたサントスは、ハンモックの脇にぶら下がった腕を取って脈を調べたが、指の下で動脈の拍動が感じられた。しばらく彼は憐みの気持ちでその姿を見つめていた。

「この不幸な男ももう長くはあるまい。とはいえ、何かしてやらねば」

ハンモックの下には、カマサの実をくり抜いた容器があり、粗末なピチャグアのカップや鉢、スプーンが置かれていた。腕を伸ばして鉢からカップに注ぎながら、土地の言葉で《ショウベンノミ》と呼ばれる獣のような飲み方で、少しずつありったけの酒を飲んでしまったのだろう。

ルサルドは鉢を蹴飛ばし、テーブルに置かれた水差しを掴んでまた安蒸留酒が残っていることを確かめると、家の外へ放り投げた。そのうえで、ロレンソを起こそうとしても無駄だと見てとって、そのまま引き上げようと思っていたところに、にやついたアメリカ人の赤ら顔が現れた。

ミスター・デンジャーはルサルドを見て驚いたふりをしたが、後をつけてきたことを察した相手の無表情を見て、顎でロレンソを示しながら問いかけた。

「酔ってますね。昨日私が送ってやった蒸留酒を全部飲んだのでしょう」

「この男に酒を与えるのは感心しません」サントスは答えた。

「救いようがありませんよ、ドクトル。あとは死ぬだけです。生きたがっていないのですから。まだバルバラに惚れているんですよ。ベタ惚れして、それを忘れるために飲んでばかりいるのです。私も何度も言いました、《ドン・ロレンソ、死んじゃいますよ》ってね。それでも私の言うことに耳を貸さず、相変わらず飲んだくれています」

そしてハンモックに近寄り、結び紐を揺すりながら言った。

「エイ！　ドン・ロレンソ！　客だよ。いつまでハンモックに丸まっていびきをかいてる？　ドクトル・ルサルドが挨拶に来たよ」

「そっとしておいてやってください」そのまま立ち去ろうとしてサントスは言った。

ロレンソは半分だけ目を開け、わけのわからない言葉を呟いた。アメリカ人は荒々しくその頬を引っぱたき、笑い声を上げた。

「ひどい二日酔いだな！」

そして振り返って一瞬だけシュロ林のほうを見つめ、肩をすくめたかと思えば、引っ掻こうとでもするように指に力を入れて歯を剥き出し、じゃれつくオセロットを真似るようにして鼻息を上げた。

《いったいどうしたんだ、この男は？》横柄すぎる態度に不審を抱いてサントスは考えたが、その時アメリカ人は笑い声を上げて言った。

「ホロポのように美しい名前のお嬢ちゃん」

数日前の午後姿を見たときのように、薪の束を手にしてマリセラが現れた。だが、あの髪をぼさぼさにした汚い娘とはまったく別人だった。サントスが届けさせたメレシオ・サンドバルの孫娘たちお手製の服を着て、清潔にしているのはもちろん、粗野な作業をしてはいても、一応ちゃんとした身なりをしていた。自分の言葉が短期間にこんな変化をもたらしたのを見てサントスは喜び、ふとあたりを見回すと、家の内部もかつてのむさくるしく臭いボロ小屋ではなくなっていることに気がついた。床は掃除され、まだみすぼらしいとはいえ、とりあえず清潔にはなっていた。

ミスター・デンジャーは言葉を続けていた。

「やっとセニョリータ・マリセラになったが、相変わらずオセロットのように荒っぽいな」

そして人差し指でたしなめながら言った。

「昨日爪で引っ掻かれたせいで、血が出たじゃないか」

「グア！　アンタが触るからよ」マリセラは答えた。

「この子が怒るのはね、私がいつも言うからなんですよ、私は父さんからお前を買ったんだ、父さんが死んだら私がお前を引き取ってやる、家には雄のオセロットがいるから、雌のオセロットが来ればちょうどつがいになる、ってね」

こんな野暮な冗談を言って高笑いを上げるミスター・デンジャーを前に、怒ったマリセラはぶつぶつ文句をこぼし、この光景を見ていたサントスは、こんな血も涙もない男のそばにいる娘がどれほどの危険に晒されているか察知した。すでに感じていた嫌悪がいっそう激しくなった。

「もうたくさんです」こらえきれずに彼は言った。「父を酒漬けにし、娘から両親を奪い、そのうえこんな破廉恥な接し方をするとは」

突如笑い止んだミスター・デンジャーの青い目に影が走り、顔から血の気が引いていった。それでも、声色一つ変えることなく彼は言った。

「悪い、悪い人だ、あなたは！　私を敵に回したいというのなら、あなたがこの土地へ来れなくしてやります。私にはその権利があります」

「あなたがどういういきさつでその権利を手にしたか、私にはわかっています」固い決意を込めてサントスは答えた。

アメリカ人は一瞬考えた。そしてサントスから目を逸らしてパイプを取り出し、口にくわえたまま中身を詰めると、大きな毛深い両手で風よけを作ってマッチで火を点けながら言った。

「あなたは何もわかっていない。自分の権利さえわかっていない」

そして、無防備な地を征服する者の重い足取りで、固く乾いた大地を踏み鳴らしながら立ち去った。サントスは、怒りが恥に変わるのを感じたが、すぐに気を取り直した。

「今に見ていなさい、立派に自分の権利を守ってみせます」

そして、外国人の魔の手から二人を守るため、ロレンソとマリセラをそのまま連れて帰ることにした。

第二部

第一章　突飛な出来事

アルタミラを柵で囲う旨通知したルサルドの手紙を受け取ると、ドニャ・バルバラは抜け目なく対応に乗り出した。自分の征服欲を探られでもすれば、「でも、私は言われているほどの野心家じゃないわ、土地は少しで十分だし、どこにいても自分が所有地の中心にいると感じられるだけの広さがあれば、それ以上はいらない」などと愚弄の調子で答えていた彼女にとって、これは実に不愉快な知らせだった。

それでも、手紙を読み終えると、寛大で素朴な女性の声を装ってこんなことを言った。

「わかりましたわ！　ドクトル・ルサルドが牧場を囲ってくださるというのであれば、それで境界線もはっきりしますし、以後アルタミラと揉めることもなくなります。柵、いい思いつきです。ええ、もちろん！　これでどこからどこまでが双方の領地なのか明確になって、諺のとおり《各々の家へ、神は皆の家へ》ということになるでしょう。そうです！　私も前から柵について考えてはいたのですが、何せ費用がかさみますから、尻込みしていたんです。ドクトルにはゆとりがあるようで、柵ぐらいは痛くも痒くもないのでしょうね」

手紙という言葉に反応して、自分の話かと思って近づいてきたバルビノ・パイババは、彼女の様子をじろじろ見つめたが、このすべてが返事を待つアントニオ・サンドバルを欺くための芝居にすぎないことを理解できなかった。ドニャ・バルバラは、快く通知を受諾したという返答をアルタミラに持ち帰らせようと目論んでいたが、彼女がこんな声になるのは何か悪巧みをしているときだと噂に聞いていたアントニオは、内心こんなことを思っていた。

《何か怪しいことを企んでいるな》

「ドクトル・ルサルドにお伝えください」彼女は言った。「お申し出は承知したが、柵の費用については当座工面できない、お急ぎなら——どうやらドクトルは、善は急げというタイプのようですね——杭打ちの作業を始めてくださってかまわない、後で面会して、いくらかかったかお伝えくだされば、相応の負担はする、と」

「ドクトルの提案する作業分担についてはいかがですか？」ドクトルという言葉に特別な調子を込めながらアントニオは訊ねた。

「ああ！　忘れるところでした。今のところいろいろ作業が立て込んでいて、人を回すゆとりがないのですが、目途が着き次第お知らせする、とお伝えください。柵を張り巡らすまでには、ドクトルがこちら側に迷い込んだ牛を捕獲し、私が向こうにいるこちらの牛を捕獲する時間が十分にあるでしょう。そうお伝えください。ドクトルにどうぞよろしく」

アントニオが立ち去るや否や、バルビノ・パイバは誰もがドニャ・バルバラの発案だと思い込むであろう不吉な策略を提示した。

「当然ながら、ドクトル・ルサルドにそんな時間はないでしょうね」

「なぜだい?」手紙を折って封筒に戻しながらドニャ・バルバラは訊いた。「数週間のことでしょう。しかし、間違えて少しでもこちら側に柵を建てたりすれば、その時には……」

もはや意味のなくなった愚弄の調子を捨て、普通の話し方に戻りながら彼女は続けた。

「モンドラゴン三兄弟を呼びなさい」

翌日、夜が明けると、境界線の杭とマカニジャルの家の位置が変わっていた。だが、これまでのようにアルタミラ側に入り込んでいるのではなく、逆に、前回取り決められた境界線の位置よりエル・ミエド側に寄っていた。

ただでさえ境界線は曖昧で、わかりやすい目印といえば柱と小屋ぐらいしかないため、これに惑わされたルサルドが境界を超えたところに柵を建てればしめたものだった。マカニジャルの荒野にはモンドラゴン三兄弟以外誰も住んではいなかったが、ドニャ・バルバラの命令で彼らは三日前に小屋を引き上げており、誰も目撃者がいないとなれば、柵の設置がルサルドの仕業であることを証し立てることなど造作もあるまい。それなりの意図があっての指示なのだ。

そして、滅多に人を褒めることのないバルビノ・パイバまでがこれを持て囃した。

「見事! あの女は思いもよらないことを考える。相棒《ソシオ》の助言かどうかは知らないが、実に巧妙な作戦だ」

実のところ、サントス・ルサルドが柵を建てようと言い出すとは、ドニャ・バルバラにはまったく想定外で、マカニジャルの小屋を引き払ったうえで、直近の判決によって定められた位置まで境界線を戻すという指令は、後に思いついた策略と当初は無関係だった。だが、結果的にこれが作戦行動へのいい布石になったとみるや、彼女は始めからすべてが計画通りだったのだと自分に言い聞かせ、相棒のおかげで備わっていると信じて疑わない予知能力の奇跡的な働きによって、先手を打って敵方の目論見を挫いているように振る舞った。このように、単に一時の衝動に駆られて行ったことが結果的にうまく状況にはまることがあると、彼女は当然のようにこれを受け流した。しかも、偶然に味方されることがしばしばあったため、外から見れば ―― 彼女自身もそう思い込んでいた ――、それが途轍もなく正確な予知能力の賜物と受け取られるのだった。だが実際には、ドニャ・バルバラはそんな計画を練り上げる能力に欠けた女であり、彼女にできることといえば、一時の衝動が結果的にうまくはまったときに、抜け目なくそこから最大限の利益を引き出すことだけだった。

だが、この時ばかりは状況が味方をしてはくれなかった。ドニャ・バルバラのわざとらしい協力的姿勢を見て訝るアントニオに諭され、また、ミスター・デンジャーとの一件があって用心深くなっていたサントスは、慎重に書類を調べてから柵用の杭を打つ作業に取り掛かった。彼が策略にはまることなく正しい位置に柵を建てたのを見てドニャ・バルバラは、今後はこれまでのようにたやすく事が運ばなくなるかもしれないと直感した。

それでも、思い上がりの強い彼女は、策略が失敗したのを見て今度は露骨に攻撃的な態度を取り、数日後、再びルサルドがエル・ミエドの草原からアルタミラの家畜を捕獲する許可を求めると、きっぱりとこれを撥ねつけた。

「それでは、ドクトル」アントニオ・サンドバルが言った。「対抗措置として、同じように、ドニャ・バルバラがこちら側で家畜の捕獲をすることも認めない、ということになりますね」

「いや、今度は裁判に訴えて、法令の遵守を求めることにする。同時に、民事法廷にミスター・デンジャーの出廷を求めれば、二つの問題を一度に解決することができる」

「しかし、ニョ・ペルナレテが相手にしてくれると思いますか?」アルタミラとエル・ミエドを管轄する民事法廷判事の名前を出してアントニオが懸念を示した。「ニョ・ペルナレテとドニャ・バルバラは同じ穴のムジナですよ」

「公平な判断を下してくれるか試してみようじゃないか」サントスは言って、翌日郡都へ出掛けた。

藪に覆われた瓦礫、かつては栄えた町の名残。土壁とシュロ葺き屋根の小屋が草原にちらほらと見える。もっと進むと、歩道のない穴だらけの道に沿って同じような小屋がいくつか並んでいる。広場といっても、樹齢百年になろうかというみすぼらしいサマンの木陰に匍匐植物が生い茂る空き地にすぎない。その一角には、明らかにこの町には大きすぎる寺院が建設途中のまま放置されて廃墟となり、ようやく頑丈な作りの古い建物が見えてきたものの、大半は空き家で、誰が所有者かすらわからない。その一つは、天井が沈んで壁も崩れ、何十年も前の嵐で倒れたハビージョの巨木に押し潰されている。戦争、マラリア、鈎虫症、その他の災厄によって少しずつ道端の瓦礫と化していった多くのベネズエラの町と同じく、この町からも住民の大半が消失、逃亡していた。この郡都こそ、ルサルド家とバルケーロ家の血みどろの争いの舞台となった町だった。

ルサルドは町の中心へ辿り着くまでほとんど誰ともすれ違わなかった。ようやく雑貨屋の通路で見かけた男たちは、黙ったまま何をするわけでもなく、それでいて今に何かが起こるのを待っているような様子だった。血色が悪く、腹の出た男たちであり、まっすぐ伸びた髭と陰気な目つきが際立っていた。

「すみません、民事法廷はどこでしょうか？」サントスは訊ねた。

声を出すのが面倒だとでもいうように男たちは顔を見合わせ、ようやく一人がしわがれた声で説明を始めたところで、奥から大きな声が聞こえてきた。

「ルサルド！　サントス・ルサルドじゃないか！　なんでこんなところに？」

だが、サントスのほうがこの友情の発露に何の反応も示さないので、男は抱擁する前に立ち止まって質問を向けた。

「俺が誰かわからないのか？」

「ああ、残念ながら……」

「忘れたのか、おい、ちゃんと思い出せよ……ムヒキータだよ！　覚えてないのか？　法学部一年で一緒だったじゃないか」

サントスには思い出せなかったが、両手を広げた相手をそのまま放っておくのも残酷な話だった。

「もちろん覚えているよ！　ムヒキータ、そうだった」

雑貨屋の通路にいる男たちと同様、ムヒキータも草原地帯に住む者たちとは人種が違うようだった。

ジャノの民が概して壮健で陽気なのに対し、この町の住人は、マラリア性の白血病にやられているせいか、陰鬱に塞ぎ込んでいた。とりわけムヒキータの顔は見るも哀れで、口髭、髪、両目、肌、すべてが、町の通りを覆う黄色い砂埃を被ってでもいるようだった。立ち姿も、道端に生えていたあやふやな色のみすぼらしい木と変わらなかった。身なりがだらしないというわけではなく、マラリアのせいで精気がなくなったところにアルコールの赤味が重なり、全体的にくすんでいるのだ。喜びを表現しようとしても、出てくるのはしわがれた声ばかりだった。

「そうだよ！　一緒に勉強したじゃないか。いい時代だったたな、サントス！　オルトランに、ウルバネハ先生！……　ムヒキータだよ！　みんなからそう呼ばれて、今でも仲間内じゃムヒキータさ。お前はあの学年で一番優秀だったたな。そうとも！　忘れるもんか。大学の回廊を歩きながらお前にローマ法のことをあれこれ教えてもらったことがあったじゃないか。《父は婚姻が示すところの者なり》忘れられない思い出だよ！　俺はローマ法が苦手で、さっぱりダメだったから、よくお前に怒られたよな……　ああ、サントス、懐かしいな！　お前が長広舌をぶつのを聞いて、みんな口をあんぐり開けていたじゃないか、よく覚えているよ。まさかこんなところで再会できるとは。もちろん卒業したんだろ？　そりゃそうだ！　一番の優等生だったんだから。で、何の用なんだ？」

「民事法廷はどこだい？」

「気づかずに通り過ぎたようだな。今日は閉まっている。将軍は牧場へ出掛けて留守だから、今日は開かないよ。実は俺が秘書を務めている」

「ああ！　そうなのか？　それはちょうどよかった」サントスは言って、来訪の目的を説明した。

ムヒキータはしばらく考え込んだ後に言った。

「運が良かったな、大佐がいなくて。大佐に掛け合ったところで時間の無駄だ。ドニャ・バルバラと懇意にしているし、ミスター・デンジャーにしても、この地ではしっかり身分が保証されている。いいだろう、サントス！　これも学友のよしみだ、俺が、二人のことは何も知らないふりをして、民事法廷の名でドニャ・バルバラとミスター・デンジャーの出頭を要請することにしよう。二人が現れたら、遠慮なくお前が陳情すればいい」

「つまり、ここでお前と会っていなければ……」

「すべて空振りに終わったところだな。ああ、サントス・ルサルド！　大学を出たばかりで、まだ権利の主張が本で習ったのと同じくらい簡単だと思い込んでいるんだな。だが、心配はいらない。ドニャ・バルバラとミスター・デンジャーを法廷に呼び出すことができれば、第一関門は突破だ。大佐のいない隙に俺が手を回して、出頭命令を出してやるさ。明後日のこの時間には二人ともここへ来ることになる。その間お前はどこかに姿をくらませていろ。その前に大佐に感づかれて、説明を求められたりしたら大変だからな」

「宿に籠っているよ。この町に泊まるところがあればの話だがな」

「あるにはあるが、あまり勧められないな……　とはいえ、俺たち二人が友人だと将軍に知られてはまずいから、うちに泊めてやるわけにもいかないし」

「すまないな、ムヒカ」

「ムヒキータだよ！　前と同じ呼び方をしてくれよ。俺は全然変わっていないし。再会できて本当に嬉しいよ。大学時代か！　リラのおやじはどうしたかな？　まだ生きてるかな？　いつもお祈りばかりしていたモデストはどうしたろう？　あいつはいい奴だったな！　そうだろ？」

「そうだな、本当に。なあ、ムヒキータ、いろいろ助けてくれてありがたいんだが、こちらの主張は完全に正当なんだから、こそこそする必要はないはずだろう。さっきから聞いていると、将軍なのか大佐なのかわからないが、その判事がこちらの言い分を聞いてくれない理由はないはずだ……」

だが、ムヒキータはサントスの言葉を遮った。

「いいか、サントス、俺の言うことを聞け。お前は理論に長けているかもしれんが、実践経験では俺のほうが上だ。言うとおりにしろ。宿をとって、病気を装って、俺が言うまで外へは出るな」

誰もが似たり寄ったりという同業者の例に違わず、この男もこうした町の民事法廷判事を絵に描いたような人物であり、無知文盲、独裁気質、戦功による昇進、そのすべてを備えていた。若い頃の手柄で大佐まで昇りつめたが、友人や部下には将軍と呼ばれることがあり、郡の住民からはニョ・ペルナレテと呼ばれることが多かった。

判事がムヒキータとともに執務にあたる部屋の壁にはサーベルが掛けられており、鞘に収まってはいたものの、柄のニッケルが剥げているところを見れば、かなり頻繁に使われているらしい。外から馬の足音が聞こえてきた。

その瞬間に備えて心の準備はしていたはずだったが、ムヒキータは俄かに真っ青になり、素っ頓狂な声を上げた。

「ああ、そうだ！　言い忘れていたことがあります、将軍」

そして慌てて、ドニャ・バルバラとミスター・デンジャーに出頭命令を出したことについて、法廷がすぐに応じないとなればサントス自ら行動に出る恐れがあったと言い訳めいた話を述べ立てた。

「いつまで留守にするのかおっしゃらぬままラス・マポラスへお出掛けになってしまったので」ムヒキータは続けた。「すぐに手を打ったほうがいいかと思いまして」

「お前が何か隠し事をしていることぐらいわかっていたよ、ムヒキータ。昨日からノミにつかれた犬のようにそわそわして、今日だって、俺が見ただけでも百回ぐらいは扉口へ顔を出していたからな。すぐに手を打ったほうがいいだと？　いいか、ムヒキータ、宿に隠れているドクトルがお前の友人であることぐらいすでにお見通しだ」

だが、ドニャ・バルバラとミスター・デンジャーはすでに法廷の前まで来ており、ニョ・ペルナレテは秘書に言おうとしていたことを途中で切り上げねばならなかった。彼の許可なく指令が出されたことを二人に知られては具合が悪いし、こうなれば、二人を迎え入れて、ムヒキータに強いられた役回りをこなすよりほかはなかった。だが、当然ながら後でこの落とし前はつけるつもりだった。

「どうぞ、奥様、これはこれは！　こうでもしなければお目にかかることもできませんね。お掛けください、ドニャ・バルバラ。こちらのほうが座り心地がいいです。ムヒキータ！ ミスター・デンジャーがお掛けになるから、その帽子をどけるんだ。椅子の上に帽子を置くなと何度言ったらわかるんだ」

ムヒキータは恭しく従った。この屈辱こそ、申し立てにやって来る者を何とか助けようと手を差し伸べるたびに避けがたくついてくる代償だった。公衆の面前で荒々しく大声で罵倒されて人間としての威厳を貶められ、殉教者の苦しみを味わわねばならない。耳にタコができるほど何度も同じ罵声を浴びせられていたが、町人はムヒキータのおかげでどれほど救われているかまったく気づいていなかった。「いい加減に救世主気取りはやめなさい」叱責を受けて涙ぐんだまま落ち込んで帰ってくる姿を見るたびに、彼の妻は言った。

だが、彼の答えはいつも同じだった。

「いいか、俺が何もしなければ、誰が大佐を止められるんだ」

この時もムヒキータは、辱めを受けて動揺し、どこに帽子を置いたものかとしばらくおろおろしていた。

「さて、何の御用ですかな」ミスター・デンジャーは言った。

そしてドニャ・バルバラは、事態の推移に怒りを露わにして言った。

「あんたの命令でこんな遠くまで来させられたおかげで、馬がへとへとだわ」

すぐにニョ・ペルナレテはムヒキータに怒りの視線を向けて言った。

「おい、さっさとドクトル・ルサルドを連れて来い。すでに二人とも揃っているからグズグズするなと言え」

法廷を出ながらムヒキータは、悪い予感に囚われて呟いた。

「これで俺はクビだな。妻の言うとおりだった。救世主気取りなどやめておけばよかった」

数分後、ルサルドと連れ立って戻っていくと、ドニャ・バルバラの態度が一変していた。すっかりいつもの無表情を取り戻しており、よほど鋭い観察力の持ち主でなければ、すでにニョ・ペルナレテと話をつけて邪な満足感に浸っていることには気づかなかったことだろう。だが彼女は、ルサルドの姿を見るや、当惑を禁じ得なかった。人生最後のドラマが始まった、そんな予感が一瞬頭をよぎったのだ。

「よろしい」ルサルドの挨拶を無視してニョ・ペルナレテは言った。「すでにお二方ともお見えですので、陳情があるのなら直接お申し立てください」

「わかりました」ニョ・ペルナレテは礼儀作法とは無縁であり、ムヒキータには自分の立場を危うくした友人に気を遣うゆとりもなかったので、誰にも椅子を勧められなかったが、ルサルドは遠慮なく腰を下ろしながら言った。「それでは、夫人には少々お待ちいただくとして、デンジャー氏のほうからいきましょう」

ミスター・デンジャーが判事と素早く目配せを交わしたことに気づき、すでに両者の間に合意があることを見て取ったサントスは、少し間を置いて、悪巧みを楽しむ二人の様子を眺めた。

「私が申し上げたいのは、デンジャー氏が明らかにアルタミラ産と思われる牛に焼印を押して自分のものにしている、ということです。証明するのは容易です」

「だからどうだというのです?」思いもよらぬ問題を突きつけられて驚いたミスター・デンジャーが応じた。

「あなたのものではない、それだけです」

「おやおや! あなたはまったくジャノのしきたりに無知でいらっしゃるようですな、ドクトル・ルサルド。産地など無関係で、牛の所有者を示すのはしかるべく押された焼印だけではありませんか」

「それでは明らかに余所のものだとわかる牛まで捕獲しているわけですね?」

「何がいけないのです? これまでずっとしてきたことですし、あなただって、先に群れを見つければ同じことをするでしょう。私が間違っていますか、大佐?」

だが、判事がこの意見に賛同する前にルサルドが口を挟んだ。

「結構です。あなたの口から、ラ・バルケレーニャで牛を捕獲している事実さえ確認できればそれで十分です」

「ラ・バルケレーニャは私の所有地です。ここに権利書まで持ち歩いています。自分の土地で好き勝手なことをしてはいけないとでもおっしゃるのですか?」

「ええ、まあ、そんなところです。大佐、デンジャー氏に権利書を見せるよう要請していただけますか」

「しかし、ドクトル・ルサルド」ニョ・ペルナレテは応じた。「いったい何のおつもりです?」

「ジャノ法には、所有地において牛の捕獲権が発生する広さの最低限について定めがありますが、デンジャー氏の所有する土地はその条件を満たしておらず、よって氏の行為は違法ではないかと思われます」

「オオ！」ミスター・デンジャーは怒りで真っ青になりながら声を上げたが、ルサルドの主張はもっともであり、反論の言葉は見つからなかった。

そしてルサルドは、相手にショックから立ち直る暇も与えず続けた。

「どうです、立派に自分の権利を守ってみせると申し上げたでしょう。私がコロサリートの柵の話でもするとお思いだったのですか？　柵を建てねばならないのはあなたのほうですよ。牛の捕獲権がない以上、あなたには所有地を囲う義務があります」

「お待ちなさい！」ニョ・ペルナレテが目の前の執務テーブルを拳で叩きつけながら言った。「私を無視して事を進めるおつもりですか、ドクトル・ルサルド？　まるであなた自身が判事であるかのような口ぶりではありませんか」

「そんなつもりはまったくありません、大佐。私は判事の前で法律を守るよう訴えているだけです。デンジャー氏に関しては以上ですので、続いて夫人への話に移らせていただきます」

それまでドニャ・バルバラは議論と距離を取っていたが、サントスが話を進めるにつれて、目に見えて興味をひかれていくようだった。法廷の入り口で彼の姿を見たときから——敵だったにもかかわらず——好印象を覚えたが、さもしい外国人から目論見どおりに言質をとる見事な手腕を見て、いっそう好感を掻き立てられた。如才なさはドニャ・バルバラにとって賞賛すべき特質であり、目の前でミスター・デンジャーが打ちのめされるのは爽快だった。自分の策略に屈しなかった唯一の男であるばかりか、単に外国人であるという理由で、ドニャ・バルバラはミスター・デンジャーを心の底から忌み嫌っていた。

だが、サントスの最後の言葉を聞いて彼女の顔から満足感は消え、再び彼は宿敵に戻った。

「夫人は」サントスは続けた。「草原での作業に協力を拒んでいます。ジャノ法に定められた義務であり、急を要する作業であるにもかかわらずです」

「ドクトルのおっしゃるとおりです」ドニャ・バルバラは言った。「確かに拒みましたし、ここでも重ねてお断りいたします」

「火を見るより明らかだ！」判事は叫んだ。

「法律の内容も火を見るより明らかです」ルサルドが応じた。「夫人が法を守るよう求めます」

「ええ、法には従いますわ」

示し合わせていたとおりの展開になってほくそえみながらニョ・ペルナレテは視線を逸らし、それまでデスクのノートに向かって一心不乱に何か書いているようにしか見えなかった秘書に声を掛けた。

「おい、ムヒキータ、現行のジャノ法を持ってこい」

ムヒキータの手からひったくるようにして冊子を受け取ったニョ・ペルナレテは、人差し指を舐めてページをめくった後に声を上げた。

「ああ！　ここだ！　どれどれ、条文を見てみましょう。そうですね、夫人、ドクトルのおっしゃるとおりで、内容は明らかです。いいですか、《あらゆる牧場の所有者は……》」

「ええ、ええ」ドニャ・バルバラが遮った。「その条文なら暗記しています」

「それでは」わざとらしく次の言葉を促しながらニョ・ペルナレテは言った。

「それでは、何ですか?」

「法を守らねばなりません」

「先ほども申し上げたとおり、法は守ります。ご要望の件はお断りします。法に則って処罰をお願いします」

「処罰? 条文を見てみましょう」

だが、サントスはここで立ち上がりながら口を挟んだ。

「その必要はありません、大佐、時間の無駄です。法には、違反に対する罰金や拘束についての規定はありませんから、民事法廷判事のあなたにはどうすることもできません」

「それならばお聞かせください。罰則の規定がないのに、私にどうしろとおっしゃるのですか?」

「これ以上は何もありません。あなたの口から、たとえ罰則規定がないとはいえ法を守る義務があり、夫人のしていることが違法行為である、それが確認できれば十分です。法は法として守るべきで、夫人がこれを無視して私の要求を撥ねつけるというのであれば、八日後に私は裁判所に訴えます。デンジャー氏についても同じです。以上です」

これだけ言い終えると、ルサルドは法廷を後にした。

一瞬の沈黙が流れ、その間にムヒキータはひとりごちた。

《ああ、サントス・ルサルド! 相変わらずだ》

突如判事は怒りを爆発させた。

「許し難い話だ！　いつかあの男の鼻っ柱をへし折ってやるぞ。俺に法律の講釈をぶちやがって！」

法律といえば《力ずく》が当たり前だったニョ・ペルナレテにとって、法は法として守らねばならないなどという話は論外だった。だが、いかにも野蛮人らしい権力志向で自分の地位にしがみついていた彼にとって、時に自分と張り合うほどの力をちらつかせるドニャ・バルバラは以前から邪魔な存在でもあり、すぐさまこの機を利用することにした。そして、ムヒキータへの戒めはもう十分だ——いい薬になったことだろう——と見てとって、俄かに声色を変えて付け加えた。

「これだけは言えますね、ドニャ・バルバラ、それから、ミスター・デンジャー。あのドクトルの言うことは筋が通っています。法は法として守らねばならない。そうでなければ法ではないし、ああしろ、こうしろと国から命じられているに等しいわけです。あのドクトルはそのあたりをよくわきまえているようですし、ここは下手に逆らわないほうがいいでしょう。ミスター・デンジャー、あなたのしていることは確かに違法ですから、さっさと柵を建てたほうがよろしい。柵の体裁だけ整えれば十分です。そのうち棒が一本、また一本と落ちて、やがて、いつの間にか牛がランベデーロへすりぬけるに十分な隙間ができます。苦情が出れば修理するとしても、あの土地はあまり地盤がしっかりしていないから、やがてまた棒が倒れることもあるかもしれない、そうでしょう？」

「オウ！　地盤は確かに緩いですね、大佐。おっしゃるとおりです」判事らしい悪知恵を聞いて親しげに彼の両肩を大きな手で叩きながらミスター・デンジャーは言って、さらに付け加えた。「この大佐は転んでもただでは起きない。ちょうど、よく乳を出す牛が二頭いるので、今度こちらへ贈りますよ」

「お心遣い、感謝します」

「ああ、たいした大佐だ！　一緒に一杯いきますか？」

「少々お待ちください。後で宿屋へお迎えにあがります。これからすぐお帰りになるわけではありますまい」

「わかりました。お待ちします。で、ムヒキータ、あんたも一緒にどうだい？」

「私は結構です、ミスター・デンジャー」

「オウ！　これはまた珍しい！　今日はムヒキータが飲まないとは。それではまた、ジャノ風に言えば、また後ほどに、ですかな。お先に失礼、ドニャ・バルバラ。ハ、ハ！　ドニャ・バルバラは随分と考え込んでおられるようだ」

確かに彼女は、ニョ・ペルナレテと示し合わせてルサルドの目論見を挫くためにわざわざ持ち出してきたジャノ法の冊子に手を伸ばしたまま、眉を顰めて考え込んでいた。大枚をはたいて自分の野心に見合うように作らせたせいで、現地では「ドニャ・バルバラ法」と呼ばれていたこの法律を見ながら彼女は、サントス・ルサルドの言葉に引き起こされた怨念をじっと噛みしめていた。

これほど厳しい非難の言葉を聞かされたのは初めてだったが、何にも増してドニャ・バルバラの怒りを掻き立てていたのは、他でもない、自分の金で作らせたはずの法律によって、これまで平然と拒否してきたことを拒めなくなるという事態だった。忌々しい思いでページを握りつぶしながら彼女は呟いた。

「この紙切れ、この手で握りつぶしてバラバラに引き裂くことのできるこの紙切れに、不本意な指図をされるなんて！」

だが、この怒りの言葉には、怨念のみならず、まったく別の、思いもよらぬ感情、すなわち、これまで一度も感じたことのない敬意がこもっていた。

第二章　調教師

すでに何日も前からカルメリートは、「カボス・ネグロス」の率いる馬の群れに目をつけ、「カティラ」の様子を見張っていた。

カボス・ネグロスはアルタミラで最も気性の荒い鹿毛馬であり、名高いボス馬としてその名を辺り一帯に知られていた。他の群れに美しい牝馬がいると見るや、直ちにこれをかどわかしにかかり、他のボス馬たちにとって、激しい足蹴と噛みつきに抵抗してこの野獣を追い返すのは容易ではない。また、人間たちもいまだにこれを捕獲することができずにいた。これまで何度か追い込みをかけ、草叢に隠して罠を仕掛けたりもしてみたが、いつも巧みにこれをかいくぐって逃げるのだった。

白鷺のように白く細いカティラは、群れに属する牝馬のうちで最も立ち姿が美しかったが、ある時、別の野生馬に目をつけられ、群れから追い出されることになった。カボス・ネグロスは彼女に耳を突き立て、歯を剥き出しにして脅し、以後群れに近寄るなと言い渡した。草原に寂しく取り残されたカティラは、かつての家族が遠ざかっていく様子を澄んだ目で寂しげに眺めながら、細い脚を揃えてピンク色の舌を震わせていた。

牝馬はそのままぽつんと一頭だけゆっくり物憂げに馴染みの場所をさまよっていたが、牧場へ帰る途中のカルメリートが、騒々しく彼方へ去りゆく馬の群れが地平線上に巻き上げる金色の砂埃を見つめているうちに、遠方にその姿を認めた。

翌朝カルメリートは縄を準備して水飲み場へ赴き、メレクレの茂みに紛れ込んで身を隠した。だが、この牝馬もボス馬と同様に狡賢く、一週間にわたって張り込みを続けねばならないほどだった。

ようやくカティラを捕えたカルメリートは、その体を撫でながら宥めにかかった。

「大丈夫だ、カティラ、落ち着くんだ」

縄に繋がれた美しい馬を使用人が連れてくるのを見て、マリセラは大声で言った。

「なんて美しい馬かしら！　私が欲しいくらい！」

「私が買い取るよ、カルメリート」サントスが持ちかけた。

だが、使用人は不機嫌な調子で素っ気なく答えた。

「売り物ではありません、ドクトル」

《動産は不動産にあらず》という諺のとおり、ジャノでは野生の家畜を捕えた者がその所有者となり、土地の所有者が自分用に欲しい場合は対価を払って——捕獲と調教に対する補償——買い取らねばならないが、捕獲者が自分で使用する場合には、売買を拒否することができる。

気性の荒いカティラの背に跨っているのは大変で、調教の作業は困難を極めたが、さすがはカルメリートで、しばらくすると、この狡賢い牝馬も絹のように優しく、人当たりがよくなった。

「カティラの様子はどうだい、カルメリート？」ルサルドは何度も訊ねた。

「ああ、ドクトル！　いい感じですよ。そちらはいかがです？」彼のほうは、こんな言葉でサントスの指導を受け始めたマリセラについて訊いてきた。

彼女は彼女で、やはり気性が荒かった。頭が鈍いわけではなかったが、突如教師に楯突いてくることがあった。

「もうほっといて、また野生に戻るから」

「勝手にするがいい。どこまでも追いかけて、《みっけた》じゃなくて《見つけた》《発見した》、《ほれみい》じゃなくて《見てください》《ご覧ください》だと言い続けてやるから」

「だって知らないうちに口から出てくるんだもの。まあいいわ、それじゃ、ご覧ください、外をほっつき回って、いや、散歩していて見つけたの。花を入れてテーブルに置いたらきれいだと思わない？」

「花瓶としてはそれほどきれいでもないな」

「ほら、何か文句をつけると思ってたわ」

「待ちなさい。まだ続きがある。たいした花瓶でないのはお前のせいではない。だが、テーブルに花を飾ろうとはいい心がけだ」

「ほら、私だってそれほどバカじゃないでしょ。教わったことはちゃんと覚えてんのよ」

「お前をバカだと思ったことは一度もない。いつも言っているとおり、お前は賢い娘だ」

「ええ、何度も聞いたわ」

「嬉しくないようだな。どうしてほしいんだ？」

「グア！　どうしてほしいかって？　何もいらないわ」

「ほら、またその《グア》！」

「もう！」

「落ち着きなさい」サントスは締めくくった。「お前が《グア》と言う回数は日に日に減っている。今日は初めてじゃないか」

こうしてことあるごとに言葉遣いを正すと同時に、夜には個人授業を行った。小さいうちに辛うじて父から教えてもらった読み書きの能力は、これでようやく長い眠りの時を脱した。その他は新しいことばかりで、マリセラはおおいに興味をひかれ、おどろくほど早く様々な知識を身に着けていった。礼儀作法の手本とされたのは、立派な教育を受けた上品なカラカスの貴婦人であり、食後の団欒などでサントスは親しくしていた女性たちの振る舞いを適宜話題に取り上げた。

洞察力の鋭いマリセラは、カラカスの女性の話を聞いて微笑みながら、自分にも真似してほしいのだとよくわきまえていた。個人授業の始めや終わりなどには、サントスが都市生活を懐かしがることがあり、そんな時に恍惚として女性たちの描写を始めると、行き過ぎてマリセラが不愉快に思うこともあった。だが、ぼんやりしているようでも教師の本分はしっかり守っており、そんな時ほどマリセラもいっそう勉強に身が入った。まだ野性味が残ってはいたものの、すっかり自覚して身ぎれいになった彼女は、森の空気を芳しくする花、蜂蜜に香りをつけるパラグアタンの花そのものであり、伸び放題の髪の上に薪の束を乗せて歩く娘の面影はすっかりなくなっていた。

当時は、トルコ系の商人が毎年アラウカ渓谷の牧場を回って様々な物を売り歩いていたが、ある時サントスは選りすぐりの品を買って、マリセラの服装を正させることにした。最初の服の縫製はメレシオ・サンドバルの孫娘たちが担当したが、サントスがデザイナーの役回りでスケッチを作成することもあった。悪くないデザインもあったが、その多くが再現不可能であり、いかにも悪趣味なものまで混ざっていて、爆笑が起こることもあった。

「フン！ こんなの私は着ないわ」マリセラは抗議の声を上げた。

「そうだな」サントスも認めた。「ちょっと凝りすぎたようだ。プリーツやフリルを付けすぎた。これを取ろう」

「これもよ。首にこんな飾りはいらない」

「そうだな、飾りどころか、そもそも首の部分が必要ない。これもいらない。こういう話になるとお前の直感のほうがはるかに正確だな」こう言いながらサントスは、強情だが柔軟な彼女の気質に美点を認めて喜び、この地の人間らしく、マリセラがまるで景色のように自分を高めるものすべてに心を開いた娘であることを感じ取った。

他方、ロレンソ・バルケーロの更生の手助けも、牧場での荒々しい肉体労働を埋め合わせる精神的営為だった。酒を制限し、適度な肉体的、精神的仕事を与えているうちに、ロレンソは自分から自堕落な生活を断ち切ろうと努力するようになった。日中は彼を連れて草原を散歩し、食後の団欒には、眠っていた彼の知性——何年も前から酒なしでは機能しなくなっていた——を刺激する話題を提供するよう心掛けた。

こうした様々な成果はサントスに計り知れない満足をもたらしたが、そればかりでなく、マリセラがいるおかげで家の雰囲気は明るくなり、個人的な不満も癒されることになった。確かに、マリセラがアルタミラに引き取られた時点でも、牧場の屋敷はサントスが少し前に足を踏み入れたむさくるしいコウモリの巣ではなくなっていた。汚い獣の泥に汚れた壁は掃除して白く塗り直され、土足でずかずかと上がり込む使用人たちの靴が何年にもわたって残していった土の層もきれいに掃き清められていた。だが、所詮女手のない家だった。物質面で言えば、綻びを繕う針もなければ給仕役の女もおらず、また、サントスにとって重要な精神面においては、まったく品格に欠けていた。誰もが遠慮なく上がり込んでくるうえ、静かな屋内に卑猥な言葉が響いても気にとめる者はおらず、人の身なりはだらしなく、生活は硬直していた。

だが今や、牛追いの粗野な作業が終わると、娘のために野原で花を摘んだ後、帰宅とともに服を脱いで皮膚に染みついた馬と牛のきつい臭いを落とし、行儀よくテーブルについて、話題を選びながら心地よい会話を交わしている。

こうして、マリセラを野蛮な生活から引き離していく一方、彼女がいてくれるおかげで、サントスは無骨な習慣に染まる危険を回避することができる。未開地域での単純で粗野な暮らしには逆らい難い力があり、少しでも気を緩めればすぐに飲み込まれてしまう。

たまにはマリセラがいきり立って、彼女の言う《血が煮えたぎる》状態になることがあり、そんな時には、授業を拒否したり、小言に対していつもの荒々しい《もうほっといて、また野生に戻るから》で応じたりもした。

だが、それも一時の気まぐれにすぎず、サントスによって心の内に呼び覚まされた感情が別の形で表出するだけのことだった。すぐに彼女は前言を翻して自分から近寄ってきた。

「それで、今夜の授業はどうなったの？」

カティラも同じで、しばらくは暴れ回っていたものの、やがて自ら進んで主人に従うようになった。先に調教を終えたのはカルメリートのほうで、ある日の午後、すっかり大人しくなった牝馬を連れてサントスの前に現れ、こんなことを言った。

「一つお許し願います、ドクトル、ここにはマリセラ嬢が乗るのにふさわしい上品な馬がおりませんので、私がカティラを手懐けておきました。お嬢様が乗る前に、ドクトル自らお試しになりたいかと思いまして、鞍はまだつけておりません。向こうには女性用の鞍も一式準備してありますが」

その時サントスは、これはいかにもカルメリートらしいやり方で、始めからマリセラに贈るつもりだったのに、売ってくれと言われても素っ気なく断ったのだと察した。だが、よく考えてみると、当初彼には冷淡だったカルメリートがわざわざマリセラを通して親愛の情を示してくるということは、使用人たちが自分とマリセラの仲を疑っているのかもしれなかった。だからといって、マリセラに対する私欲のない気遣いがいささかも損なわれるわけではないが、そんな受け止め方をされるのも愉快ではなかった。

サントスはマリセラを呼び、自分の口から礼を言わせた。

「素敵！」歓喜に手を叩きながら彼女は言った。「私のためだったの！　なんで最初からそう言ってくれなかったの、カルメリート？　ずっと妬ましく思ってたのよ。乗ってみるから鞍をつけて」

そしてすぐに付け加えた。

「今日、お父さんはずっと不機嫌に黙り込んでいるから、一緒に来てくれそうにないわ」

「それなら」サントスが言った。「私が一緒に行こう」

するとカルメリートが口を挟んだ。

「私も同行させてください、ドクトル。カティラがお嬢さんをどう扱うか見たいのです。男が相手か女が相手かで態度を変える馬も多いですからね」

もっともらしい理由だったが、本当の理由は実は別のところにあった。

道中サントスは、なんとか彼に本音を語らせようとしきりに水を向けた。アントニオ・サンドバルはいつもこの男を持て囃し、サントスにとっても頼もしい存在だったが、もう長い付き合いになるのに、彼から返ってくるのはいつも短く素っ気ない返事ばかりだった。だが、サントスの問いを機に、カルメリートは何日も前から温めていた打ち明け話をついに始めた。

「私は使用人の家族の生まれではありません、ドクトル・ルサルド。アチャグアの町でも屈指の名家の出身で、サン・フェルナンドにもカラカスにも親戚がいて、ドクトルのお知り合いもいるかもしれません――ここで彼は実際に何人か名士の名を挙げた――。父は、裕福とは言わぬまでも資産家で、アベ・マリア牧場の所有者でした。ところが、私が十五歳になる前のある日、季節の変わり目にジャノのあちこちを荒らし回る家畜泥棒の集団に牧場を襲われました。奴らの狙いは馬でしたが、父は真っ先に襲撃に気づき、私に命じました。《カルメリート、大急ぎで囲いにいる四十頭の馬を連れ出して平原のどこかに隠すんだ、使用人たちに声を掛けて一緒に避難しろ、合図があるまで戻ってくるな》そして私と三人の人夫は、尻尾に枝を結びつけて足跡がひとりでに消えるようにした後、馬を連れて茂みに逃れたのです。昼は馬に草を食ませ、夜は見張りの目を緩めることなく、しばしば鞍まで水につかりながら――あの年の雨季は厳しく、平原一帯が水浸しになっていました――、一週間以上も我々は空腹に耐えました。熱にうなされ、顔中蚊に刺されて誰が誰かもわからなくなった状態で、馬たちは、吸血動物や蛆虫にやられて痩せ細っていたうえ、鞍ずれで痛々しい姿を晒していました。それでも父から戻れという合図はなく、何があったのか、自分一人で行って確かめてみることにしました。何があったもなにもありません、何日も前にすべては終わっていたのです。私が家へ入ったときには、あたりをハゲタカの群れが飛び回っていました。父と母はすでに骨だけになっており、部屋の隅にはラファエル、ここで働くよう私が呼び寄せた例の弟が這っていました。まだ生後数か月で、餓死寸前の状態で私が抱き上げたのです」

そして短い間の後に続けた。

「ニョ・ペルナレテと呼ばれるあの男は、その時の殺人鬼の一味です。まだ生きているのは、後に聞いた話によれば、他の仲間とちがってあの男だけは両親に手をかけなかったからです。あとは一人ひとり私がこの手で始末してやりました。復讐はいけません、それはわかっています。ですが、この地で血の恨みを晴らすにはこの方法しかありません。そんなわけで私は人夫をしているのです。もちろん、ドクトルには喜んでお仕えします」

そしてカルメリートは前のように黙り込み、ルサルドは、ジャノに蔓延する暴力沙汰を耳にしたときいつも口をついて出てくる熱い言葉で思いを伝えた。

マリセラはしばらく話を聞いていたが、サントスがいつまでもこだわり続ける話題は退屈で、しかも、もう一時間以上彼女には言葉一つかけてくれないので、次第に腹が立ってカティラの脇腹に踵を当てた。牝馬が勢いよく駆け出す一方で彼女は、ジャノの歌い手が様々な感情を込めて歌う小唄の一つを口ずさみ始めた。

歌詞は聞こえなかったが、耳に心地いい声が見事な節回しを奏でていた。サントスは話をやめて聞き耳を立て、苦い思い出からようやく抜け出したカルメリートも、美しい歌声に聞き惚れた。そして歌が終わると言った。

「ああ、ドクトル！　我々はどちらもなかなか調教に長けているようですね。カティラは私が手懐けたわけですし、ドクトルの愛馬も……」

第三章　レブジョン鳥

ナイフで刺すのはメルキアデス、悪事を働くのはバルビノ、指令を伝えるのはファン・プリミート。だが、ファン・プリミートの出す指令は時にナイフの一刺しに等しかった。

ぼさぼさの髪に虱だらけの体、頑なに整えようとしない伸び放題の髭、そんな出で立ちをしたドニャ・バルバラの伝令役ファン・プリミートは、時に癇癪を起こす間抜け男だったが、悪知恵には事欠かなかった。奇妙な性癖があって、たとえ数レグア歩かねばならなくともエル・ミエド領内の家では決して水を飲まず、葦葺きの屋根に色々と不気味な液体の入った鍋をいくつも乗せて、彼がレブジョンという名で呼ぶ架空の鳥を集めていた。

彼のとりとめもない話から察するかぎり、レブジョン鳥はドニャ・バルバラの邪悪な心の化身のような鳥であり、彼女の繰り出す悪事と、喉の渇きを癒しにやってくる鳥に提供される液体の間には相関関係があるのだった。暗殺を企んでいるときは血、法廷へ出るときには油と酢、未来の犠牲者に魔法をかけるときには蜂蜜と牛の胆汁を混ぜた液体。

「飲め、鳥たち！」屋根に鍋を置きながらファン・プリミートは呟いた。「たっぷり飲んで、人の心を静めろ！」

彼によれば、この悪魔のような鳥たちが嘴を突っ込んだ水は食欲をそそる液体となり、うっかりこれを飲む者は、定められた不幸に即刻見舞われることになる。レブジョンが絶えず喉の渇きを癒しているという理由で、迷信深いファン・プリミートはエル・ミエドの水を決して飲まないのだ。

「レブジョンがまたひと騒ぎ起こすことになるぞ」アルタミラに領主が到着したという知らせを聞いて彼はひとりごち、その日以来、しきりに空をうかがって不吉な鳥の群れの到来を待ちながら、しかるべく様々な液体で鍋を満たしていった。

「どうだい、ファン・プリミート？」からかい半分にドニャ・バルバラの人夫たちは彼に問いを向けた。「まだ来ないのか？」

「あっちに一羽いるがな」まばゆい空の下、彼が見つめる方角にはどう見ても何もないのだが、あたかも何か見えるように彼は手を眉の高さに持っていって庇にした。

だが、エル・ミエドの人夫たちにとってファン・プリミートは、間抜け男というより悪漢だった。

ついにある日の午後、ファン・プリミートは叫んだ。

「やっとレブジョンが来よったぞ！　アベ・マリア・プリシマ！　今に見てろ、今に黒い鳥の群れで空が真っ暗になるからな」

だが、事情に通じた者たちは、注目すべきは空ではなく、獰猛な眉間を切り裂く傷痕を見せつけて町から戻ってきたドニャ・バルバラの顔であることがよくわかっていた。

その時以来、数日間にわたってファン・プリミートは、狂気や悪知恵の――両者の境界がどこにあるのか本人にもわからなかった――ト占官となり、見えもしない不吉な鳥の飛翔を眺めては、どんな液体が必要か思いを巡らせたが、間抜け顔で空を観察しているようなふりをしながら、実は邪な視線をちらちらとドニャ・バルバラの顔に向けていた。

「鳥たちが欲しがってんのは油と酢か？ いや、違うらしい。裁判があれば紙束が見えるはずだ。あの飛び方は見たことがある……蜂蜜が欲しいのか。いや、それならもっと楽しそうに飛ぶはずなのに、黙って飛んでやがる……フム！ どうやら血がお望みらしい！」

そして、牧場で食用に供された牛の血から蜂蜜へ、食料品店の油や酢へ、鍋の中身がせわしなく変わるうちに数日が過ぎ、その間ドニャ・バルバラの眉間から獰猛な皺が消えることはなかったが、その一方でファン・プリミートの愚かしい情熱は激しい狂気へと変わっていった。

同様の狂気に心を動かされずにはいなかったドニャ・バルバラは、それまで聞いたこともない脅しの言葉、《夫人がこれを無視して私の要求を撥ねつけるというのであれば、八日後に私は裁判所に訴えます》というあの言葉が耳にこびりついて離れず、ますます怨念と怒りを募らせていた。

昼間はひたすら作業に打ち込み、馬に跨った不気味なアマゾネスよろしく、スカートを鞍まで捲り上げて踝まで男物のズボンに身を包んだ姿で、縄を手に、拍車で馬の脇腹をずたずたにしながらアルタミラの牛を追い回しているかと思えば、ささいなことで人夫を罵倒することもあった。そして夜は相棒と謁見部屋にこもり、最初の鶏の声が聞こえるまでずっと起きていた。

「本気かしら」部屋の端から端へ歩きながら長々と独り言に耽る彼女はよくこう自問自答した。ドアの向こう側にはほとんどいつもファン・プリミートが控えており、彼によれば、これに答えて相棒が「本気だ！」と囁く声を何度も聞いたという。

それは彼女の内なる確信であり、やり場のない怒りとともに自分の意に反して聞こえてくるしわがれ声が、サントス・ルサルドは間違いなく言ったとおりのことをする、そう伝えてくるのだった。

猶予期間の最終日、日も暮れかかる頃になってドニャ・バルバラは部下を呼んだ。

「何でしょう、奥様」彼女の前へ進み出たファン・プリミートの間抜け顔には、迷信的恐怖と絶対服従の気持ちが交錯して微笑みが出来上がり、まだらに黒ずんだ爪が不潔な髭を神経質に探っていた。

「今すぐアルタミラへ行きなさい。ドクトル・ルサルドに面会を求めて、こう伝えなさい、ご要望の作業にはいつ取り掛かっていただいてもかまわない、いつ、どこへ人をやればいいかお伝え願いたい、わかったわね」

黒い瞳のうちに邪な意志の輝きを見て取ったファン・プリミートは、出発の前にすべての鍋を屠殺場の血で満たし、藁葺き屋根の上に並べながらひとりごちた。

「血が欲しかったのか！　さあ、飲め！　たらふく飲んで安心させてくれ！」

ファン・プリミートは猛烈なスピードで誰よりも速く草原を疾走したが、まるで誰かに追われてでもいるように頻繁に後ろを振り返って、こんなことを呟く癖があった。

「悪魔の女どもめ！」

といっても、これはドニャ・バルバラやその命令に向けられているわけではなく、女性一般に当てつけているのであり、人気のない草原を横切るときの彼はいつも、誰か女に追われているという奇妙な妄想に囚われるのだった。

しかもその日の午後は、マリセラに会いたいという思いが彼を急き立てていた。

彼のように単純な男にとって、マリセラは愛情を向けうる唯一の対象であり、彼女とのお喋りは無上の喜びだった。愚かな魂に巣食う悲嘆という、誰の内面にもある小さな一部分を見せることのできる相手は彼女だけだった。生まれる場に居合わせたばかりか、マリセラという名前を提案したのも実は彼だった。母に拒絶され、父に嫌われた赤ん坊を愚か者の親切心でいそいそと腕に抱き上げたものの、その分厚い唇から不気味な髭を掻き分けて、どす黒い蜂の巣から溢れ出す蜜のように発される優しい言葉といえば、《目に入れても痛くない娘よ》という呼びかけくらいだった。とはいえファン・プリミートは、少しでも金が入れば、定期的に牧場を訪れてがらくたを売る行商人から安物の玩具を買って《目に入れても痛くない娘》に与えていたばかりか、ロレンソ・バルケーロが屋敷から追い出されてシュロ林のあばら家に避難し、酒浸りの生活にはまり込んだ後には、彼女がひもじい思いをすることのないよう、エル・ミエドの食べ残しを毎日のように届けてやっていたのだった。

「残りもんだけどな、目に入れても痛くない娘や」こう言いながら溢れんばかりの折詰を差し出す彼が、呆けた笑顔の下にどれほどの悲嘆を隠していたのか定かではない。

そして彼は慌ただしい口調で次から次へと馬鹿話を繰り出し、マリセラも高笑いでこれを囃した。笑い声を聞くファン・プリミートも、彼の話を促すマリセラも、ともにこの瞬間を楽しみ、二人の心の奥底では、互いに寄せ合うこの愛情が単純な生活に射しこむ一筋の光になっていた。

だが、サントス・ルサルドはマリセラをアルタミラへ連れ去り、彼からこの楽しみを奪ってしまった。距離など彼には問題ではなく、マリセラに会うためとあらば、毎日でも通いたいほどだったが、エル・ミエドの人夫たちはひどい言葉でファン・プリミートをからかった。

「おい、ファン・プリミート、恋人をとられちまったようだな」

こんな言葉を聞くと、泥水を混ぜ返されたように彼は怒り狂った。幼稚な心の泥沼で獣的嫉妬心とさもしい考えが入り混じって純粋な愛情を狂わせ、すると、突如としてマリセラは、人気のない草原で裸のまま彼を追い回す女——彼の夢想が生み出した固定観念——の一人に姿を変えた。

こんな恐ろしい幻想に苛まれたファン・プリミートは、次第に狂気の兆候を見せ始め、ドニャ・バルバラが狭窄衣を着せようかと思ったほどだった。

だが、時とともに怒りの発作が収まると、二度とマリセラのことを口にしなくなり、何か訊かれたときにはこんな言葉で応じた。

「グア！　あいつは死んだんだ。アルタミラにいるのは別人だ」

にもかかわらず、その日のファン・プリミートは、早く彼女に会いたいと焦るあまり、自分の健脚をもどかしく思ったほどだった。そして彼の前に現れたマリセラは、本当に別人になっていた。

「目に入れても痛くない娘よ！」呆然と立ち尽くしながら彼は叫んだ。「本当にお前か？」

「当たり前じゃない、ファアン・プリミート」驚きと喜びの狭間で笑い声を上げながら彼女は言った。

「しかし、ずいぶんきれいになったもんだな！　しかも、少し太ったんじゃねえか！　いいもん食わせてもらってるようだな！　それに、その服は誰に買ってもらったんだ？　靴まで履いて！　お前も靴を履くようになったか、目に入れても痛くない娘よ！」

「ウンフ！」こんな驚きの言葉で顔を赤らめながらマリセラは言った。「嫌なことばかり訊くのね、ファン・プリミート！」

「そりゃ、こんなに立派になって俺も嬉しいからだよ。魔法の花よりきれいだ。馬子にも衣装ってやつか！」

「あんたこそ、その服を着替えなさいよ、汚すぎるわ」

「俺にきれいな服？　そりゃ、お前みたいに見せる相手がいりゃあ、話は別だがな。ずいぶんとかわいがってもらってんだろ？　本当のことを言えよ」

「バカね、ファアン・プリミート」また赤くなりながらマリセラは答えた。

だが、この時頬を弾けさせた赤はまったく別の赤であり、美しい目をいっそう優しく見せた。

「フム！」悪意のこもった調子でファアン・プリミートは言った。「まあいい、俺にはすべてお見通しさ」

マリセラは反論して相手から何か面白い冗談でも引き出そうと思ったが、彼は続けざまに言った。

「あっちの鳥が教えてくれたよ」

すると彼女は応じた。

女は言った。

そしてこの言葉を機械的に発するとともに、不吉な思いが頭をよぎった。急に真面目な顔になって彼

「レブジョンのこと？」

「あっちでレブジョンが騒いでるの？」

母の話をするときのマリセラは、直接触れずにあっちとだけ言うのが常だった。

「知らないのか？」ファン・プリミートは答えた。「エル・ミエドじゃ、一日中屋根の上であいつらが大騒ぎするもんだから、耐えられないほどさ。アベ・マリア・プリシマ！　あの地獄の鳥の相手はもううんざりだよ。俺もこっちへ来て、お前のそばにいてえんだが、そうもいかないんだ。あっちでレブジョンの動きに目を見張らせて、必要な飲み物をやらなきゃいけねえ、だって……ああ、くわばら！　レブジョンの奴らときたら。本当に意地が悪いからな、目に入れても痛くない娘よ。本当に意地悪だ」

「それで、最近はどんな飲み物をやってるの？」急に心配になって怯えた調子でマリセラが訊ねた。

「血だよ」顔に満面の笑みを浮かべて彼は答えた。「あのレブジョンたちときたら、まったく！　血なんてまずそうなものを喜んで飲みやがるんだ、わかるか？　ここへ来る前にも鍋を血で満たしてきたところだ。今頃たらふく飲んでることだろう」

さらにファン・プリミートは続けた。

「そうだ、忘れちゃいけねえ、ドクトル・ルサルドはどこだい？　奥様からの伝言があるんだが」

わざわざレブジョンの話をしてから伝言のことを持ち出したのは、これから面会する相手にドニャ・

バルバラの不吉な意図を匂わせようとするファアン・プリミートの策略であり、それを感じ取ったマリセラは血の気を失った。

「いつまでそんな仕事をしてるのよ、バカな人ね」彼女は怒りを露わにした。「今に罰が当たるわよ。さっさとここから出て行きなさい！」

だが、もうだいぶ前から脇で娘と人夫の会話を聞いていたサントス・ルサルドがここで口を挟んだ。

「気にしなくていい、マリセラ。それではファアン・プリミート、伝言を聞かせてくれ」

彼は驚きの笑顔で振り向き、もじゃもじゃの髭を爪でいじりながら、ドニャ・バルバラが言ったとおりの言葉を伝えた。

「それでは、明日早朝、人夫たちとマタ・オスクーラでお待ちする、とお伝え願いたい」これだけ答えると、ルサルドはすぐに屋敷へ引き上げた。

もう自分の声がルサルドには聞こえないだろうと思ったところでマリセラはファアン・プリミートの腕を掴み、怒りをぶちまけながら言った。

「今度あっちの伝言なんか持ってきたら、犬をけしかけてやるからね」

「俺にかい、目に入れても痛くない娘」不安と恨みの混じったような声で彼は言った。

「そうよ、あんたによ。さあ、さっさとここから消えて。早くいなくなってちょうだい！」

目に入れても痛くない娘に再会できるというので喜び勇んで出発したものの、その娘にこんなふうにあしらわれて、ファアン・プリミートはすっかり落ち込んでエル・ミエドへ戻った。それに、血の話をしてやったのは、これでルサルドも心の準備ができるのだから、結果的によかったはずではないか。

だが、エル・ミエドに着くとともにすっかり恨みも忘れたファン・プリミートは、ドニャ・バルバラにサントス・ルサルドの言葉を伝えた後、一息にマリセラの話をまくし立てた。

「見てほしかったですね、ドニャ！　見違えますよ。ああ、あんな小娘が立派な女になって！　目ものすごくきれいです！　ドニャの目以上です。それに、すっかり身ぎれいになって、すがすがしいほどです。爪先から頭までドクトルにいい格好をさせてもらって。男にとっては、身近にあんな美しい女性がいるのはさぞかしいいもんでしょうな、違いますか、ドニャ？」

ドニャ・バルバラはマリセラについて一切無関心で、獣の母が乳呑み児に抱くはずの本能的愛情にすら無縁だったが、母親の情はなくとも、ファン・プリミートの言葉を聞くと、突如女性的な嫉妬心が沸き起こるのを抑えられなかった。

「そう。私には興味のない話ね」でしゃばりすぎの部下に言った。「もう下がっていいわ」

ファン・プリミートがもう少し注意深く観察していれば、レブジョンが何を飲みたがっているか即座にわかったことだろう。

第四章　追い込み

同じ日の夜、アルタミラの人夫たちの間ではずいぶんとこの件が取り沙汰された。ドニャ・バルバラが譲歩するなど前代未聞であり、翌朝、仕事に向から者たちが鞍をつけているときも、アントニオはこんなことを言った。

「拳銃を持っている者は携行するほうがいいだろう。敵は牛だけではないかもしれん」

これにパハロテが応えた。

「拳銃は質に入れちまって手元にないが、胴着の下にさりげなくこのナイフを忍ばせておくつもりだ。長さは十分だし、この腕を伸ばせばかなり先まで届くからな」

そして夜明け前、サントス・ルサルドを先頭に、一同は気を引き締めてマタ・オスクーラへ出発した。

周辺に住む働き盛りの男たちは、アルタミラに人を向けさせまいとするドニャ・バルバラにことごとく狩り出されており、ルサルドに付き従っていたのは、到着時にいた五人の忠実な人夫と、アントニオがやっとのことで掻き集めた三人の男だけだった。だが、彼らはいずれ劣らぬ勇猛なジャノ人であり、ようやくアラウカの暴君に立ち向から者が現れたというので、主人に報いようとする気概に溢れていた。

いくつも星座が瞬く下で、草原は黒く静かにまだ眠っており、騎馬の列が家並を離れて行進を続けるうちに、人の気配を感じた馬や牛の群れが慌ただしく安全地帯へ逃げていく物音が遠くから届いてきた。夜闇よりいっそう暗い塊が草叢を動き回り、逃げていく牛に揺らされた植物のかすかな音が聞こえるだけだったが、研ぎ澄まされた感覚を備えたジャノ人は、そんな手掛りだけで様々なことを理解した。

「あれはウベリートの黄牛の群れだな。百頭以上いるだろう」

「あれはカボス・ネグロスの群れだ、コロサリートへ向かっているらしいな」

夜明けとともに一行は待ち合わせの場所に到着した。ドニャ・バルバラに率いられたエル・ミエドの面々もすでに来ており、ルサルドの捕えようとする牛をできるだけ遠ざけるよう予め指示を受けていた。辺りに群れるアルタミラの牛には、まだ乳呑み牛のうちからエル・ミエドの焼印を押されたものがかなり混ざっており、これこそ、領主の目が十分に行き届いていない牧場の執事と結託してドニャ・バルバラが余所の牛をくすねる際の常套手段だった。

だが、抜け目ないアントニオにドニャ・バルバラの目論見はお見通しだった。相当数の牛追いが来ているのを見て、彼はサントスに言った。

「大人数でやってきて相手を油断させておいて、大掛かりな追い込みが始まったところで群れを外へ逃がすつもりらしいですね。奴らがよく使う手ですよ」

このアントニオの言葉を聞いて、サントスは即座に対策を練った。帽子を取ってドニャ・バルバラに挨拶したが、相手に近寄るのはやめておいた。すると、不敵な笑みとともに彼女のほうから進み出て手を差し出してきたが、これを見たサントスは意外の念を禁じ得なかった。数日前、民事法廷で初めて会ったときの彼女は、まるで男のような不快な格好をしており、今目の前に見る女とはまったくの別人だった。目には男を惑わせる官能的な女の輝きがあり、口づけでもしようとするように引き締まった肉厚の唇は両端に謎めいた皺を湛え、顔は赤らみ、豊かな髪が青黒くたなびいていた。首には絹の青いスカーフが巻かれ、その先端がブラウスの胸元まで届いている。乗馬用のスカートをはき、ジャノでよく見られるフェルト帽だけは男物だったが、それさえ女性らしく優雅に着こなしていた。

そのうえ、作業中にはめったにないことだが、両脚を片側に揃えて横向きに馬に乗っており、これがあの有名な男勝りの女とはとても思えなかった。

他方、サントスの目を見た瞬間、ドニャ・バルバラの顔から不敵な笑みは消え、またもや、そして今度は運命を直感した心の猛烈な震えとともに、彼女はこの瞬間から自分の人生が予期せぬ方向へ歩み出していくことを感じ取った。計算づくの媚態は消え失せ、暗い心のうちで、男への嫌悪という人生の根本的情熱に由来する動機が集合離散を繰り返していたのだが、彼女に意識できたことといえば、自分の心理状態が普段とまったく違っている、その事実だけだった。いったいどんな状態になっていたのか、その時にはまだよくわからなかったのだ。

二人は簡単に言葉を交わした。サントス・ルサルドは、サロンの貴婦人でも相手にするように礼儀正しい振る舞いを心掛けているようであり、ドニャ・バルバラのほうは、丁寧だが素っ気ない言葉を前に、何を話しているのかもわからぬまま返答していた。思いもよらぬほど男らしい外見、周囲の男たちには決して見出すことのできない威厳と繊細さを併せ持ったたずまい、静かな焔を忍ばせた若い瞳と自信に満ちた物腰と平板な言葉遣い、その組み合わせから醸し出される力強い意志、そのすべてに彼女は圧倒された。サントスは作業に関する必要最小限の言葉を発していただけだったが、それがドニャ・バルバラの耳には心地よく、まるで自分のためだけに話してくれているような気分を味わっていた。

その間、この光景をじっと見つめていたバルビノ・パイバは、当惑をごまかそうとルサルドをこけにしてエル・ミエドの人夫たちを笑わせ、その一方で、距離を置いて見守っていたアルタミラの人夫たちは、事態の進展をめぐって意見を交わしていた。

続いてサントスが作業について指示を出したが、いつも悪巧みばかり思いつくバルビノがここでも抜け目なく口を挟んだ。

「我々は三十三人もいますから、囲みの輪を大きく広げることができます」

自分の洞察力を誇らしげに思いながらアントニオはサントスと視線を交わした。サントスは答えた。

「その必要はない。いくつかのグループに分かれて作業を進めればいい。あなた方のほうが三倍の人数なので、当方の牛追い一人にそちら側三人で一つのグループを作るとしよう」

「なぜわざわざそんな面倒なことを？」バルビノが反論した。「ここではいつも牧場ごとに別々に作業してきたんですよ」

「ああ。だが今日は作業の仕方を変えるとしよう」

「我々が信用できないのですか？」アルタミラの牛追いに見張られていては、エル・ミエドの牛追いがドニャ・バルバラの指示どおり動くことができないので、相手の目論見を挫くためにバルビノが食い下がった。

だが、ルサルドがこの不遜な問いに答えるまでもなく、ドニャ・バルバラが口を挟んだ。

「あなたのおっしゃるとおりにしましょう、ドクトル。当方の人数が多すぎるということであれば、何人か帰すことにしても結構です」

「その必要はありません、セニョーラ」サントスは素っ気なく答えた。

この思いもよらぬ行動に驚いてエル・ミエドの人夫たちは目を見合わせ、ドニャ・バルバラへの忠誠心の度合いに従って、露骨に不快感を表す者もいれば、邪な表情を見せる者もいた。バルビノ・パイバが例のごとく髭をいじる一方で、反対側では、パハロテが空とぼけて意地悪な小唄の最初の二節をぶつぶつ口ずさんでいた。

強い牡牛が雌牛をものにして
弱い牡牛はすごすご退散

これこそ誰もが内心思っていたことだった。

「女はドクトルに惚れた。バルビノは食い扶持を失った」

そんなことにかまわずルサルドは指示を出した。

「指揮を執ってくれ、アントニオ」

そして現場監督の役回りを引き受けた彼が早速場を取り仕切った。

「灰色の馬に乗った君、他の五人とともに、カルメリートとパハロテと組んでくれ。ハリージョの茂みを裏から突くんだ。隠れている牛がそっちから飛び出してくるはずだから、そのまま追い込んでいこう。君のことだよ」

モンドラゴン三兄弟のジャガーに向けられた言葉だった。他の兄弟と一緒でもばらばらでもかまわなかったが、どちらにしても三兄弟は、いずれ劣らぬ強者のカルメリートとパハロテと組んで共同作業にあたらざるをえないようだった。

「俺にだって名前くらいある」ムッとして彼は答え、不動のまま指示に従う素振りも見せないので、アルタミラの二人は目を見合わせ、《今に爆発するぞ》と身構えた。

だが、またもやここでドニャ・バルバラが口を挟んだ。

「言われたとおりにしなさい。嫌なら帰っていいわよ」

ジャガーはぶつぶつ言いながらも指示に従い、兄弟二人を仲間に加えた後に言った。

「あともう二人だ、誰か俺たちと一緒に来てくれないか」

同時にカルメリートとパハロテは素早く目で合図し、パハロテは小声でこんなことを呟いた。

「オスメスはっきりさせてやろうじゃねえか」

アントニオは人の割り振りを決め、幾つかのグループが様々な方向へ去っていくのを見届けた後、バルビノに声を掛けた。

「よろしければご一緒に……」

こうして彼をパートナーに選ぶことで、エル・ミエドの執事、あるいは現場監督としてのバルビノの顔を立てたわけだが、カルメリートやパハロテと同じく、アントニオにとっても、これは雌雄を決する願ってもないチャンスだった。栗毛馬の調教を行ったあの日の朝、バルビノが発した不遜な言葉を彼は忘れてはいなかった。

だが、バルビノはこれを退け、愚弄の調子で言った。

「せっかくだがね、ドン・アントニオ、私は白会とともにここに残ることにするよ」

ジャノの言葉で白会とは、追い込みに立ち会う牧場主の会見のことであり、通常彼らは作業には直接加わらず、捕獲した牛の分配に際して利害を調整する。ホセ・ルサルドの時代には、大規模な追い込みともなれば、アラウカ界隈に散らばる二十以上の領主が白会に集ったが、今やその大半がドニャ・バルバラのラティフンディオに吸収され、エル・ミエド領内の茂みや草原の名前として残っているだけだった。

そんなことをとめどなく考えていたサントスは、ドニャ・バルバラがなんとか友好的な対話を始めようとして、表面上はバルビノに話しかけるふりをしながら、相手の興味を引きそうな話題をあれこれ持ち出していたにもかかわらず、失礼なほど長い間その話を無視し続けていた。

ドニャ・バルバラはようやく意を決してサントスに直接言葉をかけることにした。

「追い込みをご覧になったことはあるのですか、ドクトル・ルサルド？」

「少年時代にはあります」相手のほうを向きもせず彼は答えた。「私にとっては初めても同然です」

「そうですか？　故郷の習慣でも忘れてしまうものですか？」

「ええ、ずいぶん長い間この土地を離れていましたから」

バルバラはしばらく優しい目で相手を見つめた後に言った。

「ですが、着いたばかりの頃から見事に栗毛馬を調教なさったそうじゃありませんか。とすれば、おっしゃるほど忘れっぽいわけでもないのでしょう」

ドニャ・バルバラの声は、彼女の内側に巣食う雌雄同体の悪魔が吹く笛のように、セルバの重低音とジャノの甲高い嘆き節を織り交ぜ、聞く男の心を虜にする不思議な響きを備えていたが、サントス・ルサルドはそのままうっとりと聞き惚れるようなことはなかった。確かに一瞬だけ、相手の心の深淵を覗いてみたい、自然界のあらゆる怪物と同様、親切心と凶暴性を併せ持つこの興味深い謎を探ってみたい、そんな純粋に知的な好奇心を覚えたが、すぐに、こんな女のそばにいることに本能的な嫌悪を感じた。それは、彼女が敵だからというわけではなく、その時はまだ正体のつかめなかった何か、もっと内密で深遠な何かの作用であり、ともかく彼は、馬鹿馬鹿しい会話をさっさと切り上げてその場を離れ、エル・ミエドの人夫たちが追い込みの中心に陣取るボス牛の動向に目を光らせていたあたりへ向かった。

バルビノ・パイバは微笑み、髭を撫でつけた。しばらく横目でドニャ・バルバラの様子をこっそり窺っていたが、彼女の顔に怒りの兆候 —— 眉がひくひく寄ったり離れたりする —— は見えず、それまで見たこともない表情、何か物思いに囚われているような表情が浮かんでいるだけだった。

その間も牛追いの作業は進み、次から次へと牛が姿を見せて、それまで一見静まり返っていた草原を活気づけた。茂みや遠方の窪地から牛の群れが大挙して現れ、追い込みに慣れた牛の集団ともなれば、ボス牛を先頭に、母牛にじゃれつく乳飲み牛を後に従えて、陽気な足取りで移動したが、慣れていない牛の集団は、恐怖の悲鳴を上げて闇雲に駆け出した。

牛追いたちの掛け声が飛び交っていた。馬によって狭められていく囲みを破ろうとして、野生化した牛が四方八方駆け回り、あちこちで獰猛な牡牛が頭を下ろして攻撃のタイミングを計っていた。だが、しばしば耐え難いレベルに達する雑踏から、遠くまで響き渡る轟音とともに雌牛たちが弾き出され、仔牛たちは、怒りと恐怖の間で必死に身を守る勇敢な母の周りでおろおろするばかりだった。

すでに群れがいくつか中央へ集まり始めていた。だが、まだ抵抗する牛もあり、すでに近くから囃し立てていた騎手たちは、様々な方向から追い込みをかけるため、さらに活発に動き回らねばならなかった。駆け出そうとする馬の手綱を荒々しく引っ張り、急ブレーキをかけて膝の動きを抑えながら旋回を繰り返した。

追い込みが激しさを増すにつれて、あちこちから迸り出る轟音が中心に向かって殺到した。砂塵が舞い上がり、牛追いたちの叫び声も荒っぽくなった。

「ヒジョー！　ヒジョー！　そこを抑えろ、おい！　絞れ！　絞るんだ！」

活気に溢れる光景を見つめながらサントス・ルサルドは、少年時代に人夫たちに混ざって父とともにこの危険な追い込み作業に加わったことを思い出し、目を輝かせていた。すっかり荒々しい感情を忘れていたはずの神経が、人馬一体となって荒野を揺らす者たちの激高する活力を前に、かつての緊張を取り戻した。平原はいつになく広く、圧倒的な美しさを備え、その果てしない広がりのなかで、人が野獣を打ち負かしている。

追い込みは小休止に差し掛かり、すでに何百頭という牛が集結していた。危険な作業であり、馬は全身汗まみれ、泡まみれで息を切らせ、脇腹に血が滲んでいるばかりか、多くが牛の角に傷つけられていた。だが、作業はまだ終わっておらず、気性の荒い多くの牛がいらいらと人馬の脇を駆け回り、隙あらば囲みを破って草原へ逃れようと激しく角を突きつけてくるため、騎手たちは一瞬も気を抜くことができなかった。耳をつんざく怒号が草原一帯に溢れていた。母牛がはぐれた乳呑み牛に必死で呼びかけ、喧騒に飲まれた乳呑み牛は母牛を求めて悲痛な声を上げた。群れの統率を失ったボス牛が喚いても、他の牛は右往左往するばかりで、角がぶつかり合い、がっしりした脇腹が軋み、興奮した牛追いたちが叫び続けている。

やがてようやく牛の群れは落ち着いてきた。様々なボス牛が見分けられ、その周りに元の群れが集まってくるにつれて、興奮の嵐は静まり、悲痛な鳴き声も止んで、抑え役の男たちが唱和する歌声が聞こえるようになってきた。追い込まれた牛の周りに輪を作る男たちはすでに自分の持ち場に腰を据えて目を光らせ、馬を傷つけられた牛追いは、近くの茂みまで退いて予備の馬と交換した。アントニオも、ボス牛を連れ出して牛の選別に取り掛かろうと考えていたが、その時、抑え役の一人が腹帯を締め直そうとして馬から下りた瞬間に気を抜いたらしく、その隙を捉えた牡牛の一頭が激しい頭突きで囲みの中央部をこじ開け、そこに牛が殺到した。

「抑えろ！」危険を察知した者全員が一斉に叫び声を上げ、多くの牛追いが駆けつけて牛の離散を防ごうとした。

だが、時すでに遅かった。先陣を切った牡牛に続いて、囲いの切れ目に猛烈な勢いで牛が次々と押し寄せ、草原のあちこちへ散っていった。

「忌々しい性悪女め！」これがドニャ・バルバラの黒魔術だと思ったアルタミラの人夫たちは声を揃えて叫んだ。だが、アントニオは、ジャガーと呼ばれるモンドラゴン三兄弟の一人が不注意を装って意図的に牛を逃がしたことを見抜いていた。

事実、アルタミラの母牛に寄り添う乳呑み牛の多くに違法なエル・ミエドの焼印が押されていることに気づいていたジャガーは、牡牛が囲いを破ろうとして駆け寄ってきたまさにその瞬間を狙って、馬の腹帯を締め直すふりをして持ち場を離れたのだ。

だが、このようにドニャ・バルバラに忠誠を尽くした代償は高くつき、馬もろとも牛の集団に蹂躙された彼は、ようやく蹄に巻き上げられた土埃が収まって、仲間たちが慌てて駆け寄ってきたときには、血まみれ、土まみれで動かなくなった無様な塊に成り果てていた。

その一方で、サントス・ルサルドはジャノ人の本能に駆られて馬の手綱を取り、牛追いの列に合流した。

誰かが声を上げた。

「群れはあの茂みに逃げ込むつもりです、先頭の牡牛に気をつけてください」

追いかけてきたパハロテだった。

アントニオとカルメリート、そしてエル・ミエドの二人の牛追いもこれに続いた。逃亡の先陣を切った牡牛を捕えようと、誰もが右手に縄を準備していた。

パハロテに言われた茂みの切れ目を狙ってサントスは縄を構えた。

即座に牛の群れがそこに殺到したが、牛追いの叫び声に怯えて方向を変え、草原を横切る小川の浅瀬を目指すようだった。ここで鋭い角を持った大きな牡牛が群れから離れ、正面から挑発してきた。

「あいつが二年前から我々の手を焼かせているツラジロです」パハロテが言った。「今日こそぎゃふんと言わせてやりましょう」

牛は一瞬動きを止め、頭を下げて四方八方から迫り来る牛追いたちの様子を窺った後、向こうへ動き始めた。そして、ルサルドが辿っていた茂みの縁に沿って猛スピードで駆け出した。

「すぐそこです、早く縄を！」パハロテが叫んだ。

同時に、茂みと牡牛に挟まれて危険な状態にあったルサルドにカルメリートとアントニオも声を掛け、助けに向かった。

「茂みから離れてください、奴が狙ってます」

「馬の向きを変えてください」

そんな声もサントス・ルサルドの耳には届かなかったが、いずれにしても忠告など不要だった。十五歳で身に着けた技を体がまだ覚えていたのだ。熟練の騎手らしい鮮やかな手綱さばきで進路を阻みながら牛の攻撃をかわし、背後から縄を放った。縄は牛の角を捕え、これを見たパハロテは興奮して叫んだ。

「お見事、名手でもこうはいくまい！」

すぐにサントスは馬を急停止させて態勢を立て直そうとした。だが、とてつもなく力の強い牡牛であり、一人ではとても倒すことはできなかった。荒っぽく引っ張られて縄が伸びきったところで、牡牛は後ろへ激しく引き戻され、窒息しそうな呻き声を上げながら前脚を折り畳んでしゃがみこんだ。後方を振り返った牛に向かって、アントニオとカルメリート、そしてパハロテが同時に縄を放ち、角をしっかり捕えたのを見て三人とも声を上げた。

「やったぜ！」

馬の動きが止まり、縄が震えて、砂埃を上げながら牛が地面に叩きつけられた。

「ケツへ回れ、パハロテ！」アントニオが言った。「俺がツラを抑えるから、カルメリートは脚を縛ってくれ」

そして昔を思い出してルサルドが言った。

「鼻輪をつけて、タマを切るんだ」

パハロテが牡牛の尻尾を掴んで後脚の間へ通し、力いっぱい引っ張りながら脇腹の上に腰を下ろす一方で、アントニオは頭を地面に押さえつけた。倒された衝撃から立ち直る暇もないまま牡牛はカルメリートの手で鼻に穴を開けられ、そこから鼻輪用の縄を通されたばかりか、見事なナイフの一振りで去勢され、耳の後ろにアルタミラの焼印を押された。

「もうこれで手を焼かせることもあるまい」ひとしきり作業が終わったところでアントニオは言った。「しばらく木の根元に繋いでおこう」

「こいつは根っからのルサルド派で、おふくろと同じ焼印を嫌がりやがったんだ」パハロテが言った。「主人の到着を待って、ようやく降参したわけだ。だからこれまで誰の手にもかからなかったんだな」

「まったく手間をかけさせやがって」カルメリートが言った。「久々にご登場の牛追いにお株を奪われて、俺たちゃまったくカタなしだな」

そしてアントニオ・サンドバルは主人の手柄にご満悦でこんなことを言った。

「ジャノの人間は末代までジャノの人間だ」

この光景を見ていたドニャ・バルバラは、顔に笑みを浮かべて近寄り、ルサルドに声を掛けた。

「ああ、あっぱれなジャノ人ですこと！　初めても同然だなんてとんでもない」

こんなふうに話しながら彼女は、数分前サントスに無礼にあしらわれたことも、自分がルサルドよりはるかに巧みに牡牛に縄を掛けて去勢できることもすっかり忘れていた。

この時の彼女は、興味深い男の偉業を目の当たりにしたただの女に戻っていたのだ。

「お言葉ではありますが、私一人ではとうてい無理です。みんなの手柄です」サントスは答えた。「しかし、噂によれば、あなたこそ熟練の牛追い同然に牡牛を仕留めるそうではありませんか」

ドニャ・バルバラは顔に笑みを浮かべて答えた。

「私のことをすでにお聞きなのですね。いったいどんなふうに噂されているのかしら？　私の口からもいろいろ面白いことをお伝えできると思いますわ。いずれそんな時も来るでしょう。そうですよね？」

「時間ならあるでしょうが」ルサルドはこの答えに特別な調子を込め、彼女との会話が愉快ではないことを伝えようとした。

だが、ドニャ・バルバラはこれを受け流し、内心こんなことを思っていた。《もうこの男も追い込みにかかったわ》

すでに牛を木の根元に繋ぎ終えていた人夫たちはその場を離れ始めており、ルサルドは、またもやドニャ・バルバラを草原にひとり残したまま、馬に拍車を入れて仲間たちを追いかけた。

彼女はしばらくその場にとどまって、つれない男が遠ざかっていく様子を見つめていたが、やがて勝利の笑顔に顔を輝かせながら呟いた。

「行くがいいわ。すでに縄はかかっているのだから」

その向こうでは、木の根元で面子を丸潰れにされた牡牛が重々しく傷心の唸り声を上げていた。

ドニャ・バルバラの笑みが変わった。

第五章　ドニャ・バルバラの変化

その日以来、ドニャ・バルバラの生活には際立った変化が見られるようになり、エル・ミエドの人夫たちは愚弄を込めてあれこれこの話を取り沙汰した。

「ああ、アニキ！　いってえ奥様はどうしたんだろうな、最近めっきり俺たちの前に姿を見せねえじゃないか、かつては白人とインディオの混ざった血を煮えくりかえして、高飛車に怒鳴り散らしてたってのに。上機嫌になりゃ、バンドゥリアを弾いたり、俺たちと歌較べをすることもあったが、それも最近はなくなっちまった。本物の奥様みてえにずっと家にこもって、ドン・バルビノのことまで知らんぷりだ！」

「ああ、まったくだ、アニキ！　魚が変わりゃ釣り針も変わるってもんだ。今度の獲物は水辺を泳ぐ雑魚じゃねえし、簡単にはかからねえ。うまくおびき寄せねえと、餌には食いつかねえぞ」

そのまま時は流れたが、ルサルドが現れる気配はなかった。

「なあ、アニキ、今度の魚は食いつかねえようだな。まったく姿も見せねえし」

「酒も惚れ薬も効かねえ相手だ」ドニャ・バルバラは、虜にしようとする男に怪しい煎じ薬を飲ませて意志を挫くことがあったのだ。

また、彼女が黒魔術の部屋で夜不思議な過ごし方をするという話を持ち出す者もいた。

「相棒とやらがここんとこずっと出ずっぱりさ。ずいぶん遅くまで地獄へ戻らずにいるらしい。そのうち一番鶏が鳴いてもまだその辺をうろつくようになるんじゃねえか」

「あの世の力を借りようってのかい？」

「こっちの世の魔力は使い過ぎで効かなくなったんじゃねえか」

「フン！　大間違いだよ」ファン・プリミートが口を挟んだ。「マタ・オスクーラで追い込みをした日に奥様はあいつに魔法をかけたんだ。今は抵抗していても、やがては落ちるさ」

使用人たちはドニャ・バルバラの変化をめぐってこんな話を繰り返していたが、そんなことがあっても彼女への敬意と忠誠心を失うことはなかった。

ドニャ・バルバラとて、それまでの人生で経験のない、したがって制御しようのない感情から生じた自分の変化について、彼らにうまく説明することはできなかっただろう。

初めて彼女は、男の前で自分が女であることを感じたのだった。マタ・オスクーラの追い込みへ出向いたときには、二人目のロレンソ・バルケーロにしてやろうと目論んで、サントス・ルサルドに致命的な誘惑の罠を仕掛けるつもりだった。ところが、自分を衝き動かすのは男どもへの容赦ない憎念と貪欲な心だけだと思っていたにもかかわらず、蓋を開けてみれば、そんな感情に苛まれた心の熱い部分と、愛の本能から生じる欲求の間に、本物の恋に対する飽くなき渇望が巣食っていたのだ。それまでの愛人たちといえば、強欲の犠牲者か残虐行為の道具にすぎず、エル・ミエドの焼印を押された牛と同様、単なる所有物にすぎなかった。だが、彼女のことを恐れることもなければ性の対象と見なすわけでもない男に何度も軽くあしらわれた末、強く――嫌いな男を打ちのめそうとするとき内側から込み上げてくる猛烈な情熱の力と同じくらい強く――感じたのは、この男のものになりたい、たとえ脇腹にアルタミラの焼印を押された牛同然になり下がったとしてもこの男のものになりたい、そんな思いだった。

最初にドニャ・バルバラが感じたのは、いてもたってもいられない焦燥感だった。といってもそれは、かつて貪欲な本能を発揮するよう急き立ててきた陰鬱な復讐心ではなく、俄かに明るみに出た心の未知の領域もろとも、女としての自分を味わいたいという熱烈な思いだった。何日も彼女は、太陽と自由な風と開かれた空間に酔いしれて、一日中あてもなく草原をさまよい続け、四十路の危機とともに知った本物の愛への欲求で高揚する官能から繰り出される過剰なエネルギーを費やすことに精を出していた。

同時に、まだ慈悲と呼ぶには程遠かったが、歓喜の気持ちが彼女を寛大にしていた。一度など、何でも好きなことに使っていいと言って人夫たち全員に金貨を一掴みずつ与えた。目の前で手の平を満たしていく金貨を受け取った後、彼らはこれに歯をたて、石に打ちつけたが、それでもまだ本物の金貨だと信じられなかった。普段は強欲なドニャ・バルバラが、いったいどういう風の吹き回しだろう。

エル・ミエドでの牛追いにサントス・ルサルドが参加する日に備えて、彼女は盛大な祝宴の準備を始めていた。精一杯もてなして、持ちきれないほどのお土産を持たせ、ルサルドとその部下たちが満足して帰ってくれれば、二つの牧場とその使用人を引き裂く敵対心も消えることだろう。

普段顔を見合わせている輩と縁もゆかりもないあの男に愛されでもしたらと考えると、ドニャ・バルバラの心は掻き乱された。初めて会った瞬間からロレンソ・バルケーロの目に感じ取った汚らわしい官能もなければ、他の男たちの粗野な振る舞いとも無縁、こんなふうに考えていると、世界にはこんな立派な、ちょっと微笑みを向けたぐらいのことではまったく動じない男もいるというのに、これまで無骨で荒っぽい愛人どもに身を許してきた自分が恥ずかしくなってきた。

黒魔術の力に頼ろうか、邪な意志に寄り添う悪霊に助けを求めようか、つれない男を連れてくるよう相棒に頼んでみようか、そんなことも一瞬頭をよぎったが、説明できない嫌悪感を覚えてさっさとそんな考えを振り払った。マタ・オスクーラで追い込みをした日の朝に彼女の内側から現れたもう一人の自分が、女らしさだけで勝負するよう訴えていた。

だが、いつもしっかりめかしこんでいたのに、サントス・ルサルドはなかなか姿を見せず、彼女は物思いに耽るばかりだった。視線を床に落として腕を胸の上で組んだまま家の廊下を歩き回ったり、アルタミラのほうの地平線を眺めながら囲い場のそばに立ちつくしたり、周辺をあてもなくさまよったりしているうちに、時間だけが過ぎていった。草原へ出ても、かつてのように、馬が泡を吹き、脇腹を血塗れにして戻ってくるようなことはなく、ただあれこれ考えながら静かに徘徊しているだけだった。

時には、草原など目に入らず、アルタミラも頭から消えて、はるか昔の川、はるか昔のボートへと記憶がうつろいゆくことがあり、そんな時には、アスドルバルの言葉に心を震わされたあの瞬間を思い出した。するとと、暴力三昧の毎日にうんざりしていた彼女の心は、善を求める激しい感情に支配された。

とうとうある日の朝、サントス・ルサルドが姿を見せた。

《これでいいのよ》ドニャ・バルバラは思った。

そして、そう思った途端——自分に超自然的力が備わっていると信じ込んだ迷信深い女は、溢れんばかりの思いを込めてこのとおりの言葉を発した——、彼女の内側深くに巣食う本物の彼女が、変化を求める生まれかけの情熱を抑えつけた。

サントスは、家の前に植わっていたカニャフィストロの根元で馬を下り、帽子をとって廊下のほうへ歩み寄ってきた。

ルサルドの所作は冷静沈着そのものであり、この訪問に多くを望むべくもないことぐらい一目でわかりそうなものだったが、ドニャ・バルバラは高ぶる思いに盲目になっており、大喜びで彼を迎え入れた。

「お待ちしておりましたわ。お目にかかれて嬉しいです、ドクトル・ルサルド！　どうぞ、こちらへお掛けください、やっとお越しいただけましたか」

「ありがとうございます、セニョーラ、どうもご親切に」サントスは愚弄の調子を込めて応じ、追従の暇も与えず即座に切り出した。「お願いとご相談があってやって参りました。第一に、すでに書面でお伝えした柵の件です」

「まだそんなことをお考えですの、ドクトル？　ここではそんなことは不可能ですし、不都合が多いことぐらいすでにおわかりかと思っていましたが」

「不可能かどうかは財力次第でしょう。当方は目下のところ資金に乏しく、もう少し待ってからでないと、アルタミラを囲う作業には着手できないと思います。不都合かどうかはそれぞれの見方次第です。

ただ、今日確認しておきたかったのは、我々の牧場の境界線に建てる柵について、しかるべく半額を負担していただけるかどうか、その点です。話が脱線してしまうといけませんので、単刀直入に本題に入りましたが、よろしいですか」

「どうぞ最後までお話しください！」顔に笑みを浮かべて彼女は答えた。「我々は友なのですから」

サントスは自尊心を傷つけられたような表情になって続けた。

「あなたにとっては、たいした出費でもないでしょう……」

「お金のことなど問題にもなりませんわ、ドクトル・ルサルド。私がどれほどの金持ちか、そしてどれほどケチか、すでにお聞きでしょう。噂好きの人が多いですからね……」

「セニョーラ」サントスは声を上げて答えた。「話を逸らさないでください。あなたが金持ちなのか、おっしゃるような欠点があるのかないのか、そんな話に私は興味がありません。私はそちらの意向をうかがいに来たのですから、質問にお答えください」

「あらまあ、ドクトル！ ずいぶんとお厳しいですわね！」こう声を上げながら女は笑顔に戻ったが、それは追従の意図からではなく、自信に満ちた男の姿を見て嬉しくなったからだった。「こっちが、いえ、私がちょっと横道に逸れることもお許しいただけないのですね」

サントスは、鉄面皮とも取れる相手の態度を前に、自分が対話の主導権を失い始めていることを感じながら、少し厳格すぎる態度を取ったことを反省し、笑顔で答えた。

「そんなことはありませんが、ともかく本題に戻りましょう」

「わかりました。柵を建てるのはいい考えだと思います。これで境界線問題という不愉快な事案がいっきに解決します、これまでずっと曖昧でしたからね」

ドニャ・バルバラは最後の部分で語気を強め、再び相手の冷静さを試してみた。

「おっしゃるとおりです」サントスは答えた。「これで所有権の問題を具体的な形にすることができます」

「そんなお話は弁護士であるあなたの得意分野ですわね」

「しかし、訴訟は望みません。やがておわかりいただけるでしょう」

「ええ、あなたは珍しい方ですね。これほど興味深いお方とお会いするのはこれが初めてです。いいえ、落ち着いてください、話を逸らすつもりはありませんから。滅相もない！　ですが、お答えする前に、ひとつ質問させてください。どこに柵を建てることになるのですか？　マカニジャルの小屋を基準にするのですか？」

「なぜそのような質問をなさるのです？　私がどこに柱を建てたかすでにご存知のはずでしょう。あの境界線が不正確だとでもおっしゃるのですか？」

「そのとおりです、ドクトル」

そしてじっと相手の目を見つめた。

「つまり、さきほどおっしゃった友というのはデタラメなのですね」

だが、ドニャ・バルバラは優しい調子を込めて言った。

「確かに私はそう言いましたが、あなたにとっては違うのですか？」

「セニョーラ」ルサルドは反発した。「おわかりのことと思いますが、我々は友などではありません。あなたと話し合いに来ることぐらいはできますが、これまでのいきさつを忘れたわけではありません」

この言葉に込められた強い力が女を完全に屈服させた。皮肉と洞察を混ぜたようなかすかな笑みが彼女の顔から消え、断固たる調子で話す相手を尊敬と情熱のこもった目で見つめた。

「柵はマカニジャルのもっとこちら側に建てるべきだ、こう私が言ったらいかがですか、ドクトル・ルサルド？　一連の訴訟のせいで、私を友と見ることができないのなら、アルタミラの境界を元の位置に戻せばいいではありませんか」

サントスは眉を顰めたが、またもやなんとか落ち着きを取り戻した。

「私をバカにしているのですか、それとも、これは夢なのですか」刺々しくならないよう気をつけながら彼はゆっくりと言った。「土地の返還をなさりたいようですが、それなら、私の感情を害さないようご配慮をいただきたいものです」

「バカにしているつもりはありませんし、夢でもありません。まだ私のことをよくご存知ないのですよ、ドクトル・ルサルド。被害についてはご自身がよくご存知でしょう。問題の土地は私が不当に得たものです。ですが、ドクトル・ルサルド、ひとつ言わせていただくと、その責任はあなたにあります」

「ごもっともです。ですが、すでに判決が確定しているのですから、もうその話はやめましょう」

「まだ続きがあります、ドクトル、最後まで聞いてください。もっと早くあなたのような男性に会っていれば、私の人生は変わっていたことでしょう」

サントス・ルサルドは、マタ・オスクーラで追い込みをしたときに囚われたのと同じ知的好奇心を感じて、この女を取り巻くジャノの大地と同じくらい強靭で粗野なその心の内を覗いてみたいと思った。やはりジャノの大地と同じく、彼女の内側にも、涼しい日陰の避難所や穏やかな水場、汚れと無縁な部分が隠れていて、そこから、告白とも抗議とも取れるこんな言葉が出てくるのかもしれなかった。

事実、ドニャ・バルバラの言葉に込められていたのは、運命を前にした強い魂の誠実さと反発であり、それを伝える彼女の心には、人を欺く意図もなければ、甘ったるい感傷もなかった。この時の彼女は、本物の愛情を求めて恋に落ちた女ではなく、自分自身に戻っており、内面の真実と率直に向き合っていた。

そしてサントス・ルサルドは、この心からの言葉を聞いて感動を覚えた。

だが、即座にドニャ・バルバラはいつもの粗野な表情に戻って言った。

「空売りによって土地はお返しします。承諾していただけるのであれば、今すぐ書類を作成します。というより、あなたが書いてください。判と印紙のついた紙ならここにあります。いつでもご都合のいいときにお墨付きをとりましょう。紙を持ってきましょうか?」

対するルサルドは、来訪の第二の目的を伝えるいいタイミングだと思って切り出した。

「ちょっと待ってください。ありがたいお言葉をいただき、ご配慮には大変感謝いたします。ですが、申し上げたとおり、私が参上した目的は二つあります。すでに、そのお心遣いだけで土地は返していただいたも同然ですが、それはともかく、もう一つお願いがあるのです。娘さんにラ・バルケレーニャの土地を返してやってほしいのです」

内側深くに巣食う本物の彼女が、自分を変えようとする熱意を挫いた。

ドニャ・バルバラは、立ち上がりかけていた揺り椅子に再び体を丸め、自分の爪を眺めながら不快な声で言った。

「ああ！ 噂によればマリセラはずいぶんきれいになったそうですね。あなたと暮らし始めてから別人のようになったとか」

悪意を込めて放たれた《暮らす》という思わせぶりな言葉を聞いて、愚かで意地の悪い考えを読み取ったサントス・ルサルドは、機械的な動作で立ち上がった。

「私が保護者代わりになって、屋敷で一緒に暮らしていますが、おっしゃるような意味ではありません」憤慨に震える声で言った。「私が保護者代わりになっているのは、さきほどおっしゃったとおり、あなたは金持ちであるにもかかわらず、マリセラが飢えていたからです。しかし、こんなことを頼みに来た私が間違っていました。あなたにはそもそも母性がないようです。この件についてはすべてお忘れください」

そして辞去の言葉も告げず立ち去った。

ドニャ・バルバラは、携行しないときにいつも拳銃をしまう机の引き出しに飛びついたが、誰かの手に制され、こんな言葉を耳打ちされた。

《おやめなさい。もうお前はかつてのお前ではないのだ》

第六章　ブラマドールの恐怖

聖木曜日。大地は十字架で死にゆく主の体であり、大地から糧を得る哺乳類の肉を食する者は、歯で主の体を冒涜して責め苛むことになるから、この日には、地上に生きる哺乳類の肉は一切食べてはならない。この日に働く者は一生祟られることになるから、草原であれ、囲い場であれ、一切仕事をしてはならない。聖なる日々に加工される乳は固まらず、血となってしまうから、チーズ工房も操業を停止する。この日にできることといえば、カメ狩り、ワニ狩り、ハチの巣取りぐらいしかない。

カメは、聖木曜日と聖金曜日にジャノ人が好んで食べる食料であり、ワニを狩るのは、古くからこの時期に行われてきた伝統的習慣に従って、水路からワニの危険を取り払うためとともに、この期間に捕獲されたワニの麝香と牙は病気の治癒力とお守りの効能が高いとされていたからだった。

木の枝で偽装された矢来形の罠が、中央部に「扉」、すなわち空白を残して、川の一方の岸から他方の岸に張られ、腰まで水につかった男たちが扉の両側に控えた。もう少し上流では、長い棒を持った男たちが声を嗄らすほど叫びながら水面を打ちつけ、濁った水中に隠れた生き物すべてを下流へ追い立てていた。狙った獲物がやってきたら素早く捕まえられるよう身構えて、手を水中に隠したまま枝の後ろに身を潜めた男たちは、辛抱強く静かに待ち続け、時には、ワニが手の間をすり抜けても、顔の筋肉が一瞬引きつるか、顔色が青ざめるかぐらいの反応しか見せないこともある。

サントスは立ち止まってこの危険な狩を観察した。数分のうちに、岸辺の砂地に予め掘っておいた生簀はカメでいっぱいになった。その後、ワニ狩りに精を出す人夫たちのところへ足を向けた。

ジャノを流れる川の例にたがわず、そこもワニがうようよ生息する地点であり、すでに何頭もの牛がその牙の餌食になっていたから、アントニオは、聖木曜日恒例のワニ狩りをそこで行うことに決めたのだった。

岸から銃か矢でワニを狩るのだが、サントスが到着したときには、すでに狩は終わっており、大量の恐ろしいワニが岸辺で腹を上にしてひっくり返っていた。

「もう祭りは終わったのか?」アントニオは訊いた。「ドクトルが撃ちたがっていたのに」

黙って岸辺から離れていた男たちは、川のどこかに意識を集中させており、無言で合図した。アントニオは、示されたほうをちらりと見てからルサルドに言った。

「川の真ん中に浮かぶあの二つの瓢箪が見えますか? あの下に二人男が潜っていて、ワニが浮いてきたところで下から銛を打ち込むのです。これが最も勇敢な獲り方で、おそらく瓢箪をかぶっているのはパハロテとマリア・ニエベスでしょう」

「そうです」カルメリートが答えた。「しかも狙う相手は、ここまでやってきやがった《ブラマドールのカタメ》です」

すなわち、ルサルドが到着したあの日、巨木の麓から銃で仕留めようとしたあの同じワニだった。アラウカの渡しでは恐怖の的であり、もはやどれほど人と牛が犠牲になったかわからないほどだった。何世紀も生きていると言われており、硬い背中で銃弾をはねかえしていつも無傷で生き残るせいで、魔法をかけられたワニだという伝説が広まっていた。普段はエル・ミエド領内にあるブラマドール川の合流地点付近にいたが、そこからアラウカの本流と支流をかなり遠くまで我が物顔にのさばり歩いており、腹ごしらえを終えて戻ってくると、ブラマドールの岸辺でまどろみながら長時間かけて食べ物を消化した。頻繁に上流へ泳いでアルタミラの牛を好んで襲うせいもあり、また、魔法をかけた主とされる迷信深いドニャ・バルバラがこのワニに一切手を出すなと命じていたせいもあり、その周辺では怖いものなしだった。

「パハロテやマリア・ニエベスにそんな危険な真似をさせるべきではないぞ、カルメリート」サントスは言った。「すぐ岸へ上がるよう合図するんだ」

「無駄でしょう」アントニオが口を挟んだ。「瓢箪の覗き穴は向こう側についているので、こっちは見えません。それにもう手遅れです。今さら動くともっと危険です。ワニがすぐ近くまで来ていますからね。あのさざ波を見てください」

事実、瓢箪から数メートルのところで滑らかな水面が軽く波立ち始めていた。

「シッ！」この合図とともに周りの者が一斉に身を屈め、ワニに気配を感じられないようにした。

獰猛さと年齢の威厳を備えたワニが、恐ろしい頭と、突起状の硬い鱗に守られた巨大な背中をゆっくり水面に持ち上げた。

二つの瓢箪が、緩やかな流れに乗るようにしてゆっくり反対側の岸へ向かって動き、息を殺して見守っていた者たちから溜め息が漏れるのがわかった。同時に、アントニオが静かに呟いた。

「見えない目のほうへ移りましたね」

そのまま瓢箪はワニのほうへ近づいた。完全に体を浮かせて、見えるほうの目はじっと岸辺に注がれていたから、二人の姿はワニに見えていないはずだが、それでも二人ともすでに牙の射程圏内に入っており、少しでも物音を立てれば命を失う危険に晒されていた。

そして、ワニは突如頭の向きを変え、水に浮かぶ物体を見つめた。ひとつ間違えばワニの近くにいる二人の命を奪ってしまうにもかかわらず、岸から三丁のライフルが獲物に狙いをつけた。再びワニが潜ろうとした瞬間、パハロテとマリア・ニエベスは瓢箪を捨てて一か八かの攻撃に出た。もはや助かるにはここで相手を仕留めるしかなかった。

泥水が湧きあがり、大きな塊が痙攣して揺れた後、長い尻尾が何度も空中に持ち上げられて、ついにひっくり返ったワニが、とてつもなく大きな白い腹を水面に浮かせて動かなくなった。銛を打ち込まれた両脇から血が流れ、同時にパハロテとマリア・ニエベスが水面に顔を出して叫んだ。

「神よ、人よ！」

岸辺から一斉に歓声が上がり、二人の偉業を囃し立てた。

「ブラマドールの恐怖の終わりだ！」

「これを機に、エル・ミエドの黒魔術にも一つひとつけりをつけてやるさ」

第七章　野生の蜂蜜

渡しのほとりに聳えるアルガロボが、蜂の羽音とともに音楽を奏でるハープのように揺れている。

蜂の巣がかかった枝にメレシオの孫たちがよじ登り、ラード製の蝋燭から立ち昇る臭い煙で蜂を追い払っている。黒っぽい巣が、少年たちの手を経由して、木の根元に集まった姉妹の手に渡った。

怒った蜂が髪にまとわりつきでもすれば、娘たちは金切り声を上げて逃げ出すが、それでもすぐ笑顔で戻ってきて、ほろ苦く甘いご馳走を奪い合う。

「アンタ、もう食べたでしょう。次はアタシの番よ」

「ダメ、アタシ、アタシよ！」

七人の娘たちが蜂の巣を奪い合っているが、長女のヘノベバだけは、テーブルと椅子を並べた屋根の下に座ってマリセラと四方山話に耽っていた。というより、テーブルに肘をついて、両手に顔を乗せたまま、じっとマリセラの話を聞いているだけだった。

「それでね、朝起きるとシャワーを浴びるの。冷たい水が気持ちいいわ！　水を浴びている間、外では鶏やアヒルが鳴いたり、サマンの木に止まった鳥が騒いだりして、ものすごい音がするし、私も大きな声で歌うのよ。それから台所へ行って、コーヒーの準備ができているか確かめて、サントスが寝室から出てきたら、すぐに注文通り濃いコーヒーを持っていくの。その後は家の掃除で、手が擦りむけるぐらい箒がけ。それから、縫い物があれば縫い物をして、勉強を始めて、サントスが草原から帰ってくる頃には、また台所へ戻って食事の準備、あの人、料理婦を嫌がっていて、私が料理したものしか食べないのよ。それに、ものすごくきれい好きなの。いつもハエを追い払って、鶏が家に入り込まないよう目を見張ってないといけないわ。今じゃ、やっと鶏たちも小屋でじっとしているようになったけど。いつも草原で花を摘んできてくれるんだけど、家の近くで私が摘む花だけで、花瓶はもういっぱいなの。最初の頃なんて天井にまで花を飾ってたのよ。蜂がたくさん家に入ってきて大変だったわ！　サントスは大笑いしてた。一瞬私はムッとしたけど、確かに彼の言うとおり。ああ、そうだ、昨日なんて家にインディオたちが上がり込んできたのよ。サントスは父さんと人夫たちと出掛けていて、家政婦たちも川へ洗濯に行っていたから、家には私一人だったんだけど、突然、《ねえさん、犬を繋いでくんねえか》って声が聞こえて。それで行ってみると、いい歳のヤルロ・インディオが二十人も居間に上がり込もうとしてるのよ。隅に矢を置いて、居間へ入り込もうとしてたの」

「怖くなかったの？」

「ぜんぜん。顔を出して、言ってやったわ、《出ていきなさい、失礼ね、勝手に入ってくるなんて。犬をけしかけてやるわよ》ってね。そしたら、気の毒に、ただの大人しいインディオで、草原で薬草を摘んでいて、塩と砂糖を恵んでほしいと思って寄っただけだったのよ。砂糖は彼らには貴重品だものね。でも、砂糖を分けてあげる作業も大変、ちゃんと平等に分けないと嫌がる人たちだから。それなのに私ったら、汚いだの、恥知らずだの、床が汚れるだの、いろいろ罵った挙げ句、《クイバ族に助けに来てもらうわよ》なんて言っちゃって。彼らには悪魔も同然の名前らしく、目を丸くして訊いてきたわ、《ねえさん、クイバの奴らをご存知なんですか》って。あら、なんでこんな話になったのかしら? ああ、そうだ、私が一人でいるところにインディオたちがやってきたと聞いて、サントスがびっくりしちゃったのよ。夜、授業の最中にもまだ考え込んでいたわ」

ヘノベバは黙って相手を見つめ、困惑して微笑む。

「嫌だ、何を考えているの、そんなことじゃないわ、あらあら、なんでそんなに見つめるの?」

「アンタがきれいだからよ。もうみんなに言われて、当たり前になってるかもしれないけど」

「何言ってるのよ、そんなことないわ」

「謙遜しなくてもいいわ、今日だってもうお世辞の一つくらい言われたでしょう」

「アンタだけよ。彼から言われるのは、お前は頭がいい、それだけ。もううんざりよ。時々、授業をさぼってやったらどうなるだろうと思うことがあるわ。ねえ、なんでそんなにじろじろ見るのよ?」

「その服、よく似合ってるわ」

「ありがとう。でも、何か他のことを考えているでしょう」

すぐに、サントスの下手すぎるデザインの話になって、《彼の描いた、人形を襟元につけたドレス》のネタで二人は長い間笑い続ける。やがてヘノベバは視線を下ろし、テーブルを指で打ちつけながら、少し間を置いた後で言う。

「でも、アンタ、本当に運がいいわね！」

「フン！」マリセラは声を出す。「やめてちょうだい！」

「何を？」

「わかってるでしょう」

「いったい何のこと？」

「とぼけてもダメよ。言ってごらんなさい。アンタも彼のことが好きなんでしょう？」

「アタシみたいな卑しい者がドクトルのことを？」ヘノベバは叫んだ。「どうかしてるわ！　とっても素敵な方だけど、豚に真珠だわ」

そしてマリセラは、同じ言葉を繰り返す喜びのためだけに問いを発した。

「ね、本当に素敵よね？」

だが、こんな言葉を発しながら、期せずして不可能な幸せでも話すような口調になっていることに気づいたマリセラは、自分こそ叶わぬ夢を追いかけているだけで、実際のところ、サントスの接し方に愛情など微塵も見て取れないことに思い至った。忠告か注意を与えるときには父親か教師のような厳しさが、そして、機嫌がいいときには兄のような馴れ馴れしさがあり、時に黙ってじっと彼を見つめていたりすると、彼も黙って見つめ返してきたが、その笑顔に垣間見える優越感の前では、やり場のない恋心が羞恥心に姿を変えた。それに、この数日間というもの、食後の団欒でサントスの口をついて出てくる話題といえば、カラカスで知り合った女たちのことばかりであり、それも、マリセラの手本としてその話をするのではなく、しみじみと思い出をかみしめるように話すのだった。とりわけ、その一人、ルイサナ・ルハンの名前を口にすると、決まっていつもその後感慨に耽った。

「そのとおりね、ヘノベバ、豚に真珠だわ」

今や、娘たちが奪い合っていた甘いご馳走も打ち捨てられ、羽音を立てて飛び交う蜜蜂が殺到する脇で、娘二人はそろって指をテーブルに打ちつけている。

込み上げてきた涙をごまかすためにマリセラは咳払いし、ヘノベバが言う。

「どうしたの?」

「蜂蜜の食べ過ぎで喉が痛いわ」

するとヘノベバが言う。

「野生の蜜蜂はそこが問題ね。甘いけど、後で喉がひりひりするのよ」

第八章　野火と新芽

沈黙した孤独の奥から雨季の到来を告げる雷がすでに聞こえ、雲の帯が西へ移動して、山並みの上に密集し始めていた。雨は山から降り始め、やがて平原へ下りてくるのだろうが、夜の早い時間には地平線上に稲妻の閃光が走ることもあった。

乾ききった灌木の茂みから聞こえてくるセミの鳴き声とともに乾季は終わりを予感し、黄色っぽくなった草が視界から消えていく一方、窪地の土が灼熱の太陽を浴びて干からびた牙のように崩れ落ちていった。草原に広がり始めた野火の煙があたり一面に立ち込め、息の詰まるような静けさが何日間も支配し続けるなか、束の間の熱風だけが時折熱病患者の荒い息のように駆け抜けた。

その日の午後、大暑のけだるさは頂点に達し、草原のあちこちに蜃気楼を作りながら照りつける太陽の下、恐ろしいほどの静寂に包まれた荒野を揺れ動くものといえば、希薄になった空気ぐらいしかなかったが、突如吹いた一陣の突風に草が薙ぎ倒されるとともに、奇妙な事態が進行し始めた。水鳥の群れが狂ったように鳴き声を上げながら風下へ飛び去ると同時に、牝馬の群れも、群れからはぐれた牛も、群れとともにいる牛も、皆慌ただしく同じ方向へ駆け始め、牧場の囲い場へ逃げ込むものもあれば、そのまま地平線へ遠ざかっていくものもいた。

日陰になった屋敷の前の廊下でしばらくうとうとしていた後に目を覚まし始めたサントス・ルサルドは、獣たちの奇妙な動きを察知して大声で訊いた。

「こんな時間に牛たちがなぜ囲い場へ逃げてくるんだ？」

さっきからもう二度も近寄って、まるで何か待ってでもいるように草原の様子を窺っていたカルメリートが説明を始めた。

「野火の始まりですよ。あの茂みの向こうを見てください、あっちから火が広がってきているんです。この裏からでももう焔が見えます。マカニジャルからこっちへ広がってきます」

ベネズエラ農村部の人々に深く根付いた原初的思考と、莫大な労働力を必要とする広大なジャノを前にして人手不足の住民たちが感じる無気力の産物であろうが、そろそろ雨季が始まるという時期になると、乾燥で枯れた草が力強く再生できるよう、そして、家畜を脅かす害虫を駆除できるよう、唯一の効果的手段として毎年講じられるのが野焼きであり、ジャノ人にとっては、たとえ余所の領地であれ、通りすがりに枯草に火を放つのがごく当たり前の習慣、ほとんど連帯責任となっている。

だがサントスは、火という原始的な手段は有害と判断して、アルタミラに火を放つことを許さず、アントニオ・サンドバルの進言に逆らって、害虫予防には牛の定期的移動で対応し、雨だけで枯草の再生を待ったらどうなるか調べてみたいと言い張った。こうして結果を検証すれば、もっと合理的な牧草栽培の仕方を考えることもできるだろう。

そのためアルタミラ領内はすっかり乾燥しきっていたが、そこに火の手が上がると猛烈な勢いで広がり、地平線上から近づいてきた赤い輪が数分のうちに広大な草原全体を焼き尽くした。灌木の林があちこちで必死に耐えていたが、火は怒りの轟音とともに渦を巻いて殺到し、小競り合いを起こしながら激高するかと思えば、今度は黒い煙を鶏冠にして迫ってきた。枯草が弾ける音が聞こえ、ついに灌木の抵抗が止むと、勝ち誇る焔が再び密集して急速に前進し、周りから住居に脅しをかけてきた。

集落は家畜の休息所となる砂地と土の帯に周りを囲まれており、これが天然の防火壁として機能するため、延焼の危険はなかったが、吹きつける熱風のせいで息が詰まりそうになることもしばしばだった。

「誰かに仕組まれたようだな」サントスが言った。

「ええ、セニョール」カルメリートが呟いた。「自然にここまで広がってきたのではないでしょう」

この日屋敷に残っていた人夫は彼一人だった。アントニオ・サンドバルも含め他の者たちは、昼食後ワニ退治の続きに出掛けており、見張り番でもするようにうろうろと歩き回りながらカルメリートだけが敷地にとどまっていたのは、前日の夜、偶然すれ違った近隣住民の一人から、エル・ミエドの雑貨屋でモンドラゴン兄弟が翌日アルタミラに何か悪巧みを仕掛けるため密談していた、という情報を聞きつけたからだった。

わざとらしい振る舞いを好まぬカルメリートは、主人には何も言わなかったが、何があってもサントスに忠誠を尽くそうと腹に決めていた。

《何人束になってかかってこようと》彼は思った。《ドクトルはライフルを持っているし、俺にも猟銃

があるから、二人で打ちのめしてやろう》
だが、エル・ミエドからやってきたのがこの野火だったことを見て取り、彼はひとりごちた。
《たいしたことはない、火なら土と砂が止めてくれる》
事実、火は押しとどめられ、砂丘によっていくつかの筋に分断されて、夕暮れとともに風が収まってきたところでようやく鎮火したが、煤けた空の下、地平線からすぐ近くまで広がる焼け焦げの草原は不気味な光景であり、マカニジャル周辺に柵の建設に向けて建てられた柱の列が消えかけた松明のように辺りを照らしてこれを際立たせていた。これこそジャノの反乱であり、文明化の波に逆らう強靭な大地が引き起こす反抗の風、そしてその帰結だった。すでに破壊を終えたジャノは、時に荒い息で灰の嵐を巻き上げながら、満ち足りた巨人のようにくつろいでいる。
だが、翌日のみならず、その後も数日間、あちこちから火の手が上がった。野生化した牛たちが茂みを追われて四方八方へ散らばり、火の届かぬ牧草地まで家畜の群れを導こうと慌てふためく牛追いたちを危険に晒した。たえず逃げまどう野生の牛たちが群れごと熱射病にやられることもあり、大人しい家畜たちは、同類に感化されて混乱することこそなかったものの、午後囲い場に戻ってきたときには疲労と空腹で憔悴しきっていた。
草原地帯で火の手を逃れたのは、川に囲まれた中洲地帯だけであり、他の場所へ避難できなかった牛の群れをそこまで誘導するのは大変な作業だった。
「これはドニャ・バルバラの仕業です」アルタミラの人夫たちは言った。「こんな派手な野火は見たことがありません」

そしてパハロテが言った。

「ドクトル・ルサルド、マッチ箱さえいただければ、あっしとマリア・ニエベスでエル・ミエドを徹底的に焼いてやります」

しかし、報復を好まぬルサルドは答えた。

「いや、パハロテ、本当に誰かの仕業なら、その責任者を捕えて警察に突き出すことにしよう。そうすればしかるべく罰が下る」

すると、普段はずっと塞ぎ込んでいるロレンソ・バルケーロまで報復に乗り出そうと言い出した。

「本当に誰かの仕業かだって？　これが敵の陰謀でなくて何だと言うんだ？　現に火はエル・ミエドのほうから来たじゃないか」

「ああ、そうだ、だが、訴えるとなれば証拠がなければダメだ。今のところすべては憶測にすぎない」

「訴える？　訴えてどうするんだい？　お前だってルサルド家の一員だろうが。なら、ルサルド家のしきたりに則って敵を始末しなくてどうする。この地の掟は武器と勇気だ。思い知らせてやるがいいさ。やられたらやり返す、あの女なんか殺してやればいい」

長年荒んだ心の奥に埋もれていた怨念が彼の内側から俄かに噴出し、男性的な力、荒々しくはあれ、おのれの惨めさを忘れるために酒に溺れた屈辱的状態ほど下劣でも忌まわしくもない力に衝き動かされたらしい。アルタミラに居を移してからというもの、すでにこうした健全な反応が時に垣間見えてはいたが、ドニャ・バルバラについて口にするのはこれが初めてだった。ロレンソの持ち出す話題といえば、学生時代の思い出話だけであり、当時の友人たちの名前や身体的特徴を持ち出しては、事件や風物の詳細まで補足しながら長々と語り続けたが、そのくどさには苦悩が透けて見えた。時には話の筋を見失って不快な話題へ流れていくことがあり、そんな時は素早く口をつぐんで、サントスに話の続きを悟られまいとしておかしな与太話を繰り出したり、矛盾に満ちた饒舌に耽ったりしたが、そんな時に聞き手が抱くのは、狂った影のように脳の廃虚を駆け抜ける思索の数々が互いに求め合いながらも拒絶し合っている、そんな印象だった。そして今、彼を破滅に追いやった女のことを初めて口にするのを聞いて、サントスがロレンソの目を見つめると、そこには朦朧とした残忍な光が輝いていた。

「それは行きすぎだ、ロレンソ」彼は言って、腹立たしい事件から話を逸らそうとした。「確かにエル・ミエドのほうから火の手が上がったのは事実だが、私にも責任がないとは言えない。しきたりどおり、ところどころ焼いておけば、草原全体が一度に燃えてしまう事態は避けられたのだからな。牛の群れを定期的に移動させるという案が、結果的に高くついてしまった。ジャノの習慣はなかなか変えられないようだな」

だが、ロレンソ・バルケーロはすでに激しい情熱にとりつかれており、更生する意欲が萎えたときであれ、知性の光が消えかけたときであれ、酒の刺激なしで己を乗り越えることができるようになっていた。そして、求め合い、避け合いながら脳の廃虚を乱舞する狂気の影が彼を血なまぐさい行動へと駆り立てるせいで、サントスがいくら思いとどまらせようとしても無駄だった。

「いや、戯言はやめろ、ここでは、やるかやられるか、その二つしか道はない。お前は強くて元気なのだから、思い知らせてやればいいんだ。奴を殺して、お前がこのアラウカを支配するんだ。ルサルド一族は代々ボスだったんだ。お前だってその血を引いている。人殺しでもしなければこの地でボスになることはできない。血の栄光をためらっている場合じゃない」

その間、エル・ミエドでもかつての根からまた芽が出始めていた。サントス・ルサルドと会見したあの日の午後、人生をやり直そうとして失敗して以来、ドニャ・バルバラは何日も陰気に塞ぎ込み、恐ろしい復讐に乗り出すべく、毎晩遅くまで謁見部屋にこもるようになったが、呼び出しをかけても相棒は現れず、憤怒のたまった彼女の姿に誰もが恐れをなした。

これをサントス・ルサルドに対する全面的宣戦布告のしるしと受け止めたバルビノ・パイバは、再び愛人の気をひくべく、彼女が練るであろう策略に先んじて、アルタミラに火を放つことを思いついた。もはやエル・ミエドで彼の指示に従う者は、生き残って再びマカニジャルに住みついたモンドラゴン兄弟だけになっており、作戦の実行は二人に委ねられた。だが、《サントス・ルサルドに危害を加える者は許さない》という言葉を覚えていたバルビノは、計略について主人に何も伝えなかったため、ドニャ・バルバラはアルタミラを襲った火事が自分の持つ魔力の産物だと思い込んだ。彼女の悪事を挫くためにルサルドが建てようとしていた柵が壊れた、それはつまり、彼女の望みどおりになったということであり、狙った男と自分を隔てる他の障壁もこれから随時崩れ落ちていくにちがいない、そんな確信とともに心に落ち着きが戻ってきた。望みさえすれば、早晩男は自分の足元にひれ伏すことだろう。

確かに、アルタミラは邪気に支配されたようだった。人夫たちは、あちこちに散らばる野生牛の危険に身を晒しながら、渇きに苦しむ牛たちをまだ干上がっていない水飲み場へ誘導するために一日中必死で格闘した後、夜は夜で、群れをなして草原を駆け巡る狂狐の襲撃に警戒せねばならず、そのうえ、火を逃れた毒蛇にまで目を光らせていなければならなかった。それだけでも大変なのに、屋敷へ帰ると、積年の無力な恨みにどもりがちな声を震わせたロレンソ・バルケーロが繰り広げる目障りな光景に耐え、報復への情熱に胸をたぎらせて自らドニャ・バルバラに手をかけようとする彼の復讐心に見て見ぬふりを貫かねばならなかった。

そしてとどめはマリセラだった。自らの恋が叶わぬ夢だとみるや、彼女は僻みっぽくなり、不快な振舞いを取るようになった。会話にも、せっかく長い時間かけて矯正した粗野な言葉遣いが現れるようになり、ぞんざいな話し方をするようになったばかりか、サントスの問いかけに対しても、わざと口をつぐんで下品な唸り声で答えるようになった。さらには、どんな意地悪をしてやろうかと前もって頭をひねることもあり、彼が小言でも言おうものなら、不機嫌な態度を剥き出しにして口答えした。

「もうほっといて、また野生に戻るから」

だが、その間も雲の筋はますます濃くなって移動を続け、夜の地平線を照らす稲妻が頻繁になるとともに、夜明けにはカラオ鳥が雨季の到来を告げた。季節の移り変わりを観察していたアントニオもついに言った。

「山ではもう雨が降っていますね。今に雷の音も変化して、バリナス風が吹きますよ」

この言葉のとおり、翌日には、重苦しい静寂の後、バリナスに広がるジャノの台地から不穏な風が吹き込み、雨が近いことを知らせた。雷の音も変わって、唸り声のような雷鳴がバホ・アプーレに響き渡るとともに、遠くから草原をひたひたと近づいてくる豪雨まで見えるようになった。チュバスコのあたりで密度を増した雲は、やがて激しい嵐となって集中豪雨をもたらした。瞬く間に空が鉛色の雲に覆われたかと思えば、突風が草原を叩きつけ、耳をつんざくような長い轟音とともに雷が落ちて木を真っ二つに引き裂いた。数分のうちに草原は水浸しになった。

そしてある日、夜が明けると辺りは一面の緑に包まれていた。

「災い転じて福となすですね」アントニオは言った。「野火のおかげでアルタミラは蘇りました。これで草も逞しく生えてくるでしょう。誰が何と言おうと、野焼きに勝る策はありません。牛追いが始まれば、このあたりは牛で溢れ返ることでしょう。飼い慣らされた牛たちは元の草原へ戻るでしょうし、野生の牛も集まって、火事で死んだ牛を補って余りある数になるでしょう」

事実、野生化した牛たちはいつもの隠れ家に戻り、大人しい牛の群れが住み慣れた草原をのんびり歩き回る一方で、牝馬たちもいつもの住処に帰って陽気にはしゃぎまわった。夜になれば屋根の下でクアトロが人夫の手に戻り、マリセラも行儀のいい振る舞いと広間の灯りのもとでの勉強へ戻っていった。

すべてが野火の後で芽を出す草のようだった。

第九章　牛追いの夕べ

雨季の到来とともに、「一斉牛追い」に取り掛かるべき時期が迫っていた。柵による境界がないため、ジャノ法に規定された慣習にしたがって、隣接する牧場は年に一回か二回共同でこの作業にあたることになっていた。ジャノのあちこちに散らばった群れを徹底的に追い込み、牛に焼印を押すのがその目的であり、様々な牛追い集団で構成された会議により予め選ばれた隊長の指示にしたがって、様々な牧場を順番に回っていくのだ。何日も休みなく続くこの恒例行事は、まさにジャノ人の腕比べという様相を呈し、どこかで牛追いがあるとなれば、どの牧場も腕利きの人夫を送った。選りすぐりの馬を最高の馬具で飾った騎手たちは、ケンタウロスとなって技をひけらかした。

鶏の声が聞こえ始めるころからアルタミラではあたふたと準備が始まった。すでに牧場の人夫は三十人を超えており、ホベロ・パンドやエル・アベ・マリアからも助っ人が来ていた。

急いで鞍をつけなければ、ねぐらから群れが分散する前に追い込みをかけることができないので、何か見つからない道具でもあると、激しい怒号が飛んだ。

「俺の鞭はどこだ！　見つかんねえぞ！　派手なやつだから取り違えるはずはねえ、あったらさっさと寄越せ、先に小斧がついていて、切り口を見ただけでわかる」

「コーヒーはどうした?」パハロテが怒鳴った。「もうすぐ夜が明けるってのに、まだこんなとこをうろついてるなんて、どういうこったい」

そして腹帯を絞めながら馬に話しかけた。

「いいか、栗毛星、今日は頼むぞ。俺の手綱は黒毛よりかてえが、油なんかいらねえ、追い込みが始まったら、老いぼれ牛をひっくり返してるうちに、奴らの鼻息でいつの間にか白毛より柔らかくなっちまうからな」

「急げ、おい!」アントニオが命じた。「尻尾の切れた馬に乗ってる者は、すぐ追い込みにかかれるよう、最初から縄を縛り付けとくんだ」

「コーヒーをくれ、セニョーラ・カシルダ」鞍をつけ終わった者たちが台所へ殺到した。

脂っぽい薪から陽気な焔が上がり、鍋を支える黒い石窯でパチパチ音を立てた。鍋のなかで香りの強い液体が沸き立ち、カシルダの手が休まず回し続ける匙の動きとともに、針金で天井から吊られたフランネルで濾されていった。その間、他の女たちはカップをゆすいではコーヒーを注いで短気な人夫たちに差し出す作業を繰り返し、ずいぶん長い間台所は、男たちの意地悪な言葉や生々しく粗野な口説き文句、そして女たちの笑いと返答で賑わっていた。

コーヒーを飲み終えると——これ以降、午後牧場へ戻って食事をとるまで、角水筒に入れた生ぬるい水と噛み煙草の苦い唾液以外、彼らの胃に入るものはなにもない——、サントス・ルサルドを先頭に、牛追いたちが陽気に隊列を組んで出発し、波乱の一日を前にした意気込みに、冗談や意地の悪いあてこすりを飛ばし合ったり、牛の角に突かれてひやりとしたとか、馬の下敷きになって死にかけたとか、かつて牛追いで味わった体験談を披露し合ったり、そんなことをしながら、来たる冒険に向けて互いに志気を鼓舞し合った。

「誰か俺と張り合える奴はいるかな」パハロテは言った。「俺一人で二十頭はひっくり返して、タマを取ってやるぜ」

過酷な作業が昼まで続いた。牛追いたちの手から縄がひっきりなしに飛び続け、死んだ馬も多ければ、脚が痙攣して辛うじて立っているだけの馬も少なくなかった。だが、すでに囲い込みは終わって事態は落ち着き、おまけに、追い回され続けた牛はへとへとになっていた。男たちだけは相変わらず元気で、息を切らした馬に跨ったまま、空腹も喉の渇きものともせず、叫びすぎで声を嗄らしながらも、牛の群れを宥める子守唄を陽気に歌っていた。

午後の半ばあたりに差し掛かったところで、アントニオは仕分け作業の開始を命じた。マリア・ニエベスが囲みへ踏み込んで群れを囃し立てると、すでにこの作業に慣れていたアルタミラの仔牛たちは聞き覚えのある声に反応してひとところに集結し、最初の仕分けはこれで完了した。

そして、激しい追い込み作業に疲れた様子もなく、ジャノの騎手たちは群れから群れへと回りながら、次から次へと牡牛の尻尾を掴んでは引き倒し、休むことなくその腕前を発揮し続けた。

さらに、エル・ミエドの牛とホベロ・パンド牧場の牛が仕分けられ、それぞれの牛追いたちに委ねられた。最後に残ったのは、ラ・アマレニャ牧場の焼印を押された牛だったが、アルタミラからずいぶん離れていたこともあって、そこからの参加者は誰もおらず、バルビノ・パイバがこれを集めにかかった。サントス・ルサルドは黙ったまましばらくその様子を見つめていたが、ラ・アマレニャの牛が通るたびにその焼印を確認し、すぐにパイバの騎乗する馬の焼印と見較べた。やがて苛立ちを露わにしたパイバは、サントスに食ってかかった。

「ドクトル、牛が前を通るたびに馬のケツを見るのはいったいどういうわけです?」

「あんたが集める牛の焼印はどう見ても馬の焼印と違うんじゃねえか」

思わず発したこの言葉が他人の言葉のようにサントスの耳に入った。アントニオや生粋のジャノ人ならこんな言葉遣いをしてもおかしくはないが、都会人の話し方ではなかった。

バルビノは弁明した。

「ラ・アマレニャの牛は引き受けていいと言われてますんで」

すると、サントスは都会人に戻って答えた。

「それではその証拠を見せてもらおう。この目で確かめられないかぎり、ここから余所の牛を持ち出すことは許さない」

「あなたが引き取るとでもおっしゃるんですかい?」

「お前のような無礼者に説明などする必要はないが」サントスは答えた。「一応答えてやろう。広い草原をさまよっているうちにここまで辿り着いた牛なのだから、ラ・アマレニャから誰も引き取りに来ないとなれば、また同じように草原へ放つまでだ」

「たまげた！」パイバは叫んだ。「ジャノの習慣を変えようとでもおっしゃるんですかい？」

「そう、そのつもりだ。変えねばならない習慣があるからな」

サントスによってすでにアルタミラの牛を横流しする道を断たれていたバルビノは、こうして、数こそ少なかったものの、巧みに焼印を偽装して売りさばけばそこそこの儲けになったであろうラ・アマレニャの牛を盗む手立てまで奪われることになった。

すでに牛の群れは誘導路へ入り、これこそ最も感動的な瞬間だった。人馬一体となって懸命に追い立てるうちに、囲い場の入り口に向かって漏斗形に狭まる柵の内側へ荒っぽく牛たちが殺到し、馬蹄と牛の蹄が砂塵を巻き上げるなか、体が衝突する鈍い音、仔牛の悲鳴、牡牛の雄叫び、雌牛の嘶きや荒い鼻息を掻き分けるようにして、牛追いたちの重々しい叫び声が飛び交った。

「こっちだ！　抑えろ！　抑えろ！」

囲い場へ入るのを嫌がる牛には馬の尻をぶつけて激しく突き飛ばし、鞭に込める力を怒号で補いながら混乱する群れを抑え、反撃する隙も与えず追い込みを続けた。

「ヒジョー！」

すべての牛が囲い場に収まってその扉が閉ざされると、見張りの者たちが小唄を口ずさむ一方、残りの者は家へ戻って鞍を外し、馬に水浴びをさせた。

「よくやった、栗毛星！」パハロテは愛馬の首を軽く叩きながら言った。「おめえの横をすり抜ける牛なんて一頭もいねえ。今朝、エル・ミエドの僻みっぽい奴らは、お前のことを老いぼれ駄馬なんて呼んでたらしいが、ふざけやがって、誰だか突き止めたらタダじゃすませねえぞ」


人夫たちが仕事から戻り、屋根に覆われた中庭は俄かに活気づいた。日暮れとともに、賑やかな牛追いたちの集団が次々と到着し、しばらく何か話し合っていたかと思えば、やがて小唄の合唱が始まった。ジャノの生活は単純で、目新しい事件などほとんど起こらなかったし、人々の頭にも定番化した風物詩が根づいていたから、曲に乗せたほうが思いのたけを存分に表現できるのだ。

馬に水浴びをさせ、十分に草を食べられるようにしてやった後、人夫たちが中庭へ戻ってみると、すでに火の入った竈で仔牛の肉が焼かれており、食欲をそそる匂いが立ち昇っていた。台所でチリソースと焼バナナと茹でキャッサバをもらって焼き肉に添え、竈を囲んで、ある者は立ったまま、またある者はしゃがんで、夜明けのコーヒー以来何も食べていない粗野な胃袋の空白を満たしていった。

そして食事の合間にその日の出来事を語らい、あてつけや空威張り、調子は辛辣だが悪意のない冗談、それに対する当意即妙な返答、牛追い生活によくある光景、辛抱強く重労働に耐える男の思いなどが、小唄に乗せて繰り出された。

その一方で、囲い場の牛たちは自由な草原を恋しがってなかなか落ち着かず、一度に暴れ出して柵を壊すことのないよう、囲い場の周りに常時見張りがついて歌声や指笛を発していた。屋根の下では別の騒ぎが始まっており、クアトロとマラカスの伴奏で夜通し弾き語りが続いて、詩ができあがっていった。主にパハロテがマラカスを、マリア・ニエベスがクアトロを手にして、交互に即興を繰り出していた。

キリスト様がこの世にやってきた、
栗毛の馬に跨って。
牛を捕えようとして、
命を落としかけた。
キリスト様がこの世にやってきた、
八月のこと。
なんとキリスト様が
マニリートの実とトウモロコシを身に纏って。

これにつられて、前の歌詞を拾いながら誰もが歌に参加し、そのたびに、大自然のなかで生きる男たちが、機知に富む無邪気なミューズに助けられて、鮮やかな返答で場を盛り上げた。クアトロとマラカスの調べが続くなか、心温まる話から派手な話へ、喜劇から悲劇へと淀みなく歌は続いたが、時にネタが切れたり、霊感が失われたりすることもあり、そんな時に窮地から救ってくれるのがフロレンティーノだった。

アラウカ生まれのフロレンティーノは、すべてを小唄で歌い尽くす偉大な歌手であり、ある時人間の姿をして彼の前に現れた悪魔と即興較べをして、見事に打ち負かしたほどだった。たとえ声を嗄らそうとも彼の機知は無限であり、もはや一番鶏が鳴き出そうかという頃になって、三位一体にまつわる小唄を繰り出して、マラカスもろとも真っ逆さまに悪魔を地獄へ突き落したのだった。

そしてパハロテの話が始まる。

「ある日の夜、メタ川を渡っていたら、不気味な火が見えたんだ。そいで、岸に下りると、いきなり光の束が見えたもんだから、家だと思って近づいていったわけさ。何せ、すでに食料も尽きて、腹ペコだったもんだから、何か恵んでもらえねえかと思ってね。岸は砂丘みたいになってて、光の正体が何だったと思う？　千匹ほどの蛇の塊だよ、アベ・マリア・プリシマ！　砂の上で体をすりあわせて、指にマッチが挟まったような感じになってたんだ」

「おいおい、大げさだな」マリア・ニエベスが言う。

「とんでもねえ！　見たことねえからそんなことを言うんだ！　あのあたりの川を渡ってりゃ、珍しいもんがいくらでも見れるぜ。前も話しただろう、オリノコ川で亀を獲ってた頃のことは」

「そりゃ、どんな話だい？」新顔の一人が言う。

「グア！　時期は忘れちまったが、とにかく、年に一回、ある日の真夜中になると、正体もまったくわからなければ、どこから現れるのかもわからねえ爺さんが、一人ぼっちでカヌーに乗って現れるんだ。神様だと言う奴もいるが、俺にはわからん。そいつが岸辺の一地点に降り立って叫び声を上げると、ロライマよりもっと向こうの上流からボカスの合流地点まで、オリノコ中の亀がこれを聞きつけて出てくるんだ。これこそ待ちわびた、砂浜に卵を産めという合図さ。すると、そこらじゅうから甲羅のぶつかる音が雷鳴のように聞こえてくる。だから、俺たちもそれを合図に出ていって、大人しくなった亀を捕まえるわけだ」

そして、信じていいものかわからぬまま流れる沈黙が笑いに変わる前にパハロテは続ける。

「そいで、スペイン人の見たエル・ドラードとやらはどうだい？　俺は一度この目で見たぜ。ここからでも夜時々見えるが、メタ川が始まる辺りに光が輝いていることがあるだろう」

「それは単なる草原の野火だろう、パハロテ」

「いいや、違うな、アントニオ。あれこそ、お前さんがいつか読んでくれた本に出てたエル・ドラードの正体さ、まちげえねえ。メタ川に浮かぶようにして、金の町のようにはっきり大きく見えるじゃねえか」

「まったく、パハロテにかかっちゃ」一人が言うと、他の者たちは笑いこける。

「なあ、銃殺刑を逃れたあの話はどんなふうだっけ？」マリア・ニエベスが訊く。

「あれは傑作だ！」事の次第を知る者たちが叫ぶ。「話してくれよ、パハロテ、まだ聞いたことのねえ奴もいるから」

「そりゃ、政府軍の手に落ちたときの話だ。あちこちで衝突があるたびに俺たちがずいぶんと手を焼かせていたもんだから、敵も味方もみんな悪名高い俺に罪を着せやがって、銃殺刑にされることになったたんだ。アプーレの支流が始まるあたりで、川の水かさが増えていた時期のことさ。俺を捕まえた奴らが川岸まで来て、馬に水を飲ませ始めたんだ。みんな顔まで泥んこで、隊長も水浴びをしたがった。水かさが増していて、奴らは岸辺で水浴びを始めたんだが、その時ひらめいて、わざと聞こえるように言ってやったんだ。

《おお、勇気のある隊長だこと！　あっしなら、こんなワニだらけの川でおちおち水浴びなんかとてもできませんぜ》

すると隊長がこれを聞きつけて、まさに、起死回生、神様のお導きがあったわけよ、奴もとっさに思いついたらしく、こんなことを訊いてきたんだが、それが命とりさ。

《おい、てめえはジャノの人間だろ？》

《へい、そうでございます、隊長殿》俺は大人しく答えた。《とはいえ、いつも馬で移動するジャノ人ですから、ちっとばかしわけがちがいます。陸なら得意中の得意ですが、水となればからっきしダメで、川に近づくのもごめんです》

すると、神の助けでこれを奴が真に受けて、ちょっと楽しんでやろう、それに銃殺の手間も省ける、そんなことを思ったんだろうな、縛っていた縄を解かせ、俺を川へ放り込むよう命じやがったんだ。

《おい、こっちへ来い、てめえの足はずいぶん汚れてるから、聖ペテロ様の前へ出るときに床を汚されてはかなわん、さっさと水へ入れ》

兵隊たちは笑い出したが、内心俺は、《しめしめ、これで助かった》と思って、芝居を続けたんだ。

《勘弁してくだせえ、隊長、お願いです！　銃殺というのなら諦めもつきますが、ワニに食われて死ぬのだけはごめんです》

すると隊長は兵隊たちに大声で、《この臆病者を川へぶち込め》と叫んで、溺死させようとしたわけさ。あれは、アプーレの辺りだったが、そこで俺は、頭から沈んでいくようなふりをしてやった……」

ここでパハロテは話を切り、聞いていた者の一人が口を挟む。

「どうしたい？　それで終わりか？」

「どうしたもこうしたも、俺は現にここにいるだろうが。対岸で顔を出して、奴らに言ってやったよ、《なかなかのスリルでしたよ》何発銃弾が飛んできたかわかんねえけど、おい、脚、頼むぞってことになりゃ、このパハロテ様の右に出る者はいねえ」

「でも、なんだって政府に逆らったりしたんだい？」カルメリートが訊く。

「牛との格闘にも飽きてたし、平和続きで、だいぶ瓢箪もいっぱいになってたからな。そろそろぶちまけなきゃって頃だったんだ」

瓢箪、すなわちジャノ人の貯金箱だ。闘争や富の分配に関するパハロテの考え方はジャノ人そのものだった。

土曜夜、朝まで踊り明かす日だ。

屋根の下から椅子が取り払われ、しかるべく地面を掃いて水を撒いた後、柱の一本一本に蝋燭が据えられた。チチャロンが揚がり、カシルダがとうもろこし酒と梅菓子を準備していたほか、蒸留酒もふんだんに用意されていた。アラウカ渓谷一のアルパ奏者と名高い「ラス・ピーニャス」のラモン・ノラスコがすでに到着し、マラカス兼ボーカルには、フロレンティーノに次ぐ即興の名手と聞こえの高い片目のアンブロシオが招かれていた。

アルガロボの渡しやアベ・マリア牧場、ホベロ・パンド牧場から娘たちが陽気に隊列を組んで次々と到着した。四方の柱を囲むようにして舞台の周りに椅子が並べられたが、それでも女全員が腰掛けることはできなかった。

接待役を務めるのはマリセラで、あちこち動き回っていると、誰かれとなく声をかけてくる。

彼女は頬を赤らめ、笑いながら答える。

「ちょっと、どこからそんな話を聞いたの？」

女の集団からは冗談とおべっかが飛ぶ。

「本当に？」ヘノベバが食い下がる。「何もないの？」

「ないわよ。最近は以前よりもっと無愛想になっちゃって」

「信じられないわ。こんなにきれいになったのに」

「またいずれ話すわ」

アルパ奏者が調弦を終え、片目のアンブロシオが二、三度マラカスを打ち鳴らす。

「よう、兄さん」パハロテが叫ぶ。「こいつはマラカスを持たせると別人だな」

「アルパを忘れちゃ困るな。このプリマの調べを聞いてみろってんだ！」

ラモン・ノラスコがアンブロシオに合図を送ると、彼は咳払いして喉を調えた後に唾を吐き、声高に言う。

「チポラの小唄だ」

そして歌が始まるとともに、男たちは一斉に女を踊りに誘う。

チポリータよ、胸をおくれ、
俺のものにしたいから。
他の男にとられる前に、
俺がものにしてやる。

そしてホロポの踊りが始まり、陽気なステップにスカートの裾が舞い上がる。

一人、マリセラだけが座ったままだった。彼女を踊りに誘えるとすればサントスだけであり、他の人夫にそんな大それたことをする勇気はなかったが、サントスは無関心だった。

太い弦の野太い音をバックに細い弦が歌い、アルパ奏者の黒い手が追いかけっこをしながら糸を紡ぐ蜘蛛のように次から次へと弦を渡り歩く。やがて激しい音は静まって、官能的な曲の物憂げな調べが始まる。踊り手たちは、腰でリズムを取りながら、動きを止めて踊り続ける。奇跡のマラカスが苦悩に満ちた間を挟むことがあり、すかさずアンブロシオが歌い出す。

聖なる父にチポラの騒ぎが
伝われば
僧服を脱ぎ捨てて
教会から出て行く。

すでにアルパ奏者は「騒ぎ」の始まりを予告しており、熟練した彼の指は、細い弦から太い弦へ、太い弦から細い弦へと飛び跳ねる。踊り手たちは歓喜の叫び声を上げ、再び激しい動きを取り戻す。情熱のステップとともに地面が揺れ、体を離したカップルが雑踏のなかで互いに追いかけあう。そして再び体を絡ませ、最後の激しいリズムとともに、またもやスカートの裾が宙を舞う。

そして女たちは椅子へ、男たちは酒へ。酒が入ると場はさらに盛り上がり、パハロテが言い出す。

「ハゲタカの小唄を頼む、ラモン・ノラスコ。いいものをお目にかけますよ、ドクトル。セニョーラ・カシルダ！　セニョーラ・カシルダはどこだ？　こっちへ来てくれ。死体の役をやってくれ、死肉を食うハゲタカをやるから」

ハゲタカの小唄――動物の名前がついた数多い小唄の一つ――はパントマイムを伴う曲であり、剽軽者が笑いをとろうとするときの定番だった。草原に転がる牛の死体を見つけてご馳走へ近づくハゲタカの不気味な動きを音楽に合わせて再現するのだが、この芸にかけてはこの界隈でパハロテの右に出る者はいないと言われており、事実、細長い脚をして、身なりもだらしない彼の姿はハゲタカを演じるのにうってつけだった。他方、死体役を務めるのはいつもカシルダであり、他にそんなことをしたがる女はいない。いつも彼女は喜んでパハロテの喜劇に協力し、踊りの場で二人が揃うと、必ずこの芸を披露した。

舞台が整うと、アルパ奏者が演奏を始めた。

アバホのアルコルノケ林の
泥地のハゲタカたち。
皆さん、もうすぐ悪魔が
一仕事します。

フリオのアルコルノケ林の
泥地のハゲタカたち。
皆さん、元気を出してください、
すでにフロレンティーノは我が物です。

これこそ、アラウカにその名をとどろかせた歌手と悪魔の伝説的対決を再現する小唄だった。

舞台の真ん中で体を強張らせて目を閉じたカシルダが肩を動かしてリズムを取る一方、その周りを大股で踊るパハロテは、ぎこちなく腕を動かしながら翼の動きを真似し、けがらわしい鳥が死肉へ歩み寄る慎重な足取りを再現した。

見る者は笑いこけたが、サントスだけは笑顔を見せず、しばらく経ったところで言った。

「もういい、パハロテ、十分面白かったよ」

アルパ奏者が曲を変え、踊りが続いた。またマリセラは腰を下ろした。サントスはアントニオの話に耳を傾け、パハロテがこれまでどんなことをしでかしてきたか聞いていたが、二人のほうへパハロテが近寄ってくるのを見て、マリセラが出し抜けに言った。

「一緒に踊らない、パハロテ？」

「あっしが死んだら、ミサぐらい上げてくれますかい？」パハロテは大声で答えたが、アントニオの視線を察してすぐに付け加えた。「滅相もないことで、マリセラさん」

「いいから踊れ」サントスは言った。「一緒に踊ってやれ」

そしてマリセラは唇を噛み締め、パハロテは両腕に挟んで彼女を連れ去りながら、通りすがりにアルパ奏者に声をかけた。

「頼むぜ、ラモン・ノラスコ、アンブロシオ爺さんもしっかり振ってくれよ、黄金のマラカスを。このパハロテがアルタミラの花と踊るんだ、身に余る光栄さ。開けてくれ、さあ、みんな、開けてくれ！」

第十章　名もなき情熱

「ヘノベバ、ねえ、聞いて！　すごいこと！」

「どうしたのよ？」

「こっちへ来て、柵の脇なら誰にも聞こえないわ。手に触って、胸の音を聞いてみて」

「ああ！　わかったわ、何て言われたの？」

「何も言われてないわ。本当よ！　自分から言っちゃったの」

「まあ！　それじゃ、あべこべじゃないの」

「思わず言っちゃったのよ。わかるかしら。踊りに誘ってくれなくて、それでムッとしてたもんだから」

「それでやきもちを焼かせようとしてパハロテを誘ったのよね。ええ、みんな気づいたわ。そしたら、パハロテはドクトルから許しをもらって、あんたと踊って」

「ちょっと聞いてて。そう、私は悔しくて、涙まで出てきちゃって。そしたら彼が私をじっと見つめるものだから、悔しがっていることを悟られないように、笑ってやったのよ。でも、もちろん心からの笑顔じゃない、わかるでしょ？」

「ええ、どんな顔になったか想像できるわ」

「それでね、私がとっさに何をしちゃったと思う？　火に油よ、じっと彼を見つめて、《意地悪！》って言っちゃったの」

そして顔を赤らめて続ける。

「どう思う？　私って本当に性悪な女よね」

その声にまったく邪な意図は感じられない。だが、ヘノベバの頭には別の考えがよぎった。《母さんの言うとおりだわ、蛙の子は蛙》

「どうしたの、ヘノベバ？　何を考えているの？　やっぱりいけなかったと思う？」

「なんでもないわ、話の続きを待っていただけよ」

「続きも何もないわ！　一言でぜんぶ言っちゃったようなものじゃない」

「でも、彼はそう理解したのかしら？」

「だって、あれだけリズム感のいい人が足を踏みちがえたのよ。それからむっつりと黙り込んで、二度と私の目を見ようとしなかったわ……というか、私のほうが二度と目を上げられなかったから、本当のところはわかんないけど」

ヘノベバがまた考え込み、マリセラも黙る。二人の視線は、月明かりに照らされて眠る草原の遠景に消えていく。

「言っちゃった、言っちゃったわ！　もう知らない」

同時にヘノベバが訊ねる。

「で、これからどうするの、マリセラ？」

「これから？」質問の意味がわからないとでもいうように訊き返した後、すぐに答える。「そんなこと言われたって、どうしようもないじゃない。私の身にもなってよ、一日中ずっと、《今日こそ》と思ってこのダンスを待ちわびていたのに。言ってるじゃない、口がすべったのよ。それに、あなただっていけないのよ、会うたびに、《ねえ、まだなの？》なんて訊くんだもの。このところ私に嫉妬してるんじゃない？」

「ちがうわ、マリセラ、あなたのことが気になるだけよ」

「あなたは私が楽しいときでも心配そうな顔してるものね」

そこにパハロテが現れ、ヘノベバと一緒に踊る予定の曲が始まったというので、会話は中断した。マリセラも、誰か声を掛けてくれないものかと柵の脇で待ち続けたが、誰も現れず、そこにヘノベバの言葉が割り込んできた。

「で、これからどうするの、マリセラ？　こんな状態がずっと続くとでも思うの？　誰にも言われたことのないようなことをうっかり言ってしまったからといって、何かの解決策になるとでも思うの？　逆に事態をややこしくしただけよ。今日の夜、サントスが近寄って愛の告白をしてくれなかったら、明日どんな顔で彼の前に出るつもり？　彼は来ないわよ。一晩中待っていたって来はしないわ。おあいにくさま！　うまく気持ちを隠せないからいけないのよ。彼がどう思ったことか。あんな……　あんな意地悪な人が！」

「ああ、そのとおり。さっきお前も言っていたじゃないか」

「ああ！　そこにいたの？」

「そうとも、ここにいるよ。見えないのか？」

「こっそり近づいて人の考えていることを探るなんて」

「こっそり近づいてきたわけじゃないし、人の考えを聞きとるような耳も持ち合わせてはいない。そりゃ、大声で独り言を言っていれば、誰かに聞かれることもあるだろう」

「私は独り言なんか言ってないわ」

「それなら私も何も聞いていない」

間。いつまで黙っていてくれるつもりだろう？　不安そうには見えない。こちらから話しかけるべきだろうか？

「さてと」

「さて、何だ？」

「別に何も」

「別に何も」彼は笑う。

「何笑ってんの？」

「何でもない」まだ笑っている。

「グア！　頭がおかしくなったようね」

「ジャノの月は人の頭を狂わせるらしいな」

「アンタだけよ。私は大丈夫」

「だが、見境もなくパハロテに惚れるなんて、狂気の沙汰だな。パハロテはいい奴だが、お前の恋人には……」

「グア！　別にいいじゃない。アンタに拾われたときのアタシは野生児同然だったのよ。諺のとおり、破鍋に綴蓋よ」

「今夜はグアと諺がいろいろ飛び出すだろうと思っていたが、どうやらわざとそんな口の利き方をしているようだな。人を欺きたければもっとましなことを考えたほうがいい」

「アンタこそ、アタシがパハロテに惚れてるなんて話よりもっとましなことを考えたほうがいいんじゃないの？　こっちが笑いたいくらいよ。先生が教え子に教わってどうすんのよ」

「《どうすんの》なんて言葉遣いはやめなさい」

「どうするの、これでいいわね……」

「ああ」彼は答え、しばらく彼女を見つめた後に訊く。「もう笑い終わったか？」

「今のところね。いつものように、何か気の利いたことを言ってちょうだい、そうしたらまた笑いたくなるかもしれないから。例えば、カラカスに残してきた女友達だか恋人だかについて考えるためにわざわざ柵の脇まで来たとか、そんなこと」

「笑いたければ笑うがいいさ……」

「もう何も言わなくてもいいわ。また笑えてきた。わかる？」

「笑え、笑え。お前が笑っていれば私も気分がいい」

「それじゃまた真面目になるわ。アタシは猿じゃないんだから」

「それじゃ、近寄って訊いてやろう。私のことは好きか、マリセラ？」

「大好きよ、意地悪さん！」

だが、これはあくまでマリセラの想像だった。サントスが柵へ近づいていればこんな場面になっていたかもしれないが、彼はいっこうに姿を見せなかった。

だが、なぜ相手の気持ちを知る必要があるだろう？　このまま片思いでいいではないか。そもそも、彼への思いを愛と呼ぶ必要があるだろうか？　親しみ？　ちがうわ、マリセラ。親しみなら誰にだって感じるし、同時に何人かに感じることもある。信仰……？　なぜいちいち物事に名前をつけなきゃいけないのかしら？

複雑でも単純な彼女の心のうちでは、難題の解決はこれで十分だった。

それに、マリセラにとって愛とは、単純で物理的な《食欲》と単純で精神的な《信仰》のちょうど中間地点にあるものだった。生活のなかでこの両極の間を揺れ動きながらやがて形が定まっていくのだろうが、現実と夢の間でなんとなくバランスがとれているうちは、まだ名もなき情熱にすぎなかったのだ。

第十一章　想像上の解決策

面白いことに、サントス・ルサルドもあれこれ頭で解決策を考えていた。自分の感情やそれに伴う苦境について分析するときの彼は冷静沈着であり、置きっぱなしで散らかっていた本や書類の山を片づけながら、机に向かって思索を巡らせた。本を積み重ねたり、何枚か書類を引っ張り出してみたり、そんなことをしながら牧場の会計書類や法律書をぼんやりと調べ、吟味すべき感情の問題を無機物に投影せねば捉えどころがないとでもいうように、両手をあちこちに伸ばしていたが、やがて左手に敷かれた紙を見つめながら言った。

《マリセラが私に惚れていることは明らかで、これは自惚れなどではない。むしろ当然の事態だろう。年齢、状況……いかにもこの土地の者らしい美しさを備えた女だし、気立ても優しく、いつも笑顔で、誰からも好かれる。人夫や家畜に囲まれて孤独と重労働の生活を長期間送らねばならない男にはもってこいの女かもしれない。働き者で、苦境に立ち向かう勇気もある。だが……そんなはずない！》

そして、そこに書かれた内容をかき消すようにして紙の上で左手を動かし、右手をしっかり本に押しつけながら言った。

《ごく自然な感情じゃないか、悲しい運命に投げ出された哀れな娘を救いたい、当然の願いじゃないか。確かに、女性にそばにいてほしいという純粋に精神的な衝動はあるかもしれない。それが後で問題になりかねないというのなら、今すぐ何か策を講じねばなるまい》

サントスは両手を書類と本から離し、頭を後ろへやって椅子にもたれながら考え続けた。

《マリセラがこの家にいるのはよくない。むろんシュロ林のあの小屋へ戻すなど論外だ。ミスター・デンジャーの餌食にされてしまう。サン・フェルナンドにいる老いた叔母たちなら引き取ってくれるだろうか。マリセラがいれば助かるだろうし、彼女が叔母たちから学ぶことも多いだろう。私が始めた教育を受け継いで、女性から女性にしか教えられない繊細な部分を補ってくれるだろう。女らしい優しさ、女心の奥までは私の手も届かない。さすがに、ロレンソまで叔母たちに引き受けさせるわけにはいくまい。いったん私が引き受けた以上、最後まで面倒を見るべきだし、このままここにいさせよう。それに、サン・フェルナンドならここからそう遠くはない。やはり、問題はマリセラをどうするかだ。ロレンソが生きているうちは、たとえもはや食事の時ですら部屋から出たがらないとはいえ、ここにマリセラをおいておいても問題はない。だが、父が亡くなるようなことがあれば、事態は変わってくる。それに、いつまでもマリセラをここにおいておけば、この私だって自由に生きることができなくなってしまう。かつても今も、カラカスへ戻りたい、ヨーロッパへ行ってみたいという思いは消えていないから、そうなったとき、マリセラをどうすればいいだろう。このまま放り出すわけにはいかない。彼女の教育を引き受けた時点で、私はある程度まで道徳的責任も引き受け、人ひとりの命運を変えたのだ。ミスター・デンジャーがすでに手をつけようとしていて、あのままでは母親と同じ道を辿るところだった。それを今さら、さあ、覚悟しろ、元のお前に戻れ、とは言えない》

煙草に火をつける。様々な思いが生まれては消えていくなか、宙に消えゆく煙を見ながらあれこれ考えるのは心地いいものだ。

《ダメだ！　やはり叔母たちにマリセラを引き取ってもらうほかあるまい。だが、手紙を書いても時間の無駄だし、長い下準備が必要だろう。手紙など、読み終わった瞬間に、「あの性悪女の娘なんて！」と叫び声を上げるに決まっている。きちんと説明して、良心の呵責も悪事への不安もなく引き取ってもらうのはひと苦労だ》

突如苦い煙を放ち始めた煙草を消し、心ここにあらずという動きで書類の端を揃えながら、サントスは思いのままに呟き始める。

《だが、牛追いを終える前にサン・フェルナンドへ赴くわけにはいかない。当面ここを動くことはできないんだ。エル・ブルスカルの家が修理できれば、そこにマリセラとロレンソを住まわせてもいい》

「アントニオ！」

「アントニオはいないわよ」マリセラの声が聞こえてくる。

何とも不思議なことに、これで突如として問題は片付き、少なくとも、すぐに解決せねばならないという思いは消えた。

昨晩踊りに誘われたマリセラがうっかり気持ちを漏らしてしまったことで、事態は何か変わっただろうか？　それまで隠していた愛情を《意地悪！》という言葉で思わず明かしてしまったが、そんな幼稚な振る舞い自体、マリセラの愛が特別なものであることを証し立てているし、子供らしい純粋な感情をいちいち取り沙汰する必要もあるまい。

他方、内側から答えを返す高らかな声を聞くと、マリセラの不在で寂しく静まり返ったこの家の様子を思い浮かべてみずにはいられなかった。

いずれにせよ、サントス・ルサルドはこんな結論とともに思索を打ち切った。

《そうだ！　問題の解決策を探すのはいいが、急ぐ必要はあるまい。下手をすれば、叔母たちのように及び腰になってしまう。これまでどおり、ひとつ屋根の下、近からず遠からずマリセラと暮らして何が悪い？　かえっていい暮らしができているではないか。互いに存在を認め合う以外何の義務も伴わない愛、事態を変えることもなければ、自分が変わる必要もない愛、それでいいではないか。そこにあるというだけで十分で、わざわざ言葉や行動で表す必要はない。至上の理想主義者とでも評すべき吝嗇家が隠し持つ金貨、そんなものだろう。富などはかない夢で、いくら金を注ぎ込んでも幻滅を避けることはできない》

だが、実際のところ、マリセラのように純粋な心を持っているわけでもなく、といって複雑な思考を極めることも望まないサントスのような人物には、積極的な解決策が必要だった。それが得られないとなれば、現に今彼の身に起こっているように、感情を制御しきれぬまま、相反する衝動に弄ばれることになる。

マリセラと近からず遠からず？　もはや彼女の存在を意識せずこの家にいることは不可能なほど距離が縮まっているというのに。今も、彼を喜ばせようと台所で料理をしているところだろうか？　声や笑いや鼻歌がここまで聞こえてくる。家が静まりかえると、どこか一点に目が止まる。近くに彼女が飾った花があるにちがいない。腰を下ろそうとすれば、椅子に置きっ放しの本や書類をどけねばなるまい。何かを探して手を動かすと、すぐそれが見つかるのは、すべてがきちんと整理されて手の届く範囲にあるからだ。部屋へ入ろうとすると、ちょうど出ていこうとする彼女に会うのは間違いない。出ていこうとすると、道を開けるか、前を行く彼女にでくわすかどっちかだ。昼寝をしたい？　マリセラが必死に蠅を追い払っているおかげで、もはや家には一匹たりとも近寄らず、おかげでぐっすり眠ることができる。休んでいる間、彼女は足音を忍ばせ、唇を噛み締めて鼻歌ひとつ漏れないようにしている。そう、もはや静かにしている必要がないとなれば、ジャノの鳥のように、銀の喉から高らかな歌声を発し、自分に言い聞かせでもするように大きな声で次に何をするか呟いているから、姿を見ずとも彼女が今何をしているのか手に取るようにわかる。

さて、繕いをしよう。広間を掃いておかないと。植木に水をやって、予習をしておかなきゃ。

だからこそ、しっかり距離を保つ必要があるのであり、ある日サントスは、叔母の家にマリセラを送ろうかと考えていたこともすっかり忘れて、食事の席でこんな話を切り出した。

「さて、ロレンソ。マリセラももう基本的知識は身に着けたし、そろそろ本物の教育を受けさせるために、学校へやったほうがいいだろう。カラカスにはいい女子高があるから、そろそろ考えようじゃないか」

「そうはいっても、学費はどうする?」ロレンソが訊ねる。

「私が出す。それでかまわなければ」

「いいようにしてくれ」

マリセラは唇を噛み締めてじっと聞いていたが、怒って席を立とうとしたところで《妙案》を思いついた。黙って食事をとる姿を見て、サントスは彼女も賛成なのだと思った。

ところが、その日の午後屋敷へ戻ってみると、部屋のドアに紙が貼られており、そこにマリセラの字で、《ベネズエラ一の女子高》と書かれていた。

喜んだサントスは、この紙を剥がし、以後二度と同じ話を持ち出すことはなかった。

二人きりでテーブルに着くことがあると、見苦しい姿のロレンソ・バルケーロがいないほうが快適だとしみじみ感じられる。マリセラが食事をよそい、あれこれ話しかけて食欲をそそる。

「これ、おいしいわよ!」

そしてサントスの先回りをして水を注ぎ、ひっきりなしに話し続けるのだった。

耳に心地いい声、朗らかな笑い声、面白い話題、おかしな表情や仕草、活気、そして生き生きした目の輝き!

「おいおい、そんなにまくし立てなくても!」

「あなたも何か話してよ」

「お前と張り合うのか？　勘弁してくれ」

「大げさね！　昼御飯の時はあなたのほうが喋りっぱなしだったじゃないの」

「それほどでもない、それにお前はずっと他のことを考えていただろう。私が何を言っていたか訊いても答えられなかったことだろうな」

「あらあら！　あなただってもう私の話なんて覚えていないでしょう」

「それはそうだ。だが、それは聞いていなかったからではなくて、お前の話に脈絡がないからだ。次から次へと違う話題に飛んでいくからな」

「それじゃ、いつもいつも脈絡のあるように話せというの？」

「確かにそれもつまらないだろうな。今朝の私と同じだ」

「そんなことはないけど、人それぞれ話し方は違うし、私は思ったとおりに話すだけよ。あなたなら二時間もぶっ続けで、長雨のように話していられるでしょう」

「面白いたとえだな。要は退屈ということか」

「違うわ。同じことの繰り返しにもならないけれど、話題が変わったことに気づかれることもなく話し続けられる、ということよ。私にはそんなこと無理だわ」

「確かに。雨のたとえを続ければ、お前の話はにわか雨のように、晴れてはまた降りを繰り返すな」

「まるで悪魔と愛人の会話ね。私たちは喧嘩なんかしていないけど。あら！　私ったら」

彼女は顔を赤らめて笑う。

「そのとおりだ」サントスは笑顔でマリセラを見つめながら言う。「私は悪魔なんかじゃない……」

だが、彼女は話を続ける。

「ねえ」

「何だ?」

「何を言おうとしていたか忘れちゃった」

サントスが目を逸らさないので、大きな声で言う。

「ああ、そうだ!」すぐにまた忘れたような顔をするが、これは場を取り繕うための演技にすぎない。

サントスはマリセラを真似て大声で言う。

「ああ、ちがった!」

なんと素敵な娘だろう! 日々美しくなっていく! だが、時としてサントスは、マリセラを退屈させるためなのか、あるいは、知的興味をひこうとしてなのか、突如わざと難解な、味気ない話題で長広舌を振るい、英雄的態度で愛の防御線を引くことがあった。

だが彼女は、退屈することもなければ、知的興味をひかれることもなく、目の前の相手にじっと視線を釘付けにして、時折気の向くままに言葉を挟んだ。

ある時など、こんなことを言った。

「ねえ、あなたのくれた雌鹿はぜんぜん乙女じゃないのよ。もうすぐ子鹿を産みそうなの」

サントスは適当に答えてしばらく黙ったまま食事を続けるが、やがて突如噴き出す。マリセラには何がおかしいのかわからず、怪訝な表情でしばらく相手を見つめる。やがて合点がいって頰を赤らめ、その場を取り繕うために慌てて何か別のことを考えようとするが、不意に彼女の口から出たのもやはり高笑いだった。サントスにも状況を変える術はなく、何か言おうとしても、マリセラが高笑いを続けるので、一緒になって笑うしかない。

だが、意地悪な笑いはもちろん、先の他愛ない言葉にも、邪な気持ちは微塵も混ざっておらず、雌鹿もマリセラも道徳的問題とは無縁だった。

つまり、彼女としてはまったく自然に振る舞っただけなのだが、都会育ちの人間は素直にそれを受け取ることができないのだ。

ある程度良識を備えた他の者であれば、不埒な関係から生まれ、しかも父と母の不吉な性格を受け継いだマリセラが、まっとうな男の恋愛対象になるはずはないと考えるところだが、サントス・ルサルドの思いは違っていた。自然と同じ素直さを備えている反面、自然の脅威同様、時に不安を掻き立てるマリセラは、心の奥に優しさの泉を封印してしまったように見えることがあった。一見いつも陽気で楽しそうにしているが、父親と接するときなどに家族愛が感じられることはなかった。

概して父親の苦しみには無関心で、ロレンソが近くにいると、子供じみた声で悪戯っぽく話しかけることはあったが、その言葉に本物の優しさはなかった。

《あの娘には心というものがない》サントスはこう思うことがしばしばあった。《母親のような陰湿な残忍さはまだ見えないが、子犬のような悪戯っぽい残酷さがある。状況次第では簡単に母親のようになってしまうことだろう。やはりこれはしつけの問題で、女にしかできない接し方で眠った感受性を目覚めさせてやる必要があるのかもしれない》

だが、こうして悲観的なことを考えていると、何とも言えない不快感が込み上げてくることも避けられなかった。あまりに厳しく残酷な考え方で、そんなことを思っている自分が残酷に思われてくるのだ。その反面、理性を抑えて詩に心を開き、吝嗇家が隠す金貨のたとえを思い返したりすると、気持ちが弾んでくるのだった。

第十二章　小唄と風景

だが、あれこれ善後策を考えていても、問題はいっそう複雑になるばかりで、もはやサントス・ルサルドにとっては、家のなかにいることさえ耐え難くなってきた。

幸い、一歩家の外へ出れば、やることはまだいくらでもあった。夜明けとともに、囲い分け、すなわち、隣り合う二つの囲いに雌牛と仔牛を隔離する作業が騒々しく始まった。

苦痛の始まりを予感するように雌牛が鳴き、仔牛が悲痛な叫びを上げた。パハロテの手にした棒の先ですでに鉄が赤々と焼けていた。小唄で合図すると、人夫たちが集まって、仔牛の囲い込みにかかった。地面に薙ぎ倒して耳に牧場の印を刻みつけ、頭を足で押さえつけて動けないようにしたところで、パハロテが毛色や身体的特徴にしたがって様々な小唄を歌いながら焼印を押していった。草を食む場所、所属する群れ、捕獲された場所など、一頭一頭の履歴をジャノ人たちは我がことのように記憶している。

鉄の塊が押しつけられるたびに刻印が刻まれ、ナイフの先で記録用の牛革に線が足される。はるか昔、エル・クナビチェロことドン・エバリストの時代からアルタミラのしきたりは変わっていない。

そんなことを考えながらサントス・ルサルドは、これまで延期してきたジャノの文明化という壮大な計画に着手すべき時が来たことを直感していた。

何日も続いた後でようやく焼印押しが終わると、アントニオは牛革に刻まれた数を示しながら言った。

「期待以上の成果ですね。仔牛三千頭に、牡牛が六百頭以上です。これでチーズ製造にも着手できます」

といってもそれは単純な作業だった。まず、ブラマドール川の縁に柱を打ち込んで屋根代わりに干し草を被せ、乳を凝固させるための容器を牛革で、さらに、圧縮用の帯を棕櫚の葉で作ったうえで、打ち捨てられた囲い場の柵を補強する。そこにマタ・オスクーラの追い込みで捕獲した大人しい牛とまだ気性の荒い牛を集めれば、あとはグアリコ出身の老チーズ職人レミヒオ ―― 仔牛慣らしの孫へスシートとともに、職を求めて偶然牧場へ辿り着いたところだった ―― にすべてが任される。

広大な草原の真ん中で、二十年以上前とまったく同じ場所に、まったく同じ用途、まったく同じ様式の粗末な小屋を建てる、それが作業の全貌だと見てとるや、サントスは恥じ入り、このチーズ工房でも、昔ながらの原初的形態で昔のままのチーズを作るだけなのだと思い知った。こんなことでアルタミラが文明国らしい畜産業の粋を極めた現代的農園 ―― これこそ牧場のために働こうと決心したときに理想とした言葉だった ―― になれるだろうか？

「ここのチーズ製法はこうです」アントニオは答えた。「ジャノから取れるものを利用します。カラマカテやマカニージャの木、シュロの葉、そして牛革です」

「何百年前から変わらないわけだ」サントスは付け加えた。「スペイン人入植者たちが持ち込んだ牛という革新的産物がいまだに残っているのが不思議なほどだな。こんなことを言うのは酷かもしれないが、ジャノの人間には向上心がない。ジャノ人の理想は、収入のすべてを金貨に換えて、甕に入れて埋めて隠すことだけだ。私の祖先もそうしてきたし、私もそうなるのだろう。この地はどんな尖鋭な意識の刃もダメにする砥石のようだ。チーズ工房のみならず、皆同じ、二十年前にしていたことをまた繰り返すだけだ。交配をしないせいで牛は衰え、疫病で壊滅的な打撃を受ける。いまだに虫がつけば呪文で治そうとするし、まじない師ばかりがはびこって、頭のいい者まで奴らの言うことを信じ込む有様だから、薬を手に入れようともしない」

「すべておっしゃるとおりなのでしょう、ドクトル」アントニオは答えた。「今交配の話をなさいましたがね、確かに私が小さい頃からそんな話は出ていました。ですが、いざ交配なんてことをやっても、結局は反乱軍の奴らに食われるだけなんです。なら、そのまま放っておいたほうがいいでしょう、ドクトル、肉はうまいし、反乱が起こっても損はしません。反乱ばかりじゃありませんよ、政府のほうだって似たり寄ったり、好き放題なんですから」

「詭弁だ」サントスは言った。「我々の体内に流れるインディオの血が怠惰を正当化する。だからこそジャノの文明化が必要なんだ。経験則やボス支配を根絶して、自然や人間を前にただ腕組みして見ているだけの態度を改めねばならない」

「やがてはそんな時も来るでしょう」アントニオは締めくくった。「今のところチーズ工房はこれで十分です。牛が大人しくなるだけでも成果は上々ですよ。牛の群れもこれで扱いやすくなるんですから」

この種の工房になるとレミヒオの腕は確かだったが、アルタミラの牛のように野性味の強い牛が相手となると、一筋縄にはいかなかった。

「マラビージャ、マラビージャ、マラビージャ」

「プント・ネグロ、プント・ネグロ、プント・ネグロ」

支柱にへばりついた荒っぽい牛たちを撫でながら、つけたばかりの名前をこんなふうに一日中呼び続けることで、根気強く手懐けていくしかなかった。

囲いのなかであれ、放牧中であれ、レミヒオかヘスシートが牛のそばを通るときは、必ずこんなふうに声をかけた。

「ボトン・デ・オロ、ボトン・デ・オロ、ボトン・デ・オロ」

やがて自分の名前を覚えると、聞いただけで目が穏やかになるのでそれがわかった。だが、群れの大半は、まだ瞳に野生の荒さを湛えたままだった。

そして、野生化した牛の文明化がチーズ工房で進む一方、草原では相変わらず牛追いの縄が飛んでいた。牛追いたちが踏み込むと、不意を突かれた牛の群れがひしめき合って、マストラントの茂みを轟音で満たす。時には、怒り狂った牛が馬に突撃してくることがあり、いずれ劣らぬ騎馬の名手が揃っていたにもかかわらず、衝突で倒れる馬や、強烈な体当たりを喰らって痛みに失神する馬は少なくなかった。

また、人間に服従させられた憤りに痙攣して死ぬ牡牛のみならず、体の一部をもぎ取られた悲しみに屈して茂みの奥に突っ伏したまま、時折重々しい鳴き声を上げながら、飢えと渇きで死ぬのを待つ牡牛も多かった。野生の群れのボスという立場を失って、かつては人の来ない野原で勝手気ままに暮らしていたことを思い出すと、耐えられなくなるのだろう。

サントス・ルサルドは人夫たちと危険な作業をともにし、感情を激しく掻き立てられることでもあれば、文明化計画のことはすっかり忘れてしまった。粗野で危険な荒野も、それはそれでいいのだ。確かに野蛮といえば野蛮だが、人ひとりの人生でこれを手懐けられないとなれば、自分の一生を闘いに捧げていったい何になるだろう?

《結局》彼は思った。《野蛮にはそれなりの魅力があるのだ。それを生きてみるのも美しい体験だし、限界に挑戦する男の充実感もそこから生まれるのだ》

危険の潜む大きな川を渡る作業となると、がぜん張り切るのがマリア・ニエベスだった。ワニに襲われる危険を顧みず、ステッキ一本で鼻歌まじりに川へ乗り出していく。

アルガロボの渡しの近くに設けられた囲い場は、すでに牛でいっぱいになっている。アラウカ川の対岸へ家畜を渡さねばならないというので、通路用に張られた杭に沿って男たちが並び、殺到する牛の勢いに負けまいとして身構えている。すでにマリア・ニエベスは対岸へ向かう準備を整え、群れの先頭を泳いでいこうと勇んでいる。アプーレ随一の《泳ぎ手》として名高い彼は、角だけ水面に出したような状態で群れを引き連れて進むボス牛を後ろに従え、首まで水につかりながらも喜びに顔を輝かせる。すでに川は両岸のぎりぎりまできており、対岸が遠くなっている。

裸馬に乗って川へ入ろうとしていたマリア・ニエベスは、カヌーに乗った男たちに大声で呼びかけ、牛が下流へ流されないよう協力して目を光らせている。

囲い場から牛を追い立てる人夫たちの叫び声が聞こえてくる。ボス牛が通路を抜け、その後に新米の牛たちが殺到する。マリア・ニエベスは鼻歌をやめて川へ飛び込み、左手で馬を掴んで体を支えながら、ワニ対策のステッキを掴んだ右手を動かして前へ進む。それに続いてボス牛が川へ飛び込み、角と口だけを水面から出して泳ぎ始める。

「追い込め！　追い込め！」牛追いたちが叫ぶ。

馬に押し出されるようにして次々と牛が川へ飛び込んでいく。怯えた声を上げながら、必死でもがく牛もいれば、水に流される牛もいる。だが、すでに対岸には別の牛追いたちが控え、川を堰き止めるように散らばったカヌーの漕ぎ手たちと協力して、牛を誘導する。

牛の角が斜めに川を横切る線を描き、その先頭にマリア・ニエベスと馬の頭が見える。川の両岸まで彼の歌声が響き渡っているが、水面の下には、危険なワニや電気ウナギやエイ、それに腹を空かせたピラニアが潜んでいる。

百メートルほど泳ぎきると、ようやく対岸に到達する。一頭、また一頭と痛々しい鳴き声を発しながら牛が水から上がり、しばらく岸辺に集まって休む間、マリア・ニエベスはまた川へ引き返して別の群れの誘導にかかる。

囲い場が空っぽになり、どす黒い空の下、アラウカ川の対岸に荒涼と広がる砂地に何百頭もの牛が集まって悲しげな鳴き声を上げている。誘導役の人夫たちが口ずさむ歌声のリズムに乗って、これから少しずつ草原を横切っていくのであり、何レグアにも及ぶ行程の後にようやくカラカスに到着する。

アヒーラ、アヒーラ、仔牛たち、
先導の後を行け、
囲い場から屠殺場まで、
一歩一歩踏みしめろ。

そしてその間、アルタミラがアラウカ渓谷で最も豊かな牧場だった古き良きルサルド時代が戻ってきたように、他の多くの群れが山越えのルートで出荷されていった。

これこそ、広大な川と草原を備えたこの地域の厳しくも美しい生活であり、男たちは危険のなかにあっても歌だけは忘れない。それはまさに叙事詩なのだ。迫りくる野蛮なジャノ、忍耐と度胸が試される雨季、危険を増幅するばかりか、人を狭い土地に押し込んで自然の脅威を突きつけてくる洪水。だが、人間は偉大であり、すべてに立ち向かう覚悟さえあれば、助けなど借りずとも、力を合わせて何でも乗り越えていく。

雨、雨、雨！……もう何日も他のことは起こらない。すでに草原全体が水びたしで移動もままならず、家を離れていたジャノの男たちも自宅へ戻っている。もちろん、今や草原を駆け回る必要などない！《煙草と酒とハンモック》の日々であり、たとえ外では黒雲から執拗に大量の雨が降ろうとも、屋根の下にこの三つが揃っていれば、ジャノの男たちは幸せなのだ。

雨季の始まりとともに鷺も戻ってきた。南方——どこなのか定かではないが、乾季の間鳥たちは南へ避難している——から最初の一団が現れた後、数えきれないほどの群れがこれに続いた。

長い飛行に疲れた鳥たちは、しなやかな枝の上に降り立ってバランスを取るものあり、喉を渇かせて沼地の縁へ押し寄せるものあり、次第に木立や水辺を白一色に埋め尽くしていった。

再会を祝したり、旅の思い出話に花を咲かせたりしているように見えることもあった。あちこちへ散らばっていた集団が一堂に会し、互いに様子を窺いながら、首を伸ばし、翼を広げ、けたたましい鳴き声を上げ、瑪瑙色の丸い瞳を固定したまま、また静かにじっと見つめ合っている。寝床の枝や、前の年から残していった巣の残骸を取り合って喧嘩になることもあったが、やがては全員が例年通りの場所に収まっていった。

鴫、コロコラ、野鳩、コトゥア、ガバン、青ガジートなど、定住性の鳥たちも、まるで表敬訪問でもするように、四方八方から大挙して押し寄せてきた。チクアコも旅から戻り、旅行談義に加わった。

雨季真っ盛りで、すでにあたりは一面水に浸かっている。水面に小ワニが黒い口を出し、あちこちで急速に増水が進んでどこへでも好き勝手移動できるようになった今、あちこちにワニが姿を見せることだろう。遠いオリノコ川からはるばるやってくるワニも多い。だが、一日中眠っているか、眠ったふりをしているかのどちらかだから、さしたる危険はない。もちろん、起き出してくれば悪さしかしないから、そのほうが好都合だ。

羽の生え変わる時期が始まる。鷺の集まる場所は夜が明けると一面雪のように白くなっている。木の上にも、木からぶら下がった巣にも、池の周りにも、無数に白い羽が散らばり、寝床の枝にも、沼地の泥っぽい水面に広がる水草にも、夜の間に下りた霜のように羽が絡みついている。

夜明けとともに羽集めの作業が始まる。最初はカヌーで漕ぎ出すのだが、やがて腰まで水に浸かって羽を集めるようになり、ワニやエイ、電気ウナギやピラニアに囲まれていても、叫び声と歌声で死を挑発しながら作業を続ける。ジャノの男はけっして黙って仕事をすることはなく、いつも叫び、そして歌う。

雨、雨、雨！　そして川が溢れ、草原が水に浸かると、熱病が蔓延し、緑色の顔で寒さに震えて歯をガタガタいわせながら倒れる者が出る。有刺鉄線で囲った小さな長方形の空間に十字架が増え、野ざらしの霊園に死者が埋葬されるが、いつも草原で暮らしてきたジャノ人には、こんな墓こそ似つかわしい。

だが、ついには川の増水も収まってあちこちで岸が現れ始め、アルタミラの牛を餌食にしていたワニたちも、支流を離れてアラウカの本流やオリノコへ戻っていく。熱病が収まると、クアトロやマラカスの調べとともに、小唄、長唄も戻って、陽気で逞しいジャノ人たちが愛や仕事、そして悪事に歌を捧げる。

「一見ひょろひょろのジャノ人たちが、辛いときも平気な顔で陽気にやりすごし、一日中馬の背に跨って牛を追うこともあれば、腰まで水につかって奮闘することもある。そんな力がどこから来るのか」アントニオ・サンドバルは言う。「教訓代わりに一つ小話をして差し上げましょう。ある日、クナビチェ界隈から仕事を求めて一人の男がやってきました。牛追いだと言うが、ひどい身なりをしている。馬は痩せこけ、鞍はぼろぼろ。じっとその男を見つめた後、私は言いました、《それでは、アミーゴ、チャンスをやろう。草原を駆け回っている野生馬のどれでもいい、好きなのを捕えて、手懐けてみるがいい。ただ、馬具はお前さん持ちだぞ》すると男は鞍に手を乗せながら答えます、《バックルは持ってませんし、敷物はなくなり、鞭は盗まれ、防具もどこへいったかわかりやせん。それでもマントだけで十分です》」

そしてアントニオは重々しく締めくくった。

「その男がパハロテです。マントしかないのに、馬具があると言い張るわけですよ。つまり、働く意志さえあればそれで十分、そういうことです。それがジャノ人の活力なんです」

そのとおり、すでにサントス・ルサルドも見てきたが、川べりの小さな小屋で暮らす粗野で陰気な男も、草原の真っただ中に降り立つ陽気なほら吹き男も、皆活気に満ち溢れており、自然と闘い、質素つましく肉やキャッサバ、煙草やコーヒーを分け合い、ハンモックに毛布だけで眠り——とはいえ、馬と馬具だけはいつもいいものを欲しがる！——、追い込みや追い駆けの辛い作業が終われば、バンドゥリアやクアトロを掻き鳴らし、夜は声を嗄らすまで歌い、夜明けまでホロポを踊りあかし、魅力的な娘がいるとなれば、こんな意地の悪い小唄を口ずさんだ。

牛の角を回し、
馬に鞭を入れるように、
いい女がいれば、
紐で縛り上げてやれ。

そして、ジャノに生きる男は、決して苦しみに屈せず、痛みも疲れも知らず、闘いとなれば、感情を剥き出しにしながらも実に如才なかった。目上の者には反抗的だが忠実、友人には疑り深いが献身的、女には粗野だが好色、そして自分自身には感情的だが冷静な目も忘れない。彼らの会話には、悪意と純真、不信と迷信が入り混じり、陽気でもあれば陰鬱でもあり、前向きかと思えば夢見がちなところもある。卑屈な立ち方をするかと思えば、尊大な態度で馬に跨る。同じみずみずしい心のなかに、長所と短所が矛盾なく共存している。

奇抜な特徴をあちこちから受け継いで出来上がったその性格の一端は彼らの小唄にも現れており、ジャノ人は、アンダルシア人の仰々しい歓喜と、従順な黒人の諦めたような微笑みと、インディオの鬱屈した反抗心を歌に込める。そして、歌にはっきり現れない特質や、サントス・ルサルドがうっかり見過ごしかねない要素は、辛い作業やどんちゃん騒ぎをともにする際に彼らが繰り出す四方山話に姿を見せる。

そんな経験を重ねながら、力と美と自然の痛みに心を開いた彼らの力に思いを馳せると、牛追いの質素つましい生活に溶け込む自分を戒めることなどやめて、粗野だが美しい自然をそのまま愛してみたい、自然に身を任せて生きてみたい、そんな欲求を感じることがあった。

確かに、ジャノで馬の調教や牡牛の追い込みをすれば、その影響を受けずにはいられない。ジャノで働く者は、ジャノに取り込まれ、吸収される。アントニオ・サンドバルが言っていたとおり、《五代先までジャノ人はジャノ人》なのだ。だが、まだはっきりと意識されていたわけではなかったが、別の何か、都会人の感情を変えていく何か、障害を取り払っていく何かが心の奥底にあった。マリセラ、ジャノのアルパが紡ぎ出す歌声、純真だが悪戯っぽい野生の心を持つ娘、パラグアタンの花のように茂みの空気を香らせ、蜂蜜を芳しくする娘！

第十三章　性悪女とその影

夕暮れ時、サントスの食事を準備しようと台所へ向かったマリセラは、中へ入りかけたところで、インディオ女のエウフラシアがカシルダに話しかける声を聞いた。

「ファン・プリミートがあんなにしつこくドクトルにつきまとって背丈を測らせてもらったのはなぜかわかる？　そんなことに興味を持つのはドニャ・バルバラだけよ、だって、ドクトルに惚れ込んでるって噂じゃない」

「でも、あんた、体のサイズなんか測ってどうにかなるとでも思うの？」カシルダが訊いた。

「そりゃ思うわよ、何度も見てきたんだから。腰に男の背丈と同じ長さの紐を巻きつけると、女は男を思い通りにできるのよ。チクアカルのドミンギートなんて、インディオ女のフスティナに縛られて、骨抜きにされたの。紐で彼の背丈を測って、その紐を腰に巻きつけたのよ。それでドミンギートは一巻の終わり！」

「まあ！」カシルダは叫んだ。「それなら、ファン・プリミートに背丈なんか測らせちゃダメだってドクトルに言えばよかったじゃないの」

「そうしようと思ったわ、でも、ドクトルはそんなこと信じないし、あのバカの戯言を聞いて笑ってたから、しゃしゃり出ていく気にならなかったのよ。後でファン・プリミートから紐を取り上げようと思っていたんだけど、見事に煙に巻かれて、追い駆けていったときにはすでに影も形もなかったわ！　ついさっきのことだけど、もうずいぶん遠くまで行ったにちがいない。あいつは逃げ足なら誰にも負けないから」

原始的で愚かしい迷信にすぎなかったが、これを聞いたマリセラは身震いした。まじないなど信じないようサントスにしつこく言われていたし、彼女自身もそんなことは気にしないと表面上は言い張っていたが、心の奥底にはまだ迷信が巣食っていた。そして、心臓が胸から飛び出そうな状態で息を殺して聞いた料理婦たちの言葉によって、以前から彼女の頭をよぎっていた恐ろしい疑念が確信に変わった。母も、自分の愛する男に惚れているのだ。

マリセラは震える手で口を押さえて喉から込み上げてくる恐怖の叫び声を押し殺し、台所へやってきた理由すら忘れてしまった。母屋へ戻ろうと中庭を横切ったが、途中で身を捩じらせ、まるで心から振り払った忌まわしい考えがそのまま機械的な動きに成り代わったかのように、何度もあたりを行ったり来たりした。

そこにパハロテが現れ、マリセラはその行く手を阻んで訊ねた。

「ねえ、ここに来る途中でファン・プリミートを見なかった？」

「樫の木立の向こうですれ違いましたよ。悪魔にとりつかれたように早足でしたから、もうエル・ミエドに着く頃でしょう」

彼女は一瞬だけ考えてすぐに言った。

「今すぐエル・ミエドに行かなきゃ。一緒に来てくれる?」

「ドクトルが何と言うか」パハロテが反論した。「家にいるんでしょう?」

「ええ、いるわ、でも何も知らせたくないの。こっそり行ってくる。誰にも気づかれないようにカティラに鞍をつけてくれる?」

「しかし、マリセラお嬢さん」パハロテは食い下がった。

「ムダなことはやめて、パハロテ。やめる気はないから。どうしても今からエル・ミエドへ行かなきゃならないの。あなたが一緒に来てくれないのなら……」

「わかりました。カティラに鞍をつけて連れてきます。バナナの木立の後ろに隠れて待っていてください、あそこなら誰にも見つからないでしょう」

パハロテはもっと深刻な事態を予感しており、マリセラに一緒に来てくれと言われれば、何も言わずついていくほかはなかった。頼まれれば嫌とは言えないのがパハロテなのだ。

バナナの木を隠れ蓑に、誰にも気づかれず敷地を後にすると、すでに辺りはほとんど真っ暗だった。内心母と向き合いたくなかったマリセラは、パハロテにこんなことを言った。

「フアン・プリミートがエル・ミエドに着く前に追いつけるかしら?」

「どんなに急いでも無理でしょう」パハロテは答えた。「ただでさえ早足だったのに、もうずいぶん先まで行っていたのですから、もう着いているか、間もなく着くかでしょう」

事実、その時すでにファン・プリミートはエル・ミエドに着いており、ドニャ・バルバラがテーブルで待ち構えていた。バルビノ・パイバは、下手に顔を出して風前のともし火となっていた関係を壊すことを恐れ、何日も前から姿を見せておらず、彼女一人きりだった。

「ご入用のものです」腰袋から丸まった紐を取り出し、テーブルに置きながらファン・プリミートは言った。「完全に正確な長さです」

「わかった」ドニャ・バルバラは言った。「下がっていいわよ。売店で好きなものを頼みなさい」

そして、薄汚れた紐を見つめながら物思いに耽った。心の奥深くに根を張る確信によれば、これでサントス・ルサルドの一部を手にしたのであり、遅かれ早かれ彼は自分の足元にひれ伏すことになるはずだった。すでに欲望は情熱に変わっており、おずおずと屈すべき男がまだこちらへ振り向く素振りさえ見せないとなれば、迷信に満ちた心の闇から生まれくるおぞましい手段に訴えて、呪術で望みを叶えるしかなかった。

その間、マリセラは一歩一歩母の家に近づいており、途中ずっと思いつめたように黙っていたが、ここでついにパハロテに言葉を向けた。

「あのね……母と話がしたいの。ここからは一人で行くわ。あなたはこのあたりに控えていて。もし何かあったら……叫び声を上げるから……」

「ええ、お任せください」娘の勇気に感心しながらパハロテは答えた。「すぐに飛んでいきますからご心配なく」

木立の麓で二人は止まった。マリセラは馬から下り、囲い場の木柵に沿って決然と歩みを進めた。それでも、初めて訪れるこの家の外廊に差し掛かると、意志が挫けそうになった。心臓が止まったようで、両脚が震えた。パハロテに向かって叫び声を上げげそうになったが、その時にはすでに居間兼食堂の敷居を跨ごうとしていた。

ドニャ・バルバラはテーブルを離れたばかりで、すでに隣の部屋へ移っていた。

困惑を抜け出したマリセラは、頭を前に出し、周りに気を配りながら一歩一歩慎重に進んだ。心臓の鼓動が頭に響いたが、すでに不安は消えていた。

呪術部屋の棚には聖人像と怪しげなお守りが並び、点されたばかりの蝋燭の前に立ったドニャ・バルバラが、ルサルドの背丈と同じ長さの紐を見つめながら呪文を唱えていた。

「一でお前を見て、二でお前を父と息子と聖霊に縛りつける。ああ！ ピラトを前にしたキリストより卑屈にお前を私の足元に跪かせてやる」

そして紐を伸ばして腰に巻こうとしたところで、突如それを奪い取られた。とっさに振り返ると、彼女は驚きで固まった。

ロレンソ・バルケーロが家から追い出されて以来、母子が正面から向き合うのはこれが初めてだった。アルタミラへ移ってマリセラが別人のようになったことはすでにドニャ・バルバラも知っていた。だが、出し抜けに娘が現れた驚きに、あまりにも美しい容姿が重なり、紐を取り返そうと、相手に飛び掛かっていくことすらできなかった。

ようやく一瞬の当惑を乗り越えて紐を取り戻そうと進み出たが、マリセラは大声を上げて母を制した。

「魔女！」

それまで面と向かっては誰も口にしたことのなかった侮辱の言葉が娘の口から発されると、まるで二つの物体が衝突して弾き合った後でがらがらと崩れ落ちるように、ドニャ・バルバラの内側に衝撃が走った。悪の習慣と善の熱望が、そして、ありのままの自分とサントス・ルサルドに愛されるための理想の自分がぶつかりあい、激高し、混同し、分解し、最後には幼稚な感情のあやふやな塊となった。

その間、マリセラは棚に突進し、そこに混在するおぞましい物体の数々 —— 聖人像、偶像、インディオのお守り、全知全能なる神の版画の前で燃え盛るランプ、聖母の蝋燭 —— を手の一振りで床へ払い落とした。そして、かすれた声に抑えきれぬ涙と怒りを込めて叫んだ。

「魔女！　魔女！」

怒りに吠えたドニャ・バルバラは、娘に飛び掛かり、腕を押さえて紐を取り上げようとした。

男勝りの手に押さえつけられてもがきながら娘は必死に身を守ったが、すぐにブラウスを引き裂かれ、乙女の胸が剥き出しになった。膝の間に挟んでいた紐を奪われそうになったところで、冷静な力に満ちた声が聞こえた。

「放せ！」

ドアの敷居に現れたサントス・ルサルドの声だった。

ドニャ・バルバラは指示に従い、人間離れした素早さでその場を取り繕うと、不吉な顔に笑みまで浮かべようとした。だが、笑顔になるどころか、彼女の顔に現れたのは、意志を挫かれて悔しがる不気味なしかめ面だけだった。

そしてあまりの精神的動揺に、その夜ドニャ・バルバラは、相棒と意思疎通を交わすことすらできなかった。

マリセラの手で床に叩きつけられた聖人像や偶像、お守りはすでにすべて棚に戻され、再び誓いのランプが点されていたが、油に水が混ざったせいで絶えずパチパチ音を立てるばかりか、神秘の内側に閉ざされた室内にはそよ風すら吹き込む余地はなかったにもかかわらず、その焔は決して落ち着かなかった。ランプの光と同様に、彼女の頭には様々な相矛盾する思いが交錯し、いつもなら呪文に応じて素直に出てくる馴染みの悪魔を呼び出すことができなかった。

《落ち着きなさい！》彼女は自分に言い聞かせた。《落ち着くのよ》

するとすぐ、自分の口から発されたのではない言葉が聞こえてくるような気がした。

《すべてはもと来た場所へ戻る》

興奮を静めようとしてこんな言葉を発しようとしたものの、口から出る前に相棒がそれを奪い、こだまして戻ってきた自分の声のように、聞き覚えはあっても不思議な調子の発音が聞こえた。

ドニャ・バルバラが視線を上げると、ランプの覚束ない光が壁に落としていた自分の影に代わって、そこに相棒の黒いシルエットが現れていた。いつものごとく、その表情までは見分けられなかったが、どうやら微笑みの崩れた不気味なわびしいしかめ面で歪んでいるようだった。

この亡霊が喋ったのだと確信したドニャ・バルバラは、自分にとっては心を落ち着かせるための言葉であっても、亡霊の口から発されると意味不明の呪文となるこの言葉を疑問形でもう一度口にしてみた。

《すべてはもと来た場所へ戻るの？》

マタ・オスクーラで抱いた希望は、所詮自分の本質と程遠い借り物の感情として諦めねばならないのだろうか？　惚れた女に許される色仕掛けでサントス・ルサルドの心を掴むのではなく、ロレンソ・バルケーロを相手にしたときと同じ要領で骨抜きにするか、自分の意志に逆らう男たちにしてきたように刺客を遣って抹殺するか、そのどちらかしかないのだろうか？

だが、いつも悪巧みを仕掛けるときに抱く圧倒的情熱と同じくらい激しく心中に沸き立つ思い、新しい生活を求めるこの思いは、本当に一時的な借り物なのだろうか？　血で手を汚した不吉な女、マリセラに呼ばれたとおりの魔女、そんな自分を葬り去りたいという思いを、心の底から強く本気で感じてはいないのだろうか？

そして彼女の心は二つに割れた。一方に今の自分、他方になりたい自分――エル・サポがアスドルバルを殺していなければなっていたであろう自分――、一方に、黒魔術で廃人同様にされた男と、星ひとつない真っ暗な夜に背中から槍を突き刺されて溝にうつ伏せに倒れた男が、ともに生きる屍となってさまよう不気味な場所、他方に、ゴム採集者たちの船で一瞬だけ垣間見た美しい愛の光がまだ断続的に輝き続けている場所。相容れない両者が交錯するところから、様々な答えが聞こえてきた。
《蛇が抜け殻に戻るだろうか？　川が上流へ流れるだろうか？》
《牛は群れへ戻り、迷子は道を誤った分岐点へ引き返す》
《マタ・オスクーラの追い込みへ？》
《ゴム採集者たちの腕のなか》
もはやどこで道を誤ったかも覚えていないドニャ・バルバラには、どこまでが自分の問いでどこからが相棒の返答なのかわからなかった。
彼女は自分自身を探し、その正体がわかったようでわからなかった。相棒の忠告に耳を傾けたかったが、彼が答え始めるやいなや彼女の問いが発され、彼女から亡霊へ、亡霊から彼女へ、同時に行き交う言葉がもつれ合い、ぶつかり合って、まるで頭が嵐の波に翻弄されでもしたように、自分の声だとわかってはいても、他人の声にしか聞こえない、そんな状態が続いた。
馴染みの悪魔がこんな振る舞いをするのは前代未聞のことだった。ドニャ・バルバラにとって、それまで相棒の忠告や予言は、自分と直接関係のない頭で練り上げられた思考のようにはっきりした形を取り、思いもよらぬ知恵を含むその言葉が発されるたびに、じっくり吟味することができた。だが今や、言うことと聞くことのすべてが、まるで自分の心の内側から出てくるように馴染みの温もりを帯びており、それでいて、相棒に発された瞬間に自分から離れていくように意味不明なのだった。
《落ち着きなさい！　このままでは分かり合えないわ》

凍えた両手の間に熱い額を埋め、彼女は長い間黙り込んで何も考えないようにした。

消えかかったランプの光がいっそうパチパチと大きな音を立て、ドニャ・バルバラの狂った耳にはっきりとこんな言葉が聞こえた。

《彼に来てほしければ、すべてを捨てろ》

ようやく自分の考えではないことを伝えてきた声に向かって再び顔を上げてみたが、すでにランプは消えており、部屋は闇に包まれていた。

第三部

第一章　草原の恐怖

メルキアデスは、悪事となれば報酬などなくとも一年中喜んで働くような男だったが、どれほど金を積んでも、他のことにはすぐに飽きてしまう。ドニャ・バルバラがそんな彼に与えていた仕事のうち、最も人畜無害なのが《馬夜這い》だった。

これは、星空の下の草原で眠る馬の群れを驚かせ、一晩中、時には何日も昼夜ぶっ続けで追い回して、予め木立の間などにこっそり作っておいた仮囲いへ誘導することだった。彼もまた黒魔術を操るとされ、野生化した馬の捕獲には有効なこの方法をエル・ミエドに導入したのがこの男だったことから、いつからともなくこれが《馬夜這い》あるいは《馬魔術》と呼ばれるようになった。

また、この手を使えば、夜のうちに誰にも気づかれることなく余所の牧場から群れを盗み出すのも簡単だった。

ルサルドの到着以来、彼を誘惑しようと目論むドニャ・バルバラが態度を軟化させていたおかげで、アルタミラの馬はメルキアデスの被害を免れており、エル・ブルヘアドールと呼ばれたこの男は、苔むしてしまいそうなほど平穏な日々の連続にうんざりして、そろそろエル・ミエドから出ていこうかと考えていたが、そんな時にバルビノに声を掛けられた。

「奥様の命令で、今晩一つ仕事にかからねばならないから準備してくれ。リンコン・オンドあたりの草原に大きな群れがいるそうだ」

「奥様がその目で確かめたんですか？」バルビノの命令にはいつも不承不承従うだけのメルキアデスが訊いた。

「いや、だが、知ってのとおり、奥様には見なくてもそれがわかるからな」

実は当の群れを見てきたのはバルビノ自身だったが、ドニャ・バルバラの執事たちは、いつもこのように振る舞うことで、使用人の心に彼女の霊感への信頼を植えつけようとした。

だが、黒魔術となれば、《事情通》のメルキアデスに作り話は無用だった。ドニャ・バルバラにある程度そうした力が備わっていることは認めていたものの、だからといってファン・プリミートと同列に扱われてはかなわない。それにメルキアデスは、ドニャ・バルバラの黒魔術とは無関係に、いつも彼女に忠誠を尽くしていた。彼の内側には生粋の家臣魂が宿っており、一見何の変哲もないこの男こそ、相矛盾すると思われがちな二つの特質、完全な無自覚と絶対的忠誠心を兼ね備えた特別な下僕だった。人に仕えることを仕事ではなく自らの天職と心得ていたメルキアデスは、誰にでもできる馬夜這いのみならず、もっと危険な任務をドニャ・バルバラのためにこなしながらも、金儲けにはまったく関心を示さなかった。

これと正反対のバルビノ・パイバは、いつも金儲けしか頭になく、平気で人を裏切る男であり、メルキアデスは心の底から彼を軽蔑していた。

「わかりました。奥様の命とあらばさっそく取り掛かりましょう。リンコン・オンドまではけっこうありますから、そろそろ鞍の準備をしたほうがいいでしょうね」

出発したところで、バルビノが彼の前へ進み出て言った。

「なあ、メルキアデス、隙があれば、ラ・マティカの囲い場に何頭か追い込んでくれないか。ドクトル・ルサルドに一泡吹かせるためだ。奥様には何も言わなくていい。ひとつ驚かせてやろう」

ラ・マティカの囲い場には、バルビノがドニャ・バルバラからくすねた家畜が集められており、執事のこうした盗みを人々は《シッジる》という動詞で呼んでいた。

それまでバルビノはメルキアデスにこんな話を持ちかけたことはなかったが、返ってきたのは次のような言葉だった。

「勘違いしておられるようですな、ドン・バルビノ、あっしはシッジりなんぞに興味はありません」

そしてメルキアデスは、何事にも動じず決して慌てることもない男らしく、悲劇的なほど落ち着き払った男を乗せるのに慣れきった馬に跨って、いつもどおり急がず休まず平原へと消えていった。

バルビノは彼らしい仕草とともに何か不平を漏らしたが、疑り深い眼差しを交わし合いながらこの短いやりとりを眺めていた人夫たちに、その内容までは聞こえなかった。

リンコン・オンドは草原の窪地であり、執事の言っていたとおり、そこに馬の群れが眠っていた。かなりの数であり、ボス馬の鋭い耳を信用して安心して眠っているようだった。

人の気配を察するとボス馬は嘶きを上げ、牝馬も仔馬も一斉に立ち上がった。メルキアデスは脅しをかけ、エル・ミエドのほうへ逃げていくよう仕向けた。

五感を狂わすジャノの月の怪しげな光に興奮し、執拗な影で黙ったまま恐怖を吹き込む騎手に追われて目を覚ました馬たちは、一斉に草原を駆け始め、その一方で、マントを頭からかぶって夜露から身を守るメルキアデスは、相変わらず落ち着いた足取りで群れの後をつけた。もう少し先へ進めば、追っ手をうまくまけたと安心して群れの動きは止まるだろう、そんな読みが彼にはあった。

果たしてそのとおりになった。最初のうちは、すでに伏せた状態の群れに追いついていたが、何度も同じことを繰り返すうちに、牝馬たちが次第に恐怖を募らせ、腰を下ろす勇気を失って立ちつくすようになった。ゆっくりひたひたと後をつけてくる怪しいものの気配に、ボス馬の後ろで牝馬と仔馬がじっと体を寄せ合い、耳をピンと立てたまま首を伸ばしてその方向を眺めると、夜空の光を背景に騎手の影が黒く膨らんだ。そんな睨み合いが丸一晩続いた。

夜が明けかかった頃、メルキアデスは狙いどおり群れを草原の一角へ追い込み、細い筒の口のようになっていた木立の隙間を利用してそれとわからぬよう据えつけておいた通路の入口へ導いた。その奥に予め仮囲いが準備されており、まんまと騙されたことに気づかぬまま馬たちがその逃げ道へ殺到するよう、メルキアデスは大声を上げながら馬を走らせて群れを追い立てた。

ボス馬に続いて群れは通路へ駆け込んだが、木立に隠れきっていない柵の一部に気づいたこの目ざとい馬は、急停止して短く嘶きを上げ、これを聞いた牝馬たちは一斉に草原のほうへ引き返した。エル・ブルヘアドールは先回りして逃走を食い止め、最終的には、ボス馬と二頭の牝馬がなんとか逃げおおせただけだった。メルキアデスは囲い場を閉ざし、囚われの身となって動転した馬たちが落ち着くまで、その場を離れていることにした。

すでに帰路についていたところで、草原の向こう側に、挑発するように首を伸ばして敵を見つめるボス馬がいることに気がついた。

カボス・ネグロスだった。

「立派な馬だ！」馬を止めて見つめながらメルキアデスは叫んだ。「しかも切れ者のボス馬だ。ここらあたりで捕えたうちじゃ、一番でかい群れだった。どうやら未練があるようだし、捕まえた牝馬を使えば、うまいこと捕まえられるかもしれねえ」

だが、カボス・ネグロスが立ち止まったのは、草原の恐怖とやらの正体を記憶に焼きつけておくためであり、艶やかな毛並みの下で怒りに神経を震わせたまま、唇を引き締めて真っ赤な瞳でしばらくメルキアデスを見つめた後、尻を向けて二頭の牝馬とともに立ち去った。

「あいつはきっと戻ってくる」メルキアデスは思った。「だが、見張りは他の奴に任せるとしよう。俺の仕事はここまでだから、帰って寝るとしよう」

仮囲いはエル・ミエドの屋敷から比較的近い位置にあった。メルキアデスが戻ってくると、前日の不用意な提案をもみ消すために彼の帰りを待っていたバルビノが、ドニャ・バルバラに報告される前に話をつけようとして歩み寄り、いつになく優しい態度で出迎えた。

だが、メルキアデスはいつもどおり素っ気ない態度で応じ、わずかな言葉で用件だけを伝えた。

「ボス馬に逃げられたんで、何人か人をやってみてください。牝馬に未練があるようでしたから。奥様もきっと欲しがるほど立派な馬です。やってみる価値はあります」

だが、まだ見てもいないのにこの馬を欲しいと思ったのはバルビノのほうだった。そして仮囲いに直行し、縄の準備を始めた。

だが、カボス・ネグロスはすでに報復手段を考えていた。エル・ミエドの領内を少し進んだところで、失った群れと同じ規模の群れが、夜明けの優しい光のもと、楽しげに草を食んでいる光景に目を止めた。そして群れに駆け寄って、嘶きの声を震わせてボス馬に勝負を挑んだ。即座に相手は、あちこちに散らばっていた牝馬と仔馬を集め、群れの先頭に立って攻撃を待ち受けた。白の斑馬だった。

カボス・ネグロスは猛烈な勢いで襲いかかった。敵より一回り大きく、しかも群れを奪われた怒りで気力に満ち溢れていた。前脚を突き合い、砂塵が巻き上がるなか、嘶きが響き渡ったかと思えば、斑馬の歯ぎしりが空を切った。カボス・ネグロスの歯は相手の首にしっかり食い込み、続けて、態勢を立て直す暇も与えず、うなじに、頭に食らいつこうとした。

攻撃を喰らって斑馬の脚は開き、急所を突かれた。怒りの一撃に、斑馬はやっとのことで身をかわしてすごすご逃げ出した。

カボス・ネグロスはしばらく相手を追い回したが、やがて、それまでじっと格闘の行方を見守っていた牝馬の集団へ舞い戻った。そして歯を剥き出しにして周りから追い立てながら、前から付き添っていた仲間のもとへ牝馬たちを導き、再び膨れ上がった群れを率いて、アルタミラ領内の、草の生い茂るねぐらへ向かった。

斑馬はしばらく遠巻きに群れの後を追っていたが、やがて草原に立ちつくし、奪われた群れの巻き上げる砂塵が地平線上に消えていく様子を見つめていた。

それから数日後の夜、アルタミラ領内から馬の群れを連れ出す作業を命じられたエル・ブルヘアドールは、一つの群れにさんざん手を焼かされることになった。ボス馬は茂みや木立を避け、開けた草原を早足で駆けながら群れを導いていたうえ、折から広がる濃い霧のせいで視界も悪かった。夜明けとともに霧は晴れたが、群れは最初に追い立てられた位置に戻っており、メルキアデスはボス馬にまんまと一杯食わされたことに気がついた。

馬に裏をかかれるなど初めての経験であり、これは悪い兆候だと思ったエル・ブルヘアドールは、ドニャ・バルバラに報告に行った。

彼女も内心は同意見だった。《すべてはもと来た場所へ戻る》、相棒も言っていたではないか。

だが、怒りに駆られて彼女は言った。

「お前まで、メルキアデス！　群れに裏をかかれたですって？　アルタミラには、草原の恐怖にもまったく動じない男がいるというのに！」

この言葉は、彼女の心の内で錯綜する感情の裏返しだった。メルキアデスは表情一つ変えることなく聞き流し、こんなふうに答えた。

「このメルキアデス・ガマラが何者をも恐れぬ男であることは、いつでもお望みの時に証し立ててお見せしましょう。《あいつを何とかしろ》と命じてくだされぱそれで十分です」

そして背を向けて辞去した。

ドニャ・バルバラは、嵐のような感情をかきわけて新たなはかりごとを巡らせようとでもするように、じっと物思いに沈んだ。

第二章　砂塵

砂塵といっても、かつて砂丘の一部を舞い上げてサントス・ルサルドに希望の叫び声を上げさせたときとは違って、希望を奪い去る砂塵だ。

もはやマリセラは悪戯っぽい笑みを浮かべたお嬢ちゃんではなくなっていた。あの日の夜、エル・ミエドから戻ったところでひどくサントスに叱られ、その後はどれほど励ましの言葉をかけても無駄だった。

「まあいいさ。もう怒ったりはしない。頭を上げて元気を出しなさい。あんな愚かでおぞましい迷信に惑わされてはいけない、それだけのことだ。あんな紐ぐらいで私の身に何か起こることなどありえない。だが、お前の振る舞いは勇敢で立派だった。感謝せねばなるまい。紐一つでそこまでしてくれるのなら、いざとなれば命がけで私を守ってくれることだろう」

だが、マリセラは黙って俯いたままだった。エル・ミエドへ行ったことで、彼女の生活を支えていた魔法が解けてしまったのだ。

最初は野生の無意識に埋もれた黒い魂にすぎなかった彼女が、新たな生活様式と素敵な紳士の到来にすっかり魅了され、最初のうちは、夢とも現実ともつかぬまま、危ういバランスのうちに日々を過ごしていたせいで、名もなき情熱を気にすることもなければ、自分が性悪女の娘であるということの意味をじっくり考えてみることもなかった。そもそもあの女に言及する必要もほとんどなかったが、たとえそんなことがあったとしても、ただ《彼女》とだけ言ってしまえば、愛情も憎念も羞恥心も感じることはなかった。一緒に来てほしいとパハロテに頼んだあの時、その女を初めて《母》と呼んだが、唇にしっかり力を込めなければ、何の意味もないこの言葉、感情の欠落したこの耳慣れぬ言葉を発することができなかった。だが、今やこの言葉がおぞましい意味を帯び、事あるごとに喉から込み上げてくる。すると顔には本能的な嫌悪の表情が浮かぶ。善も悪も知らぬ自然のままの心ではないとはいえ、まだ穢れを知らぬマリセラの心は、自分が男を手玉に取る――しかも自分の恋敵となった――女の娘であるというおぞましい事実を激しく拒絶した。

邪念のない頭でずっとあの女のことを考えているうちに、憎念に同情心が混じってくる。母だって犠牲者ではないか。

だが、もはや魔法は解け、均衡は崩れていた。すでに夢から覚め、厳しい現実が容赦なく押し寄せていたのだ。

その間、サントスもあれこれ思索を巡らしており、ついにある日、マリセラに向かって話を切り出した。

「ちょっと大事な話があるんだ、マリセラ」

かつて望んだ告白をされるのだと思い込んだマリセラは、馴れ馴れしい口調になって（すでに赤面することもなくなっていた）相手の言葉を遮った。

「あら、偶然ね！　私からも話があるの。これまでのことは感謝してるわ。でも、父さんは前の小屋へ帰りたいようだし、問題がなければ私も……」

サントスはしばらくじっと黙ったまま彼女を見つめ、笑顔で答えた。

「問題がある、と言ったら？」

「同じことだわ」

そして彼女は泣き崩れた。サントスは事情を悟り、彼女の両手を取って言った。

「こっちへ来なさい。正直に話すんだ。いったいどうしたんだ？」

「私は性悪女の娘なのよ」

情け容赦ない冷徹な抗議の言葉を聞いてサントスは不快になり、愛情を受けつけまいとするマリセラの心を前に、機械的に手を放してしまった。彼女は部屋へ駆け込み、ドアに鍵をかけて閉じ籠った。

サントスは話の続きをしようとドアをノックし、その後も何度となく声をかけたが、まったく徒労で、彼が家にいるかぎり、部屋から出てこようとはしなかった。

《愛している》この言葉ですら、男を手玉にとる女の腹から生まれてきたという皮肉な運命の悪戯の前には遅すぎる気休めにもならず、もはやサントスは何と言葉をかければいいのかわからなかった。

その一方、家の外では、物質的発展への期待を奪い去ろうとする砂塵がひたひたと迫りつつあった。

ようやくチーズ工房は軌道に乗り始めており、まだ抵抗する牛はいたものの、大人しく囲い場へ導かれていく群れは日に日に膨らんでいた。呼びかけに答える牛の数も増え、乳房にたまった乳を隠す粗野な雌牛は減っていた。

一番鶏が鳴くやいなや、寒そうなヘスシートが入り口から仔牛の囲い場に目を光らせ、搾乳作業が始まる。縄と容器を手にした人夫たちが、小唄を口ずさみながら、雌牛の集う囲い場へ入っていく。

夜明けの光よ、
灯りを貸しておくれ、
去りゆく恋人の
足元を照らすために。

すると、仔牛を見張るヘスシートは爽やかな空気に少年の声を響かせる。

「アカリ、アカリ、アカリ！」

名を呼ばれた雌牛が鳴き声を上げると、母の呼びかけに応じて仔牛が駆け寄り、扉の隙間から顔を出すので、ヘスシートが横棒を外して通してやる。乳のたまった乳房を叩いて刺激してやる一方で、人夫が牛の背を撫でながら声を掛ける。

「いいぞ、アカリ、さあこい」

仔牛が母の脚に繋がれて乳房が張るとともに、母牛が子を優しく舐める横で、容器いっぱいになるまで乳搾りが続く。

そして別の小唄が聞こえてくる。

瓢箪から水を飲む者、
異郷で結婚する者は、
水がきれいなのか、
相手がいい女なのかもわからない。

そしてこの節回しに導かれて仔牛が去っていく。

「シラユリ、シラユリ」

すると別の雌牛が近寄ってくる。

静まりかえった広大な草原の上で空気が揺れ、光が次第に長く伸びるにつれて、牛糞の湯気と小唄の響きを湛えた寒々しい夜明けに、様々な臭いと音が混ざり始める。夜露を浴びて柔らかくなったマストラント草の香り、花咲くパラグアタンの香り、小川の土手で鳴くカラオ鳥の耳障りな声、遠くから流れてくる鶏の声、トゥルピアルとパラウラタの囀り……

午後、群れが再び囲い場に帰る頃には、反対側から太陽の光が長く伸び、牛追いたちの歌声が聞こえてくる。またもや乳房は張りつめ、囲い場に集まった仔牛たちは腹を空かせて舌を出している。

レミヒオは乳房を眺め、どれほどのチーズができるか計算する。囲い場の扉に身を寄せたヘスシートは、歌声に耳を傾けながら草原を眺める。人気のない広大な土地に似つかわしい、間延びしたような歌声……

だが、ある日レミヒオがアルタミラの屋敷に現れ、暗い表情で黙ったまま腰を下ろした。

「どうしたんだい、爺さん？」サントスは訊いた。

するとこの老チーズ職人は、ゆっくり重々しい声で言った。

「実は夕べ、トラに孫をやられちまいました。乳搾りの連中は踊りに出掛けて、工房にはあっしとヘスシートしかいませんでした。子供の叫び声を聞いて目を覚ますと、すでにヘスシートは鉤爪の一撃で首を刎ねられてました。もう仕事をする気にもなれやせん」

「チーズ工房は閉鎖しよう、レミヒオ。我々の手には負えない。牛も野生に戻るだろう」

鷺の羽を集める作業が終わり、アントニオが集計をサントスに報告した。

「全部で二アローバになりましたから、これで所領を囲う費用はまかなえます。現在の価格からすれば、二万ペソ以上の収入になりますからね。他にご提案がなければ、カルメリートに町まで持たせましょう。囲いに使う有刺鉄線についても、すでに計算は終わっていますから、サン・フェルナンドで一緒に購入できると思います。その間、野火で焼けた柱を立て直すことにしましょう。もちろん、お考えが変わっていなければの話ですが」

淡々と日課をこなしているだけのように見える男の頭にも、すでに文明化の理念がしっかりと根を下ろしていたのだ。囲いが必要だと納得して作業の開始を急かすアントニオ・サンドバルを見てサントスは活気づき、日々の作業に忙殺されて先延ばしになっていた計画に早速着手することにした。

その二日後、二人の男が馬に乗って現れた。

「この辺りの者じゃありやせんね」パハロテが言った。

「いったい誰だ?」ベナンシオが訝った。

「今にわかるさ、どうやらこっちへ向かっているらしい」アントニオが言った。

余所者が近づいてくると、一方の騎手の後ろに別の馬が繋がれているのがわかった。

「あれはカルメリートの馬だ」アルタミラの住人が口々に同じ言葉を囁き合うなか、サントスが表へ出てきた。

「ドクトル・ルサルドでいらっしゃいますか?」一人が口を開いた。「地区の民事法廷判事ペルナレテ将軍の申し付けで、不愉快な知らせをお伝えせねばなりません。エル・トトゥーモ牧場近くのチャパロ林で、この牧場の人夫と思しき男が死体で発見されました。すでに腐敗が始まっており、ハゲタカに食われた後でしたので、身元の確認はできませんが、鞍を付けたままの馬が近くで発見され、こちらの焼印がありましたので、将軍の命を受けてご報告に参上した次第です」

「カルメリートが殺された!」痛ましい怒りを込めてアントニオが叫んだ。

「その馬の持ち主の弟も一緒だったはずだぞ。それに、運んでいた鷺の羽はどうなったんだ?」パハロテが訊いた。

二人は目を見合わせるばかりだった。

「同伴者がいたとか、荷物があったとか、そのような話は聞いておりません。何かの事故だろうという話でしたが、強盗の疑いがあるということでしたら、その旨将軍に報告いたします。調査せねばならないでしょうから」

「まだ何の調査もしていないということか？」サントスが口を挟んだ。

「ですから、向こうでは……」

「わかった、もういい。奴らはいつも都合よく犯罪をもみ消すからな」サントスは言った。「だが、今度ばかりは許さない」

そして翌日、彼は郡都へ向けて出発した。この広い暴力の地に正義をもたらすべく、戦いを始める時が来たのだ。

サントスが外出したことを知ったマリセラは、かねてからの計画を即座に実行に移すことにした。もはや耐えられなくなったこの家を出て、ラ・チュスミータのシュロ林の小屋へ戻るのだ。《下手な修理より壊れたまま》もはや口から離れなくなったこの格言のとおりで、自分に一番お似合いなのはかつての野生暮らしなのだ。

ロレンソ・バルケーロは朦朧とした状態のままこの決断を受け入れた。心を入れ替えるなどという嘘に今さらしがみついていても意味はない。もはや落ちるところまで落ちたのだ。またシュロ林の小屋で酒に浸り、泥沼に飲み込まれてしまえばいいのだ。

「ああ、明日早速出ていくとしよう」

そして次の日の夜明けとともに、アントニオの姿が見えないのをいいことに、父と娘はラ・チュスミータのシュロ林へ馬で出発した。ロレンソは馬の背に揺られながら、マリセラは陰鬱な表情のまま、二人は歩みを続け、シュロ林に差し掛かったところで初めて後ろを振り返って、もうアルタミラの家が見えないことを確認すると、こんな言葉を漏らした。

「夢だったと思うことにするわ」

小屋の前まで来ると、ルサルド家で慣れ親しんだ上品な趣味と暮らしからあまりにかけ離れたその状態に拒絶反応を覚えずにはいられなかった。その一方で父は、かつて酔いが少し覚めるとよくしていたように、泥沼の前にじっと立ちつくしていた。マリセラは馬から鞍を外し、アルタミラから誰か引き取りに来るまで繋いでおこうと思って縄を手に取ったが、そこで不意に、かつてカルメリートが口にした言葉——彼女を野生から引き離そうとするサントスの奮闘ぶりを馬の調教に準えていた——を思い出し、カティラも野に戻してやるほうがいいと思いついた。

「もう終わりよ、カティラ、あなたは草原へ、私は野生暮らしに戻るのよ」

そして馬を追い立てると、井戸の縁に座って泣き始めた。

カティラは少し駆けた後、そっと体を揺すって自由の身になったことを確かめようとしたが、まだその実感が湧かないらしく、砂地の上で体を捩じらせ、白い毛並みから砂を払ったところで、ようやく喜びに体を震わせて大きく嘶いた。そして、もう少し駆けたところで首を伸ばしてまた立ち止まり、耳を揃えて頭をマリセラのほうへ向けたが、そこでようやく本当に自由の身になったことを確信し、もう一度嘶いて主人に別れを告げた後、広大な草原に姿を消した。

「これでいいのよ」マリセラは呟いた。「さて、前のように薪を集めないと。三つ子の魂百までだわ」

だが、カティラは以前のように草原で暮らしていけるかもしれないが、マリセラはそれほど簡単に以前の野生暮らしに戻ることはできなかった。当面必要なもの、これから必要となるもののことを考えると、彼女は途方に暮れてしまった。

さしあたって何が必要か考えただけでも、あまりに深刻な問題ばかりで、自分のしでかしたことの重大さに彼女は震え上がった。薪を手に入れるだけでなく、火の起こし方を考えなければいけないし、何を煮炊きして食べるのか、それに、どうやって住まい――ラ・バルケーニャの廃墟に成り果てたこんなみすぼらしい小屋が住まいと呼べるならの話だが――を整えるのかも考えねばならない。怨念に駆られてルサルドの家を出ていくことばかりに気を取られていたせいで想像力が働かず、ラ・チュスミータの小屋で、いつ何をどうやって食べるのか、もはや莫蓙の上で寝る気にもならないのにどうやって寝るのか、そんなことは考えもしなかった。しかも、その莫蓙が、もはや莫蓙とは呼べないほどぼろぼろだった。

それにひきかえロレンソは、ずいぶん前からすでに現実感覚を完全に失っており、実生活の必要にまで頭が回るはずはなかった。酒さえあれば――ミスター・デンジャーがいつでも調達してくれる――、あとは何もいらないのだ。

確かに、チゴやケレベルの実があれば、そこから粉を挽いて粗末なパンを作ることはできるし、草叢に踏み込めばキャッサバやトポーチョの根を掘り返すこともできるだろう。だが、もはや彼女の舌はそんな野蛮な食事を受けつけないだろうし、以前なら猪のように人跡未踏の荒野も恐れず茂みに踏み込んでいくことができたが、今の彼女はそんな野生児ではなかった。裸足の大足で棘の多い茂みを踏みつけることもできなければ、木に登って猿と野生の果実を奪い合うこともできはしない。

気力が萎えたわけではなかったが、アルタミラではずっと別の使い方をしていたのだ。今さら根を掘り返したり猿のように木の実を漁ったりする気にはならず、もっと確実で継続的な食糧調達の方法が見つからなければ、想像力が働き出した今、この先どうなるのか考えただけで、現在の自分に対して耐え難いほどの不安が込み上げてくる。何としても収入源を確保せねばならず、最初に思いついたのが次のような案だった。

「ねえ、お父さん、母さんに養育費を求めることはできないの？ 家の庭にたっぷり金貨を貯めこんでいるというのに、私たち二人が飢えて死にそうなんて、あんまりだわ」

なんとか答をまとめるためにロレンソ・バルケーロは懸命に脳を振り絞った。

「そんな権利はお前にはない、法律上お前はあいつの娘ではないからな。お前のことなど知りたくもないと言っていたから、この私が……」

マリセラが言葉を遮った。

「つまり、私があの性悪女の娘だと証明するものは何もないわけ？」

父はしばらく娘をじっと見つめた後に呟いた。

「何もない」

娘の言葉を鸚鵡返ししただけのこの答には、責任感など微塵も感じられなかった。そしてこれだけ答えると、父はそそくさとミスター・デンジャーの家へ向かって歩き始めた。

残酷に問い詰めるような口調になったことを後悔したマリセラは、覚束ない足取りで肩を落としたまま遠ざかる父の姿、いつも落ち込んだとき口にしていたとおり、まったく《丸腰》になったその背中を見ながら、「かわいそうなお父さん」と呟いた。

だが、父がミスター・デンジャーの家へ向かっていることに気づいて彼女は慌てて駆け寄り、引き止めて言った。

「だめよ、お父さん、あの男のところへ行っては。お願い。また酒を頼むつもりでしょう。待っていて。アルタミラから取ってくるから。すぐ戻るわ」

父の乗ってきた馬にマリセラが鞍をつけている間、どうしようもないアルコールへの渇きにとりつかれていたロレンソは、ミスター・デンジャーの家へ向かって再び歩き出したが、支払いを求められればもはや娘を差し出すしかないことなど思ってもみなかった。

砂塵はすでにあらゆる希望を奪い去りつつあったのだ。

第三章　ニョ・ペルナレテとさらなる災厄

サントス・ルサルドの姿を見かけたムヒキータが、思わず店のカウンターに隠れようとしたのもやむを得ないことだろう。必要な作業をするかしないかでドニャ・バルバラと議論になった際にサントスの肩を持ったことで、すでにニョ・ペルナレテに民事法廷秘書の職を解かれていたうえ、今現れたかつての学友がまた厄介事を持ち込んでくるのは間違いなかった。下手に巻き込まれれば、二度と馬鹿な真似はしないと言って妻ともども何度も拝み倒してようやくニョ・ペルナレテに回してもらったこの職がまたフイになるかもしれない。

しかし、隠れる前にサントスに見つかり、笑顔で迎え入れるよりほかはなかった。

「会えて嬉しいよ！　ずいぶん久しぶりじゃないか！　いったい何の用だい？」

「聞いた話が確かならもう知っているはずだろう。今はお前が地区判事らしいじゃないか」

「そうなんだよ！」少し間を置いた後にムヒキータは言った。「話は聞いてるよ。亡くなった人夫のことだろう？」

「ああ、それも二人だ」ルサルドが言った。「二人も殺されたんだ」

「殺された？　よせよ、サントス！　まあ、ともかく法廷へ来て、話を聞かせてくれ」

「話を聞かせろ？」

「いや、すまん、というか、もう少し手掛りをくれ。まだどう動けばいいかわからないんだ」

「なあ、ムヒキータ、この期に及んでまだ何も知らされていないのか？」

「勘弁してくれよ」

こう答えるときのムヒキータの表情には、《場所をわきまえてくれ》という無駄な願いが雄弁すぎるほどはっきり現れていた。

二人は法廷へ到着した。段差のところで止まって閉じているだけのドアをムヒキータが一押しで開け、藁葺き屋根と漆喰塗りの壁に囲まれた部屋へ二人で入っていくと、机ひとつと椅子三脚、そしてクローゼットがあり、隅に雌鶏がうずくまっていた。サントスに椅子をすすめたムヒキータは、薄汚れたシートをはらって部屋中に埃を飛ばした。法廷へ出頭する者など誰もいないことは一目瞭然だった。

くたびれた町と法廷と判事を前に、疲労より落胆に打ちのめされてサントスは腰を下ろした。

だが、すぐに気を取り直し、何とかムヒキータを味方につけようとして、カルメリートと弟のラファエルが出発した様子や、サン・フェルナンドへ運んでいた羽の量などを説明した。

ムヒキータは頭をかき、帽子を手に取って部屋の外へ足を向けながら言った。

「ちょっとここで待っていてくれ。将軍に報告してくる。民事法廷にいるはずだ。すぐ戻る」

「おいおい、民事法廷がこの事件と何の関係があるんだ？」サントスが遮った。「すでに法律に定められた日数は過ぎているのだから、案件は担当判事に回されるはずだろう」

「そうはいかないんだ！」ムヒキータが叫び声を上げて、すぐに続けた。「いいか、将軍は悪い方じゃないんだが、ここだけの話、何でも自分で仕切りたがるんだ。民事でも刑事でも、ここでは将軍の望む措置しか執られない。将軍は男が病死だと完全に決めてかかっている。単なる心臓発作だというんだ。ありえる話だし、あの人夫にひょっとしてそんな兆候はなかったか？」

「そんなことあるわけないだろう！」荒々しく立ち上がりながらサントスは言った。「お前こそそんなに怯えてばかりいたらそのうち心臓発作を起こすぞ。まだ起こしていなければの話だが」

ムヒキータは笑顔で言った。

「まあ、そう熱くなるなよ。俺や将軍の立場にもなってみてくれ、人生何が起こるかわからんからな。何日か前、州知事から所管の民事法廷判事宛てにお達しが届いて、このところ周縁部で犯罪が続いており、犯人も捕まっていないから、全力を挙げて職務にあたるよう厳しく言い渡されたんだ。それに対して将軍は、この地域では犯罪など起こっていないからご安心くださいと返答した。俺自身が文面を書いて、将軍は満足げにその紙を貼り出したから、お前もきっと見ただろう。もちろんここだけの話だぞ。一人にせよ、二人にせよ、お前のところの人夫に関しては、俺だって事件性を疑ったさ。だが、あんな文書を公表した後で犯罪が起こったなんて話になったら……」

「お前にとっては、正義よりもニョ・ペルナレテのご機嫌取りが大事というわけか」サントスが口を挟んだ。

ムヒキータは肩をすくめた。

「この店だけじゃ食っていけないし、息子たちの食い扶持を稼がなきゃなんないんだ」そして出口へ向かった。「ちょっと待ってくれ。何とかなるかもしれない。うまくいくといいがな」

数分後、落ち込んだ様子でムヒキータが戻ってきた。

「言わんこっちゃない。ボスのことはよくわかっているんだ。将軍には、お前が俺のところへ来たことがお気に召さないらしい。さっさと行って、将軍と直接話したほうがいい。そうしないと何も動かない」

だが、ルサルドが抗議の声を上げる前に、民事法廷判事が現れた。

ムヒキータの言うとおり、ニョ・ペルナレテは、サントスが自分を差し置いて地区判事のところへ顔を出したのが気に食わないばかりか、せっかく病死という好都合な解釈で一件落着になりかけていたのに、仮説を覆すような情報を持ち込まれて怒り心頭だった。野蛮人のように恣意的に権威を振りかざす者にとって、これは許し難い行為であり、しかもそれが、かつて無礼にも自分に楯突いて法の支配などという議論を突きつけてきた男が相手となればなおさらだった。

帽子をかぶったまま、左手に火の消えた葉巻、右手にマッチ箱を持って彼は法廷へ入ってきた。左の腋からは、用もないのにいつも持ち歩く山刀が革の鞘に入った状態でぶらさがっていた。

そしてルサルドを無視して机へ近寄り、山刀を置いた後、マッチを擦って葉巻に火を点けた。

「いつも言ってるだろうが、ムヒキータ、俺は横槍を入れられるのが大嫌いなんだ。こちらの方がお申し立ての問題は俺が担当してるんだから、俺に任せてくれればいいんだ」

「僭越ながら申し上げさせていただくと、本件はすでに民事ではなく刑事の問題です」ムヒキータの忠告は完全に無視して──ニョ・ペルナレテに向かって刑事事件は彼の所轄外だと述べるのは宣戦布告にも等しかった──サントス・ルサルドが言った。

「おいおい、サントス」おずおずと判事が口を挟んだ。「わかってるだろ……」

だが、ニョ・ペルナレテに助け舟は無用だった。

「ええ、そんな噂もあるようですな」一、二度葉巻をふかしながら彼は嘲るような調子で答えた。「しかし、私の経験から言わせていただくと、判事と弁護士が出てきて好き放題始めると、簡単なことがややこしくなり、一日で終わるものが一年続くことになります。だから私は、何か訴訟があると、町で聞き込みをして誰が正しいか調べ、その上でここへ来て言うんですよ、《ムヒカさん、正しいのは誰々さんです、すぐ彼の訴えを認めさない》とね」

こう言いながらニョ・ペルナレテは、予め振り上げていたいかめしい山刀を仰々しく机に叩きつけ、その場面を詳細に再現して見せた。

一瞬我を忘れそうになりながらサントスは答えた。

「私は訴訟を起こしに来たのではなく、公正な措置を求めているだけですが、おっしゃるような措置の仕方を何とお呼びになるのか、お聞かせ願いたいものですね」

「私はこれを《えにへをする》と呼びます」本当は案外剽軽者のニョ・ペルナレテは答えた。「この話、ご存知ありませんか？　短い話ですから、お聞かせしましょう。あるところに、バカと言っても足りないほどの大バカがいて、ろくに字も書けなかったんです。《町え行く》と書くかと思えば、《へり》と《えり》を間違えたりする。そんな男がボスで、秘書までいたんですが、秘書が書いた文章をチェックしていて、どちらかわからなくなると、混乱してこんなことを言っていたんです。《いいんだけど、そのえにへをしといてくれんか！》」

ムヒキータは笑い声を上げてニョ・ペルナレテの小話を囃したが、サントスは無表情に答えた。

「読み書きもできない者が相手では、公正など求めても時間の無駄でしょうね」

ニョ・ペルナレテはむっとした。

「ご心配は無用です」脅しでもかけるような調子だった。

根っからの暴君とはいえ、虚栄心も強かったニョ・ペルナレテは、概して自分の意見ややり方に反対されるのを嫌がったが、それでも、相手のほうに分があって、そちらについたほうが好都合と思われるときには、あたかも前々から同じことを考えていたようなふりをして、まるで独自に判断を下したかのように自分の意見として述べることがあった。今回も、州知事からのお達しのこともあり、それまで押し通してきた病死説は撤回したほうが得策だと見てとって、それまでの不遜な物言いこそ改めなかったものの、即座にこんな言葉を付け加えた。

「わざわざ遠くからお越しになるまでもなく、死亡者に同伴者がいたことくらいすでにわかっています。現在調査中です」

ラファエルにカルメリート殺人の罪を着せるつもりだと見てとったサントスは、すかさず反論した。

「同伴者とはカルメリートの弟で、どちらも信頼できる男です。二人とも殺されたのは間違いありません」

「それはあなたのお考えであって、真実かどうか、定かではありません」またもや痛いところを突かれたニョ・ペルナレテは、これだけ答えた後、しょぼくれた判事に向かって言った。「いいかい、ムヒカさん、蜂の巣をつつくような真似はやめてくれよ！」そして立ち上がって法廷を後にし、ルサルドの怒りとムヒキータの恐怖に満ちた沈黙だけを残していった。あまりの静けさに、角で丸まって卵を温めていた雌鶏の下から、雛たちが殻を破って甘美な世界へ飛び出してくるときに立てるかすかな音が聞こえてきたほどだった。

ムヒキータは、通りへ目をやってニョ・ペルナレテが本当に立ち去ったことを確かめた後、サントスに向かって言った。

「男たちは二アローバの羽を運んでいたんだろう。なら二万ペソにはなるじゃないか……望みはあるぞ、サントス。それを奪った奴らは、さっさと売りさばこうとして出てくるだろうから、それで足がつくかもしれない」

だが、サントスはじっと思いつめたままで、立ち上がって出て行く前に言った。

「もし母が私をカラカスに連れて行く代わりに、ここへ連れてきて、ニョ・ペルナレテの話のような読み書きを学ばせていたら、今頃私は法学士ではなく、サントス・ルサルド大佐となって、あの野蛮人と同類になっていただろう。そうなっていれば、あの男もあんな不遜な物言いはできなかったことだろうよ」

「あのな」ムヒキータが説明しようとした。「将軍だって……」

だが、サントス・ルサルドの鋭い眼差しを見て怯んだムヒキータは後を続けられず、話を変えた。

「さて、それじゃ、一杯いこうじゃないか、前回は奢らせてくれなかったからな」

このような時に酒に誘うなど鉄面皮の極みであり、サントスは上から下へムヒキータを一瞥した後に言った。

「ニョ・ペルナレテのような輩がのさばるのは……」

ムヒキータのような奴がいるからだ、と続けようとしたが、この不幸な男も人を貪る野蛮の犠牲者なのだと思い直し、怒りが同情に変わったところで、他意のない誘いを断った。

「いや、ムヒキータ、まだ酒はいらない」

大学時代に彼からローマ法について説明してもらったときと同じく、ムヒキータはまったく相手の言うことがわからないという表情でかつての学友を見つめ、そしてあやふやな笑みを浮かべながら言った。

「ああ、サントス・ルサルド！　お前は変わらないな。一度ゆっくり話してみたいよ……昔話でもしながら。まだ帰りはしないだろう？　いいじゃないか、そんなに急がなくても。明日でいいだろう。少し休めよ、後で宿へ訪ねて行くから。一つ急ぎの用があって、今は手が離せないんだけど」

そしてサントス・ルサルドの姿が見えなくなると、法廷を閉めて民事法廷へ足を向け、ニョ・ペルナレテの様子を探ろうとした。

将軍は一人で興奮し、ぶつぶつ言葉を発しながら部屋を行き来していた。

「あのドクトルを最初に見たときからいけすかねえ野郎だと思ったんだ。偉そうに御託を並べやがって！　ああいう奴らは豚箱行きにすりゃいいんだ」ムヒキータの姿を見た瞬間に彼は言った。「おい、エル・トトゥーモの死体に関する報告書を持ってこい」

ムヒキータが書類を抱えて戻ってきても、ニョ・ペルナレテはまだ歩き回っていた。

「ちょっと読み上げてくれ。前置きはいらないから、死体発見のところから始めてくれ」

ムヒキータが読み始めた。

「《死体にはかなり腐敗の兆候が見られ》」

「兆候だと？」ニョ・ペルナレテが口を挟んだ。「完全に腐っていたじゃないか。いつもいらん言葉をつけてややこしくする奴だな、まったく。続けてくれ」

「《傷や痣などは観察されなかった》」

「これだ！」鼻息を荒げながらニョ・ペルナレテが言った。「観察されなかっただと？　お前はいったい何をしに行ったんだ？　これからどうするつもりだ？」

「しかしですね」ムヒキータが口ごもった。「将軍のおっしゃるとおりに……」

だが、将軍が遮った。

「俺のせいだとでも言うのか？　自分の仕事なんだから、指図など受けなくとも一人でできなければおかしいじゃないか。それで給料を貰ってるんだろうが。それとも、判事の仕事まで俺に肩代わりさせるつもりか。そんなことだから、後であのドクトル野郎にガタガタ文句をつけられるんだ。この前州知事に宛てた文書を読んだろう。あそこには、役人としての仕事のやり方がはっきり書いてある。俺は、うわべが美しいだけの戯言なんか使わず、明瞭簡潔に書くからな。あんな文書を送っておいた後で、エル・トゥーモの死体について、自然死か強盗かろくすっぽ調べもせず俺たちが死者を隠蔽したと知事に知れたら、どうするつもりだ？　おい、ちょっと貸せ！」

書類をひったくって読み始めると、目の動きと連動するように喉が何かを飲み下すように上下し、これを見てニョ・ペルナレテが《責任逃れ》の道を探っていることを察したムヒキータが口を挟んだ。

「将軍、自然死という言葉は使っていませんよ」

だが、自説を翻すことにかけてなら、ニョ・ペルナレテは騎手を馬から落としてさらに踏みつけるほど徹底した男であり、それまで押し通してきた説を耳にして、逆にムヒキータに食ってかかった。

「当たり前じゃないか。殺人でないという証拠でもあるのか？　第一、見てきたことだけを報告書に書くべき見習い判事が、なんでこんな問題に首を突っ込んでいるんだ？　死因についてお前にあれこれ詮索する権利でもあると思っているのか？」

「滅相もありません、将軍」

「そうだろう。何も問題はないじゃないか。お前も、仕事をちゃんとしたというなら、心配することはない。お前の友人のドクトルにも伝えたとおり、安心していればいい。必ず公正な裁きを行うからな。どこに泊まっているか知ってるんだろう、今から行って、お前の口からあいつに伝えろ、俺自身がしっかり調査して、公正な裁きを行う、とな。そうすれば安心して帰って、二度とごちゃごちゃ言ってこないだろう」

「お望みであれば、将軍、誰が疑わしいのか訊ねてまいりますが」ムヒキータが言った。

「いらん！　言われたとおりにしろ」

「私の口から、ということですが」

「まったく、お前は相変わらず鈍い奴だな、ムヒキータ。まともに調べてドニャ・バルバラに行き着いたらどうするんだ」

「知事のお達しのこともありますので」

「これだ。死んでも治らんほどお前の頭は幼稚だな。州知事はドニャ・バルバラと懇意にしているから、エル・ミエドにはお達しも届かない。彼女から薬草を授かった青年に命を救ってもらったこともあるし、他にもいろいろ借りがあるんだよ。いいから、言われたとおりにしろ。あいつに何かうまいもんでもご馳走して、安心して帰れるようにしてやれ。その間にこの件は適当に片付ける」

法廷から出ていくムヒキータは、どれほど将軍のご機嫌をとって、神にも悪魔にもいい顔を見せたところで、結局自分は《死んでも治らないほど幼稚な頭》呼ばわりされ続けるのだと痛感していた。

「哀れなサントス・ルサルド！　羽のおかげで二万ペソも入るはずだったのに、もはや一銭の金も入るまい。それなのに俺はあいつを元気づけねばならないのか」

だが、宿へ着いてみると、サントスはすでに馬に乗るところだった。

「そんなに慌てることはないだろう。明日にしろよ。いろいろ話があるんだ」

「また今度にしよう」サントスが馬上から答えた。「今度は、手に山刀を持って、それを机に叩きつけながら、《ムヒカさん、正しいのは誰々さんです、すぐ彼の訴えを認めさない》と言ってやるよ」

初めてそんな台詞を聞いたとでもいうように、ムヒキータは言った。

「どういう意味だい、サントス・ルサルド?」

「こんなことがあったおかげで、暴力に訴えてしまいそうだ。またな、ムヒキータ、近いうちにまた会うことになるだろうよ」

そして馬の脚が巻き上げる砂埃を残して去っていった。

第四章　反対方向から

サントス・ルサルドにエル・トトゥーモの事件を知らせた使者の一人は、ニョ・ペルナレテから別に秘密の指示を受けていた。

「どんな口実でもいいからエル・ミエドの集落へ寄って、話のついでを装ってお前の口からドニャ・バルバラにも事件のことを知らせろ。伝えておいたほうがいいからな。いいか、彼女にだけだぞ」

知らせを聞いたドニャ・バルバラは、ルサルドが受けた被害のことを思って喜んだ。

その数時間後、マリセラが父とともにラ・チュスミータのシュロ林へ戻ったことも知らされると、相棒の謎めいた呪文がまたもや頭をよぎったが、今度はそれが希望の言葉に思えてきた。サントス・ルサルドの愛を奪うライバルだったマリセラがシュロ林の小屋へ帰ったということは、やはりすべてはもと来た場所へ戻るということだ。これはまだ良い星が消えていないしるしだと見てとって、ドニャ・バルバラはひとりごちた。

《まだ神のご加護があるらしい》

そして新たな状況にふさわしい計画を練り始めていたところに、バルビノ・パイバが近寄って耳打ちした。

「ご存知でしたか?」

とっさにひらめいて彼女は相手の言葉を遮った。

「エル・トトゥーモの茂みでカルメリート・ロペスが殺されたんでしょう」

バルビノは驚きの表情を見せ、すぐにへつらうような調子で叫んだ。

「これは! 何もかもお見通しですね。なぜわかったのです?」

「昨夜言われたわ」主語をぼやかし、意味ありげな調子を込めることで、相棒に聞いたことをほのめかした。

「しかし、少し間違っているようですね」一瞬の間を置いた後にバルビノが言った。「カルメリートは殺されたわけではなく、自然死だという話ですよ」

「背中を刺されたとか、物陰から撃たれたとか、そんなことでも、エル・トトゥーモの茂みのような場所なら自然死と言えるんじゃないかしら」

愚弄の笑みを添えて放たれたこの言葉にバルビノはたじろぎ、この窮地を抜け出すには、殺人がドニャ・バルバラの仕業だったことにして話を続けるしかないと思い込んで、愚かにもこんなことを口走った。

「ごもっともです。人間より強い味方に守られているのですからね」

黒魔術にあてつけたような物言いを聞いてドニャ・バルバラは荒々しく威嚇するように眉を動かした

が、バルビノは即座に言葉を続けた。

「ドクトル・ルサルドが草原で牛を追う習慣をやめさせようとしていたまさにその時に、エル・トトゥーモの茂みでカルメリートが死んで、アルタミラを囲う費用を捻出するための羽が消えてなくなりました」

「そのとおり」愚弄の調子に戻ってドニャ・バルバラは言った。「エル・トトゥーモのあたりはいつも強風が吹き荒れているからね」

「羽は軽いですし……」同じように愚弄の調子でバルビノが付け加えた。

「そうね」ドニャ・バルバラが締めくくった。

そのまましばらく彼女は笑顔で相手の顔を見つめていたが、やがて高笑いを上げた。バルビノは思わずいつものように髭に手をやり、これを見たドニャ・バルバラがいっそう陽気に笑い始めたので、たまらなくなって彼は不機嫌に訊ねた。

「何がおかしいのですか?」

「お前は本当に悪者だね。私がすべてお見通しだとわかっていながら茂みの事件を伝えにきておいて、自分のした悪さについては黙っているのね。ここのところ何日も姿を見せなかったけど、その間お前はいったい何をしていたんだい?」

適度に間を置いて話しながら、彼女はバルビノの顔色や不意な表情の変化に目を光らせていたが、不在について予め準備していた言い訳を彼が述べ始めるや、そそくさとこれを遮った。

「聞いた話では、パソ・レアルの娘と逢引してるそうじゃないの。幾日もぶっ続けで踊りながらどんちゃん騒ぎを繰り返しているそうね。つまらない知らせなど持ってくる暇があったら、その話でも聞かせてちょうだい、このろくでなしめ」

バルビノは一瞬気が動転したが、すぐに落ち着きを取り戻し、実のところ愛人が知りたがっているのはパソ・レアルの娘とのいきさつなのだと思い込んで、いつにもまして厚かましい態度に出た。

「それは私を疎ましく思う者たちの中傷だよ。きっとメルキアデスだな、ここ数日私の後をつけている様子だったから。確かに二日ほどパソ・レアルで踊っていたけど、あれは私の発案じゃないし、娘なんか誰も口説いちゃいない。近頃君はずいぶんと虫の居所が悪い様子だったから、しばらく隠れているほうが身のためと思ってね」

愛の戯れに耽っているときにしか許されない馴れ馴れしい口の利き方をして、相手がどう感じているか探るため一呼吸置き、不快感が顔に現れていないことを見てとると、バルビノは勇んで先を続けた。

「一時はここから出て行こうかと思ったほどだよ、ドクトル・ルサルドが来てからというもの、君は私にずいぶんと辛く当たるようになったからね」

演技力にも長けたドニャ・バルバラは、相手に心の内を探らせず、嫉妬する女になりきって答えた。

「下手な言い訳ね。私とドクトル・ルサルドが敵同士だということぐらいわかっているでしょう。でもね、あんたもその娘も、私の目が節穴だと思ったら大間違いよ、すでに娘には使いを回して、今後あんたに色目を使ったりしたらタダじゃすまさないと伝えてあるわ」

「さっきも言ったとおり、単なる中傷だよ」バルビノが答えた。

「中傷かどうかはともかく、言ったとおりよ、私の目は節穴じゃないわ。今後パソ・レアルへ行ったりしたら承知しないわよ」

そして相手に背を向けながら彼女は思った。

《この男、何もわかっていないようね》

事実、バルビノ・パイバはこんなことを考え続けていた。

《うまくいったな。一石二鳥だ。パソ・レアルで踊りがあったおかげで、疑われずエル・トトゥーモまで行く口実ができたし、嫉妬に駆られてこの女も俺のところに戻ってきた。これでまたこの俺がエル・ミエドを牛耳ることができる。まあ、この女がもったいぶった態度に出てきたら、またその時考えるとしよう。本当にうまくいった。ワニ、それにチェンチェナルのピラニアのおかげで、ラファエリートは跡形もなく消すことができたから、あとは、あいつに兄殺しと羽泥棒の罪を押しつければいい。羽は安全な場所に埋めてあるし、エル・ミエドの動向に目を光らせながら、しばらく経った後で少しずつ売って金にすればいいだろう》

同じ時、ドニャ・バルバラはこんなことを考えていた。

《神のご加護だわ。いったい誰が犯人だろうと考え始めた途端、このごろつきが現れて、いかにも殺人者という顔でくだらない話を持ち込んできたのだもの。羽の隠し場所を突きとめるまで、とりあえずこのまま泳がせておこう、そして十分な証拠を掴んだら、縛り上げてドクトル・ルサルドに突き出してやる

わ。あとは知ったことじゃない》

彼女は本気だった。すべてを返上し、生まれ変わるつもりだった。彼女の背中を押していたのは、もはや一時の気紛れなどではなく、情熱であり、ただでさえいつも情熱的な女の最後の情熱となれば激しく燃え上がるのは当然だが、それでいて彼女は、単に愛だけを追い求めているわけではなく、人生を変えたい、これまでと違った生き方をしたい、これまでいつも後回しにしてきた未知の可能性を試してみたい、そんなことを心の底から願っていたのだ。

《別の女に生まれ変わるのよ》彼女は何度も心のなかで繰り返した。《もうこんな自分にはうんざりだし、別の人生を歩みたいわ。まだ若いんだから、きっとやり直せる》

その二日後、夕暮れとともに家へ帰る途中で、町から戻ってきたサントス・ルサルドの姿を認めたときも、ドニャ・バルバラの気持ちは変わらなかった。

「ここで待っていなさい」それまでできるだけバルビノ・パイバのそばを離れないようにしていたが、ここで彼女はこう言いつけ、道を遮っていたガメロテの茂みを抜けてルサルドの前へ進み出た。

笑顔も媚もなく、軽く頭を下げて会釈した後、ドニャ・バルバラは言った。

「獲れたばかりの羽をサン・フェルナンドへ運んでいた人夫が二人も殺されたというのは事実なのですか?」

軽蔑の眼差しで一瞥した後にサントスは答えた。

「紛れもない事実です。空とぼけたご質問で」

だが、すでに続きを口にしていた彼女は、この後半部分は聞き流した。

「それで、どうなさったのですか?」

相手の目をじっと見つめ、言葉に力を込めながらサントスは言った。

「法に訴えようとしましたが、時間の無駄でした。何の措置も講じられないでしょうからご安心ください」

「私がですか?」頬を引っぱたかれたように突如赤面しながらドニャ・バルバラは叫んだ。「つまりあなたは……?」

「これからは別の道を行きます」

そして彼は馬に拍車をかけてその場を立ち去り、草原に女を一人残していった。

第五章　男になるべき時

その少し後で、サントス・ルサルドは拳銃を手にマカニジャルの小屋へ踏み込んだ。小屋はドニャ・バルバラの命じた位置に建てられていたが、厳密に言えばこれも正しい位置ではなく、判事が恣意的に定めた境界線にすぎなかった。

そこには、忌まわしいモンドラゴン三兄弟の生き残り二人が住んでいたが、ハンモックに揺られながら静かに談笑していたところをサントスに脅され、武器を探す暇さえなかった。抜け目なく二人視線を交わし合った後、トラと呼ばれるほうが邪な落ち着きぶりで言った。

「わかりました、ドクトル・ルサルド、観念しました。何がお望みか言ってください」

「小屋に火を放て」二人の足元にマッチ箱を放り投げてサントスは言った。「早くしろ！」有無を言わさぬ口調を前に、これが本当にそれまで武器で人を脅すことなどなかったルサルドの命令かと一瞬二人は疑ったほどだった。

「しかし、ドクトル」ライオンが叫んだ。「この小屋は我々のものではありませんから、燃やしたりすれば、ドニャ・バルバラに賠償を請求されることになりますよ」

「承知のうえだ」サントスは答えた。「つべこべ言わずにさっさと取り掛かれ」

トラが隙をついて動き出し、ライフルに手を伸ばそうとしたが、ルサルドの拳銃から放たれた一発が過たず彼の太腿を直撃し、悪態の言葉とともに彼は地面に薙ぎ倒された。

咄嗟の衝動に駆られてライオンはルサルドに飛び掛かろうとしたが、胸に向けて突き出された拳銃と、すでに証明済みの確かな腕を前にしては、無力な怒りで顔を真っ青にして弟に言葉をかけるしかなかった。

「この屈辱はいつか晴らしてやるとしよう。今は立ち上がって、火を放つのを手伝ってくれ。今日のところ流れはドクトル・ルサルドに向いていて、我々に勝ち目はないが、今に俺たちの番が来るさ。言われたとおりにしよう。マッチを半分とって、そっち側から火を放ってくれ、俺はこっちへ回る。油断大敵とはこのことだ」

藁葺きの屋根に火を放つと、草原の風に煽られてすぐに怒りの焔が広がり、四つの柱に屋根をかぶせただけの小屋を瞬く間に焼き尽くした。

「さて」ライオンが再び口を開いた。「お望みどおり、家はすでに焼けました。次はどうすればいいですか？」

「弟を背中に担いで、私の前を歩いていけ。あとはアルタミラへ着いてからだ」

モンドラゴン兄弟は互いに目を見合わせたが、危険を冒してまで抵抗する気力など二人に残っていないことは明らかだった。ただでさえ相手は馬上から拳銃を構えていたうえに、その顔には情け容赦を捨てた男の覚悟が見え、やむなくトラが言った。

「おぶってもらう必要はない。血を流しながらでも、自分の脚で歩いていけるからな」

彼らはバリナスの出身であり、故郷では数々の犯罪に手を染めたお尋ね者だったが、アラウカへ逃れてドニャ・バルバラの庇護を受けることで罪を逃れていた。今こそ法の裁きを受けさせるべく、サントスは二人をバリナスの警察当局に突き出すことに決め、アルタミラに着いたところでそのように伝えた。

「好きにしてください」ライオンが答えた。「さっきも言ったとおり、今は流れがあなたに向いていますから」

高飛車な言葉を無視してサントスはアントニオに声を掛け、傷の手当てをしてやるよう言った。

「心配は無用です、ドクトル。余分な血が出ていっただけですから。これでちょうどいい体重です」

するとパハロテが口を挟み、

「それなら道中手間がかかることもないでしょう」そして空威張りに空威張りで答えながらルサルドに向かって言った。「私にお任せください、ドクトル。こいつらは私が連れて行きます。肘を縛り上げる綱を二本いただければそれで十分、あとはなんとかします。こいつが本当に身軽になったというのなら、走ってもらおうじゃありやせんか。何か書類が必要ということなら、どうぞお書きになってください、その間に私はこいつらを締め上げておきます。他の奴らがこいつらのためにやって来るとはとても思えませんが、さっさと今日中に片付けたほうがいいでしょう。やって来てもかまいはしませんがね！　この体を二つに分けられるもんなら、片方でこいつらを連れて行って、もう片方でエル・ミエドからやってくる連中の相手をするところです。しかし、その必要はなさそうですね、ドクトルが証明してくださったとおり、アルタミラの人間ひとりで臆病者二人を締め上げるには十分ですし、ここの男たちは皆いずれ劣らぬ強者ですから」

マリセラとその父がいないことにサントスが気づいたのは、屋敷へ入ってずいぶん経ってからのことだった。

「町へ発たれてすぐに、二人で出ていったんです」アントニオが言った。「マリセラお嬢さんの発案らしく、連れに戻っても時間の無駄でした。戻る気はないようです」

「そのほうがいいかもしれん」サントスは言った。「もはや別の道を歩み始めているのだからな」

そして続けざまに命令を下し、ニョ・ペルナレテの入れ知恵に従ってミスター・デンジャーが先延ばしにしていたコロサリートの柵を翌日早速建てるよう指示した。

「しかし、ミスター・デンジャーの書類をご覧になったでしょう？」少し間を置いた後でアントニオが訊いた。

「ああ、あれもこれも、反対する者はすべて無視する。目には目を、それがこの地の掟だからな」

「それならそれで結構です、ドクトル、おっしゃるとおりにいたします」

だが、引き下がりながらアントニオはこんなことを考えていた。

《あんなサントスは見たくないな。夏の夕立のようなものであってくれればいいが》

その日の夜、サントス・ルサルドは犬に囲まれたテーブルに着き、油臭い女の給仕を受けた。だが、カシルダの作ったまずい煮物を口にした途端、家の雰囲気に耐えられなくなって廊下へ出た。かつてはきれいに光っていた調度品が、悲しげなランプの光に照らされて、埃と蠅に覆われた醜い姿を晒していた。

どんよりした夜空のもと、草原が陰気に塞ぎ込んでいた。クアトロも小唄も踊りもない。人夫たちは黙り込んだまま、エル・トトゥーモの茂みで殺された無口な仲間のことを考えていた。いつも《穴ごもり》していたが、いざという時は実に頼りになる男であり、仲間の窮地ともなれば、身の危険も顧みず助けに来てくれた。自分の手で正義を守る善良な男だったが、それだけでは身を守ることができなかった。

また、主人のことを思ってみずにもいられない。期待をかけていた柵の建築費を奪われ、陰気で獰猛な表情で、別人のようになって帰ってきた。

遠くでアルカラバンの耳障りな鳴き声が聞こえ、ベナンシオが沈黙を破る。

「あの罪人を連れたパハロテとマリア・ニエベスはもうずいぶん遠くまで行っているだろうな」

そして別の男が、主人の進もうとしている道について触れ、

「この土地じゃ、それが当然さ、毒をもって毒を制すだ。ジャノに入ってはジャノ人に従え、他の国のジャノならいざ知らず、柵だなんだといろいろ持ち出すのはやめたほうがいい。ここにはここのしきたりってもんがあるからな。乳呑み児から大人まで、領地に入ってくる焼印のない牛は全部捕まえちまえばいいんだ」

「それに余所の土地からも」三人目が口を挟む。「手当たり次第にひっつかまえてくればいい。あっちの奴らは好き放題やってるんだから、こっちもやりかえすのが当然だ」

「俺はその考えには賛成じゃない」アントニオ・サンドバルが口を出す。「俺はドクトルの考えにも一理あると思う。柵で囲って、それぞれがそれぞれの家畜を育てる、悪くない考えだ」

この言葉を聞いたサントスは、マリセラに放り出されたまま陰鬱な光に晒されていた調度品を見たときに受けたのと似た思いを味わった。

アントニオがあんなことを思うようになったのは、文明化の大志を胸に都会からやってきた男、たとえドニャ・バルバラの土地強奪を正当化するような取り決めであれ、法的手段を遵守し、この地にはびこる暴力の犠牲となる危険を冒すことになっても報復には手を染めない男――自分の内側に巣食う衝動の箍をひとたび外してしまえば無残な精神的荒廃に落ち込むにちがいないと思って、何度唆されても頑に自制心を保ってきた――の影響だったが、もはやそんな男は存在しない。

今人夫たちの話に耳を傾けるこの男は、《ジャノに入ってはジャノ人に従え》という格言に内心同意している。

自分にその力があることはもうわかった。マカニジャルの小屋はもはや存在しないし、モンドラゴン兄弟には、武力で無理やり罪の償いをさせることにした。明日はミスター・デンジャーだ。この荒野が人間の身勝手と暴力を際限なく許すというのなら、原理原則は捨てて、男として立ち向かわねばならない。男になるべき時なのだ。ここで一撃、向こうで一撃、そしてことあるごとに自分の力を誇示し、未来の文明化のために大きな所領を手に入れるのだ。

それこそボスになるための第一歩だ。男らしさを見せつけてやる時なのだ。

第六章　えもいわれぬ発見

サントスが屋敷を留守にした三日間、マリセラは、町から帰って彼女がいないことに気づいたサントスがすぐに飛んできてくれるのではないかと密かな期待を抱き続けていた。シュロ林の小屋へ戻るきっかけとなった陰鬱な恨みにしがみついていたせいで、そんな期待を抱いていること自体、自分では認めようとしなかったが、といって、一時的でしかないはずのこんな現状に甘んじるわけにもいかず、一日中、井戸の縁に腰を下ろしたり、シュロ林を歩き回ったり、アルタミラから人が現れる方角をじっと眺めていたり、そんなことをして過ごしていた。

家出した彼女に怒りをぶちまけるサントスの姿を想像すると、せっかく母の黒魔術から彼を解き放つために愛のかぎりを尽くしたのに、その見返りにこっぴどく叱られたのだから、これぐらいの悪戯は当然だと思って笑いが込み上げ、憂鬱が晴れることもあった。だが、そんなことを考えているうちに、やがてあの忌まわしい場面がまたもや頭を横切り、再び暗く塞ぎ込むのだった。

そして、サントスの帰宅が伝えられ、それからさらに二日が過ぎると、胸にまだくすぶっていた希望の光は完全に消えた。

《思ったとおりだわ、ここへ来るつもりもなければ、これから私の面倒を見る気もないんだわ》彼女は思った。《やっぱり夢だったのね》

それにひきかえ、ミスター・デンジャーは毎日のようにやって来た。マリセラがよそよそしく真面目な態度を貫いていたせいで、自制してかつてほど大胆な振る舞いに出ることはなく、彼女の体に手をかけるような真似はしなかったが、再び手の届くところまでやってきた獲物を前に、確実に包囲網を狭めていた。日々獲物への欲望は募り、いつもながらの上機嫌から繰り出される冗談と、すでに支払いを終えた買い手のふてぶてしい態度が交錯した。

時には、恨み心に駆られて、遅かれ早かれ自分はこの男の手に落ちる運命にあるのだと考えて悦に入ることもあったが、こんな忌々しい未来が垣間見えるとマリセラは即座に反発し、早くなんとか手を打たねばならないと思うのだった。

そんなある日、フアン・プリミートの姿が見えたが、ルサルドの背丈の一件で余計な手出しをしたことをまだ気にしていたらしく、小屋のほうへ近づきかねている様子だったので、自分から声を掛けて、こんなことを頼んでみた。

「あのね、伝えてほしいの……誰にかわかるわよね、あんたが奥様と呼ぶあの人よ。私たちがシュロ林の家へ戻っていて、ここから出ていきたいからお金を送ってほしい、そう伝えてくれる？　ケチな額じゃだめよ、施しを求めてるんじゃないんだから、父さんとサン・フェルナンドへ行って暮らせるぐらいのお金がほしいの。さあ、わかった？　内容を繰り返してみて。そう、そうちゃんと伝えてよ。できなかったら二度とここへは来ないでちょうだい」

ファン・プリミートは、マリセラの伝言を一語も漏らさずドニャ・バルバラに伝えようと、道中何度も同じ言葉を繰り返し唱え、そして本当にぬかりなく務めを果たした。最初ドニャ・バルバラは、黙殺するか、邪険に追い払ってやろうと思ったが、よく考えてみると、マリセラがサン・フェルナンドへ去ってくれたほうが自分には好都合だと気づき、クローゼットにしまってあった金貨へ手を伸ばした。ちょうど牛を売ったお金が入ったところであり、それをファン・プリミートに託しながら彼女は言った。

「ほら。これを持っていきなさい。十五モロコタあるわ。父とどこへでも行って、二度と私の手を煩わすなと伝えてちょうだい」

急いで駆け戻ってきたうえ、自分のお使いが首尾よくいったのが嬉しくて、ファン・プリミートは息を切らせながら、金貨を包んだハンカチを差し出した。

「ごらんくだせえ、マリセラお嬢さん、金貨ですよ！　十五モロコタもくれました！　数えてみてくだせえ」

「テーブルに置いてちょうだい」ミスター・デンジャーの魔の手から逃れるため、そして、アントニオがアルタミラから送ってくる小遣いを断るために、こんな手段に訴えねばならなかった自分が屈辱的に思われてマリセラは言った。

「このハンカチが気色悪いんですかい、マリセラお嬢さん。今きれいに洗いますから待ってください」

ファン・プリミートは言って、水汲み場の水で金貨を洗おうと立ち上がった。

「どんなに洗っても、その金貨には手を触れるのも嫌だわ。置いといて。ハンカチの問題じゃないから」

「バカなこと言うもんじゃありませんよ、マリセラお嬢さん」彼は答えた。「どこから来ようが金は金で、美しく輝くもんですぜ。三百ペソもの大金です！　商売だって始められます。ブラマドールの渡しの、アラウカの反対側に、雑貨屋が売りに出てやした。よろしければあっしがひとっ走り行って、いくらで売る気なのか訊いてきましょう。いい商売ですぜ。ここへ来る奴らはみんな立ち寄って一杯ぐらいひっかけていきますからね。そしたらあっしが、タダでお手伝いさせていただきやす。早速行ってきましょう」

「いいわ、いいわよ。考えておくわ。とりあえずもう下がっていいわよ。今はそんな話をする気にならないから。金貨一枚お駄賃にあげるから、残りはそこへ置いておいて」

「へえ、あっしにも一枚！　ありがとうございます、マリセラお嬢さん！　アベ・マリア・プリシマ！それでは失礼いたしやす！　ああ、そうだ、夫人からのことづてですがね……　いや、なんでもありません。さっき言ったとおりです、渡しの雑貨屋を買って、ここを出ていくのが一番だと思いますよ」

フアン・プリミートが去って、置いていったお金だけが目の前に残ると、マリセラは考え始めた。

《雑貨屋の主人！　雑貨屋に座って日銭を稼ぐのが実は私にはお似合いかしら。雑貨屋！　やがてどこかの人夫と結婚して、一緒に住んで、ある時ドクトル・サントス・ルサルドが通りかかる。酒、いや、彼は酒は飲まない、とにかく、何かくれと言ってくるから、売ってやるけど、彼は相手がマリセラ、あのマリセラだと気づきもしない……》

その数時間後にミスター・デンジャーが現れた。まだテーブルに乗ったままの金貨について少し冗談を飛ばした後、すでに辞去する素振りを見せていたところで、ポケットから何かを書きつけた紙片を取り出し、ドン・ロレンソに突きつけながら言った。

「ここにサインしてくれ。昨日話した契約を文書にしてきたから」

ロレンソはやっとのことで頭を上げると、酩酊の奥底から書面を見つめたが、その内容までわかるはずがなかった。ミスター・デンジャーはその手にペンを握らせ、文書の末尾に無理やりサインさせたが、それは字と呼べるような代物ではなく、ミスター・デンジャーに操られた右手の震えが残っているだけだった。

「オール・ライト！」ペンを胸ポケットにしまいながらミスター・デンジャーは叫び、すぐに大声で文面を読み上げた。「《本状により、我が娘マリセラをブランデー五瓶と引き換えにギジェルモ・デンジャーに売り渡すこととする》」

いつもの悪い冗談だったたが、真に受けたマリセラは彼に飛び掛かって文書を奪った。ドン・ロレンソはいつもの昏睡状態に陥っており、無邪気な笑みを顔に浮かべて、口から涎を垂らしていた。

デンジャーは文書を奪われても平気な顔で笑い飛ばし、その一方で、マリセラは紙をずたずたに引き裂いたが、笑い声を聞いていっそう激しく怒りを爆発させた。

「出ていってちょうだい、失礼な人ね！」真っ赤な顔に目を燃えたぎらせながら彼女はしわがれ声で叫んだ。だが、デンジャーは両手を腰に当てて仁王立ちの姿勢で野太い笑い声を上げ続けており、それを見てマリセラは飛び掛かってしゃにむに追い払おうとした。

だが、しっかり地面に足を踏ん張った肉の塊はびくともせず、マリセラはいっそう怒りを募らせたが、そのせいでいつもにもまして美しく見えた。デンジャーの分厚い胸板に続けざま殴打を浴びせたが、彼は意に介することもなく高笑いを続け、頑丈な胸をいくら殴りつけても自分の拳が痛むだけだと思い知らされたマリセラは、目にたまった涙をこらえ、必死の思いで相手の胸ポケットからペンを奪って彼の首に突き刺そうとした。相変わらず笑い続けるデンジャーは、腕を押さえて娘の動きを止めると、彼女を体ごと持ち上げて踵を軸に回転を始め、眩暈を催させるような動きにマリセラを巻き込んだ。泣きじゃくったまま目が回ってぐったりしたマリセラを地面に下ろすと、デンジャーは再び手を腰に当ててその前に立ち、笑い声に代えて今度は大きな咆哮を上げながら、欲望に燃える目で彼女を眺めた。

他方、笑い声と娘の叫び声に目を覚まされたロレンソは、やっとのことでハンモックに身を起こし、小屋の土壁に突き刺さったままになっていた山刀の柄を掴んで、何かにとりつかれたようにミスター・デンジャーに襲いかかろうとした。

だが、マリセラが怯えて声を上げ、素早く振り向いたミスター・デンジャーは、ただでさえ足取りの覚束ない酔っ払いに張り手を浴びせた。ロレンソは体ごと地面に叩きつけられ、痛みと無力な怒りに囚われて呻き声を上げた。

ミスター・デンジャーは、落ち着き払った態度でパイプを取り出して火を点け、煙をくゆらせながらマリセラに背を向けて言い放った。

「ただの遊びね、マリセラ。ミスター・デンジャー、無理強いはしない、でも、ミスター・デンジャー、あんたを自分のものにしたい」

そして去り際にこう言い残した。

「それから、ドン・ロレンソ、二度とミスター・デンジャーに向けて山刀を振り上げたりするんじゃない。そんなことがあれば、もう酒もブランデーもやらない」

アメリカ人が立ち去った後、よろよろと地面から立ち上がったロレンソは、啜り泣きを続けるマリセラのそばへ寄って、その腕を取りながら、狂気と痛みの入り混じったような声で言った。

「行こう、ここから出て行くとしよう、マリセラ」

一瞬アルタミラへ戻るのだと思ったマリセラは、父に言われるままに立ち上がり、目を拭いながらついていったが、すぐにロレンソは言った。

「あっちだ……あの底なし沼へ行けばすべてカタがつく。こんな人生はもう終わりにしよう」

そこでマリセラは我に返り、悲しみを振り払って微笑もうとした。

「何言ってるの、お父さん。ミスター・デンジャーの冗談よ。聞いてなかったの？　落ち着いて、寝ていていいわよ。ただの冗談。でも、もう酒は飲まないと約束して、もう二度とあの男に酒を頼んだりしない、と」

「わかった、もうしない、だが、あいつを殺してやる。冗談ではすまない……冗談ですむものか……あ あ…… よこせ…… その瓶をよこせ！」

「だめよ、二度と飲まないと約束したばかりでしょう。横になって休んでいて……ただの冗談よ……」

そして粘つく汗に覆われた父の額に手を伸ばし、優しく髪を撫でてハンモックを揺らしながら、父が完全に眠りに落ちるまでじっとそばに座っていた。口元から垂れていた涎をぬぐい、額にキスしたところで、心の内側で新たな変化が起こり始めたのを感じた。

もはや彼女は、いつも笑顔で小唄を口ずさみながら無邪気に幸せだけを追い求めて生きるアルタミラの少女でもなければ、精神も肉体もぼろぼろになった廃人同様の痛々しい父に無関心でその苦悩の魂に思いを馳せることのない少女でもなく、眩しいほど輝くものに満ち溢れた光の世界ばかり思い描く少女でもなかった。心の内側の幻にすぎなかったその世界とは、彼女にその存在を示し、その中身を満たしてくれていたサントスその人にほかならなかったのだ。サントス自ら、その手で彼女の顔から垢を落とし、その言葉で思いもよらぬ彼女の美しさを示し、その教えと忠告によって粗野な振る舞いを改めさせ、教養人にふさわしい態度と習慣と趣味を植えつけてくれた。だが、幸福な心そのものとでも言うべきその眩い洞穴の奥には、いまだ闇に包まれたままの一角がわずかに残っていた。それこそ、彼女の優しさの源であり、他人の痛みを前にすることによってしか垣間見えることのない一角だったのだ。

今、彼女にはそれがはっきりわかった。新たなマリセラ、それまで知らなかった自分を見出して驚くマリセラ、顔に慈悲心の神々しい光をたたえたマリセラ、生まれて初めて本当の親子の愛を込めて父の苦しそうな額を撫でたことで、えもいわれぬ優しさに包まれたマリセラが誕生したのだ。

娘の愛撫を受けて、みすぼらしい姿ながらもロレンソはすでに安らかな眠りに落ち、それでもマリセラは、まだ父の髪を撫でたまま、テーブルの一角にファン・プリミートが残していった金貨の光にぼんやりと目を走らせていたが、その時入り口にアントニオ・サンドバルが現れた。

マリセラは父の静かな眠りを妨げぬよう唇に人差し指をあてて沈黙を促し、やがて立ち上がると、会話の声が届かぬところまでアントニオを導いた。その表情と落ち着いた動きから深い精神的安らぎが伝わり、アントニオもすぐに彼女の様子に目を見張った。

「どうなさったんですか、マリセラお嬢さん？　いつもと様子が違うようですが」

「わかるかしら、アントニオ、自分でも今までとまったく違う気分だわ」

「まさか沼地で熱でも拾ったんじゃないでしょうね」

「違うわ。でも、沼地とは関係があるのかも。平和、心地いい安らぎ、そんなところかしら。シュロ林や空や雲や岸辺の鷺を映し出す沼のように、心の奥まで安らかな気分だわ」

「マリセラお嬢さん」もっと怪訝な表情になってアントニオは言った。「率直に言わせていただくと、今までそのようなお言葉はお聞きしたことがありません。ご様子を拝見して嬉しく思いますし、おかげで私も話しやすくなります。マリセラお嬢さん、アルタミラにはあなたが必要です。ドクトルは本来の道を外れ、あらぬ方向へ進んでいます。ご存知のとおり、かつては、たとえ不当な場合であれ他人の権利を尊重し、すべてを法に則って進めようとしていたのに、今ではそれを無視して身勝手な振る舞いに走っています。血は争えぬとはよく言ったものですが、ドクトルがルサルド家の他の者たちと同じ命運を辿ってしまうのかと思うと、私は心配でなりません。自分の権利を守るのはおおいに結構ですが、なんでもかんでも踏みつけていいわけではありません。何事にも限度というものがあり、今のドクトルは限度を超えています。いかにあの悪辣な外人が相手とはいえ、ミスター・デンジャーにしたことなどは、率直に言って悪趣味の極みです。お嬢さんにだけは申し上げますが、これは本当の話です。自分の土地でもないコロサリートに柵を建てさせただけでも行き過ぎなのに、あの男に向かって、《嫌ならいつでも相手になってやるぞ》などと口走るのは、サントス・ルサルドにあるまじき行為です。外人には土地の人間にない特権がありますし、ドクトルがこれ以上余計な手出しをすることはないと思いますが、あんな言葉を口にすること自体が由々しきことです。どう思いますか？　それに、もう二回も、前もっての通達なしにドニャ・バルバラの領地へ踏み込んで牛追いをしたのですよ。もちろん捕えたのはアルタミラの牛だけですが、慣例上、他人の領地へ踏み込んで牛を追うとなれば、前もって承諾を得るのが当然です。私はドクトルに絶対的忠誠を誓っていますから、止めるような真似はしませんが、世の中は因果応報です。サントス・ルサルドがドニャ・バルバラのように振る舞って、良いことがあるとは思えません」

「ねえ、アントニオ、私がそばにいれば事情は違ったというわけ？」顔を赤らめながらも、えもいわれぬ発見の厳粛な落ち着きを保ったままマリセラは訊いた。

「いいですか、マリセラお嬢さん」サンドバルは答えた。「私は無知ですが、この目は節穴ではありません。お嬢さんとドクトルがどんな関係なのか、知りもしませんし、詮索するつもりもありませんが、これだけは言えます……どう言えばいいのでしょう？　うまく説明できませんが、ドクトルにとってあなたは、あったほうがいいもの、つまり、牛の群れにとっての囃しのようなものだと思います。囃しの声が聞こえなければ群れはたえず分散しようとするでしょう。わかりますか?」

「ええ、わかるわ」アントニオの譬えを聞いて思わず顔を赤らめながらマリセラは答えた。

「それなら話は早い。最初に言ったとおり、アルタミラにはあなたが必要です」

マリセラはしばらく考えた後で言った。

「申し訳ないのだけれど、アントニオ、今すぐアルタミラへ戻るわけにはいかないわ。父さんは戻りたがらないだろうし、私もこのまま見捨てるわけにはいかない。サン・フェルナンドへ連れて行けば、酒を断つ治療をしてくれる医者が見つかるんじゃないかしら。ここではもう手の施しようがないわ」

「アルタミラから行けばいいでしょう」

「そういうわけにもいかないわ。父さんはもうアルタミラに戻りたがらないし、私も逆らうつもりはない。アルタミラ暮らしは試してみたけど、結局ダメだったでしょう。このとおりよ。あなたの言うとおり、向こうでは私が必要なのかもしれないけれど、父のそばを離れるわけにはいかないわ」

「それはそのとおりです。まずはお父様をなんとかしないと。とはいえ、サン・フェルナンドまで行って医者に診てもらう費用をどうするおつもりです? ドクトルに話してみましょうか?」

「いいえ、何も言わないで。お金はあるの。払うべき人に払ってもらったから」

「わかりました」立ち上がりながらアントニオは言った。「ドクトルには伏せておきます。おっしゃるとおり、お父様が第一です。ドン・ロレンソにいい治療が見つかればいいのですが。しかし、旅となれば、馬も付き添いも必要になります。ドクトルには内緒にしたいというのであれば、私から信頼できる人夫を一人と馬を二頭こちらに回しましょう。ドン・ロレンソは長旅に耐えられそうにありませんから、本当は船のほうがいいでしょうがね」

「そのとおりね。ほとんど動けないほどだもの」

「それなら私にお任せください。明日にも船がアラウカを上ってくるはずです。積荷を下ろした後に乗り込めばサン・フェルナンドまで行けるでしょう」

アントニオが去った後、マリセラは再び小屋へ入って父の眠るハンモックの前に長々と立ち止まり、そのやつれた顔を愛情に溢れた目でいつになくしっかりと見つめた。そして、好ましい形で使われることになった金貨をテーブルから取り上げたが、手に取ってみてもまったく嫌悪感を覚えることはなかった。フアン・プリミートに洗ってもらうまでもなく、見つけたばかりの秘密の泉から優しさが溢れ出し、その滴が金貨を浄化していたのだ。

第七章　謎の企み

夕焼け空に走る陽光が中庭の木々や丸太の柵を照らし、黒っぽい屋根の下で紫色の影に覆われつつある屋敷の柱に金色の光を投げかけている。少しずつ動く太陽が完全に地平線の向こう側に消えた後も、次第に闇に包まれていく大平原の上では、溶けた金属の延べ棒のように長く伸びる雲に熱い夕焼けの名残が映え、黄昏の消えゆく光を背景に、ぽつんと一本シュロの影が黒くくっきり切り取られている。

その向こうにアルタミラがあり、ドニャ・バルバラの視線はその遠景に沈んでいる。

マカニジャルの小屋が焼かれ、サントス・ルサルドによってモンドラゴン兄弟が警察に突き出されたという知らせがエル・ミエドに届いてから、すでに三日が経っていた。そのうえルサルドは、すでに二度も人夫を連れてエル・ミエドの領内に入り、無許可で牛の捕獲を行ったという。すでに彼女の手下たちは報復の指示が出るのを待っていた。

だが、その指示がなかなか出ないので、バルビノ・パイバは自らその許可を求めることに決め、柵に寄りかかって静かに景色を眺めていたドニャ・バルバラに近づいた。

話を切り出す前に、タイミングを計ってあれこれ話題を持ち出してみたが、彼女は短い言葉でこれに答えるだけで、沈黙の間が広がっていく一方だった。

ちょうど同じ頃、牛の群れが囲い場へ向かって進んでおり、広大な静寂の大地に牧人たちの歌が響いていた。

最初の数頭が現れた後、黄みがかった色のボス牛が、囲い場の入り口に近いところに植えられたイチジクの木の前で立ち止まり、大きな鳴き声を上げた。朝のうちに屠殺された牛の臭いを嗅ぎつけたのだ。集まってきた群れはしばらくおろおろしていたが、ボス牛は土を掘り返して臭いを嗅ぎながら木の周りを回り始め、本当にこの場所で惨殺が行われたのかしばらく訝った後、やがて確証を得ると、再び恐怖でも苦しみでもない悲鳴を上げて、群れとともに草原のほうへ駆け出した。

「誰が囲い場の入り口などで屠殺を行ったんでしょうね?」興奮して駆け出した群れを抑えようと牧人たちが馬の手綱を取る一方で、バルビノは執事の地位を誇るような調子で言った。

ようやく興奮が静まり、イチジクのさらに向こうの囲い場へ再び群れが導かれていった。囲い場に閉じ込められてもなお悲痛な声を上げ続ける群れの様子を見ながら、ドニャ・バルバラがいきなり話し出した。

「同類の血は家畜でも嫌がるのね」

バルビノは怪訝そうな表情でこっそり彼女のほうをうかがい、心のなかで思った。

《今さら何を言い出すんだ?》

しばらく沈黙が続く間、バルビノはこんなことを考えた。

《フン！　この女の行動は読めない。たとえ獣でも、馬なら耳の動きをよく見ていればその考えがわかるというのに、この女が相手じゃ、皆目見当がつかない》

そして彼女のそばを離れた。

だが、頭の鈍いバルビノ・パイバのみならず、ドニャ・バルバラ自身も自分が何を目論んでいるのかわからなかったことだろう。またもや自分の悪行に道を阻まれ、求めていたものを見失ってしまった。サントス・ルサルドに向かって、エル・トトゥーモの事件の犯人に目星はついているから、証拠を掴み次第捕まえて一両日中に自ら引き渡すつもりだと言おうとしていたまさにその時、真っ向から疑念をぶちまけられたあの辛辣な言葉がまだ耳に響いていた。確かにこの場合は的外れで不当な嫌疑ではあったが、突きつめれば正鵠を射ていた。エル・トトゥーモの茂みの待ち伏せ殺人に関しては、バルビノが勝手にしたことだったが、彼女自らメルキアデスにこっそり指示して、同じような茂みや林から罪のない人を襲撃させたことがこれまで何度あっただろう。それに、バルビノ・パイバだって悪巧みの道具であり、更生への道を阻む悪行の一つなのだ。

三日間、彼女は怒りの鞭に繰り返し心を打たれ続けた。そして怒りの矛先は、サントス・ルサルドの誤解を引き起こしたパイバに、彼女の命を受けて秘密の指令を何度も実行した不吉な刺客メルキアデスに、折悪く彼女に楯突いたため邪魔になって貪欲と残虐の犠牲にされた者たちに、さらには、これまでさんざん悪事を重ねてきた挙げ句まだ報復を勧めてくる者たち——人夫、殺人集団、共犯者、誰もが《何を待っている？　早くドクトル・ルサルド暗殺の指令を出せ、それが俺たちの仕事だろう、いつも一緒に流血沙汰を起こしてきたじゃないか》と言いながら、じっと彼女を見つめて迫ってくる——に向けられた。

そして、アルタミラへ出発しようとするファン・プリミートにルサルドへの伝言を託した。

「今晩月の出る頃に、エル・トトゥーモの事件について知っている男がリンコン・オンドで待っている、お望みなら一人でそこへ出向いてほしい、そう伝えてくれる?」

ファン・プリミートはすぐに出かけ、ルサルドの返答を持って帰ってきた。

「わかった。一人で出向いていく」

これが午前中のことであり、少し前にドニャ・バルバラはメルキアデスを呼んでこう伝えていた。

「何日か前、私に言ったことを覚えているね?」

「もちろんよく覚えています、セニョーラ」

「それじゃ、今晩、月の出る頃、リンコン・オンドにドクトル・ルサルドがやってくるから、いいわね?」

「どんな形でも奴をここへ連れてきてお見せします」

すでに夜は近づいており、間もなくメルキアデスが出発するはずだが、そんな時になってもなお、こんな計略を仕掛けていったい何がしたいのか、地平線上に月が現れるのをどんな思いで待っているのか、ドニャ・バルバラは自分でもわからずにいる。

それまで彼女は、他の者たちにとってだけ草原のスフィンクスだったが、今や自分自身にとっても同じだった。自分でも何がしたいのか、まったくわからなくなっていたのだ。

第八章　血の栄光

こんな形で人を呼び出して罠に掛けようとするなど狂気の沙汰だとサントス・ルサルドにも内心わかってはいたが、すでに負けず劣らず狂気の兆候を見せていた彼は、この機会を逆手にとって、脅しに屈するつもりはないことをドニャ・バルバラに見せつけてやろうと決めた。暴力に支配された司法の前で自分の権利を主張できないとなれば、これからは武力と勇気という野蛮の法則で自分の立場を守るしかないのだ。腹を括ったサントスは、闇に乗じて何か仕掛けてくるであろう相手の裏をかくためには約束の時間より早く着くほうがいいと考えて、夕暮れとともに一人でリンコン・オンドへ出発した。

だが、着いてみると、人気のない草原の一角に広がる茂みの脇に騎手の姿が見え、《これは先を越されたか》と思った。

だが、よく見るとそれはパハロテだった。

「こんなところで何をしている？」そばへ寄ってサントスは高圧的な調子で訊ねた。

「これには訳があります」パハロテは答えた。「今朝、ドクトルに近寄っていくフアン・プリミートの姿を見て、これはどうせろくでもないことを企んでるにちがいないと睨んで、いったん視界から消えるまでしばらく待った後に、こっそり後をつけたんです。追いついたところで、奴の胸に銃を突きつけて脅してやると、銃を見ただけで死にそうに怯える弱虫野郎ですから、言われるままに、伝言の内容を洗いざらい吐きやがったんです。ドクトルも行くと約束したというので、そんなことはおやめなさいと言いに行こうかとも思いましたが、お顔を見ると決意は固いようでしたので、それで、これは先回りしてお供するしかあるまいと考えたわけです」

「私の問題に首を突っ込むなどでしゃばりすぎだな」サントスは素っ気なく言った。

「それは重々承知しておりますが、間違ったとは思いません。ドクトルは勇猛ですが、失礼ながらバカ正直すぎます。向こうが一人でのこのこやってくるとでもお思いですか？」

「たとえ複数で来ても大丈夫だ。お前は帰っていい」

「いいですか、ドクトル」頭をかきながらパハロテは言った。「確かに私は使用人で、主人の言いつけに従うのが当然ですが、一つ言わせてください。ジャノの人間が使用人になるのは仕事の時だけです。今、ここにいる二人は主人と使用人ではなく、ドクトルという一人の男と、体を張ってでもドクトルをお守りしようとするもう一人の男、そのために誰の力も借りずこうして駆けつけてきた男、つまりこの私だけです。何と言われようと私は帰るつもりはありません」

粗野な忠誠心の示し方に感動したサントス・ルサルドは、確かに勇気と武力だけがジャノを律する法ではないと思い直し、黙ったままパハロテの手を握って同行を許した。

「覚えておいてください、ドクトル」パハロテは付け加えた。「誰かと一緒に来てくれと言われればジャノの人間はどこへでも一人で行きますが、その逆はありえません。油断大敵です。すでにこのあたりの茂みはすべて調べました。奴らが来るとすれば、あっちからでしょう。あのサラディージョの木立の後ろに隠れて、奴らが来たら、不意を突いてぎゃふんと言わせてやりましょう。先手必勝です」

パハロテの提案どおり二人は身を隠し、群れでねぐらへ帰るアラグアト鳥の不気味な鳴き声だけが聞こえる沈黙のなかで、エル・ミエドから来る者たちが現れると思われる茂みの切れ目に注意を集中しながら長い間じっと待っていた。完全に夜になり、東から射す月の光が草原の一角を照らし始めたところで、馬に乗ったエル・ブルヘアドールの影が浮かび上がった。

「本当に一人でやってきたぞ。こちらは二人だというのに」戸惑った様子でルサルドが呟いた。心配を振り払うようにパハロテが言った。

「さっきも言ったとおり、油断大敵です、ドクトル。一人で来たからといって、仲間が隠れていないとはかぎりません。しかも、エル・ブルヘアドールが来たとなれば、それは対話が目的ではありません。一人で来たとなれば、それこそ油断大敵で、不吉な指令を言い渡されている証拠です。しばらく油断させておいて、開けた場所へ出てきたところで迎え撃ちましょう。もちろん私にお任せくださっても結構です。悪名高い野郎ですが、他のもっと恐ろしい相手をいくらでも倒してきましたから、あいつごとき私だけで仕留めてみせます」

「いや」ルサルドは言った。「あの男は私に会いに来ているのだから、私が出ていく。お前はここにいろ」

そして茂みから飛び出て、開けた場所へ踊り出た。

エル・ブルヘアドールは落ち着いて斜めに馬を進めていたが、突如立ち止まった。ルサルドもこれに倣い、両者は距離を置いたまましばらく睨み合っていたが、相手が前進する様子を見せないので、苛立ったサントスは馬の腹を蹴り、距離を詰めようとした。

かなり近づいたところで相手の声が聞こえた。

「二人でこの私を犬のようになぶり殺そうというのか？ さっさと出てこい」

隠れていろと命じたにもかかわらず、パハロテが敵の背後に回ったのがサントスにもわかり、下がっていろと言おうとして頭を動かしかけたところで、鞍に掛けた毛布からエル・ブルヘアドールが取り出した拳銃が光るのが見えた。

サントスは素早い動きで銃を掴み、同時に数発の銃声が鳴り響いた。メルキアデスが馬の首に突っ伏せ、驚いた馬が動きの止まった体をうつ伏せのまま草原へ放り出した。

サントスにとっては、うなじに一撃喰らったような一瞬の感覚だった。人を殺してしまった！

パハロテが近寄り、倒れた死体をしばらく見つめた後に呟いた。

「さて、ドクトル、この死体をどうしましょうか？」

この言葉自体ははっきり聞こえたものの、サントス・ルサルドの意識は体の奥に引っ込んでおり、そこへ届くまでしばらく時間がかかった。そこでパハロテが自分で答を出した。

「奴の乗ってきた馬の背に乗せて、私の馬に繋いで連れて行きましょう。エル・ミエドの家並に近づいたところで放り出し、《リンコン・オンドからのお届けものだ》と叫んで馬を放してやりますよ」

呆然とした状態をようやく抜け出しながらサントス・ルサルドは馬から下りた。

「奴の馬をこっちへ連れてきてくれ。私自ら、こいつを差し向けてきた者に突き返してやる」

パハロテはサントスをじっと見すえた。言葉に妙な重みがこもっていたせいで主人の声に聞こえず、しかも顔には、見たこともないほど陰鬱で獰猛な表情が浮かんでいた。

「言われたとおりにするんだ。馬を連れてこい」

パハロテは指示に従ったが、ルサルドが身を屈めて死体を担ぎ上げようとするのを見て口を挟んだ。

「いえ、ドクトル、それは私の仕事です。ドニャ・バルバラにこいつを送りつけたいというのであれば、どうぞそうなさってください。ですが、死体を担ぐのはこのパハロテの役目です。死体を乗せるまで馬を押さえていてください」

死体を乗せたエル・ブルヘアドールの馬をルサルドの馬に繋ぎ終えたところで、主人に付き添う口実に、土地勘の鋭さを披露してパハロテは言った。

「このあたりから続く獣道をたどっていけばエル・ミエドへは近道です。ここを進みましょう」

サントスは付き添いを許したが、ドニャ・バルバラの屋敷が目に入ると、パハロテに言った。

「ここで待っていてくれ」

ついに、彼の意志の及ばぬところで、若き日の彼を悩ませた不安、野蛮への避けがたい堕落が始まったような気がしていた。彼の人生にいつもつきまとってきたその脅威をなんとか振り払い、いずれも勇気と武力以外の法を知らぬ血なまぐさい男たちだったルサルド一族の蛮習へと逸る血を抑え、原理原則と規律によって本能を抑える文明人らしい生き方を身に着けようと、必死の努力を重ねてきたにもかかわらず、人生最高の数年を費やして積み上げてきた労力が、リンコン・オンドの罠を撥ね退けて自らの男らしさを誇示しようと思ったあの瞬間から、水泡に帰しつつあったのだ。

身を守るためとはいえ、人を殺したことに対する当然の疚しさや、心の奥深くに根差す信条と相容れない行為を強いてくる野蛮への恐怖ばかりでなく、永久に信条を失ってしまった、一線を超えてしまった、手を汚した男の悲劇的レッテルを一生貼られることになってしまった、そんな煩悶が頭から離れなかった。確かに、発砲したこと自体は、避けうることとはいえ、やむをえないことでもあった。最初に武器を握ったのはメルキアデスであり、その意味では正当防衛だった。だが、自分の意志とも衝動とも関係なく、ジャノという野蛮のはびこる世界でしか生じようのない不運な状況下で、武器を頼みに正義を押しつける不吉な輩の仲間入りをした、この事実が有無を言わさず重くのしかかってきた。今後アラウカの地には、ドニャ・バルバラの刺客を殺した男として彼の名が刻まれ、彼の生涯には常に血の栄光がつきまとうのだ。野蛮な手段に訴えて野蛮を抑えようとする者を野蛮は許さない。容赦ない野蛮の前では、その武器が突きつけてくるものすべてを甘んじて受け入れるしかない。

だが、マカニジャルの小屋へ踏み込んでいったあの日から、文明人の夢を捨ててジャノのボスになろう、他の野蛮なボスたちを力でねじ伏せてやろう、そう決めたのではなかったか？　奴らを叩きのめすために武器を取り、血の偉業も辞さず戦う覚悟ではなかったのか？　ひとたび歩み始めた暴力の道を進んで受け入れると誓ったのではなかったか？

そして彼は不吉な馬を引き連れてひとり前進を続けた。その孤独な姿はサントス・ルサルドと完全に別人だった。

第九章　ミスター・デンジャーの戯れ

そろそろ寝ようと思っていたミスター・デンジャーの耳に犬の鳴き声が届き、続いて馬の足音が聞こえてきた。《こんな時間にいったい誰だろう?》不審に思って、彼は戸口から外の様子をうかがった。月が出ていたが、雲のかかった空の下で、すでにランベデーロの草原には闇夜のとばりが下り、息苦しいほどだった。

「オウ、ドン・バルビノ!」意外な来訪者を見てミスター・デンジャーは声を上げた。「こんな時間にいったいどうしたんです?」

「ちょっと通りかかったものですから、ドン・ギジェルモに挨拶していこうと思いましてね。サン・フェルナンドへいらして以来、お目にかかっていませんし」

ミスター・デンジャーの耳にこうした親愛の言葉は疑わしく響き、そもそも、何か悪巧みでも持ちかけてこないかぎり、ウィスキーを一緒に飲むことも滅多にないバルビノなど、友人でもなんでもなかったから、言葉に愚弄を込めて叫んだ。

「オウ! あれまあ! ちょうど寝ようと思っていたところに、わざわざお越しくださってありがたいことです！　どうぞ、ドン・バルビノ、さあ、一杯いきましょう。今、酒を持ってきますから、お掛けください。オセロットの奴が死んでしまって、もう怖いことはありませんから。かわいそうに！」

「そうなんですか？　それは残念！」腰を下ろしながらバルビノは声を上げた。「かわいいペットで、ずいぶんなついていましたよね。それは寂しいでしょう」

「オウ！　考えてみてください、毎晩寝る前にしばらく遊んでやっていましたからね」答えながらミスター・デンジャーは、開けたばかりのウィスキーのボトルをテーブルから取り上げ、グラスを二つ満たした。

グラスが空になると、バルビノが髭を拭いながら言った。

「ごちそうさまでした、ドン・ギジェルモ、健康を祝して」そして立て続けに言った。「いかがお過ごしでしたか？　サン・フェルナンドにずいぶん長くおられたようですね。オセロットのことがこたえたのですか？　故郷に帰ったのではと噂する者までいましたよ。しかし私は、ドン・ギジェルモのことだから、簡単にこの地を離れることはないだろうと思ってました。なにせ、我々よりジャノに馴染んだお祭り男ですからね」

「おっしゃるとおりだ、ドン・バルビノ！　お祭りほど楽しいことはありません！　名前は何と言ったか、この国の将軍がよく言っていたでしょう、ほら、《祭りが終われば、すべて後の祭り》とね」そしてその赤ら顔にふさわしい鷹揚な笑い声を上げた。

「そうでしょう。さすがワサカカ・ソース以上のジャノ人だ」

「ワサカカも格別ですな。祭りにワサカカに美女、ジャノは楽しいことだらけだ。ミスター・デンジャノと名を変えようか！　さあ、もう一杯いきましょう、《グア》というこの地の掛け声とともに」

「ああ、ミスター・デンジャー！　ここへ来る外国人が皆あなたのようであればいいんですが！」こうしたおべっかの言葉とともに、バルビノは話を切り出すタイミングを計っていた。

「それで、あなたはいかがお過ごしでしたか、ドン・バルビノ？　商売はどうです？」パイプを取り出してふかしながらミスター・デンジャーは訊いた。「ドニャ・バルバラはお変わりありませんか？　ジャノの出身ではありませんが、彼女も楽しいですな、ドン・バルビノ。あなたもたいしたタマだ」

悪者たちが悪事を囃す調子で二人声を揃えて笑った後、いつもどおり髭に手をやりながらバルビノは切り出した。

「今年もそこそこ儲けはあったんですが、ご存知のとおり、私は貧乏暇なしというやつです」

「オウ！　そんな弱気なことを、ドン・バルビノ。しっかり金を貯めてるそうじゃありませんか。それも大金を！　ミスター・デンジャーにはお見通しですぞ」

バルビノは思わず体を動かし、慌てて答えた。

「そうだといいのですが！　かつかつですよ。小銭稼ぎばかりでは金も貯まりません。あなたやドニャ・バルバラには土地も牛もありますから、大きな商売ができますが、今私の手元にあるのは牛四十頭ほどだけです。話のついでですが、ドン・ギジェルモ、全部まるごと買っていただけませんか。ちょっと急ぎで金が必要なので、お安くしますよ」

「《モミケシ》のやつですか？」

《モミケシ》、つまり牛から元の焼印を消して自分のものとして売る技術にかけてはバルビノ・パイバの右に出る者はおらず、腹を割った会話でこの話が出ても怒ることはなかったが、今こうしてミスター・デンジャーの口から堂々と問いが発せられると、パイバは不快感を覚えずにはいられなかった。

「始めから私の牛です」横柄な態度で彼は答えた。

「それなら話は別です」ミスター・デンジャーが応じた。「ルサルド家のものであれば、たとえ焼印が消えていてもお断りです」

それに対しバルビノは言った。

「何があったんですか、ドン・ギジェルモ？　これまでは何もおっしゃらずモミケシの牛を買っていたというのに。あなたまで、あのアルタミラの洒落者を見て臆病風にとりつかれたのですか？」

「そんなことを今説明する必要はありません」むっとしてミスター・デンジャーは言った。「牛であれ馬であれ羽であれ、アルタミラのものは一切お断り、それだけです」

「羽の話など私はしていませんよ」慌てたようにバルビノは言った。

口を開こうとしたところでミスター・デンジャーは外の様子がおかしいことに気づいた。入り口の前の通路に伏せていた犬たちが体を起こし、顔なじみの者でも出迎えるように、尻尾を振って唸りながら出ていったのだ。

ドアに背を向けていたバルビノはこれに気づかなかったが、様子を探るためにミスター・デンジャーは言った。

「もう一杯いかがです、パイバさん？」

すでにグラスは空になっていたのに、残ったウィスキーを捨てるふりをして彼は通路へ顔を出し、素早い一瞥で様子を探った。すると、木の背後に姿を隠しきれぬまま、ジャノの犬らしく人なつこい犬たちにじゃれつかれたファン・プリミートの姿が目にとまった。

《これはドン・バルビノの見張りを命じられたにちがいない》瞬時に悟ったミスター・デンジャーは、《口を割らせてやるとするか》と思って悪知恵を絞った。そして、面白いことになってきたと考えながら部屋へ戻り、グラスを満たしてその一つをぐっと呷った後、しばらく黙ったまま何度もパイプをふかしたところで、中断した会話の続きを始めるためにやっと口を開いた。

「去年は羽を売ってくれたじゃありませんか。覚えているでしょう？」

「ええ、ですが、幸いにも今年は羽が入手できず、さっき言ったとおり、手元にあるのは牛四十頭だけです」

「《幸いにも》とおっしゃるのは、エル・トトゥーモの事件があったからですね。事件の真相が知られないかぎり、うっかり羽の商売に手を出すのは危険です。そうでしょう、ドン・バルビノ？」

「おっしゃるとおりです！」

ミスター・デンジャーは椅子の上にくつろぎ、パイプをくわえたまま脚をゆったり伸ばしながら、突如思いついたような素振りで言った。

「そういえば、最近エル・トトゥーモの茂みのほうへいらっしゃることがありませんでしたか、ドン・バルビノ？」

ぎくりとしたものの、取るに足らない話でもするように平静を装ってバルビノは答えた。

「あの茂みへ行ったことはありませんが、サン・フェルナンドへ行く途中に近くを通りました」

「変だな」頭を掻きながらミスター・デンジャーは言った。

「何が変なんですか？」鋭い目で相手を見つめながらバルビノは言った。

だが答は次のとおりだった。

「実は、警察の捜査があった翌日、サン・フェルナンドからの帰りにあの辺りを通ったんです。ちょっと茂みを調べてみたのですが、サン・フェルナンドの友人たちが言っていたとおり、本当にこの国の警察の目はまったくの節穴ですね」

体を伸ばした長椅子の背にゆったり頭をもたせかけ、一見パイプの煙を眺めているようでいて、実はバルビノの顔から目をそむけることなくミスター・デンジャーは話していたが、立ち上がって机の引き出しを開けると、拳に隠れて相手には見えない何かを取り出した。

実際にはミスター・デンジャーが話し終えてすぐ次の問いを発したのだが、時間の感覚を失っていたバルビノには、ずいぶん長い時間が経ってからその言葉が聞こえたように思われた。

「警察が見過ごしたものを何か見つけたのですか？」

「ええ……」

だがここでミスター・デンジャーは言葉を切り、まるで信じられないものが手に入ったとでもいわんばかりの態度で掌に乗ったものを見つめた。

「これはあなたのものでしょう、ドン・バルビノ？　この薬入れです」

そして、チモーの愛飲者がよく持ち歩く黒い木彫りの小さな箱を見せた。

機械的な動きでバルビノはリキリキ・シャツのポケットを探り、ずいぶん前に失くしたことも忘れて木箱を見つけようと必死になった。

「ええ」木箱の蓋に彫られたイニシャルをじっと見つめた後にミスター・デンジャーは言った。「これはあなたのです、ドン・バルビノ」

バルビノは我を忘れて右手に拳銃を構えて立ち上がったが、ミスター・デンジャーは愚弄の調子で言った。

「オウ！　そんな必要はありません、ドン・バルビノ、薬入れをお取りください、お返ししようと思っていただけですから」

なんとか落ち着きを取り戻そうとしているのが明らかなままバルビノは問いただした。

「いったい何のつもりです、ミスター・デンジャー？」

「何もありませんよ！　あなたが落とした薬入れを見つけたので、《ああ、これはドン・バルビノのものだ、いずれ会ったとき返せばいいから、預かっておこう》、そう思っただけです。何か勘違いをなさったようですね。ご心配には及びませんよ、ドン・バルビノ、これを拾ったのは、エル・トトゥーモの茂みでもなければ、ラ・マティカのパラグアタンの根元でもありません」

バルビノが羽を埋めた場所だった。

《しめしめ》それまで彼は思っていた。《茂みには何も跡を残さなかったし、羽のほうは、たとえ悪魔でも隠し場所はわかるまい》

だが、今こうしてミスター・デンジャーに迫られてみると、目の前にある小物を本当にあの時持ち歩いていなかったのか、本当にあの茂みで落としたのではないのか、確信が持てなくなった。しかも、ラ・マティカのパラグアタンは決定打だった。ミスター・デンジャーはすべてを見透かしており、どこに証拠を隠したかまで知っているのだ。

《しまった!》内側から声がした。《なぜわざわざこんな奴に牛の商売など持ちかけに来たんだ? 欲に目が眩んだのが失敗だった!》

事実、《同類の血は家畜ですら嫌がるのね》という言葉を聞いてドニャ・バルバラと別れた後、バルビノは、取れるものを取ってさっさと牧場を去り、コロンビアとの国境を目指して逃げようと決めていた。あとは、闇夜に乗じてラ・マティカへ赴き、羽を掘り起こすだけだった。だが、女主人からこっそりくすねていた牛のことを思い出して欲に目が眩み、ミスター・デンジャーに買ってもらおうと思いついたのだ。

このうえは堂々と話すしかあるまいと思って彼は言った。

「ドン・ギジェルモ、なぜラ・マティカのパラグアタンのことなど持ち出すのですか?」

「オウ! 簡単なことです。まったくの偶然ですよ。この前の夜、あのあたりに人を狙うトラが潜んでいるというので、仕留めてやろうと思って張り込んでいたんですが、するとあなたが現れて、パラグアタンの根元に何か箱でも埋めている様子だったんです。中身まではわかりませんが」

「とぼけるのはやめてください、ドン・ギジェルモ」腹を括ってバルビノは言った。「男同士の話し合いですから、白黒はっきりさせようじゃありませんか。単刀直入に言いますが、あなたに買ってほしいのは、牛ではなく羽です。一級品が二アローバもあります。言い値でお売りしましょう。汚れた羽を買うのはこれが初めてではありますまい」

かくなるうえは、ミスター・デンジャーを共犯者に抱き込んで、たとえ足元を見られても羽を叩き売り、翌日には取引を終えてさっさと逃げ出したほうが身のためだった。何はさておき、はまり込んだこの泥沼からいち早く抜け出さねばならない。

だが、ミスター・デンジャーは高笑いとともに言った。

「勘違いをなさらないでください、ドン・バルビノ。ミスター・デンジャーは意に反する商売はしません。ちょっと遊ばせてもらっただけです。その薬箱は、もうずいぶん前にあなたがこのテーブルの上に忘れていったものです。エル・トトゥーモの茂みになど行ったこともありません。ラ・マティカのパラグアタンの話以外は、みんなただの冗談ですよ」

怒りに顔を真っ赤にしてバルビノは言った。

「私にオセロットの代わりをさせたのですか？　そんな悪ふざけをしているとただではすみませんよ」

だが、ここで犬が吠え、バルビノの顔から血の気が引いた。ドアから顔を出して暗闇に目を凝らし、何も見えはしなかったものの、ミスター・デンジャーに向かって言った。

「誰かがずっとそこで我々の会話に聞き耳を立てていたようですね」

ミスター・デンジャーはまた笑い、こう締めくくった。

「どうです、ドン・バルビノ、今日は危ない橋を渡る日ではないでしょう？　羽の取引なんかしたら、それこそただではすみませんよ。ミスター・デンジャーは脅しに屈したりはしませんが、だからといって、エル・トトゥーモの茂みで起こった事件などどうでもいい話ですし、下手なことを喋ったりはしません。それでは……」

そして指を鳴らして立ち去るよう指示した。

もちろんバルビノもそのつもりだったが、その前にいつもどおり髭に手をやりながら恐ろしい目つきで相手を一瞥した。そして外へ出ると、馬に跨ってラ・マティカへ向かって進み出しながらこんなことを考えていた。《今度こそぐずぐずしている場合じゃない。羽を掘り出してさっさとずらかるとしよう。昼は茂みに隠れ、夜移動を続ければ、追っ手が来る前にコロンビア国境を超えられるだろう》

その一方でミスター・デンジャーはひとり高笑いを上げていた。

「そろそろファン・プリミートがエル・ミエドへ戻って、ここで聞いた話を伝えている頃だろう。ドニャ・バルバラが羽を横取りしようと企むにちがいない。哀れなバルビノ！」

そして意地悪な喜びをじっくり味わった後、莫蓙の上でオセロットとじゃれ合っていた日々と同じように、心静かに深い眠りについた。

第十章　総決算

夜の深い沈黙のなか、リンコン・オンドに銃声が響いてからすでにかなりの時間が経っていたが、何が起こったかずっと気にしていたドニャ・バルバラは、しばしば彼女の特殊能力と取り沙汰される千里眼が本当に自分に備わっていればどれほど素晴らしいだろうと思いながら、心中穏やかならぬ状態で通路の端から端へ休むことなく歩き続けていた。何度も草原の闇夜に目を凝らすうちに、息せき切って満足に言葉も出ない状態でファン・プリミートが到着し、知らせを伝えた。

「ラ・マティカのパラグアタンの根元に羽が埋められています」

すぐに事の次第を説明しようとしたが、まだ上の空の状態でドニャ・バルバラが耳を傾け始めた途端、通路の外から来客を迎える犬の鳴き声が聞こえ、急いで出ていくと、そこにいたのは後ろに別の馬を従えた騎手だった。

「メルキアデスかい?」彼女は訊ねた。

「メルキアデスではない」サントス・ルサルドが答えた。

そして馬を止め、運命が入れ代わっていればエル・ブルヘアドールがしていたであろうように、悲劇的なほどの落ち着きで綱を解きにかかった。

ドニャ・バルバラは彼に近寄り、つまらないものでも見るように刺客の死体を一瞥した後、手の動きだけに意識を集中する男の姿をじっと見つめた。彼女の眼差しには驚きと称賛が交錯していた。求めていた男にそれまで知らなかった一面を見せつけられ、彼女の内側に潜む愛と善意のすべてが掻き乱されて、恐ろしい感情の塊を作り上げていた。

「こうなると思っていたわ」彼女は呟いた。

サントスは荒々しく振り向いた。すべてはこの女の邪な企みだったのだと合点がいった。ずっと共犯者だった刺客が邪魔になったので、リンコン・オンドへ使いにやって殺されるよう仕向けたのだ。つまり、自分を道具に使っておいて、そのうえ厚かましくも今こうしてその事実を伝えている。自分もまた、アラウカのボス女と呼ばれたこの女の刺客と同レベルになり下がったのだ。

一瞬だけ、馬ごとこの女に飛び掛かって地面へ薙ぎ倒し、馬の脚で踏みつけてやろうかとも思ったが、胸の内で沸き立っていた荒々しい衝動は疲労感の前にすぐ消えうせ、エル・ブルヘアドールの馬に繋がれていた綱を女の足元に放り出した後、自分の馬の手綱を取って、陰鬱な表情のまま引き上げた。頭では何度も同じことを考え続けていた。リンコン・オンドの事件で得たものといえば、鉄血の調教師の赤い栄光ではなく、ボス女の意のままに殺人を犯した男という悲しいレッテルだけなのだ。

鞍に不吉な荷物を乗せたエル・ブルヘアドールの馬は、頭をドニャ・バルバラのほうへ向けたまま、指示でも待つようにじっとしていた。集まった犬たちも、しばらくは宙ぶらりになった手足の臭いを嗅いでいたが、やがて動きを止め、主人の顔色でもうかがうように身を寄せ合った。だがドニャ・バルバラは、すでに闇夜に消えたサントス・ルサルドの影を追い続けるようにじっとその場に立ちつくしていた。背中の不気味な揺れが気持ち悪いのか、馬はゆっくり一歩一歩馬留めのほうへ進み、犬たちも吠えながらその後に続いた。

それでもまだドニャ・バルバラはその場所を動かなかった。顔からはルサルドを見つめていたときの驚きと賞賛が消え、眉間に皺を寄せた額から不吉な考えがにじみ出ていた。

またもや本能に導かれるままに正解へ辿り着いたらしく、刺客をリンコン・オンドへ遣わすなどまったく馬鹿げた思いつきだったにもかかわらず、結果的には願ったり叶ったりの顛末になっていた。いつものごとく、どうにでもなれ、この困難な状況にピリオドを打てさえするのなら何でも来い、そんな思いで衝動任せに指示を出しただけで、目論見どおり事が運んだわけではなかったが、これまたいつものごとく、偶然の結果が彼女に味方し、すべて狙いどおり、予定どおり、そう自分に言い聞かせて悦に入ることができた。

サントスに対して激しい愛と復讐心の入り混じる矛盾だらけの感情を抱き、その一方で、いつも善行への道を邪魔する運命の悪戯に怨念をぶつけた彼女は、ただ何か新展開があればそれでいいという捨て鉢な気持ちだけでリンコン・オンドの罠を画策したのだった。ルサルドが死ぬか、エル・ブルヘアドールが死ぬか、いずれにせよこれで彼女の運命は変わる。そのうえ、今やサントス・ルサルドの命運をその手に握ったとすら言えるかもしれない。メルキアデス殺人の罪で彼を訴え、地方警察や司法に少し圧力をかけてやれば、彼を刑務所送りにして破滅に追いやることぐらい造作もない。だが、そんなことをすれば善の道は永久に諦めねばならず、運命の悪戯から決して逃れることはできなくなるだろう。

総決算が始まっていたのだ。モンドラゴン兄弟は運命に導かれ、メルキアデスは馬上で伸びている……

人夫たちの騒ぎに彼女の思考は遮られた。小屋のほうから牛追いが一人、報告のため近寄ってきた。咄嗟に振り向くと、通路にファン・プリミートが立ちつくしており、目にしたばかりの光景に震え上がってしきりに十字を切っていた。咄嗟に思いついてドニャ・バルバラは彼に声を掛けた。

「いいかい、お前は何も見てないんだよ。さっさとお下がり。ここで見たことを一言でも喋ったら、どうなるかわかっているわね」

ファン・プリミートが大股で駆け出して草原の闇に消える一方、ドニャ・バルバラは、彼から聞いた言葉を思い起こしながらも、いつものごとく巧みに感情を押し隠し、牛追いの報告を受けると、何も知らないような素振りで馬小屋へ近寄っていった。

エル・ブルヘアドールの死体を乗せて戻ってきた馬を見て人夫が騒ぎ出し、他の牛追い仲間や料理婦たち、それに、まだ寝ぼけまなこの息子や娘たちまで起き出して馬の周りに輪を作った。驚きの声やひそひそ話が飛び交うなかにドニャ・バルバラが姿を見せると、一同は静まりかえり、主人の謎めいた顔に現れる変化を見逃すまいとしてじっと注視した。

そのまま彼女は死体へ近づき、左のこめかみに開いた傷からどす黒い血が流れているのに目をとめて言った。

「馬から地面に下ろして、他に傷があるか調べなさい」

さっそく作業が始まり、人夫の一人が死体を調べる間、彼女の目は、その様子にではなく、内側の不吉な企みに向けられているようだった。

「こめかみ以外に傷はありません」ようやく身を起こしながら人夫が言った。「一撃で即座に仕留める見事な腕前です」

別の声が聞こえた。

「見事な腕前だが、正面から撃ったわけではないようだな。物陰に隠れて撃ったんだろう」

「あるいは並走していたか」声を出した男のほうを振り返りながらドニャ・バルバラが応じた。

「その可能性もあります」現場に居合わせなくともすべてを見透かす能力を備えた女の説得力に促されるようにして人夫は言った。

再びドニャ・バルバラが死体に目を向けると、女の一人が震える手でかざすカンテラに照らされて、血の気のなくなった顔の上で、紫がかった光と月のかすかな光が混ざり合っていた。見物人たちはじっと押し黙ったまま、主人の下す結論を待った。

やがて彼女の目は開き、誰か探すように辺りを見回した。

「バルビノはどこ?」

バルビノがその場にいないことは皆わかっていたが、全員の目が機械的な動きで同時に彼の姿を探し、ただでさえ執事を嫌っていた者たちは、抜け目のない問いにつられて、即座に同じ疑念に囚われた。人々は目を合わせ、《犯人はバルビノか？》と思いついた。

《しめた！》自分の言葉が目論見どおりの効果を引き出したと見てドニャ・バルバラは考え、続けざま、魔女の名声を引き立てる夢見がちな声で二人の人夫――どちらかをメルキアデス・ガマラの後継者にしようと考え始めていた――に話しかけた。

「ラ・マティカのパラグアタンの根元にドクトル・ルサルドが集めた鷺の羽が埋まっている。そこでバルビノが羽を掘り返しているはずよ。早くしなさい、ライフルを持っていくのよ……羽はここへ持ち帰ってきなさい。わかったわね」そして他の者たちに向かって、「死体はもう片付けてちょうだい。家で通夜の準備をしなさい」

そして部屋へ下がったが、残された者たちは、通夜の席に着いた後も、尽きることのない噂話に耽った。

「バルビノが犯人だとすれば、あのあたりの太い木の影からこっそり撃ったにちげえねえ、一対一の勝負なら奴に勝ち目はねえからな」

その後、遠くから聞こえてくるはずの音に耳を傾けながら、一同は長い間じっと黙りこくった。やがてラ・マティカのほうから銃声が届いた。

「ライフルの音だな」一人が言った。

「拳銃が応戦しているな」もう一人が言った。「応援に行ってやらなくて大丈夫かな」

何人かがラ・マティカへ向かおうと腰を上げたところにドニャ・バルバラが現れて言った。

「その必要はないわ。バルビノはもう力尽きたから」

牛追いたちは再び目を見合わせ、ボス女の千里眼に改めて迷信めいた畏怖を抱いたが、彼女が屋敷へ引き上げたところで一人が呟いた。

「わからなかったのか。拳銃の銃声が先に止んだだろう。最後に聞こえたのはライフルだった」

とはいえ、アラウカの魔女に仕える者たちの頭からは、主人にはラ・マティカの光景が見えていたのだという思いが離れなかった。

第十一章　洞窟の光

深夜、黙ったまま一時間以上も馬の背に揺られた後で、二人はラ・チュスミータの小屋に差し掛かり、パハロテが口を開いた。

「こんな時間にドン・ロレンソの家に灯りが点いていますね。何があったんでしょう?」

エル・ミエドを後にしてから、周りに目を向けることもなくじっと俯いたまま進んでいたサントスは、夢から覚めたように頭を上げた。マリセラがシュロ林の小屋へ移ったという話をアントニオ・サンドバルに聞かされたあの夜から、すでに三日も経っていたが、暴力への衝動に目が眩んだ末に危機的なほど憔悴した彼 ―― 今も陰鬱に塞ぎ込んでいた ―― の頭には、何か月も懸命に目を配ってきた娘が不自由で危険な生活を強いられていることなど一瞬たりとも思い浮かばなかった。

こんなふうにマリセラを放り出しておくべきではなかったと反省したサントスは、再び胸に慈悲心がこみ上げてくるのを感じて救われた気分になり、小屋のほうへ馬を向けた。

数分後、小屋の入り口に立って中を見ると、カンテラの弱々しい光に照らされて浮かび上がってきたのは、なんとも痛ましい場面だった。ハンモックに体を埋め、すでに顔に死相が現れた状態でロレンソ・バルケーロが横たわっており、その横で床に座ったマリセラが、じっとその顔を見つめたまま、美しい目からとめどなく流れ出る静かな涙で顔を崩し、父の額を撫で続けていた。

そのように手から愛を注ぐことで父の安からな死を支えていたのであり、もうかなり前からその額は何も感じなくなっていたはずだが、それでも娘は手を離さなかった。

激動の人生に終わりを告げる悲痛な光景であり、みすぼらしい家や涙に濡れた悲しい顔を見ていると胸が痛んだが、それよりサントスの心を打ったのは、父を慈しむ手、涙の溢れる目に込められた愛情、そして、思ってもみなかったマリセラの深い優しさだった。

「お父さんが死んだの！」サントスの姿を見ると、彼女は引き裂かれるような声でこう叫び、両手に顔を埋めて床に突っ伏した。

ロレンソが本当に息絶えていることを確かめた後で、サントスはマリセラを抱き上げて椅子に座らせようとしたが、彼女はその胸に飛びついて啜り泣いた。

二人ともしばらく黙っていたが、やがてマリセラが悲しみのたけをぶちまけ、説明を始めた。

「明日にはサン・フェルナンドへ連れて行って、医者に見せるつもりだったのよ。連れて行けば回復の道はあると思って。今日の午後、アントニオがここへ来て、その話を伝えたら、上流から来る船を確保するって言ってくれたの。アントニオが帰って、食事の準備をする前に様子を見に来たら、朝からずっとハンモックに埋もれたままで、心配だったんだけど、いきなり必死の思いで身を起こして、目をひん剥いてじっと私を見ながら大声で言うのよ、《沼！　沼に飲まれる……！　手を貸してくれ、沈んでしまう！》って。恐ろしい叫び声で、今も耳にこびりついているわ。その後またハンモックに崩れ落ちて、《沈む、沈む、沈む！》とひっきりなしに叫びながら死んでいったの。最期まで必死で私の手にすがっていたわ」

「いつもおっしゃってました」パハロテは言った。「沼に飲まれる、と」

サントスはじっと黙り込み、不当にもロレンソとマリセラを放り出した自責の念に駆られたが、マリセラは神経を高ぶらせて喋り続け、何度も同じことを繰り返した。

「明日にはサン・フェルナンドに連れて行くつもりだったのよ。アントニオが向こうへ行く船に席を取ってくれると言うから……」

だが、サントスは彼女の言葉を遮り、父のような態度で胸へ抱き寄せた。

「もういい。黙っていなさい」

「だって、一晩中ずっと黙って耐えていたのよ。父さんが休みなく沈んでいくのを見ながら、一晩中一人ぼっちで耐えていたの。本当に底なし沼に沈んでいくような感じだったわ。ああ！　死って怖いわ！　父さんが死ぬのを一人ぼっちで見ていたのよ！　これでもう私はずっと一人ぼっちだわ！　私はどうしたらいいのかしら、神様」

「とにかく、アルタミラへ戻ってどうするか考えよう。お前はひとりぼっちになったわけではない。さあ、パハロテ、人を呼んで、マリセラに馬を準備してくれ。お前はしばらく横になって休んでいなさい」

だが、マリセラは父のもとを離れたがらず、初めてサントスがここを訪れたときにロレンソが座っていた肘掛け椅子に座り、自分がそれまで座っていた椅子をサントスにすすめた。ロレンソを乗せたハンモックを挟んで向かい合ったまま、二人は長い間じっと黙っていた。

小屋を囲むシュロ林は夜の静けさに不動のまま沈黙し、その上で輝く月が向こうで沼の水面に反射していた。月に照らされた平和な景色は深く透明だったが、悩み苦しむ心には、これも威圧的で不吉に思われた。

泣き止まぬマリセラを前に、サントスは陰鬱に眉を顰め、初めてラ・バルケレーニャの小屋を訪れたあの日の午後、ロレンソの口から発せられたあの言葉を何度も心のなかで繰り返していた。《お前もか、サントス・ルサルド？　お前も呼びかけを聞いたのか？》

男を貪る女の犠牲となってロレンソはすでに息絶えたが、バルケーロ家の誇りと謳われた彼が屈した相手は、ドニャ・バルバラ自身より、この容赦ない野蛮の地とその暴力的孤独、一度はまったら抜け出せないその底なし沼なのかもしれなかった。そして自分も、飛び込む者を決して離さない同じ野蛮の底なし沼にはまりつつあるのだ。現に、男を貪る女の手にかかりつつあるではないか。

ロレンソはすでに息絶えた。次は自分の番だ。

《サントス・ルサルド！　俺を見ろ！　この大地は容赦ないぞ！》

そして、死とともに土色になって歪んだ顔を見ていると、頭のなかでロレンソの顔と自分の顔が入れ代わり、こんなことを思わずにはいられなかった。《やがてこの私も忘れるためだけに酒を飲むようになり、顔におぞましい死相が現れるのだろう。幽霊のように死に損なった男、生ける屍となるのだろう》

ロレンソ・バルケーロの姿を自分に重ねていたところで、現実世界からマリセラの声が聞こえ、サントスは驚いて我に返った。

「この頃様子がおかしくて、ずいぶん変なことばかりしているらしいわね……」

「それどころじゃない。さっき人を殺したばかりだ」

「はあ?……　嘘！　ありえないわ」

「別に不思議じゃないさ。ルサルド一族はみんな人殺しだった」

「ありえない」マリセラは言った。「ねえ、どういうこと?　ちゃんと話して……」

そしてルサルドは、興奮した頭に任せて不幸な顛末を見たままに話したつもりだったが、実際には彼の脳は完全に混乱していた。聞き終えたマリセラは言った。

「ほらごらんなさい。本当にそのとおりなら、殺したのはパハロテよ。エル・ブルヘアドールとは正面から向き合っていたのに、弾は左のこめかみに当たったんでしょう。左側から撃てるのはパハロテだけじゃないの」

何時間も頭のなかであの事件を反芻し、執拗なほど細かく同じ場面を再現したはずだったのに、マリセラが一瞬で思いついたことにサントスは気づかなかったのだ。マリセラを見つめながら彼は、真っ暗闇に包まれた洞窟の奥へ迷い込んだ末に救いの光を差し伸べられた者のように、眩い希望に包まれた。

これこそ、彼自身の手でマリセラの心に点した灯りであり、彼によって磨かれた知性による洞察の輝きであり、理性を照らして荒んだ心に癒しの言葉をかける慈しみの光だった。彼の果たすべき本当の使命とは、力ずくで悪を根絶することではなく、大地と人々に備わる慈悲心の隠れた源をあちこちに見出すことだったのであり、瞬時の怨念に囚われて完成前に中断したこの使命こそ、失いかけていた自尊心を回復し、善の道へ戻るために必要なものだったのだ。物理的にエル・ブルヘアドールを殺したのが彼ではなくパパハロテだったからといって、理想を掲げて暴力の誘惑と戦ってきた彼の精神が置かれる状況は変わらないが、マリセラが発した慰めの言葉は、彼女の抱く信頼の証しであり、他者から捧げられたこの信頼こそ、かけがえのない自分だけの宝なのだ。

そしてサントスは平和の恵みを受け入れ、代わりに愛の言葉を与えた。

その日の夜、マリセラも洞窟の奥に光を認めた。

第十二章 「へ」と「え」

すでに夕闇が迫る頃、中庭の屋根の下で人夫たちが革紐を切り出していると、草原をじっと見やった後でパハロテが言った。

「丘の間や、壁に塞がれた家に住みたがる連中がいるってのは、俺にはまったく理解できねえな。悪魔の男にとっちゃ、ジャノこそ神の地じゃねえか」

他の人夫たちは、臭いのきつい生革からナイフで紐を切り出していた手を止め、いつも気の利いたことを言うこの男に問いの視線を向けた。

するとパハロテは続けた。

「砂地の泉ぐらいはっきりしてるじゃねえか。ジャノなら遠くまで見えるから、だいぶ前から誰が来たかわかるけどよ、丘だらけの土地じゃ、牛の角みてえにくねくね曲がりながら進まなきゃなんねえし、壁に囲まれた家に住んでたんじゃ、めくらも同然、ぶつかるまで相手が誰だかわかんねえからな」

祭しのいい人夫たちは同時に草原に目を向け、近寄ってくる騎手に視線を止めた。

リンコン・オンドの顛末をすでに聞き知っていたアルタミラの人夫たちは、今に地平線上に警察の一団が現れて、ドクトル・ルサルドを逮捕するのではないかといつも気にかけ、男一人でそんな任務を遂行することは考えにくかったとはいえ、余所者の到来は少なからぬ不安を引き起こした。

だが、パハロテはまったく素知らぬそぶりで作業に戻り、必死に目を凝らしても誰が近づいてくるのかまだわからない仲間たちを内心せせら笑っていた。彼らは気づいていなかったが、地平線上に男を認めて以来、パハロテは絶えずちらちらその様子を観察しており、怪しい兆候があればすぐに茂みへ逃げ出そうと身構えていたのだった。だが、草原で遠くを見るのに慣れていた彼の目は、騎手がアラウカ川上流の牧場に住む気のいい人夫で、数日前郡都の町へ行く途中にここを通りかかった男であることをすでに見抜いていた。

「禿げのエンカルナシオンだ」とうとう仲間たちも気づいた。

するとパハロテはいつもの甲高い声で言った。

「やっとわかったたか。おめえら、見張りには使えねえな。マリア・ニエベスなんていつも千里眼を気取ってるってのに」

「恐怖のなせる業だろう」マリア・ニエベスがこれに答えた。「誰かに狙われてるとなりゃあ、めくらだって目が見えるようになるからな」

「どうしたんでえ、パハロテ、黙って茶髪野郎に言わせておくのか」誰もが二人の辛辣な応酬を楽しみにしていたこともあり、ベナンシオが唆すように言った。

だが、そんな刺激などなくともパハロテはやる気満々だった。

「確かに恐怖の神は奇跡を起こすが、俺様はそれほどめくらじゃねえぜ。俺の友人に茶髪の牛追いがいるんだが、そいつなんて、ある晩、煙草に火を点けようとして、それで目が眩んだところを追っ手に捕まったんだ。しかも、そいつの話じゃ、恐怖がなかったどころか、震え上がってたらしい。そこへいくと、この抜け目ねえパハロテ様は、そんなヘマはしねえ、夜の移動中に煙草が吸いたくなったら、ちゃんと片目をつぶって、一方の目が眩んでも、もう一方の目で暗闇でも見えるようにしておくからな」

「言われてるぞ、マリア・ニエベス！　砂埃をひっかけてきたぞ」再びベナンシオがけしかけた。確かにパハロテは抜け目ない男であり、乾季の移動の際には、隊列の先頭に立って他の馬の巻き上げる砂埃を吸わないようにする。ところが、雨季になるといつもしんがりに回り、増水した川を渡るときなどは、先頭を行く者たちが苦労して探し当てた浅瀬を悠然と渡るのだった。マリア・ニエベスはこの狡賢さにあてつけて言った。

「今も身を潜めて人を先に行かせようとしてやがる」

だが、このマリア・ニエベスの返事の真意がわかるのはパハロテだけだった。リンコン・オンドの顛末について彼からすでに話を聞いていたマリア・ニエベスは、エル・ブルヘアドールを殺した銃弾を撃ったのがルサルドではないと見当をつけていたが、この地で悪人の始末はある種の栄誉であり、荒くれ者らしい気の回し方でパハロテが主人からそれを奪わぬよう事実を隠していることもわかっていた。それに、いざ罪を問われて裁判となれば、ルサルドのほうが無罪になる確率が高いから、その点でも好都合だった。

いつも二人は容赦なく罵り合っていたが、まさかマリア・ニエベスにこんなところを突かれるとは思っていなかったパハロテは当惑し、その様子を見た仲間たちは叫んだ。

「パハロテがびびってるぞ！　行け、このままとどめをさしてやれ！」

だが、マリア・ニエベスは言葉が過ぎたと反省し、こう答えた。

「別に本気で言ってるわけじゃねえさ、なあ」

パハロテは微笑んだ。仲間たちにとってはマリア・ニエベスの勝ちだったが、彼にとっては、草原の恐怖を葬り去ったパハロテこそ男のなかの男であり、内心賞賛と羨望を禁じ得なかった。

数分後、禿げのエンカルナシオンが中庭に到着した。

パハロテとマリア・ニエベスが出迎えて訊ねた。

「いったい何の御用です？」

「屋根のあるところで眠らせてもらえると助かります。それに、ドクトル宛に手紙を預かってます」

「おやおや！」パハロテが叫んだ。「そんなことならわざわざ頼むまでもありません。お好きなところにハンモックを吊ってお休みください。さあ、馬から下りてゆっくりしてってください、手紙なら私が届けましょう」

手紙を手にパハロテはルサルドの前に立って言った。

「とうとう来たようです、ドクトル。判事からです」

差出人はムヒキータだったが、そこには予想外の出来事が綴られていた。

《昨日、ドニャ・バルバラがエル・トトゥーモで強奪された鷺の羽を持って出頭し、以下のごとく供述し候。元アルタミラの執事で、貴兄が到着時に解雇したバルビノ・パイバを真犯人と睨んだ女史は、人夫数名に見張りを命じ、その任務にあたっていた二名が、ラ・マティカなる地にて、パイバが羽入りの箱を掘り出す現場を目撃、自首せよと脅したところ、銃での抵抗に遭い、やむなく発砲、殺害した由。直後に女史は罪人の遺体とともに出頭し、当局の事情聴取を受け候。ラ・マティカにおける事件の数分前、エル・ブルヘアドールことメルキアデス・ガマラ、同じく見張り中にパイバに殺害されし由も供述し候》

結びの部分でムヒキータは、すべて自分の手で処理することを望むドニャ・バルバラがすでにサン・フェルナンドへ向けて発ち、カルメリートが訪ねることになっていた商人に羽を引き渡すつもりでいることを知らせた後、数日前まで悩みの種だった問題があっけなく解決したことを喜んでいた。

追伸はニョ・ペルナレテの直筆だった。

《私の言ったとおりでしょう、ドクトル・ルサルド、すでに「へ」は「え」になりました。羽は我らが友人バルバラ女史の手にあり、間もなく代金が届けられることでしょう。最初からこうしていれば話は早かったのですよ。草々。ペルナレテ》

手紙を読んでサントスは困惑した。羽が見つかり、バルビノがメルキアデスの殺人犯に仕立てられ、しかも、そのすべてを仕組んだのがドニャ・バルバラなのだ！

「ほらね、ドクトル、そんなに熱くなるほどのことじゃなかったでしょう！」パハロテは大声を上げた。

「事はこれで片付いたわけですから申し上げますがね、エル・ブルヘアドールに当たったのは私の撃った弾です。覚えておられるでしょうが、ドクトルは正面から奴に近づき、私は側面にいました。いいですか、傷はこのあたり、左のこめかみにあったんですから、奴を撃ったのはこの私です。ですが、判事が犯人はバルビノだと言っているのですから、死人に口なし、これで万事解決です」

「しかしそれは不当だ、パハロテ」サントスは反論した。「メルキアデスが最初に発砲したのだから、あれは完全に正当防衛だ。私であれ、今聞いたとおりお前であれ、別に気に病むような問題ではない。だが、このままバルビノに罪を着せてしまえば、無実ではなくなってしまう。今すぐ出頭して判事の前で真実を告げなければ、この手紙の文句ではないが、《え》を《へ》にすることになってしまう」

「聞いてください、ドクトル」一瞬だけためらった後にパハロテは答えた。「今さらのこのこ法廷へ出て行って判決を覆すようなことを言ったりすれば、ニョ・ペルナレテは怒って有罪にするかもしれませんよ。この一連の出来事は、ドクトルは嫌がっておられますが、ドニャ・バルバラの仕業でも、判事や警察の仕業でもなく、すべてを知る神様が仕組んだことです。いいですか、ドクトル、確かに、あなたか私、どちらかがエル・ブルヘアドールを始末したのですが、そんなことをはっきりさせる必要はありません。最期の瞬間に奴が顔をそむけた可能性だってありますし。ですが、どっちにしろ、あんな人殺し野郎は殺されて当然なんです。神様には神様なりのやり方があって、罰を下すとなれば悪魔にでもなるんですよ」

笑い事ではないはずだったが、サントスは思わず笑みを漏らした。パハロテの神にとっても、ニョ・ペルナレテの友人にとっても、「え」だろうが「へ」だろうが、そんなことはどっちでもいいのだ。

第十三章　川の娘

ドニャ・バルバラがサン・フェルナンドを訪れるのは久々だった。

いつものとおり、到着の知らせが広まるや、アラウカ最大の強欲領主として名高いこの女がまた長く厄介な訴訟問題を始めるのだと思って、弁護士たちは早速準備を始めた。訴訟が起これば、鉄面皮たちがその分け前に与るのはもちろん――他人の土地を奪うとなれば、訴訟費用や成功報酬ばかりでなく、敵方の判事や弁護士にも金を掴ませ、便宜を図る政治家にもそっと袖の下を忍ばせねばならない――、悪辣な言いがかりに抗して被害者の権利を守ろうとする誠実な弁護士たちまで、相次ぐ困難な抗弁と判決のうちにかなりの利益を得ることになる。だが、今回ばかりはいかさま弁護士たちのあてが外れ、ドニャ・バルバラは、訴訟を起こすどころか、思いもよらぬ形で事態を収束した。

だが、騒ぎ出したのは法律関係者だけではなかった。ドニャ・バルバラが町に来ていることが知れると、いつものように様々な憶測が飛び交い、大半が下衆の勘繰りにすぎなかったとはいえ、彼女の愛と悪事をめぐっていくつも噂話が囁かれた。おかげですっかり彼女は陰惨なヒロインに仕立てられてしまったが、それでいて、その名高い残忍さが人々の間には憎悪や拒絶どころか密かな崇拝の念を掻き立てるらしく、独特の魅力を放つのだった。遠く離れた荒涼たる僻地に住み、時に姿を見せては悪事を働くドニャ・バルバラはまさに伝説であり、町人の想像力を刺激する人物だったのだ。

こうして、ただでさえ好意的な雰囲気ができあがっているところに、彼女の愛人が敵から奪った高額の品を自ら返還しに来たばかりか、アルタミラから奪った土地をルサルド家に返すという噂まで流れると、町人の間には感動が広がった。想像力豊かなジャノの民はただでさえ情にもろく、突飛な話が大好きだから、彼らは即座にそれまで流布していたおぞましい逸話に修正を加え、憎むべき不吉な女という人物像を捨てていった。

そして、ドニャ・バルバラの人生について、かつての噂話を打ち消すように、おのおの好き勝手に作り話を始め、そのほとんどが彼女を模範的人物に祀り上げていた。町は午後中この話題で持ちきりとなり、近所の女たちが家に集まって陽気なお喋りに花を咲かせる一方で、男たちは酒場のテーブルを囲んで様々な議論を交わした。ドニャ・バルバラの泊まった宿屋の前の通りは、夜まで人の往来が絶えなかった。

宿は、外に向かって通路を開いた建物であり、町の広場の一つに面していた。百メートルほど離れた川から涼しい風が吹き寄せ、背に頭をもたせかけて揺り椅子にひとり腰掛けたドニャ・バルバラは、物憂げな態度で周りのすべてに完全な無関心を貫いていた。

そして、彼女の周りに群がっていたのは町人の好奇心だけだった。反対側の歩道に立ち止まってじっと黙ったまま彼女を見つめる男たちの集団は次第に膨れ上がり、宿の通路や、アプーレ川の岸まで建ち並ぶ商店では、彼女の姿を見るためだけに女たちがひっきりなしに顔を出した。未婚の女たちは、うぶな目でドニャ・バルバラを見て顔を赤らめ、野次馬根性を丸出しにしているところを男たちに見られてはいけないと気にかけたが、夫人たちはあけすけな視線を投げかけ、邪な微笑みを浮かべながら人目を憚ることもなく意見を交わし合った。

レースの縁飾りの付いた白いドレスから肉付きのいい肩と腕を見せたドニャ・バルバラの姿はいつになく女性的であり、普段は口さがない女たちまでこんな言葉を漏らした。

「まだいけるじゃないの」

そして、もっと飾り気のない女になるとこんなことを言った。

「きれいね！　いい目をしているわ！」

誰かが、「ドクトル・ルサルドにぞっこんらしいわよ」と言えば、別の女は、失望を隠そうともせずこんなことを言った。

「きっと結婚までいくわ。ああいう女は狙った獲物は逃さないし、男はみんなバカだから」

ようやく人々は観察と噂話にも飽き始め、通りから人気が引いていった。

広場に植えられた木々の樹幹が、最近の雨に洗われて弱々しく月の光を照り返し、通りのところどころにできた水たまりの表面が光っていた。時折吹き寄せる風が枝を揺らし、爽やかな空気をもたらした。すでに通行人たちは皆家に引き上げており、歩道にまで揺り椅子や折り畳み椅子を運び出して家の外で涼をとっていた住民たちも、間延びした物憂げな声で別れの挨拶を告げた。

「それじゃまた明日。もう遅いから寝るとしましょう」

町に広がりゆく静寂のなかでは、こんな簡単な言葉、物憂げに眠りへと誘うこんなささいな挨拶ですら、ドラマの台詞のように重々しく響いた。こんなうらぶれた町では、何の成果もない一日、また希望を先延ばしする一日の後でベッドへ潜り込むことすら厳粛な儀式であり、人々は寝る前にこんな言葉を呟くのだった。

「明日は明日の風が吹く」

ドニャ・バルバラも同じことを考えていた。行く手を阻む障害を取り除き、やっと道は開けた。初恋を迎えた少女のように新たな人生に向けて生まれ変わった自分の姿を思い描き、武装して血に手を染めた不吉な刺客と無粋な愛人の死によって、過去と手を切ることができたように感じていた。この先起こる出来事をどんな思いで迎え入れるのだろうか？　きっと素晴らしい光景が目の前に広がることだろう。経験したことのない感情に向けて心を開き、これまで歩んできたのとは違う道を進む自分を思い浮かべると、今こうしてただ待っているだけで、心の未知の領域に光が射し込むようだった。アスドルバルの言葉を聞いて、ボートで川を行き来する密売人たちの世界と縁もゆかりもない感情世界を垣間見た娘の実らぬ恋、その影がうつろい、落ち着いた物陰が見える。

だが、記憶から切り離された空想に耽っていたその時、一つの疑念がそっと忍び寄り、心象なのか、無意識に発された言葉なのか、機械の歯車に挟まった小さな異物のような何かが、突如事態の進行を狂わせ、思わず彼女は立ち止まる。期せずして眉間に皺を寄せるこの突発的な苦味、忘れていた恨みを思い出したような食感、これはいったいどこから来るのだろう？　かがり火が消えた瞬間に目が眩んで墜落した鳥の記憶にいきなり襲われたのはなぜだろう？　まばゆい幻想に困惑した彼女の心は、突如視力を失ってそれ以上夢を見続けることができなくなった。障害を取り除くだけでは十分ではないのだろうか？

反対側の歩道では人々が集まってじろじろこちらを眺め、町の女たちが盛んに往来していた。無邪気な崇拝と邪な好奇心。町人の目が、彼女の忘れようとしていた過去を突きつけてくる。《サントス・ルサルドのような男に愛されたいのなら、消したい過去があってはならない》、そんな言葉を耳元で囁かれているような気分だった。

そして、またその過去の始まりがいつものように脳裏に甦った。《ゴムの木の生い茂るセルバを切り裂くように大きな川がいくつも流れ、そこにボートが……》彼女は宿の玄関を後にし、アプーレ川の岸まで建ち並ぶ商店の前を通り過ぎていった。抑えがたい謎の衝動が彼女を川のほうへ追い立てていた。川育ちの娘が不思議な力に引っ張られていたのだ。

川沿いに建ち並ぶ家の前面、あちこちに散らばるシュロ葺き屋根の小屋、河原の茂み、乾季で極限まで水嵩を減らして濁ったアプーレ川の水面、剥き出しになって広がる砂地、そんな景色の上で、靄のかかった空気に包まれた月がくすんだ光を放っていた。右岸の堤防の麓には、前回の氾濫で打ち上げられた小舟と積荷がそのまま放置されており、岸辺には、杭に繋がれて、カヌーの上に組まれた即席の筏や、薪とバナナを積んだ黒い小舟、そして白く塗られたばかりのはしけ――積荷はなかったが、少年が一人仰向けに寝ていた――が浮かんでいた。

飲み屋の外へ出て川べりの木の下で飲みながら談笑を続けていた男たちはすでに家へ引き上げ、店員たちが椅子やテーブルを片づけてドアを閉めると、川面からランプの灯りが消えた。

ドニャ・バルバラは人気のなくなった通りを歩き始めた。筏では、小舟の漕ぎ手とはしけの竿師が集まって言葉を交わしていたが、その会話は、水平な地域を流れる川のように、靄の眠気に包まれた夜のように、そして、行くあてもない静かな影となって川べりを歩くドニャ・バルバラの歩みのように、ゆっくり進んでいた。

茂みに覆われた岸辺は落ち着いた夜の下で暗く静まりかえり、はるかかなたの山並みから流れてきた川は沈黙のなかでまどろんでいる。眠った水の上を飛んでくる鷺が一声鳴き、漕ぎ手と竿師はジャノを横切る川で起こった恐ろしい出来事を語らい合っている。

そんなところにゆっくりとドニャ・バルバラが現れ、木々の下にできたかすかな青い影の下に差し掛かる。そしてその時すべてが入り混じる。茂みに覆われた岸辺、静まりかえった夜、別の遠い川へ向かって音もなく流れる川、すでに視界から消えた宵っ張りの鳥の鳴き声、漕ぎ手と竿師の眠たげな会話、広く怪しげな川が入り組む野蛮の地で起こる深刻な事件……

ドニャ・バルバラの意識から右岸の眠る町が消え去り、もはや何も目に入らず、何も聞こえず、突如心を捕えた心象しか存在しない。川の景色に魅了され、すべての始まりとなったあの神秘的な川、川、川に期せずして心を奪われる…… 黄色いオリノコ川、赤いアタバポ川、黒いグアイニーア川！……

真夜中。鶏が鳴き、町の犬が吠える。再び沈黙が支配し、フクロウの羽音が聞こえる。もう筏から話し声は聞こえない。だが、黒いボートを乗せた川が囁きかけてくる。

ドニャ・バルバラは立ち止まってその声に耳を傾ける。

「すべてはもと来た場所へ戻る」

第十四章　視界に入った星

没落はすでに始まっていた。何物をも恐れぬ屈強の女が今や完全に戦意を挫かれていた。リンコン・オンドへ人を向けたこと自体がすでに盲目的な振る舞いであり、咄嗟の判断でエル・ブルヘアドール殺しの罪をバルビノ・パイバに押しつけたあの瞬間こそ、実は全面降伏の始まりだったのだ。

事件の総決算に入ったとき抱いた希望はすでに消え始めており、意志をしっかり保とうと思っても、体内を流れるインディオの血とその運命論が敗北の道を突きつけてきた。昔のこと、セルバの川で過ごした野蛮な少女時代を思い出すと、「退却」という、今まで思ってもみなかった言葉が脳裏をよぎった。

だが、束の間の落胆をなんとか乗り越え、サントス・ルサルドの名義で商人に羽を引き渡してその代金を受け取った際の引換証――カルメリートが羽の運搬を請け負った時点より高値で取り引きされた――と、いかさまな裁判でルサルド家から奪い取ったアルタミラの土地を空売りでサントスに返還するために顧問弁護士が作成した書類を手に、ドニャ・バルバラは牧場への帰路に着いた。これまで彼女の心を衝き動かしてきた愛が成就する可能性が消えた今、もはや形を失っていたとはいえ、この二通の書面が最後に残された希望だった。川べりの景色を眺めているうちに、ドニャ・バルバラの頭では、すでに記憶もあやふやになっていたアスドルバルの顔とサントスの顔がいつの間にか重なり合い、両者はともにはるか遠い影となって、現実離れした世界の不確かな光に包まれて消えていった。

それでも、計画を最後まで遂行せずにはいられなかった。こんな時に意志を曲げたりすれば、ただでさえすでにぐらついた自分の存在意義が跡形もなく消え去ってしまうことになりかねない。

すでにかなり乾季が進行していた。水場への道程を知らない牛たち、あまりの渇きに道を忘れた牛たちを導いてやらねばならない。ガメロテの黒い茂みを縫うように細々と水が流れ、かつて沼があったところは、灼熱の太陽を浴びて白く乾いた地表に覆われ、その下から治りきらない傷痕のような潰瘍が腐臭を放っていた。熱い泥水が残っている場所もあったが、そんなところでは、渇きに狂って迷い込んだ牛が慌てて水を飲み過ぎて消化不良を起こし、腹を膨らませて力尽きた挙げ句、そのまま死体となって朽ち果てていった。水たまりの上空では、死肉を求めるハゲタカが大きな群れを作って常時旋回していた。洪水から干ばつへ、干ばつから洪水へ、ジャノでは絶えず死の振り子が揺れ動いている。

乾ききった草がカサカサと音を立てる一方、草原を囲むようにぎらつく蜃気楼の輪が青いオアシスの幻想を生み出し、喉の渇きに絶望した者が必死で追い求めても、いつも地平線の縁に浮かぶこの水に到達することはできない。ドニャ・バルバラは、必死に馬を進めながら、不可能な愛の蜃気楼を目指していた。

牧場へ戻ると、すでに夜が迫っていたが、一刻も早くルサルドに会いたいと気が急くあまり、旅の疲れもものともせず、面会にふさわしい服に着替え、脚の止まった馬から別の馬に乗り換えてすぐ出発しようと思った。その時初めてドニャ・バルバラは、あたりから人気が完全に消えているばかりか、台所は閉ざされ、囲い場が空っぽになっていることに気がついた。そこに残っていたのはファン・プリミートだけだった。

「いったい何が起こったんだい？」彼女は訊いた。「他の者たちはどうしたの？」

「みんないなくなっちまいました」怒りの爆発を恐れるあまり、近寄ることもできぬまま彼はいつもの間抜け面で答えた。「すっかり人が変わってしまった奥様にお仕えするのはごめんだ、いつ縛り上げられて警察へ突き出されるかわかったもんじゃない、みんなそう言ってました」

ドニャ・バルバラの目には怒りの稲妻が走り、ファン・プリミートは慌てて別の話題を持ち出した。

「ドン・ロレンソが亡くなったことはご存知で？」

「そろそろだと思っていたわ。よくここまで生きてこられたという感じね。で、あの子は？　どこにいるの？」

「マリセラ嬢ちゃんですか？　またアルタミラです。ドクトルが連れて帰って、聞いた話じゃ、近々ご結婚なさるそうで」

内側から再び男勝りの激しい感情が燃え盛るとともに、またもや邪悪な意図にとりつかれたドニャ・バルバラは、何も言わず、馬を取り換えることも忘れて同じ馬に跨り、アルタミラへ向かって進み始めた。

ファン・プリミートは何度も十字を切っていたが、やがていつもの癖で、レブジョン鳥に水をやるための鍋を探しに駆け出した。その間、すでに脚を痛めていた馬は、荒々しく急き立てる拍車に駆られてなんとか力を絞り出し、その上に跨るドニャ・バルバラは譫言のように大声で独り言を言っていた。

《総決算してもまったく時間の無駄だったということ？　それならもう一度取り返して、死ぬまでくらいついてやるわ！　最後に笑うのは誰か。狙った獲物は逃さない、これまでずっとそうだったんだから。死んでも負けるもんですか》

そしてアルタミラに差し掛かった。夜闇に紛れて屋敷へ近寄っていくと、正面の通路に繋がる入り口から中の様子が見え、ルサルドとマリセラが同じテーブルに着いているのがわかった。すでに食事は終えているらしく、サントスの話を聞きながら、テーブルに肘をついて両手で頬を支えたマリセラがうっとりしたような表情を見せていた。

ドニャ・バルバラは拳銃の射程距離まで近寄った。馬を止め、ゆっくり殺人者の気分を味わいながらホルダーから拳銃を取り出した後、ランプに照らされてくっきり浮かび上がっていた娘の胸に狙いをつけた。

共犯の闇のなか、星のまたたきのような火花が照準器にきらめき、邪な目はマリセラの心臓を探り当てた。だが、光を放つ星の重み全体がその小さな輝きにのしかかったように、銃は静かに下を向き、再びゆっくりとホルダーに収まった。うっとり酔いしれた娘の心臓に狙いを定めた照準器に視線を合わせた瞬間、ドニャ・バルバラの脳裏に、人里離れた川べりの砂地で燃え盛るかがり火に照らされながらアスドルバルの言葉を待っていた自分の姿が浮かび上がり、その痛ましい記憶に意志を挫かれた。

幸せそうな娘をじっと眺めているうちに、かつて彼女を捕えた苦悩、生まれ変わりたいという切なる思いが、忘れていたはずの母性的感情と結びついた。

《あなたのものよ。幸せになりなさい》

暗い心の内側をさまよう影となっていたアスドルバルへの愛が、今ここでようやく気高い意志と繋がったのだ！

第十五章　すべては地平線、すべては道……

その日の夜、相棒の謁見部屋に灯りが点ることはなかった。中庭に姿を見せたドニャ・バルバラは、ファン・プリミートにとっても、サン・フェルナンドまで付き従った二人の人夫――バルビノを殺した二人組であり、彼らだけは最後まで主人に忠実だった――にとっても、まったくの別人だった。一晩で彼女はすっかり老け込み、眠れぬ夜を過ごしたらしいげっそりした顔をしていたが、その表情と視線には、重大な決定を下し終えた者だけが持つ悲劇的落ち着きが刻まれていた。

「これが未払いの分よ」彼女は言葉を噛みしめるように部下たちに話しかけ、金貨を手渡した。「次の仕事が見つかるまでのことを考えて、多めにしてあるわ。もうここですることは何もないから、好きなところへ行ってちょうだい。ファン・プリミート、お前はこの手紙をドクトル・ルサルドに届けて。ここへ戻る必要はないから、できることなら向こうで雇ってもらいなさい」

数時間後、ランベデーロを通り過ぎていくドニャ・バルバラをミスター・デンジャーが見かけ、遠くから声を掛けたが、返事はなかった。目を前に見据え、太腿のあたりに両手を投げ出して手綱を緩めたまま、馬の落ち着いた足取りに任せてぼんやりと彼女は進んでいた。

乾ききった土地は、崖に仕切られ、轍を刻まれている。陰気な目をした痩せ牛が、物悲しい景色のあちこちで執拗なほど地面を舐めている。草の味を忘れて腹を空かせた牛は、ひとたび地面の塩気を舐め始めると、やめられなくなってそのまま行き倒れ、死体となって朽ち果てた後、その白い残骸を陽に晒す。上空では大きなハゲタカの群れが旋回し、死肉の腐臭を常にうかがっている。

ドニャ・バルバラは立ち止まり、執拗に奇異な行動を続ける牛たちの様子をしばらく眺めていた。思考が感覚の形を取り始め、熱と渇きに焼かれてざらついた舌に、頑固な動物たちが舐める大地の荒々しい苦みが感じられるような気がした。彼女もまた、自分を食い尽くしつつある愛からなんとか甘みを引き出そうとむなしい努力を続けていたのだ。すぐにドニャ・バルバラは気を取り直し、この地、この光景に魅かれる気持ちを抑えながら、馬に拍車を入れて陰気な歩みを続けた。

普段なら死の沈黙に支配されているはずの沼地で異変が起こっていた。鴨、カイツブリ、鷺など、色とりどりの水鳥が一斉に飛び立ち、水場の周りで苦しげな円を描きながら、震え慄いたような鳴き声を上げていた。しばらくの間、シュロ林の向こうへ飛び去る鳥もいれば、悲劇の現場となった水場の縁に戻る鳥もいたが、やがて静寂が戻ってくると、その空白が息苦しいほどだった。その直後、戻ってくる鳥と飛び去ろうとする鳥が交錯し、またもや獣的恐怖の中心をめぐって旋回を始めた。

ずっと物思いに耽っていたドニャ・バルバラが馬の歩みを止めて辺りをうかがうと、頭だけ水から出した蛇に舌を噛まれた仔牛が水辺の縁で唸りながら身をもがいていた。

水辺の柔らかい土地に蹄を沈めた頑丈な脚は震え、恐怖に白目をひん剥いて必死の思いで首に力を込めたまま、囚われの牛は、とぐろを巻いた蛇の恐ろしい吸引力に屈して次第に体力を奪われ、びっしょり最期の汗をかいていた。

「もう助からないわ」ドニャ・バルバラは呟いた。「今日のうちに沼地に飲まれるわね」

ようやく大蛇は力を緩めて太い体を水から出し、仔牛は舌を蛇から引き離そうとして必死に後ずさったが、蛇は再びゆっくりと全身に力を込め、すでに憔悴していた仔牛は抵抗をやめた。そして相手のなすがままに泥水へ引きずり込まれ、恐ろしい叫び声だけを残して腐臭の漂う沼に姿を消すと、貪欲な舌鼓とともに水面に波紋が広がった。

上空では、恐れ慄いた鳥たちがたえず鳴き声を上げながら飛び交っていた。ドニャ・バルバラは無表情に立ちつくしていた。鳥たちが完全に逃げ去ると、辺りには再び静寂が広がり、沼の水面にもいつもの悲劇的静けさが戻ってきた。時にさざ波が水面に走ることがあり、また、牛の重みで緑色の水草が折れたあたりからは、空気が小さな泡粒となって噴き出していた。

大きな泡の表面に、コレラの黄疸に染まった目のような黄色が射した。

そしてその怒りの目が、物思いに沈む女を睨みつけているようだった。

噂は口伝えに広がっていった。アラウカの女暴君の失踪。

沼に身を投げたという憶測が広がったのは、悲劇的決意の影を顔に浮かべてその方向へ進む彼女の姿を見た者がいたからだ。だが、アラウカ川を下っていく船に彼女の姿があったと証言する者もいた。

いずれにせよドニャ・バルバラは、ドクトル・ルサルドに宛てた手紙に最後の意思を託して行方をくらませた。文面はこうだった。

《私には娘マリセラ以外に相続人はおらず、本状をもって、神と人々に向けてその事実を誓います。相続に伴う手続き等については貴兄に一任いたします》

だが、世に知られた埋蔵金については一切触れられておらず、黒魔術の部屋には掘り返された痕跡があったため、これは自殺ではなく単なる失踪にちがいないという意見が広がり、夜の川を下る小舟の話題が頻りに取り沙汰されることになった。アラウカを下っていく船の気配を感じたと言い出す者にも事欠かなかった……

鷺の羽の代金で購入した有刺鉄線が到着し、牧場を囲う作業が始まった。すでに柱は立ち、ロール状に丸められていた針金が次第に広がっていくとともに、数えきれない道が交錯するなかにおぼろげな希望が迷い込んで消えていた土地が仕切られ、未来に向かって一本の道がまっすぐ伸びていくようだった。自分の土地が閉ざされる事態を見たミスター・デンジャーは、これで谷間の苦い塩を求めてやってくる余所の牛を捕えることもできなくなると思って肩をすくめた。

「これで終わりだ、ミスター・デンジャー！」

そしてライフルを取って背中に担ぎ、馬に跨って進み出した後、通りすがり、柵作りに励む人夫たちに大声で言った。

「この地ならそんなにしっかり囲う必要はないぞ。ドクトル・ルサルドに伝えてくれ、ミスター・デンジャーもここから出ていく、と」

法律で定められた期間が過ぎ、その後、母からまったく何の連絡もないままマリセラは広大な土地を相続し、アラウカの地から恐怖《エル・ミエド》の名は消えて、再びすべてがアルタミラに戻った。

ベネズエラのジャノ！　かつては武勲の地であったが、今や労働の地となり、地平線の開けたこの地で、善良な人々が愛し、苦しみ、そして希望を抱く！……

[解説]『ドニャ・バルバラ』、ベネズエラのジャノ小説

グレゴリー・サンブラーノ(東京大学准教授)

二〇世紀のラテンアメリカ文学を広く見渡すと、ロムロ・ガジェゴスの代表作『ドニャ・バルバラ』(一九二九)が極めて重要な位置を占めていることがわかる。出版当初からこの小説が大きな反響を得たのは、ドミンゴ・ファウスティーノ・サルミエントの名作『ファクンド』に提起された「文明と野蛮の対立」という伝統のイデオロギー的命題に取り組み、自然と文化の矛盾を浮き彫りにしたからばかりではなかった。それまで、ベネズエラの知識人層にはすでに名を知られていたものの、国外ではほぼ無名だったロムロ・ガジェゴスは、スペインで出版されたこの小説の成功によってラテンアメリカ全体に名をとどろかせた。

『ドニャ・バルバラ』の出版以前から、ロムロ・ガジェゴスの小説作品は彼の政治思想を如実に映し出していた。教師として、ベネズエラの国民性、その複雑で多様な構成要素に精通していたガジェゴスは、『ドニャ・バルバラ』の執筆にあたっても、その知識をいかんなく発揮している。ベネズエラ社会の特徴的要素を集約する国家建設の小説として企画された本作は、混血という人種問題を再確認するとともに、現実世界の諸問題をフィクションの形で開示するという文化的要請に応える試みでもあった。

政治家として、そして知識人として、ロムロ・ガジェゴスは国の現状を批判的な目で観察し、自然の脅威をいかに抑え込むか、その指針を示している。様々なボスに翻弄されてきたベネズエラにとって、文化と教育を柱に民主主義国家を建設する展望は、国を救うユートピア的ビジョンの具現だった。

『ドニャ・バルバラ』は、一九世紀以来農村部における労働者の習慣や行動を描き出してきたコストゥン

ブリスモ（風俗写生）文学のサイクルを閉じる小説だった。純朴で悪知恵に長け、過去から受け継いだ習慣にしがみつく田舎者として、都会人に不審の目を向けられがちだった人々をガジェゴスは新たな目で捉えなおしたのだ。

ガジェゴスは、過酷な自然世界と、的確な指導のもとで富を生む希望を秘めた世界とを組み合わせ、文明社会への道のりを打ち出した。そこから浮かび上がってくるのは、矛盾に満ちた社会の実態のみならず、国を一つにまとめるために必要な道徳的原則だった。見事な自然描写はそれ自体芸術的価値を持っているが、アニミズム、神秘、迷信、呪術等、ジャノ人の心理を形成する非合理的要素を見事に取り込むガジェゴスの手腕は賞賛に値する。

ベネズエラのジャノは、仕事と学びの場であり、国への帰属を集約するシンボルでもあるが、同時に、意識付けの場でもあり、まさに「男を貪る野蛮な平原」たる自然の脅威に抗して生きる人間たちの伝統を受け継いでいく場でもある。

他方、『ドニャ・バルバラ』は、庶民層に由来する多様な要素を総括した小説でもあり、動物、植物、神聖とされる場所など、自然をめぐって原住民が代々受け継いできた知識をふんだんに盛り込んでいる。アフリカ起源の魔術的儀礼や土着的黒魔術、呪術、そこにスペイン人の持ち込んだキリスト教的要素が加わって、独自の世界観が形成され、それが日常の細部にまで浸透している。

ガジェゴスの小説作品は、国への批判的ビジョンの礎でもあった。『ドニャ・バルバラ』では、国の支えとなるべき法制度の不備が指摘され、その改善策とは言わぬまでも、今後辿るべき道がはっきりと示されている。魔術と詩に満ちたジャノを再度取り上げた『カンタクラロ』でもこの路線は継承されている。また、ギアナのセルバという神秘に満ちた遠い世界と向き合う『カナイマ』は、国家創生とその記録の起源へ回帰する試みだった。

『ドニャ・バルバラ』には、権力の権化のような存在とともに、作者の世界観を具現化する象徴が散りばめられている。日本の読者も、個性豊かな登場人物に強く惹きつけられることだろう。ドニャ・バルバラ、サントス・ルサルド、マリセラといった中心人物のみならず、ロレンソ・バルケーロ、ファアン・プリミート、ミスター・デンジャー、ムヒキータ、バルビノ・パイバなども、鮮やかなタッチで描き出されている。

印象的な登場人物と詩的な風景描写、そしてドラマチックな物語展開を備えたこの小説は、発売と同時に物語文学を刷新し、瞬く間に古典として崇められるようになった。二〇世紀のラテンアメリカ文学に燦然と輝くロムロ・ガジェゴスの小説作品は、今もまだその力強い魅力を失ってはいない。このたび、寺尾隆吉氏による『ドニャ・バルバラ』の翻訳によって、日本の読者はベネズエラ文学の傑作に直接触れられるようになった。ベネズエラ人としては無上の喜びだ。

ロムロ・ガジェゴス年表

グレゴリー・サンブラーノ作成

一八八四年　八月二日、カラカスに生まれる。父はロムロ・ガジェゴス・オシオ、母はリタ・フレイレ・グルセアガ。八人きょうだいの二男。

一八八八年　おじエミリアノ・フレイレから読み書き等の教育を受ける（〜一九〇〇年）

一八九四年　メトロポリターノ神学校で宗教教育を受ける。

一八九六年　三月一三日、母死去。カラカスのスクレ学院に転校し、中等レベルの世俗教育を受ける。

一九〇一年　スクレ学院で下級生の授業を担当。

一九〇三年　スクレ学院で高等レベルの教育を終え、ベネズエラ中央大学法学部に入学。

一九〇六年　家庭の事情で大学を中退、中央鉄道社に職を得る。

一九〇九年　青年知識人グループに参加し、文化・政治問題を議論。フリオ・オラシオ・ロサレス、フリオ・プランチャール、サルスティオ・ゴンサレス・リンコネスら、有力知識人が参加し、後にベネズエラ最初の知識人世代と呼ばれる。彼らとともに雑誌『ラ・アルボラーダ』を創刊（八号まで刊行）。メキシコの青年知識人グループ「アテネオ」と接触し、アルフォンソ・レジェスやホセ・バスコンセーロス、アントニオ・カソらと交流。二本の戯曲（『偶像』と『モーター——三幕劇』）を執筆するが刊行されず。

一九一〇年　一九世紀末に創刊された権威ある文化雑誌『エル・コホ・イルストラード』に協力、短編小説などを寄稿。

一九一二年　アンソアテギ州へ移り、バルセロナ（ベネズエラ）で国立男子学院の校長となる。テオティステ・アローチャと結婚。芸術院入会。六月四日、父が死去。カラカスに戻り、カラカス高等学院（後のアンドレス・ベージョ高等学院）の副校長となる。

一九一三年　処女短編集『冒険者たち』を刊行。
一九一五年　雑誌『アクトゥアリダデス』の編集に加わる。アンドレス・ベージョ高等学院で哲学を講義。
一九一八年　国立カラカス男子師範学校の副校長となり、心理学を講義。
一九一九年　『アクトゥアリダデス』に短編の寄稿を開始。
一九二〇年　処女長編小説『最後のソラール』を発表、家族の思い出を散りばめた自伝的小説。
一九二二年　アンドレス・ベージョ高等学院の校長となる（～一九三〇年）。冊子『週刊小説』を創刊し、中編『移民者たち』を掲載。
一九二五年　長編小説『トレパドーラ』を刊行。初めて女性の主人公を使い、社会問題としての混血をテーマに取り上げる。
一九二六年　初の海外旅行でスペイン、フランス、イタリアを訪問。
一九二七年　アプーレ州のジャノ（平原地帯）を旅行し、後に『ドニャ・バルバラ』となる長編小説の着想を得る。
一九二八年　ファン・ビセンテ・ゴメス独裁政権が体制に反対する学生運動を弾圧。主体となったのは、ミゲル・オテロ・シルバ、ロムロ・ベタンクール、ラウル・レオニなど、ガジェゴスの教え子であり、彼らが「二八年世代」として後に国の政治的・文化的中枢を担う。
一九二九年　九月一五日、『ドニャ・バルバラ』をアラルセ社（スペイン、バルセロナ）より刊行、スペインの月間最優秀書籍に選ばれる。
一九三〇年　『ドニャ・バルバラ』の売れ行きが好調で、第二版をベネズエラで刊行。『最後のソラール』を改題した『レイナルド・ソラール』や『トレパドーラ』も再刊。『ドニャ・バルバラ』に敬服した独裁者ゴメスがガジェゴスをアプーレ州選出の上院議員にしようとするが、ガジェゴスはこれを無視。
一九三一年　一月から二月にかけてギアナ高地を旅行。四月四日、ニューヨークへ出発、当地でゴメス独裁政権反対の姿勢を明確にし、自主亡命の道を選択（～一九三五年）。
一九三二年　スペインのバルセロナへ移る。小商店を経営。
一九三三年　マドリードへ移り、ジャノ小説の第二弾に取り掛かる。

一九三四年　ジャノ小説第二弾『カンタクラロ』をアラルセ社より刊行。
一九三五年　ギアナのセルバ（熱帯雨林）を舞台にした長編小説『カナイマ』をアラルセ社より刊行。独裁者ゴメスが死去し、ガジェゴスは帰国を決意。
一九三六年　二月にベネズエラに帰国、民主化の活動に協力。エレアサル・ロペス・コントレーラス暫定政権の文部大臣に任命されるものの、抵抗にあって三カ月で辞任。
一九三七年　カラカス連邦区議会から下院議員に選出される（～一九四〇年）。人種問題を取り上げた長編小説『哀れな黒人』をエリテ社（ベネズエラ、カラカス）より刊行。
一九三八年　アビラ研究所を設立し、ベネズエラの映画産業振興に乗り出す。
一九四〇年　カラカス連邦区議会議長に選出される（～一九四一年）
一九四一年　スリア州のグアヒラを旅行。七月、民主行動党を設立、党首となる（～一九四八年）。映画『フアン・デ・ラ・カジェ』のシナリオを書き、自らプロデュースする。
一九四二年　ゴメス政権批判を明確に打ち出した『余所者』をエリテ社より刊行（一九二二年に書き上げられていたが、独裁政権下での公表は不可能だった）。
一九四三年　メキシコのモレーリア大学から名誉博士号を授与される。グアヒラを舞台にした長編小説『同じ大地の上で』をエリテ社とアラルセ社より同時に刊行。『ドニャ・バルバラ』の映画化を提案され、シナリオを担当。名女優マリア・フェリックス主演で上映され、大成功を収める。
一九四四年　『トレパドーラ』が映画化され、メキシコで上映。
一九四五年　『カナイマ』、『カンタクラロ』とともに、ガジェゴスがシナリオを書いた『向かいの夫人』が映画化される。イサイアス・メディーナ・アンガリータ政権転覆クーデターの勃発に伴い、民主行動党が政権評議会に加わる。
一九四六年　翌年の大統領選挙に向けて民主行動党の候補に選ばれる。
一九四七年　普通選挙で八〇パーセントの得票を獲得し、大統領選挙に当選。
一九四八年　二月一五日、ロムロ・ガジェゴス政権が発足

（任期は一九五二年四月一九日まで）、就任式には世界各地から作家・芸術家が出席。アメリカ合衆国を訪問し、トルーマン大統領と会見。コロンビア大学から名誉博士号を授与される。一一月二四日、軍部のクーデターによって拘束され、一二月五日に国外追放、キューバへ逃れる。

一九四九年 初めての『全集』をハバナのレックス社より刊行。七月、メキシコシティに移り住む。

一九五〇年 九月七日、妻テオティステ・アローチャ死去。ノーベル文学賞の候補となる。

一九五一年 サン・カルロス大学（グアテマラ）とコスタリカ大学から名誉博士号を授与され、両国を訪問。

一九五二年 ハバナを舞台にした長編小説『風に舞う藁屑』をセレクタ社（ハバナ）より刊行。メキシコのモレーリアへ移る。

一九五三年 アメリカ合衆国を講演旅行。

一九五四年 生誕七十年、『ドニャ・バルバラ』刊行二十五周年を記念するイベントがラテンアメリカ各地で行われる。評論や講演原稿を集めた『人生の位置づけ』を刊行。メキシコの名門フォンド・デ・クルトゥーラ・エコノミカが『ドニャ・バルバラ』を再刊。

一九五五年 パリへ旅行。一一月二八日、グアテマラの独裁者カルロス・カスティージョ・アルマスにコロンビア大学が名誉博士号を授与したことで、一九四八年に同大学から授与された名誉博士号を返上。

一九五七年 戯曲や短編小説を収録した『最後の愛国者』をモントバール社（メキシコ）より刊行。

一九五八年 一月二三日、市民と軍部の連携する反対運動でマルコス・ペレス・ヒメネス独裁政権が崩壊。ガジェゴスは三月二日にベネズエラへ帰国、熱烈な歓迎を受ける。ベネズエラ中央大学、ロス・アンデス大学メリダ校（ベネズエラ）、スリア大学（ベネズエラ）から名誉博士号を授与されたほか、この年の国民文学賞を受賞。マドリードのアギラール社が全二巻のロムロ・ガジェゴス全集を刊行。アルゼンチン政府からサン・マルティン大十字勲章を授与される。

一九五九年 ペルーのリマで行われた国際ブックフェアにおいて全集全十巻の刊行が発表される。ペルー政府から太陽勲章を授与される。

一九六〇年 ワシントンＤＣで行われた米州機構会議において米州人権委員会ベネズエラ代表に選ばれる

（〜一九六三年）。

一九六一年　この年施行された新憲法の規定により、大統領経験者として終身上院議員に選ばれる。メキシコ国立自治大学から名誉博士号を授与される。

一九六四年　共和国大統領ラウル・レオニの布告により、ロムロ・ガジェゴス国際文学賞が創設される。カラボボ大学（ベネズエラ）から名誉博士号を授与される。

一九六五年　オリエンテ大学（ベネズエラ）から名誉博士号を授与される。アメリカ合衆国によるドミニカ共和国への海兵隊派遣に抗議。

一九六七年　第一回ロムロ・ガジェゴス国際文学賞の授与式が行われる。初代受賞作はマリオ・バルガス・ジョサ『緑の家』。八月二日、ガジェゴス自らバルガス・ジョサに授与。ベネズエラのベネビシオン局が『ドニャ・バルバラ』のテレビドラマ版を制作。

一九六八年　四月二日、娘ソニアに版権を相続することを記した遺言状をしたためる。

一九六九年　四月五日、カラカスにて死去。享年八十四歳。

一九七五年　ベネズエラのＲＣＴＶが『ドニャ・バルバラ』のテレビドラマ版を制作。

一九九八年　アルゼンチンで『ドニャ・バルバラ』が映画化される。

二〇〇八年　コロンビアのテレムンド局とカラコル局が『ドニャ・バルバラ』のテレビドラマ版を制作。

訳者あとがき

寺尾隆吉

二〇一四年に刊行の始まった「ロス・クラシコス」はすでに九作目となるが、本作『ドニャ・バルバラ』こそ、万人の認めるラテンアメリカ文学の「古典中の古典」と言ってもいいだろう。一九二九年にスペインのバルセロナで刊行されて以来、ラテンアメリカを中心に広範な読者を獲得し、スペイン語圏各地ですでに(海賊版も含め)数えきれないほどの版が確認されているのみならず、少なくとも二回の映画化と三回のテレビドラマ化が実現されている。どこの国の大学でも、「ラテンアメリカ文学」の授業があれば必ず取り上げられる一作であり、作者ロムロ・ガジェゴスの祖国ベネズエラなどでは、小学生のうちからこの本を手に取る読者も珍しくはない。

何といっても『ドニャ・バルバラ』の面白さは勧善懲悪のわかりやすい物語と恋愛成就のハッピーエンドにあるが、これほど長く読み継がれ、繰り返し学校教育の場で使われることになったのは、この本の強い寓意性と道徳性によるところが大きい。カルロス・フエンテスが名著『勇敢な新世界』(一九九二)において、「ナレイションとしてのネイション」という言葉でガジェゴスの文学を評したとおり、『ドニャ・バルバラ』はネイションを作るナレイション、すなわち国家建設の物語であり、民主主義国家設立のために文明人たる者が何をすべきか、その答えをアレゴリーとして明確に打ち出している。国家の逸脱や独裁的政治体制を批判する小説はラテンアメリカに数多いが、国民に向けてこれほどはっきりと行動の規範を示した作品は数少ない。作者ガジェゴスが教育畑の出身で、そこから政治、そして創作活動へと乗り出していった事実を考えれば、これも当然の話だと言えるのかもしれない。後に自ら政党（民主行動党）を立ち上げて大統領選挙に当選するほどまでのめりこんだ政治活動はもちろん、クーデターによって亡命に追いやれて以後もコンスタントに続けた小説の執筆も、実は彼にとっては教育活動の一環だったのだ。

ガジェゴスが本格的な長編小説の執筆に乗り出した一九二〇年代は、北から迫るアメリカ合衆国帝国主義の脅威に対抗して、ラテンアメリカ諸国が早急な国家統一の必要に迫られた時期だった。独立からはや百年の歳月が過ぎていたとはいえ、この時点のラテンアメリカでは、都市部を離れてひとたびセルバ（熱帯雨林）やジャノ（平原地帯）、山岳地帯に足を踏み入れれば、国境など存在しないも同然の状態にあり、首都から国を統治する中央政府にも、僻地の地理や資源、気候や原住民の風習など、国土の実態が十分に把握できていないのがむしろ普通だった。こうした状態を改善すべく立ち上がったのが、首都の大学で学んだ中産階級出身の進歩主義的知識人層であり、政府の後押しのもと、石油や鉱産物などの資源調査や国境線画定といった使命を負ってセルバやジャノへ乗り込む使節団がこの頃からラテンアメリカ各地で急増する。隣国コロンビアで一九二六年に発表されて大ヒットとなり、『ドニャ・バルバラ』の先駆的作品とも見なされた冒険小説『渦』の作者ホセ・エウスタシオ・リベラも、こうした使節団の一員として何度か僻地を旅したボゴタの知識人だった。そして、周縁部の調査が進むなか、国家統合という一大事業における小説の役割を最初に示して見せてくれたのも、他ならぬこの『渦』だった。首都から遠く離れた僻地の状況を首都の住民に向けて伝達する手段として、スリルに富む冒険や恋愛ドラマを通じて読者の心に訴える「小説」の形式は極めて有用であり、多くの知識人がこれを利用して国土の紹介を行った。後に「地方主義小説」などの名で呼ばれるこの動きは、一九二〇年代後半以降、コロンビアからラテンアメリカ各地へ急速に広がり、それぞれの国におけるナショナリズムの発揚にも一役買うことになった。

ガジェゴスの長編小説もしばしば地方主義小説に分類されるが、彼の創作において特徴的だったのは、一九世紀アルゼンチンの文豪ドミンゴ・ファウスティーノ・サルミエントが名作『ファクンド』(一八四五)において提起した「文明か野蛮か」のテーゼを再び取り上げ、文明化による野蛮の克服を国家建設の基本指針に据えた点にあった。ジャノを文明化する道を示した『ドニャ・バルバラ』と並び、セルバを舞台にした長編小説『カナイマ』(一九三五)においても、ガジェゴスは基本的に同じ「文明対野蛮」の構図を踏襲している(結末はかなり違っているが)。

ガジェゴスが『ドニャ・バルバラ』の着想を得たのは、一九五四年刊行のメキシコ版(フォンド・デ・クルトゥーラ・エコノミカ社)に本人が寄せた序文によれば、一九二七年四月にベネズエラ中部アプーレ州のジャノを訪れた時のことだった。ジャノを舞台にした長編の構想を具体化すべく、その取材に臨んだ彼は、州都サン・フェルナンド近郊で「ロドリゲス氏なる几帳面に白服を着込んだ男」から、酒に溺れて身を持ち崩した法学士と、貪欲な男勝りの豪傑女の話を聞きつけ、直感的にそれが「ベネズエラで今起こりつつあることの象徴」にほかならないと思いつく。まさにロレンソ・バルケーロのごとくこの野蛮女のイメージにとりつかれたガジェゴスは、それまでの執筆計画を修正し、この女を小説の中心に据えることを決意する。このほか、マリア・ニエベス、アントニオ・サンドバル、パハロテ、カルメリート、エル・ブルヘアドール、ムヒキータ、ニョ・ペルナレーテ、バルビノ・パイババなど、脇役の大半には対応するモデルが存在したというが、物語で中心的役割を果たすサントス・ルサルドとマリセラは小説家の想像力で生み出さねばならなかった。文明を体現するサントス・ルサルドに野蛮の代表ドニャ・バルバラ(「バルバラ」はスペイン語で「野蛮」を意味する形容詞)をぶつけ、両者の間に未開の自然を象徴するマリセラを配して、そこにアメリカ帝国主義を背負った狡猾なミスター・デンジャーを添えることで、物語の構図は出来上がったようだ。

登場人物に明白すぎる象徴機能を負わせ、途中に紆余曲折はあれ、最初から予想された結末へと都合よく話を持っていく物語展開は、「ブーム」と呼ばれた時代の現代ラテンアメリカ小説に慣れた読者の目にはあまりに短絡的と映るかもしれないし、事実、マリオ・バルガス・ジョサなど、後代のラテンアメリカ作家からは手厳しい批判を浴びることもあった。的を射た批判にはちがいないが、一九二九年に発表された小説を「ブーム」の小説と同じ基準で評価するのも酷というものだろう。文学的素養に乏しい当時の知識人層を惹きつけたのは、この明解すぎる楽観的ビジョンにほからなない。その意味で『ドニャ・バルバラ』は、まさに時代に必要とされた小説だったのであり、だからこそ出版直後から「時代の寵児」としてベネズエラ内外で大きな成功を収めたのだ。そしてその歴史的価値が今日まで失われていないからこそ、重要な文学作品として現在まで読み継がれている。二一世紀の日本でこの小説と向き合う読者は、こうした背景を踏まえてその面白さを味わうほうがいいかもしれない。さらに言えば、ラテンアメリカ各国の周縁部では（おそらく都市部でも？）、この小説で浮き彫りにされる野蛮の支配は今なお解決されておらず、依然としてサントス・ルサルドのような人物の登場が待望される状況が続いていると言っても過言ではない。いずれにせよ、物語としての『ドニャ・バルバラ』の完成度は高く、無駄な批判を排して素直な目で読めば、知らず知らずのうちに作品世界に引き込まれ、無心にこれを楽しんでいる自分に気づく読者も多いだろうし、そこから遠いラテンアメリカの現実に思いを馳せることも可能だろう。また、同じ「ロス・クラシコス」のシリーズからは、ガジェゴスが念頭に置いていた文学作品の一つとしばしば指摘されるスペイン文学の古典、ベニート・ペレス・ガルドス著『ドニャ・ペルフェクタ』（大楠栄三訳）がすでに刊行されており、両者を較べながら読んでみると、いろいろ新たな発見があって面白い。

私が初めて『ドニャ・バルバラ』を読んだのは、大学院修士課程に入学した一九九四年のことであり、当時の指導教官だった竹村文彦先生の授業で課題図書として取り上げられたのがきっかけだったが、当時の私のスペイン語読解力はまだ低く、十分にこの作品の魅力を汲みつくせなかったように思う。その後、二〇〇二年から〇四年にわたってベネズエラに滞在し、この小説の舞台となったアプーレ州のジャノを旅行したうえで、博士論文執筆に備えてじっくり本書を再読した時には、十分にその内容を堪能することができた。その後大学教員となり、いくつかの翻訳プロジェクトに携わった後、今こうして『ドニャ・バルバラ』の翻訳を終えてみると、ラテンアメリカ文学研究者としてのキャリアの要所要所でこの小説と向き合う巡り合わせになっていたような気がして、何とも感慨深いものがある。初版の刊行からすでに九十年近い歳月が経過しているとはいえ、ようやくこの古典中の古典を日本の読者にお届けすることができて大変嬉しく思う。

翻訳にあたって底本としたのは、ベネズエラの著名文学研究者ドミンゴ・ミリアーニが編集を担当したカテドラ社版だが、ほかにも複数の版を参照し、誤植等の確認を行った。また、一九九七年にコレヒオ・デ・メヒコで学友となって以来、メキシコ、ベネズエラ、日本と場所を換えながら、現在まで長きにわたり友情を育んできたベネズエラ人文学研究者グレゴリー・サンブラーノ氏には、ジャノ方言に関する貴重な資料の提供を受けたほか、テクストの細部まで様々な質問を直接ぶつけた。グレゴリーには、解説の執筆と年表の作成をお願いしたほか、出版社とロムロ・ガジェゴスの遺族との版権取得交渉まで仲介してもらった。感謝の言葉が思いつかないほどだが、今はただ彼の尽力に値する訳文に仕上がったことを祈るばかりだ。その他、この翻訳に間接、直接に関わったすべての方々にこの場を借りてお礼を申し上げる。

二〇一七年四月一六日

【著者紹介】

ロムロ・ガジェゴス Rómulo Gallegos（1884－1969）

1884年、ベネズエラの首都カラカスの生まれ。1910年代から教育関係の要職を歴任しながら創作を開始し、多くの短編・長編を残した。29年発表の『ドニャ・バルバラ』と、35年発表の『カナイマ』によって、ラテンアメリカ文学を代表する国際的作家となる。1930年代半ばに一時文部大臣を務めた後に政界へ進出、47年には民主行動党を率いて大統領選挙に当選した。翌年就任するも、クーデターで政権は崩壊、キューバとメキシコで長い亡命生活を余儀なくされた。58年に帰国すると、64年には彼の名を取った「ロムロ・ガジェゴス文学賞」が制定され、現在まで続いている。69年にカラカスで没するまで、執筆活動のほか、民主主義を擁護する文化人として様々な事業に携わった。

【訳者紹介】

寺尾隆吉（てらお・りゅうきち）

1971年名古屋生まれ。東京大学大学院総合文化研究科博士課程修了（学術博士）。メキシコのコレヒオ・デ・メヒコ大学院大学、コロンビアのカロ・イ・クエルボ研究所とアンデス大学、ベネズエラのロス・アンデス大学メリダ校など6年間にわたって、ラテンアメリカ各地で文学研究に従事。政治過程と文学創作の関係が中心テーマ。現在、フェリス女学院大学国際交流学部教授。
主な著書に『フィクションと証言の間で――現代ラテンアメリカにおける政治・社会動乱と小説創作』（松籟社、2007）、『魔術的リアリズム――20世紀のラテンアメリカ小説』（水声社、2012）、『ラテンアメリカ文学入門』（中公新書、2016年）、主な訳書にカルロス・フエンテス『澄みわたる大地』（現代企画室、2012）、セルヒオ・ラミレス『ただ影だけ』（水声社、2013）、ギジェルモ・カブレラ・インファンテ『TTT』（現代企画室、2014）、ホセ・ドノソ『別荘』（同、2014）、ロベルト・アルルト『怒りの玩具』（同、2015）、マリオ・バルガス・ジョサ『水を得た魚』（水声社、2016）などがある。

ロス・クラシコス 9

ドニャ・バルバラ

発　行　2017年11月10日初版第1刷　1000部
定　価　3200円＋税
著　者　ロムロ・ガジェゴス
訳　者　寺尾隆吉
装　丁　本永惠子デザイン室
発行者　北川フラム
発行所　現代企画室
東京都渋谷区桜丘町 15-8-204
Tel. 03-3461-5082 Fax 03-3461-5083
e-mail: gendai@jca.apc.org
http://www.jca.apc.org/gendai/
印刷所　中央精版印刷株式会社

ISBN978-4-7738-1720-1 C0097 Y3200E

ロス・クラシコス

スペイン語圏各地で読み継がれてきた古典的名作を集成する。　企画・監修＝寺尾隆吉

①**別荘**　ホセ・ドノソ著／寺尾隆吉訳　三六〇〇円

②**ドニャ・ペルフェクタ　完璧な婦人**　ベニート・ペレス＝ガルドス著／大楠栄三訳　三〇〇〇円

③**怒りの玩具**　ロベルト・アルルト著／寺尾隆吉訳　二八〇〇円

④**セサル・バジェホ全詩集**　セサル・バジェホ著／松本健二訳　三二〇〇円

⑤**ドン・アルバロ　あるいは　運命の力**　リバス公爵著／稲本健二訳　二五〇〇円

⑥**ウリョーアの館**　エミリア・パルド＝バサン著／大楠栄三訳　三〇〇〇円

⑦**モロッコ人の手紙／鬱夜**　ホセ・デ・カダルソ著／富田広樹訳　三二〇〇円

⑧**吟遊詩人**　アントニオ・ガルシア＝グティエレス著／稲本健二訳　二四〇〇円

⑨**ドニャ・バルバラ**　ロムロ・ガジェゴス著／寺尾隆吉訳　三二〇〇円

税抜表示　以下続刊（二〇一七年一〇月現在）